Die politischen Umwälzungen der letzten Jahre haben uns nicht nur mit neuen Tatbeständen konfrontiert, sondern in ihrem Gefolge auch mit Diskussionen, die neue Perspektiven auf alte Umstände werfen oder alte Perspektiven durch neue Gegebenheiten revidieren. Dabei ist es kein Zufall, daß, nach der Verabschiedung vom Sozialismus, unsere demokratische Verfassung im Zentrum der Diskussionen steht. Im Mittelpunkt dieser Debatten steht die Frage, wie die unterschiedlichen, sich teilweise widerstreitenden Bedürfnisse einzelner Individuen mit dem Gesamtentwurf demokratischer Gesellschaften vereinbar sind. Wie läßt sich individuelle Differenz und demokratischer Rechtsstaat zusammenbringen?

Hauke Brunkhorst, geb. 1945, Philosoph und Sozialwissenschaftler. Letzte Veröffentlichungen: *Theodor W. Adorno. Dialektik der Moderne*, 1990, *Der entzauberte Intellektuelle*, 1990, *Der Intellektuelle im Land der Mandarine*, 1986.

Hauke Brunkhorst

Demokratie und Differenz

Egalitärer Individualismus

Fischer Taschenbuch Verlag

Originalausgabe
Veröffentlicht im Fischer Taschenbuch Verlag GmbH,
Frankfurt am Main, Februar 1994

Umschlaggestaltung: Buchholz/Hinsch/Hensinger
Gesamtherstellung: Clausen & Bosse, Leck
Printed in Germany
ISBN 3-596-11731-3

Gedruckt auf chlor- und säurefreiem Papier

Inhalt

Einleitung

Ist der Mensch ein politisches Lebewesen? – In der von Platon und Aristoteles ausgehenden klassischen Lehre von der Politik ist diese Frage immer bejaht worden. Das moderne politische Denken beginnt hier mit einer Negation. Der Mensch wird von Hobbes in den Naturzustand zurückversetzt und zum unpolitischen Wesen erklärt. Die menschlichen Geselligkeiten gelten fortan für ungesellig, weil die Vergesellschaftung Wesen zusammenführt, die ihrer Natur nach unabhängige Einzelgänger sind. Der moderne Mensch erfährt das Zusammenleben in einer politischen Gemeinschaft, das für Aristoteles noch die natürlichste Sache der Welt war, als tiefe Entfremdung von seiner eigentlichen, gemeinschaftsfernen Natur, als Verlust einer ursprünglichen Freiheit.

Von beiden Positionen sind wir heute ungefähr gleich weit entfernt. Denn die alte These, der Mensch sei ein politisches Lebewesen, hat Voraussetzungen, die wir kaum noch teilen. Sie setzt voraus, das Leben in einer möglichst vollkommenen politischen Gemeinschaft sei das höchste, dem Menschen objektiv vorgegebene Ziel seines Lebens und seines Strebens. Der einzelne Mensch ist nichts, aber Rom, die Stadtrepublik, ist ewig. Neben dieser ontologischen Voraussetzung hat die klassische Lehre eine soziale, die uns ziemlich fremd geworden ist. Das gemeinschaftliche gute Leben kann sich immer nur als partikulare Gemeinschaft der wenigen Menschen verwirklichen, die das Ziel ihres Lebens erreichen und reich und tugendhaft genug sind, um für wahre Bürger der Stadt gelten zu können.

Das moderne politische Denken seit Hobbes und Locke, Kant und Rousseau hat dagegen, vor dem Hintergrund einer mittlerweile protestantisch radikalisierten, monotheistischen Tradition, den Gedanken der Gleichheit aller Menschen nun auch politisch stark gemacht und den antiken Gedanken verworfen, die Welt sei ein im ganzen wohlgeordneter, an sich vernünftig eingerichteter, hierarchisch gegliederter Zusammenhang. Die Natur wurde zusehends kontingenter und der menschliche Kopf, die verständige Rede oder die kooperative Praxis zum Ort, an dem sich die Vernunft *selbst erzeugt*. Das ist bis heute das tragende Selbstverständnis der Moderne. Aber sie hatte es anfänglich unter Voraussetzungen gestellt, die nicht zu halten waren. Die Anklage, die Hegel besonders wirkungsmächtig formuliert hat, lautet auf einen doppelten Atomismus. In Frage gestellt wurde die Annahme eines Naturzustands, der von isoliert lebenden, wesentlich voneinander unabhängigen Atommenschen bevölkert wird. Und ins Zwielicht geriet im Fortgang der Erfahrungen, die die Menschen mit dem modernen Leben gemacht haben, auch der mit dem ontologischen Atomismus eng verwandte Besitzindividualismus.

Die These, die ich in diesem Buch verteidigen möchte, ist die, daß es eine moderne, normativ gehaltvolle Idee der Demokratie gibt, die sich selbst trägt, die die seit Hobbes artikulierte Kritik am aristotelischen Begriff des Politischen teilt, aber ohne ontologischen oder auch nur methodischen Individualismus auskommt und dem possessiven Liberalismus entgegengesetzt ist.

Ich werde einen egalitären Individualismus verteidigen, der weder ontologisch noch methodisch, sondern *politisch* ist. Gleichheit schließt Differenz ein, denn es handelt sich hier immer um die Gleichheit inkommensurabler, einander nicht identischer Wesen. Daß alle gleich sind, heißt, daß jeder etwas Besonderes ist.

Ich werde zeigen, daß der Bruch, den das moderne politische Denken seinem antiken Ursprung gegenüber vollzogen hat, wohl begründet und rational motiviert war. Insofern läßt sich hier durchaus von einem »Fortschritt im Bewußtsein der Freiheit« (Hegel) reden. Daß sich eine solche Rede von »Errungenschaften« und »Fortschritt« auch ohne allzu starke evolutionstheoretische oder gar geschichtsphilosophische Unterstellungen empirisch wenigstens plausibel machen läßt, wird im folgenden deutlich. Was vom klassischen Republikanismus bleibt, ist zwar der Gedanke einer politischen Selbstorganisation der Freien und Gleichen, wie ihn – wohl zum ersten Mal – die Aristotelische *Politik* zum Ausdruck bringt. Partizipative Demokratie zielt auf eine Aufhebung *politischer Entfremdung*. Aber dieser Gedanke verkehrt sich unter den beiden unverzichtbaren Voraussetzungen moderner demokratischer Politik, der Freiheit *von* Politik und Gemeinschaft und der fundamentalen Gleichheit aller Rechtsgenossen, fast in sein Gegenteil. Das relativiert die republikanisch beflügelte Kultur- und Zeitkritik, die der Moderne die Diagnose einer tiefsitzenden *Politik*vergessenheit stellt. Sie ist nicht falsch, aber einseitig. Sie muß deshalb um die Diagnose des *Rationalitäts*defizits negativer Freiheit zumindest ergänzt werden.

Im Anschluß daran werden zwei republikanische Rettungsversuche dargestellt, denen es darum zu tun ist, etwas von der Substanz der klassischen Lehre in einen dezidiert modernen Kontext hinüberzuretten. Aber Hannah Arendt gelingt das nur um den Preis einer Reduktion der modernen

Elemente auf Innovation und Herkunftsdistanz. Die Blindheit für die *neue Idee* der Freiheit, die am Beginn der modernen Revolutionen steht, führt schließlich zum Scheitern ihres Versuchs, ein aristotelisches Verständnis von Öffentlichkeit mit der Idee der Gleichheit zu vermitteln. Das ändert nichts daran, daß ihre Analyse der revolutionären Dynamik moderner Politik deshalb so überzeugend ist, weil sie gegen ein technizistisch verkürztes politisches Denken an der klassischen Unterscheidung von Praxis und Technik festhält. Während Hannah Arendt Existentialismus und Republikanismus zu verbinden sucht (und sich dadurch von der jungkonservativen Synthese von Existentialismus und Technik abhebt), sucht Michael Walzer nach einem Ausweg aus der Sackgasse, in die die kommunitaristische Kulturkritik allmählich hineingerät, indem er Liberalismus *als* kollektive Wertbindung empfiehlt. Die Schwäche seines Versuchs, Gerechtigkeit und Gemeinschaft zu einem Begriff komplexer Gerechtigkeit zu integrieren, besteht aber in einer Preisgabe des Standpunkts der Unparteilichkeit in dem Augenblick, in dem *unsere* westlich-liberale Wertbindung mit *anderen* Formen der kollektiven Wertbindung zusammenstößt. Sie wird damit der eigentümlichen Dialektik unserer eigenen nordatlantischen »Werbindung« an den europäischen Rationalismus nicht gerecht. Denn dieser besteht seit langem in der dialektischen Verschlingung der eigenen Kultur mit den anderen, gleichzeitig ein- und ausgegrenzten. Es ist gewissermaßen zur »kollektiven Wertbindung der westlichen Kultur« geworden, »*nicht mit sich identisch*« zu sein.[1] Das zwingt uns aber gerade im Konfliktfall, nicht auf je unseren letzten Wertstandpunkt zurückzufallen und dann die Waffen entscheiden zu lassen, sondern das Potential an Gründen zu mobilisieren, die für alle am jeweiligen Konflikt Beteiligten, sie mögen unsere Wertbindung teilen oder nicht, letztlich überzeugend sind oder doch sein sollten. Rechtlich und berechtigt kann immer nur der Zwang sein, der auch aus der Perspektive der Zwangsunterworfenen *als* ein berechtigter erscheint oder zumindest erscheinen könnte.

Was beide, Arendt und Walzer, verfehlen, ist die innere Verwiesenheit des modernen Demokratieprinzips auf eine streng universalistische Idee der Gerechtigkeit. Um diese innere Verwandtschaft von Demokratie und Gerechtigkeit, von Freiheit und Vernunft geht es im zweiten Kapitel. Es beginnt mit der These, daß die modernitätstypische Idee gleicher Rechte eine schrittweise Ablösung der Rechts- und Verfassungsform von der je geschichtlichen Rechtsordnung und Verfassungssubstanz ebenso voraussetzt wie einen Wandel im Freiheitsverständnis, der vom Freiheitsparadigma des Privateigentums zu dem des öffentlichen Vernunftgebrauchs führt. Das läßt sich am Beispiel des Kampfes um den Sozialstaat ebenso demonstrieren wie an den Auseinandersetzungen um die Redefreiheit in der McCarthy-Ära und im Gefolge der Bürgerrechtsbewegungen in den sechziger Jahren, aber es trifft auch auf die Kämpfe der Feministinnen und die jüngsten Auseinandersetzungen um die Rechte immer wieder neuer Minoritäten zu. Es geht in den sozialen Kämpfen der modernen Zeiten den Akteuren und Akteurinnen zwar oft zuerst um Motive des guten Lebens und der Selbstachtung, aber entschieden wird der Kampf zumeist an der Frage der Rechte des Individuums. So ist es kein Zufall, wenn sich im Gefolge solcher Kämpfe um Autonomie Zug um Zug ein offensives, entsubstantialisiertes, ordnungs- und kontextdistanziertes Verständnis unserer fundamentalen Rechte durchsetzt. Individuelle Autonomie ist eine »Instanz gegen die Mächte von Staat und Gesellschaft«[2].

Die Kritik am possessiven Individualismus führt in ihrer Konsequenz jedoch zu einem mit dem Prinzip der Volkssouveränität verbundenen Begriff des öffentlichen Vernunftgebrauchs. Um unsere Rechte ernst nehmen zu können, müssen wir mit der Demokratie ernst machen. Dies führt mich zu Kant und Rousseau zurück. Insbesondere Rousseaus Begriffe der »Volkssouveränität« und der »volonté générale« möchte ich von – bei Rousseau in der Tat naheliegenden – kommunitaristischen Mißverständnissen reinigen und mit den Grundideen des politischen Liberalismus, wie vor allem Rawls sie entwickelt hat, verträglich machen. Erst mit dem Gedanken der Volkssouveränität verabschiedet sich das moderne politische Denken definitiv von der Tradition des Naturrechts und der Bindung von Freiheit an eine bestimmte politische Anthropologie. Mit Rousseau beginnt die moderne Anthropologie des nicht festgestellten Menschenwesens, es ist eine Anthropologie ohne Telos, eine politische Anthropologie der Freiheit, nicht aber des Politischen.

Sie beginnt mit der Entdeckung Rousseaus, daß der Mensch am äußersten Anfang des Naturzustands so zu denken wäre wie ein Mensch, der ohne Sozialisationsschicksal, als fertiger Erwachsener geboren würde. Ein solcher Mensch wäre »ein absolut Schwachsinniger, ein Automat, eine Statue ohne Bewegung und fast ohne Empfindung. [...] Dieser gleich als Erwachsener zur Welt gekommene Mensch könnte auch nicht stehen, er brauchte lange Zeit, sich auf seinen Füßen im Gleichgewicht zu halten. Vielleicht würde er nicht einmal den Versuch machen, und so seht ihr diesen großen, starken und robusten Körper unbeweglich wie ein Stein oder mühsam kriechend wie ein junger Hund.« Dies, sagt Rosseau, ist in »etwa der dem Menschen natürliche Urzustand der Unwissenheit und Dumpfheit, bevor er etwas aus der Erfahrung oder von seinesgleichen gelernt hat«. Dieser Zustand ist der Zustand eines total in sich geschlossenen Egozentrismus. Mit den anderen und der Erfahrung setzt ein stets riskanter und verlustreicher Lernprozeß ein, in dessen Verlauf sich – von beständigem Rückfall bedroht, ohne Erfolgsgarantie und ohne das institutionelle Gerüst eines Fahrplans – der Egozentrismus nach und nach dezentriert. »Wer aber weiß etwas über das Ende?« Und die nachmetaphysische Antwort ist einfach: Es gibt keinen »Endpunkt, bis zu dem der Mensch gelangen kann und über den hinaus er nicht kommen kann. Wir wissen nicht, was unsere Natur uns zu sein erlaubt.«[3]

Man kann die moderne Demokratie als den widerleglichen Versuch begreifen, diesen auf revolutionären Wandel angelegten Lernprozeß rechtsförmig zu institutionalisieren. Der Souveränitätsgedanke, nachdem er jeden theologischen Rückhalt verloren und sich ganz Zeit und Zufall preisgegeben hat, bewahrt in diesem Prozeß gleichwohl ein Moment des Unbedingten.

Zwischen dem unaufgebbaren Souveränitätsanspruch demokratischer Gesetzgebung und der faktischen Dezentrierung und Beschränkung des Politischen in funktional differenzierten Gesellschaften auf *eine* autonome »Wertsphäre« (Weber) *neben* anderen, kurz: zwischen (Sphären-)Autonomie und Souveränität besteht eine Spannung, die sich nur auflösen läßt um den Preis ihrer zwanghaften Unterdrückung, sei es in der schlechten Unendlichkeit autopoietischer Vervielfältigung des Immergleichen, sei es in der erpreßten Versöhnung mehr oder minder totalitärer Synthesen.[4] Das Moment des Unbedingten kann immer nur *im* politischen Streit und *in* der Sprache, die wir hier und heute sprechen, festgehalten werden. Moderne Demokratie ist genau in dem Sinne »Regierung durch Diskussion«, daß alle Ordnung allein aus Verständigungsprozessen hervorgeht und von deren wechselvollem Gelingen abhängig ist.[5] Ein über den Streit erhabener Standpunkt ist nicht länger verfügbar, das Richteramt bleibt unbesetzt, weil es keine objektive Ordnung der Natur gibt, auf die der Unparteiische als letzte Instanz verweisen könnte. Demokratie ist nichts anderes mehr, als die dauerhafte Suspension *aller* vorgegebenen Ordnungen. Wir müssen dann aber Ordnung durch Verständigung ersetzen und die damit verbundenen »Risiken struktureller Zweideutigkeit auf uns nehmen«[6].

Das setzt der derzeit wieder beliebter werdenden Möglichkeit eines affirmativen Ordnungsverständnisses enge Grenzen. Auch eine »demokratische Sittlichkeit« (Wellmer), auf deren Nachwachsen der demokratische Rechtsstaat angewiesen ist, darf nicht als sittliche Totalität gedacht werden. *Als* Sittlichkeit, d. h. als Lebensform, ist sie so partikular wie jede andere. Denn es gehört zu den Bedingungen der gleichen Freiheit aller, daß sie immer die dissonante und vorranglose Koexistenz demokratischer *und* undemokratischer Lebensformen erlauben – vom militanten Aktivismus über republikanische Vereinigungen aller Art bis hin zur katholischen Kirche, zur Bohème, zur Sekte und zum entpolitisierten Konsumismus. Es darf nur niemand zur Vereinigung *oder* zur Vereinzelung gezwungen werden, und die Betroffenen müssen den jeweiligen Grenzverlauf zwischen Privatsphäre und Öffentlichkeit selbst bestimmen können. Das Leben der Demokratie besteht darin, daß alles negierbar ist, daß es in keiner strittigen Frage eine Alternative zum Dialog gibt und daß die rechtliche »Befugnis, zu zwingen« (Kant) das partizipative Einverständnis aller Gesetzesunterworfenen voraussetzt.

Seit dem 18. Jahrhundert bilden die Ideen der Gleichheit als einziger Schranke der Willkür, der politischen Selbstgesetzgebung und der moralischen Autonomie den Kern des modernen politischen Denkens. Dabei wurde freilich die Moderne stillschweigend mit dem Westen identifiziert. Außerdem war die *Institutionalisierung* dieser Ideen an die Grenzen des territorialen Nationalstaats gebunden. Beide Grenzen, die des Nationalstaats und die des Westens, sind in der Folge globaler Umbrüche und Erschütterungen zum Problem und zur strukturellen Gefährdung der demokratischen Ideen geworden.[7] Da sich die ökonomischen, ökologischen, demographischen und sicherheitspolitischen Probleme schon lange nicht mehr *in* den Grenzen des Nationalstaats lösen lassen, macht der wachsende Problemdruck den Nationalstaat zur zukünftigen Vergangenheit.

An der Grenze der westlichen Staatenwelt sind indes auch nach dem Zusammenbruch des sowjetischen Imperiums alternative Gesellschaftsformationen und sogar mögliche Entwicklungsalternativen zum westlichen Weg der Modernisierung keineswegs verschwunden. Es ist durchaus möglich, daß zukünftig die Prinzipien der Gleichheit, der Demokratie und der individuellen Freiheit nicht nur faktisch verletzt, sondern auch in ihrer Geltung bestritten werden.

Während das Entwicklungsmodell des nordatlantischen Westens am Idealtypus der gesellschaftlichen Gemeinschaft (Parsons) orientiert ist, in der auf die eine oder andere, mehr oder minder (radikal)demokratische Weise der Vorrang gleicher Rechte gesichert werden soll, stellen fundamentalistische (z. B. Iran), nationalistische (z. B. Irak) und autokratische (z. B. Südkorea) Regime Varianten einer (zumindest in weiten Bereichen) modernen Gesellschaftsformation dar, die sich am Idealtypus einer gemeinschaftlichen Gesellschaft orientieren. In ihr gilt grundsätzlich der Vorrang des wirklichen oder vermeintlichen, in jedem Falle jedoch gemeinschaftlichen Guten, hinter das im Konfliktfall die Rechte des Einzelnen zurücktreten müssen.

Vergegenwärtigt man sich diese globale Konstellation, erscheinen alle Versuche einer fröhlichen Versöhnung zwischen politischem Liberalismus und kommunitaristischer Kulturkritik ebenso verfrüht wie die voreilige Feststellung, nun, nach dem Zusammenbruch der Sowjetunion, gäbe es keine Alternativen zu den Ideen der Demokratie, der Gesetzesherrschaft und der gleichen Rechte. Es gibt sogar, wie Beispiele aus dem südostasiatischen Raum zeigen, sehr attraktive. Es ist eben die Frage, ob die sich abzeichnende Transformation der westlichen, nationalstaatlich organisierten Demokratie zu einer demokratischen Transformation der Weltgesellschaft führt oder zu ihrem Ende kommt. Angesichts dieser »demokratischen Frage« scheint es mir wichtig, sich noch einmal des normativen Gehalts der Demokratieidee zu vergewissern. Aus ihr jedenfalls folgt, daß auch angesichts eines sich verdüsternden Horizonts die Offensive die einzige Verteidigung ist: »The cure for the ailments of democracy is more democracy.« (John Dewey)

Danken möchte ich für Diskussionen älterer Fassungen, die inzwischen nur noch bruchstückhaft im Text auftauchen, und für Einwände am Rande, die mich im letzten Augenblick verunsichert haben, und schießlich für Kommentare zum Text Andreas Böhm, Helge Heubraten, Gertrud Koch, Martin Löw-Beer, Oliver Gerstenberg, Christoph Menke, Beate Rössler und Lutz Wingert. Außerdem danke ich für Hilfen und Korrekturen am Text Ute Meister, Renate Wollenschläger und insbesondere Silke Brandes. Micha Brumlik danke ich für seine ständige, gleichzeitig liberale und hermeneutische Opposition, Hans-Jörg Jacobi für viele Hilfen, Hinweise und Diskussionen.

Der Text ist aus Vorlesungen in Berlin und Duisburg entstanden. Besonders dankbar war ich für die Gelegenheit, frühere Fassungen und Teile des Manuskripts im Sommer 1991 in Gandia, im folgenden Winter dann wenige Kilometer weiter nördlich in Valencia, im Frühjahr 1992 in Trondheim und ganz zum Schluß noch auf der Nordischen Sommeruniversität in Jyväskylä vortragen und ausführlich diskutieren zu können. Dafür danke ich Manolo Jimenez, Helge Heubraten und Jacob Rendtorff.

Frankfurt, im August 1993

Erster Teil Von der Tugend zur Freiheit

1989 schien es einen Augenblick lang so, als wäre die Stunde des politischen Lebewesens gekommen. Denn im Jahr 1989 ist eingetreten, was Hannah Arendt spätestens seit 1956 mehr erhofft als erwartet hatte und wofür es bis dahin außer der gescheiterten Ungarischen Revolution und den gescheiterten Räten der Russischen nur ein einziges erfolgreiches Beispiel in der neueren Geschichte gab, nämlich die Amerikanische Revolution des 18. Jahrhunderts. Sie ist für Hannah Arendt das Paradigma einer wahrhaft geglückten Revolution, weil sie eine politische ohne eine soziale Revolution, eine Staatengründung ohne Klassenkampf war.[8] Im Vorrang der »sozialen Frage« und im Umschlagen der Politik ins Soziale sah sie den Ursprung des Terrors zunächst der Französischen dann der Russischen Revolution. Dieses Umschlagen ist deshalb so verhängnisvoll, weil die »tobende Gewalt, mit der sich das Elend Luft macht«, ihre elementare »Kraft von der Notwendigkeit, die allem Biologischen als solchem innewohnt«, bezieht.[9] Es verwandelt Politik in »Biopolitik« (Foucault). »The rebellions of the belly are the worst«, sagte schon Francis Bacon, und Hannah Arendt präsentiert ihn in ihrem Buch *Über die Revolution* an entscheidender Stelle als Zeugen.[10] Für Hannah Arendt ist der Ausbruch der Gewalt in der Französischen Revolution, symbolisiert im Marsch der Frauen auf Versailles, die historische Sekunde, in der Freiheit in Unfreiheit zurückschlägt. Es ist die Geburtsstunde totalitärer Herrschaft. Die staatengründende politische Macht der verfassunggebenden Versammlung zerfällt und weicht der naturhaften und deshalb so unwiderstehlichen Gewalt der Ohnmächtigen, dem von Wut regierten Aufstand der Armen und Entrechteten, dessen »bewußter Endzweck nicht Freiheit, sondern das Leben, die schiere Wohlfahrt und das Glück« ist.[11] Der Ohnmacht moderner Menschen im Bereich des Politischen entspringt ein blinder und unpolitischer Wille zur Macht.[12]

Die Französische Revolution ist für Hannah Arendt nur das ereignisgeschichtliche Paradigma des Umschlags von Freiheit in Terror, ein Geschichtszeichen, das tief ins Denken und in die Evolution moderner Gesellschaften eingeschrieben ist. Hannah Arendt reiht sich mit ihrer Kritik der Französischen Revolution in eine lange Reihe liberaler und reaktionärer

Kritiker an jener Revolution ein, die mit Burke, Hegel und de Maistre gleich nach der Revolution einsetzt. Aber Hannah Arendt ist eine zu unorthodoxe und eigensinnige Aristotelikerin, um deren Kritik bloß zu wiederholen. Zwar teilt sie mit den liberalen Kritikern die These vom inneren Zusammenhang absoluter, rechtloser Freiheit mit dem Schrecken des Terrors, und mit der konservativen und der marxistischen Kritik sieht sie die tieferen Ursachen des Terrors im modernen Liberalismus selbst: in den Strukturen der entpolitisierten bürgerlichen Wirtschafts- und Konsumgesellschaft. Zugleich aber, und das unterscheidet Hannah Arendt von ihren konservativen *und* von ihren liberalen Weggefährten, teilt sie die Emphase des revolutionären Aufbruchs von 1789 für Emanzipation und radikale Demokratie, für einen neuen Anfang jenseits von Autorität und Tradition, unter denen das alte Europa begraben lag.

Der Ausbildung einer von Staat und Politik getrennten bürgerlichen Gesellschaft korrespondiert ein zutiefst unpolitisches Freiheitsverständnis, das bis auf biblische und urchristliche Ursprünge zurückgeht und im autoritären (Hobbes), im liberalen (Adam Smith) und im marxistischen Staatsdenken der Neuzeit immer wieder neue Fürsprecher gefunden hat.[13] Für Hannah Arendt ist die moderne Freiheit von der Politik zugleich die Enteignung des Bürgers vom Handeln, von der aktiven Gestaltung eines gemeinschaftlichen Lebenszusammenhangs. Im gemeinsamen Handeln der Bürger sieht sie die wahre, die positive, die politische Freiheit. Politik und Freiheit sind zwei Seiten derselben Sache, und Entpolitisierung bedeutet Freiheitsverlust. Die Zerstörung des Politischen, die in einem mit dem Verlust republikanischer Bürgeridentität die Entstehung der modernen bürgerlichen Gesellschaft als eine vom Staat getrennte Sphäre begleitet, ist für Hannah Arendt der geschichtliche Hintergrund, ohne den die totalitären Katastrophen unseres Jahrhunderts gänzlich unerklärlich bleiben müßten.

Totalitarismus ist nicht, was er selbst meist vorgibt zu sein, nämlich politische Militanz und Mobilisierung der Massen, sondern vielmehr vollendete Entpolitisierung, die Liquidation des Menschen *als* einem politischen Lebewesen.[14] Die Vernichtung des politischen Lebewesens geht dem physischen Tod in den Lagern vorher. Die neuzeitliche Anthropologie des unpolitischen Individuums knüpft ein geheimes Band, das von Hobbes bis Stalin reicht. Die Grundleidenschaft des neuzeitlichen Subjekts ist der Wille zur Macht. Das im Verfolgen seines Privatinteresses ebenso wie in der einsamen Masse des Kollektivs isolierte, atomisierte Individuum ist unfähig, die Welt, in die es an einem bestimmten Ort und in einer bestimmten Zeit geworfen wird, zu lieben.[15] Der Mensch ist kein politisches, sondern ein dem Menschen feindliches Lebewesen. Die Gleichheit der Menschen beruht nach Hobbes »auf der Tatsache, daß jeder von Natur stark genug ist, den anderen totzuschlagen, wobei Schwäche sich durch List ausgleicht«.[16] Diese These ist ein solcher Skandal im politischen Denken Alteuropas, daß Hannah Arendt sich nicht scheut, auf Hobbes, in der Tat der »einzige politische Denker, der je für den von ihm entworfenen Staat mit Stolz den Namen Tyrannis in Anspruch genommen hat«, Oswald Spenglers Formel vom »Untergang des Abendlandes« anzuwenden.[17]

Man muß jedoch hier gleich hinzufügen, daß es Hannah Arendt nicht darum geht, die Moderne (bzw. die neuzeitliche Entwicklung) in Bausch und Bogen zu verdammen und sie – ähnlich wie Carl Schmitt – im ganzen für ein pathologisch verfehltes Projekt zu erklären.[18] Es gibt auch in den modernen Zeiten Augenblicke eines glücklichen Umschlags der bürgerlichen Emanzipation von der Politik in die staatengründende Praxis politischer Freiheit, wie das unübertroffene Beispiel der Amerikanischen Revolution zu zeigen scheint. Vor allem aber schlägt Hannah Arendt uns keineswegs vor, zur Politik der Griechen oder zur römischen Republik einfach zurückzukehren und auf die wichtigsten liberalen Errungenschaften unpolitischer Freiheit zu verzichten: individuelle Rechte und den Schutz der Minderheit vor der politischen Macht der Mehrheit. Ihre These ist aber, daß die liberale Freiheit sich dort selbst zerstört oder doch in ihrer Substanz gefährdet ist, wo sie sich nicht länger mit der kommunalen Macht eines ebenso öffentlichen wie offenen politischen Projekts im Bunde weiß. Sie betrachtet die moderne Freiheit von der Politik als eine strukturelle Pathologie, aus der die Katastrophen des 20. Jahrhunderts hervorgegangen sind. Die trotzdem erfolgten Neugründungen des Politischen im Gefolge der Verfassungsrevolutionen des 18. Jahrhunderts kann sie sich deshalb nicht aus der Eigenlogik der Moderne erklären. Die erfolgreichen Revolutionen der modernen Zeiten sind eigentlich Gegenrevolutionen, die sich deren politikvergessenem Geist widersetzen. Sie verlangen deshalb eine tiefere, anthropologische Erklärung im politischen Wesen des Menschen, das sich im Zeitalter einer vom Politischen emanzipierten Gesellschaft immer nur gegen die »Freiheit der Modernen« (Constant) und die dumpfe Politikvergessenheit konsumistischer Massen zur Geltung bringen kann.

Ich werde im folgenden zunächst zeigen, daß diese republikanische Diagnose moderner Politikvergessenheit ebenso einseitig ist wie die ihr entsprechende kommunitaristische These vom Verlust der Bürgertugend. Der Republikanismus teilt nämlich mit dem libertären oder possessiven Liberalismus in der Nachfolge Lockes ein spezifisches Rationalitätsdefizit (»Logosvergessenheit«). Während jedoch das Rationalitätsdefizit des Republikanismus in einer unzulänglichen Differenzierung von Tugend und Recht, von Glück und Freiheit seine tiefere Ursache hat, verdankt sich das Rationalitätsdefizit des Liberalismus einer einseitigen Ausdifferenzierung instrumenteller Rationalität (I). Das republikanisch-kommunitaristische Rationalitätsdefizit ist Thema des gesamten ersten Teils, dasjenige des possessiven Liberalismus Thema des zweiten.

Im zweiten Abschnitt des ersten Teils zeige ich, daß das von Aristoteles entdeckte Faktum der Pluralität zwar die Konstitution der politischen Gesellschaft in Abgrenzung zum Oikosdespotismus des männlichen Familienoberhaupts (»pater familias«) ermöglicht, aber keineswegs einen modernen Pluralismus der Meinungen, Interessen und Lebensformen zu begründen vermag. Die Idee einer bürgerlichen Tugendgemeinschaft bleibt, wie ich im dritten und vierten Abschnitt zeige, auf die exklusive, privilegierte und militante (»vita activa«) Selbstorganisation freier und gleicher Bürger beschränkt. Erst die mit der Moderne gleichursprüngliche Idee der gleichen Rechte eines jeden Menschen sprengt die Exklusivität der Bürgergemeinschaft, verwandelt Vorrechte in Rechte und setzt die abstrakten Staatsbürger von der Selbstverpflichtung zur militanten Identifikation mit der Gemeinschaft frei (III). Der Fortgang von Tugend und Freundschaft zu Recht und Vertrag, die Emanzipation der äußeren von der innerlich an die Totalität des sittlichen Lebens gebundenen Freiheit transformiert schließlich die »Tragödie im Sittlichen« in die »Prosa des modernen Lebens« (IV).[19] Den neuen Gefährdungen der modernen Freiheit des äußeren Lebens ist indes, wie ich am Beispiel Hannah Arendts und Michael Walzers zeige, mit republikanischen und kommunitaristischen Rezepten kaum beizukommen.

I Politikvergessenheit

Von der Einseitigkeit der republikanischen Zeitdiagnose

Man könnte Hannah Arendts Diagnose der »moralischen Krise der Gegenwart«[20] als politische Konkretisierung von Heideggers Diagnose der Seinsvergessenheit lesen. In der Diagnose der modernen Politikvergessenheit trifft sie sich zugleich mit einem breiten Strom höchst aktueller Liberalismuskritik, der unter dem Stichwort des *Kommunitarismus* heute von Amerika ausgeht, aber längst Europa erreicht hat. Wenn »communitarians« wie Charles Taylor, Alasdair MacIntyre, Benjamin Barber, Robert N. Bellah oder Michael Sandel vom Verlust der Tugend sprechen, meinen sie (wie Hannah Arendt) die öffentlich repräsentierte, in der Welt sichtbar erscheinende, republikanische Bürgertugend.[21] Und in der Regel diagnostizieren sie die Zerstörung der republikanischen Tugendgemeinschaft als eine Entwicklung, die sich innerhalb der liberalen Wertmuster und Rechtsformen des Westens abspielt. Michael Walzer und Charles Taylor, Robert N. Bellah und Michael Sandel geht es nicht um eine fundamentalistische Abkehr von dieser Tradition, sie behaupten vielmehr, daß ein lebendiger Liberalismus der Ergänzung durch wirksame Formen der öffentlichen Partizipation und der republikanischen Selbstregierung aller Bürger bedarf.[22] Liberale Rechte bedürfen um ihrer Geltung willen der öffentlichen Entfesselung kommunaler Macht.[23] Die Entpolitisierung aktiv intervenierender Öffentlichkeiten zu einem bloß passiv konsumierenden Publikum ist der Einstieg zum Umstieg von liberalen auf totalitäre Regime. Aber es wäre ein grobes Mißverständnis der neueren republikanischen Liberalismuskritik, aus der Entpolitisierungsthese auf die Therapie einer totalen Politisierung im Sinne des klassischen Polis-Ideals politischer Militanz zu schließen. Das, was die kommunale Macht einer politischen Öffentlichkeit konstitutiert, ist gerade die *Differenz* von Privatsphäre und Öffentlichkeit, in aristotelischen Begriffen: von polis und oikos.

Freilich ist die republikanische Diagnose der modernen Politikvergessenheit auch in dieser Form nicht ohne Probleme. Das wird sofort deutlich, wenn man sie mit einer anderen Diagnose der moralischen Krise der Gegenwart vergleicht: derjenigen der Zerstörung (oder Selbstzerstörung) der Vernunft durch einen Rückschlag von Aufklärung in Mythos, wie es am Anfang von Horkheimers und Adornos *Dialektik der Aufklärung* heißt. Diese Diagnose kann, wie bei Horkheimer und Adorno, aber auch bei Foucault und Derrida die Form einer mehr oder minder unvermeidlichen Selbstzerstörung (oder Selbstparadoxierung) der Vernunft annehmen; sie wird jedoch auch in der schwächeren, radikal reformistischen Version einer prinzipiell vermeidbaren und aus eigener Kraft korrigierbaren und aufhebbaren Logosvergessenheit auftreten. Prominente Beispiele für die Diagnose einer logosvergessenen Moderne sind etwa Ernst Cassirers 1944 im New Yorker Exil geschriebenes Buch über den *Mythus des Staates* oder die Diskursethik Karl-Otto Apels.

Beide Diagnosen, die neoaristotelische der Politikvergessenheit und die neokantianische der Logosvergessenheit, betreffen ähnliche Phänomene der Entzweiung der Moderne mit sich selbst. Politikvergessenheit liefert die negative Freiheit der Modernen bürokratischer Herrschaft aus, Logosvergessenheit läßt technische Rationalität in Mythos zurückschlagen, und im Totalitarismus vereinigt sich beides: bürokratische Herrschaft und der »Mythus des Staates«. Aber beide Zeitdiagnosen thematisieren sehr verschiedene Seiten eines komplexen Krisenphänomens. Während die neoaristotelische Zeitkritik bisweilen die Zentralität des Politischen überbewertet und genau darin unter das Differenzierungsniveau der Moderne zurückfällt, übertreibt die neokantianische Kritik am logosvergessenen Zeitgeist bisweilen die Einheit der Vernunft und fällt genau darin unter das Rationalisierungsniveau der Moderne zurück.[24] Da Pluralität in der aristotelischen Perspektive das Wesen des Politischen ausmacht, sieht die an Kant orientierte Zeitdiagnose sich dem Einwand ausgesetzt, in ihrem abstrakten Rationalitätszentrismus unpolitisch zu bleiben. Diesem wichtigen Einwand läßt sich jedoch entgegnen, daß der Sinn der modernen Demokratie einzig und allein im Prozeß einer fortschreitenden »Rationalisierung des Vollzugs sozialer und politischer Gewalt« (Habermas) besteht.[25] Dieser Rationalisierungsprozeß darf nun aber, und das ist das entscheidende Argument, nicht als (geschichtsphilosophisch gedeuteter) Vereinheitlichungsprozeß verstanden, er muß vielmehr (nachmetaphysisch) als *radikaler Dezentrierungsprozeß* sowohl der individuellen Perspektiven wie der gesellschaftlichen Sphären begriffen werden. So gesehen zielt die Diagnose der modernen Logosvergessenheit auf die *Integration von Pluralität und Rationalität*. Der einzige heute noch angemessene Begriff des Logos oder der Vernunft ist derjenige, der von vornherein – wie Aristoteles – mit einer unbegrenzten und unübersichtlichen Pluralität verschiedener und heterogener Perspektiven rechnet.[26] Auch der dezentrierte Logos ist das Allgemeine. Aber das Wort »alle«, die Allgemeinheit des Staates, ist – wie Aristoteles mit einem scharfen Argument gegen des Idealismus des platonischen Einheitsstaates gezeigt hat – doppeldeutig. Es kann »*jeden* einzelnen« in seinem »Recht der Besonderheit« (Hegel) meinen oder aber einen Kollektivsingular: »alle zusammen« als Einheit.[27]

Aristoteles hatte bei dieser Differenzierung im Gebrauch von »alle« freilich noch nicht die gleichen Freiheitsrechte aller Menschen im Auge, die sich allein aus der individuellen Perspektive von Teilnehmern am Diskurs der öffentlichen Angelegenheiten gewinnen lassen. Aristoteles ging es lediglich um eine Begriffsanalyse des Wortes »alle«, die er mit der empirischen Beobachtung verband, daß die Leute sich im allgemeinen »um das Eigene am meisten, um das Gemeinsame weniger« sorgen.[28] Daraus folgt aber weder ein universelles Menschenrecht noch ein wenigstens partikularer, auf die eigene Polis beschränkter Status individueller Rechte, und sei es nur für die kleine aristokratische Schicht der freien und gleichen Bürger, die sich im Herrschen und Beherrschtwerden abwechseln. Aus der Tatsache, daß die Menschen sich eher um das Eigene als um das Gemeinsame sorgen, folgt keineswegs ein Recht aufs Eigene, auch noch kein Recht auf Eigentum. Es folgt lediglich, daß eine richtige Politik, deren Ziel nur in der Erziehung der Bürger zum Gemeinsinn und zum immer nur gemeinschaftlichen guten Leben bestehen kann und darf, diese Tatsache pädagogisch-strategisch in Rechnung stellen muß, um zum Ziel zu kommen und erfolgreich zu sein. Für Aristoteles, und darin ist er (nicht anders als Platon und alle Griechen seiner Zeit) entschieden kommunitaristisch, folgt aus der Tatsache einer komplexen Vielheit von Perspektiven, die den Staat ausmachen, lediglich eine innere Differenzierung im Begriff der Gemeinschaft, der sich der einzelne ohne Rechte mehr oder minder bedingungslos zu unterwerfen hat: An die Stelle des platonischen Staatsideals einer unzerstörbaren Einheit tritt bei Aristoteles das Telos der in sich vernünftig gegliederten Vielheit eines lebendigen Organismus. An die Stelle des platonischen *Einheitsklangs* tritt der *Zusammenklang* vieler Kehlen oder Instrumente, an die Stelle der verarmten Perfektionswelt »eines einzigen Taktes« das reiche, aber eben deshalb fragile und störanfällige Zusammenspiel eines komplexen »Rhythmus«.[29]

Während für Aristoteles und die Kommunitaristen – bis hin zu Charles Taylor[30] – komplexe Ausdrucksgestalten wie Chöre, Orchester, Gruppentänze etc. Paradigmen einer Politik der Vielheit sind, im Unterschied zum uniformen Gleichschritt der Einheitsparteien, folgt die eigentliche Differenz, die die Demokratien der Moderne zur *modernen* Demokratie macht, einer anderen, radikaleren Trennung der beiden, von Aristoteles entdeckten Auslegungen des Wortes »alle«. Zunächst muß der Allquantor in praktisch-politischen Zusammenhängen strikt aus der *Teilnehmerperspektive*, die das philosophische Beobachterprivileg abschafft, als *»wir«*, bzw. *»wir alle«* gelesen werden. Alle zusammen, so können wir jetzt sagen, können zusammen singen, tanzen, musizieren, können eine mehr oder minder gelungene, mehr oder minder authentische Ausdrucksgestalt bilden. Die andere Bedeutung von »alle«, nämlich *»jeder einzelne«*, ist hier noch gar nicht im Spiel. Normativ geht es Aristoteles lediglich um Bedeutungsvarianten des Kollektivbegriffs »alle zusammen«: einmal als rein quantitative Kollektion, als »Aggregat« (das unterstellt Aristoteles Platon bzw. Sokrates), das andere Mal als »Totalität«, als »Organismus«. Aristoteles begründet mit dieser im ganzen immer noch vorindividualistischen Bedeutungsvariation im politischen Gebrauch des Allquantors das *Orchesterparadigma* (»Rhythmus«) des Politischen, das er scharf von dem in seinen Augen zutiefst unpolitischen *Einheitsparadigma* (»einzelner Takt«) abgrenzt. Aber das eigentliche Gegenbeispiel, das die Perspektive eines jeden einzelnen definitiv vom Gemeinschafts-Wir abhebt, ist erst das nicht länger organisch zusammen klingende miteinander Reden. Alle zusammen können zusammen singen, aber nicht miteinander diskutieren. Erst die einzelne Stimme, die sich zum Argument oder zum Appell an andere richtet, hat sich definitiv vom organischen Boden allen Daseins gelöst. Die einzelnen Glieder lösen sich aus der konkreten Totalität ihrer Gemeinschaft ab und bilden fortan eine abstrakte Gemeinschaft von aufeinander verwiesenen Redehandlungen. Seine Stimme erheben und argumentieren, diskutieren, Einwänden begegnen, kritisieren, fragen kann nur jeder einzelne in eigener Verantwortung. Und es ist dieses *Autonomieparadigma* individualisierter Allgemeinheit, das den Publizitäts- und Öffentlichkeitsbegriff des 18. Jahrhunderts mit der Idee gleicher Freiheitsrechte zusammenschließt. In der demokratischen Rechtsquellenlehre Rousseaus und Kants verbinden sich jener Begriff und diese Idee zu einem rationalen oder allgemeinen Willen, der sich allein aus der Kraft individueller Autonomie speist.[31]

An die Stelle der Idee, d. h. eines objektiven Maßstabs des Guten, den immer nur die wenigen Wissenden – seien es platonisch die weisen Philosophen, seien es aristotelisch die klugen Politiker – erkennen können, tritt jetzt der Wille eines jeden. Auf das, was alle faktisch wollen, hatte sich die klassische Lehre von der Politik, Platon ebenso wie Aristoteles, immer nur instrumentell bezogen. Denn was die Vielen *in Wahrheit* wollen, *konnte* nichts anderes als das Richtige oder das Gute sein, auch wenn die Begriffe, die Platoniker und Aristoteliker sich vom Guten gemacht haben, sehr verschieden waren. Aber das Gute bestand immer unabhängig vom faktischen Wollen eines jeden jeweils Betroffenen. Einer allein konnte es erkennen, ohne mit den vielen Wollenden zu reden. Ohne mit ihnen zu reden und ohne sich von ihrer flüchtigen Meinung den Sinn fürs Wahre trüben zu lassen, war es weit besser erkennbar als im praktischen Diskurs. Auf allgemeine Zustimmung sind die Wissenden allein aus pragmatischen oder machttechnischen Gründen angewiesen. Wenn alle aus eigener Einsicht der philosophischen Erkenntnis oder der politischen Klugheit folgen würden (das ist Platons Utopie), wäre es technisch am einfachsten, eine gute Gesellschaft zu errichten. Wenn die Vielen aber – was meist der Fall ist – verstockt ihren Partikularinteressen folgen und sich von Habgier blenden lassen, müssen die philosophischen oder politischen Führer, da die Lösung durch gewaltsame Unterwerfung instabil ist, Kompromisse mit der Mehrheitsmeinung machen, um vom Ideal zu retten, was in einer fragilen Welt zu retten ist. An sich aber hat der eigene Wille eines jeden, so wie er *faktisch* ist, keine Bedeutung und keine eigene Würde. Im Gegenteil, er ist minderwertig und verachtenswert.

Erst der moderne Gedanke der Volkssouveränität bricht ersichtlich gleichermaßen mit der aristotelischen wie mit der platonischen Tradition des politischen Denkens, obwohl er das Erbe des republikanischen Pluralismus mehr noch als das des idealistischen Rationalismus nicht einfach liquidiert wie Hobbes, sondern unter dem Primat der Moderne fortführt, freilich ohne Idealismus und »after virtue«. Von nun an kann niemand mehr beanspruchen, die Interessen anderer, deren wahres Wollen authentisch zu interpretieren. Das ist bereits der liberale Kern unter dem harten Schuppenpanzer des Hobbeschen Souveräns. Kant und Rousseau, die das Prinzip der Volkssouveränität aller Politik und allem Recht voraussetzen, fügen dem nur noch den einen, alles entscheidenden Gedanken hinzu: Was sie wirklich wollen, können nur die Gesetzesunterworfenen *selbst* interpretieren. Nur sie können deshalb über das entscheiden, was alle gleichermaßen betrifft: was für Gesetze jeweils richtig sind, um die Willkür des einen mit der aller anderen kompatibel zu machen. Ihr eigener Wille wird so zur einzigen Quelle des Gesetzes. Um es sich selbst zu geben, müssen alle in ihrer Rolle als Gesetzgeber gleich und frei sein. Das ist die einzige Voraussetzung. Sie impliziert, daß alle die gleichen Rechte haben. Was bleibt dann von der klassischen Lehre?

Es ist die im alten Athen vermutlich zum ersten Mal praktizierte und von Aristoteles zum Begriff des Politischen deklarierte Idee der *politischen Selbstorganisation von Freien und Gleichen*, und es ist der im römischen Recht verankerte Grundsatz: »potestas in populo«. Das ist der »Ursprung« eines wirkungsgeschichtlichen Zusammenhangs, aus dem die moderne Demokratie sich nur emanzipieren konnte, weil sie ihm entstammt und immer noch zugehört. Aber diese Zugehörigkeit steht im Zeichen des Bruchs.[32] Die Erschließung des wirkungsgeschichtlichen »Ursprungs« der modernen

Demokratie setzt die dem antiken Denken inkommensurable neue Idee einer in gleichen Freiheitsrechten verankerten Volkssouveränität voraus.

Diese Idee ist im Rahmen der aristotelischen Anthropologie politischer Pluralität nicht zu fassen, weil diese Anthropologie die Homogenität partikularer politischer Gemeinschaften voraussetzt. Diese Voraussetzung ist ihre geschichtliche Schranke, eine Schranke, die auch nach ihrer Modernisierung zu einer Anthropologie der Geworfenheit und Natalität nur um den Preis eines massiven Rationalitätsdefizits durchbrochen werden kann. Die Überwindung dieses Rationalitätsdefizits erzwingt schließlich den Übergang vom Republikanismus zum Liberalismus, vom *Bürger* zum *Menschen*, von der partikularen Öffentlichkeit der Stadt zur universellen Kommunikationsgemeinschaft. Wir können jetzt auch sagen: Im *antiken* Verständnis des Politischen ist der Sitz der Wahrheit die Idee, und der Dialog, der klären soll, was unabhängig vom »Gerede« wahr ist, ist bloß der Weg, die Methode der Wahrheitsfindung. Der Kommunikationsprozeß als solcher bleibt der Wahrheit bzw. dem objektiv Guten äußerlich, auch dann noch, wenn das Gute im öffentlichen miteinander Handeln und Reden selbst besteht (wie bei Aristoteles und Hannah Arendt). Im *modernen* Verständnis politischer Verständigungsprozesse hingegen ist die Meinung selbst der Sitz der Wahrheit. Diese ist dem Prozeß kommunikativer Einigung innerlich. Es gibt nichts Wahres und kein Gutes jenseits der Kommunikation. Es wird vielmehr im Prozeß faktischer Kommunikation von den Akteuren selbst erzeugt.

II Pluralität

1. Das bewegliche Sein des Politischen

Grundlage der Kritik des Aristoteles an den politischen Ideen Platons ist eine prinzipielle Neubewertung im ontologischen Status des Veränderlichen und des Vielen. Aristoteles, so könnte man sagen, erschließt die Endlichkeit als das eigentliche Thema der praktischen Philosphie. Sie wird damit zu einem Thema von eigenem philosophischen Rang und Wert, auch wenn Rang und Wert des Endlichen, Veränderlichen, Vielfältigen nach wie vor ihren Platz unterhalb der epistemischen Erkenntnis des Unveränderlichen behalten und das praktische Leben dem »bios theoretikos« in der unveränderlichen Hierarchie des Seins nachgeordnet bleibt. Eine Umwertung dieser Werthierarchie blieb dem modernen Denken seit Kant, Kierkegaard, Nietzsche, Heidegger und nicht zuletzt dem Aristoteliker Marx vorbehalten. Aber das Praktische und Politische gewinnt eine neue, unabhängige Bedeutung, wenn Aristoteles erklärt, die epistemische Erkenntnis des Zeitlosen nütze dem Praktiker im Leben, dem Politiker auf dem Marktplatz, dem Zimmermann am Gerüst, dem Feldherrn in der Schlacht nichts. Für ihn komme deshalb ein ganz anderes, dem Sein des Veränderlichen angemessenes und eigentümliches Wissen in Betracht: die praktische Klugheit, griechisch »phronesis«. Und das erweist schon ein Blick auf die verschiedenen Verwendungsweisen des Wortes »gut«. Es bedeutet in verschiedenen Zusammenhängen ganz Verschiedenes, und deshalb »kann ›gut‹ unmöglich etwas übergreifend-allgemeines, und nur Eines sein«.[33] Eine Wissenschaft aber, die hilft, aus den immer wieder anderen Lagen des Lebens das Beste zu machen, ist eine irreduzibel *praktische* und mit der Theorie, die aufs Ewige geht, gar nicht verbundene »Wissenschaft des rechten Augenblicks: im Kriege die Feldherrnkunst, in der Krankheit die Heilkunst«. Es ist die Wissenschaft der Phronesis – des richtigen Augenmaßes.[34]

Sehr skeptisch äußert sich Aristoteles am Beginn der *Nikomachischen Ethik* zur Platonischen Idee des Guten: »Selbst wenn es ›das Gut‹ gäbe, das *eines* ist und in übergreifender Weise ausgesagt wird und das getrennt und an sich existierte, so ist doch klar, daß ein solches ›Gut‹ durch menschliches Handeln nicht verwirklicht und auch nicht erreicht werden könnte.« Denn das »oberste Gut« und »Endziel« des Handelns müßte eben ein Handlungsziel sein, d. h. im Handeln realisierbar.[35] Die abstrakte Erkenntnis einer ewigen Idee hat keinen pragmatischen Wert. Der Schritt von der platonischen zur aristotelischen Theorie des praktisch Guten ist der erste pragmatic turn der Philosophiegeschichte: »Welchen Nutzen soll ein Weber oder Zimmermann für sein Gewerbe haben, wenn er jenes absolute Gut kennt? Wie soll jemand ein besserer Arzt oder Feldherr sein, wenn er sich in die Schau der fraglichen ›Idee‹ versenkt hat? Hat doch offenbar der Arzt nicht die Gesundheit-an-sich im Auge, sondern die des Menschen, vielmehr die seines Patienten. Denn die Kunst gilt dem einzelnen.«[36] Die skeptische Ironisierung der Idee des Guten dient hier freilich nicht dem Sturz der Seinshierarchie oder gar der Kritik an der Höherrangigkeit der Theorie. Im Gegenteil. Sie ist bereits methodische Skepsis mit dem begrenzten Ziel einer richtigen Ordnung des Seins und der Einzäunung eines »Bereichs der Einzelfälle« in den dicht bevölkerten Bezirken unterhalb des Unveränderlichen.[37]

Angewandt auf das Feld des politischen Lebens führt die These von der pluralen Natur des guten Staates zur Einsicht in die Notwendigkeit von Differenzierungen und (elementaren) institutionellen Gliederungen. Die Differenz von häuslicher Despotie und politischer Gleichheitsordnung, von Polis und Oikos führt zu einer Theorie der in sich gegliederten politischen Organisation: »Nicht nämlich könnte man einen Staat schaffen, wenn man nicht die Dinge teilte und abtrennte, in Tischgemeinschaften etwa, in Geschlechter- und Stammesvereinigungen.«[38] Politische Freiheit ist hier freilich noch weit entfernt von der modernen Idee der Assoziationsfreiheit.[39]

Auf allen Ebenen der politischen Theorie variiert Aristoteles das Thema der Pluralität. Die Herrschaft von vielen ist besser als die von einem. Denn »der Staat besteht aus vielen, so wie ein Festmahl, zu dem viele beisteuern, schöner ist als ein einzelnes und einfaches«. Generell gilt, daß »die Menge auch vieles besser als irgendein einzelner beurteilt. Dazu ist auch die Menge in höherem Grade unverderbbar. Wie eine größere Menge Wasser, so ist auch die Volksmenge schwerer verderbbar als die wenigen.« Voraussetzung ist natürlich: daß die Volksmenge »sich aus Freien zusammensetzt« und »nicht allzu knechtisch ist«.[40] Von Sätzen wie diesen führt eine direkte Linie bis zur egalitären Tugendidee der Französischen Revolution, auch wenn das Volk der Freien und Gleichen bei Aristoteles nicht durch allgemeine Menschengleichheit oder die »zahlenmäßige Gleichheit« der Rechte, sondern durch den gleichen Rang »nach der Würdigkeit« bestimmt und deshalb von vornherein elitär und aristokratisch verfaßt ist.[41] Aber Aristoteles besteht darauf, daß der Mensch, weil er seiner wahren Natur nach ein politisches Lebewesen ist, im gemeinsamen Handeln und Reden, als handelndes Volk wahrscheinlich und in der Regel tugendhafter und klüger agiert als unter der Oberaufsicht eines allein entscheidenden guten Herrschers.

Aus der Ontologie der Endlichkeit, die schon die Aristotelische *Physik* im performativ sich vollziehenden »Sein der Bewegtheit« (»energeia«) als Zeitlichkeit faßt[42] und die zugleich eine Ontologie der Veränderlichkeit (mit einer Wirkungsgeschichte bis hin zu Marx' Satz von der Veränderung der Welt) und Vielheit des Politischen ist, folgt für Aristoteles immerhin die These, daß vorzugsweise Staaten der Gleichheit Staaten für sterbliche und veränderliche Wesen sind, Staaten der Ungleichheit hingegen solche, in denen neben den Sterblichen auch Unsterbliche, Götter und Halbgötter leben.[43] Nur wo die Herrschenden von den Beherrschten sich nämlich so unterscheiden wie Götter und Heroen von den sterblichen Menschen, ist Ungleichheit angesagt, und »ein und dieselben« sollten »ein für allemal herrschen«. Das aber sind nicht die Verhältnisse der politischen Lebewesen, denn die sind alle sterblich, so daß es »offenbar aus vielerlei Gründen notwendig [ist], daß alle in gleicher Weise gemeinsamen Anteil nehmen am wechselweisen Herrschen und Beherrschtwerden. Denn das Gleiche ist für die Gleichen ein und dasselbe, und es wäre schwierig, daß eine entgegen der Gerechtigkeit konzipierte Staatsverfassung Bestand hätte.«[44]

Freilich, und das unterscheidet die Gleichheitsordnung der aristotelischen Politik nicht nur von der egalitären Tugendidee der Aufklärungsepoche des 18. Jahrhunderts, sondern auch vom modernen, individualistischen Pluralismus, ist Gleichheit hier Vorrang der Freien innerhalb eines gegliederten und nach Tugend, Herkunft und Besitz geschichteten Staatsorganismus, und in diesem Organismus steht die *Pluralität* der Perspektiven und Interessen unter dem Vorrang des Ganzen gegenüber seinen Teilen.[45] »Wie nämlich ein Körper aus Teilen zusammengesetzt ist [...], ebenso ist auch ein Staat aus Teilen zusammengesetzt«, und genau das setzt der Gleichheit ebenso wie der Pluralität *Homogenitätsschranken.* Sie müssen ins gemeinsame Gute und Ganze passen. Zwei Meter lange Beine unter einem 30 Zentimeter langen Körper wären ebenso ein Unding und für ein gutes und selbstgenügsames Leben ebenso untauglich wie ein Staat, in dem plötzlich ein Teil alleine übermäßig wächst und alle *Proportionen des Guten* sprengt, wie z. B. »die Menge der Mittellosen in den Demokratien und Politien«[46]. Die Pluralität des Politischen muß sich um des guten Lebens willen einer höherrangigen *Perfektionsgestalt* des ganzen politischen Körpers einpassen.

2. Die politische Anthropologie der Geworfenheit

Wer die politischen Grundgedanken des Aristoteles (Pluralität und Veränderlichkeit, Selbstorganisation Gleicher und Freier, Vorrang des Politischen) gegen Einwände, die sich aus Bedingungen der Modernität (Kontingenz/Subjektivität) ergeben, verteidigen will, ist deshalb genötigt, die Homogenitätsschranke herabzusetzen und die holistische Perfektionsidee mindestens zu relativieren. Das kann man machen, indem man – wie Heidegger und Arendt – die politische Anthropologie des Aristoteles existentialistisch radikalisiert.

Die Arbeiten Hannah Arendts sind exemplarisch für eine politische Anthropologie, die die Grundbegriffe des Aristoteles rekonstruiert (und gegebenenfalls erweitert, z. B. um den Handlungstypus der »Arbeit« im Unterschied zu »Herstellen« und »Handeln«), dabei aber auf die ontologische Grundlegung in einer rationalistischen Metapolitik verzichtet. Das aristotelische »Sein der Bewegtheit«, die Endlichkeit, Wechselfälligkeit und Vielheit der menschlichen Lebensverhältnisse ist auch im neoklassischen Republikanismus der Ausgangspunkt. Hannah Arendt nennt es das Faktum der Pluralität.[47] Es ist das politische Apriori des menschlichen Daseins, und Aristoteles ist der Philosoph, der die Menschen aus ihrem unpolitischen Schlummer geweckt hat. Das »Faktum der Pluralität« verbindet das immer gemeinsame Mit- und Gegeneinander-Handeln der Menschen mit ihrer »Geworfenheit«, wie Heidegger sagt, oder, wie Hannah Arendt sich auszudrücken vorzieht, ihrer »Natalität«. Während die Geburt unvermeidlich zum menschlichen Leben gehört, ist das Handeln nur eine von den drei menschlichen Grundtätigkeiten neben dem Arbeiten und Herstellen. Leben können wir deshalb auch ohne je zu handeln. Zum Leben genügt die Arbeit und das Herstellen der für unsere Bedürfnisse nötigen Gegenstände. Aber wer dem Handeln ausweicht, der kann nicht *gut* leben, und das *gute Leben* ist das Leben der Polis, ein Leben des Menschen als politisches Lebewesen. Wer nicht handelt und nicht zu handeln weiß, lebt politikvergessen. Er kann die Politik verleugnen, aber er kann ihr nicht entkommen.

Das »Faktum der Pluralität« ist nichts anderes als »die Tatsache, daß nicht ein Mensch, sondern viele Menschen auf der Erde leben und die Welt bevölkern. (Unsere) Bedingtheit durch die Pluralität steht zu dem, daß es so etwas wie Politik unter den Menschen gibt, [...] in einem ausgezeichneten Verhältnis; sie ist nicht nur die conditio sine qua non, sondern die conditio per quam.«[48]

Hannah Arendt spricht hier nun freilich von einem Faktum der Pluralität ganz so wie Martin Heidegger in *Sein und Zeit* von einer unentrinnbaren

»Faktizität des Daseins« (im Unterschied zum bloßen »factum brutum« eines vorhandenen Gegenstandes) spricht.[49] Das ist ein erster wesentlicher Unterschied zu Aristoteles, der es Arendt wie Heidegger ermöglicht, sich zugleich (unaristotelisch) modern und (im Geiste des Aristoteles) modernitätskritisch zu verhalten. War nämlich für Aristoteles das veränderliche Sein des Politischen Stufe in einer objektiven Ordnung zeitloser Zwecke (»Teleologie«) und insofern Teil einer im ganzen rationalen Seinsordnung (»Ontologie«), so ist für Martin Heidegger, Hannah Arendt und andere Neoaristoteliker ein Faktum wie das »Faktum der Pluralität« immer nur ein bloß kontingentes, partikulares Faktizitätsapriori, das aus der rationalen Teleologie des Seins herausgesprengt ist. Es ist eben dieser Verzicht auf Metaphysik und Metapolitik, der uns zur modernitätstypischen, *radikalen Kontingenz* des menschlichen Lebens führt. Erst diese Kontingenz ermöglicht es Autoren wie Heidegger, Sartre oder auch Arendt, die je besondere, je meine (oder deine) Perspektive in der unhintergehbaren und unübersehbar komplexen Vielheit, Vielgestaltigkeit und Veränderlichkeit des Daseins zu isolieren und damit erst die wirklich radikalen, »existenziellen« Konsequenzen aus der Doppelbedeutung von »alle« zu ziehen und die Sichtweise *eines jeden* den verschiedenen Weisen dessen, was nur *alle zusammen* tun können, entgegenzusetzen. Dem Faktum der Pluralität, das Hannah Arendt freilich in seinem politischen Charakter weit schärfer akzentuiert als der politikblinde Heidegger, korrespondiert deshalb bei den genannten Autoren ein (ganz unaristotelisches) Faktum nichtassimilierbarer Subjektivität.[50]

Jeder und jede einzelne ist mit der Sekunde seiner oder ihrer Geburt dem Blick des anderen ausgeliefert. Zur *Natalität* (Arendt) gehört darum von vornherein die *Alterität* (Sartre). »Für Menschen heißt leben [...] soviel wie ›unter Menschen weilen‹ (›inter homines esse‹) und Sterben soviel wie ›aufhören unter Menschen zu weilen‹ (›desinere inter homines esse‹).«[51] Aber gerade der »im Plural erschaffene Mensch« ist als ein solcher radikal vereinzelt, ein Wesen, das, wie Marx, zugleich aristotelisch und modern, sagt, »sich nur in der Gesellschaft vereinzeln kann«[52]. Der einzelne existiert nicht als Exemplar einer Gattung, als bloße Vervielfältigung eines abstrakten Schemas: des natürlichen »Menschen überhaupt«, sondern er ist in eine konkrete, geschichtliche Welt so geworfen und gestellt, daß er in ihr einen unvertretbaren Platz einnehmen muß, nicht nur an einem identifizierbaren Ort, sondern in einer besonderen Situation, die den einzelnen immer schon als einen von vielen der gemeinsamen Welt, die er/sie mit den anderen gleichwohl teilen muß, entzweit. Die Unvertretbarkeit des je einzelnen ist es, die ihn von der Einzigartigkeit eines Steines oder eines Sternes, eines Kristalls oder einer Kugel unterscheidet.[53] Aus der Perspektive solcher Unvertretbarkeit heraus muß der einzelne sein Sein in einem ausgezeichneten und eigentümlichen Sinn von »Existenz« existieren (Sartre).[54] Diese moderne Bedeutung von »Existieren«, wie wir sie bei Kierkegaard, Heidegger oder Sartre finden, verknüpft Hannah Arendt nun mit dem aristotelischen Begriff von *Praxis* oder *Handeln*, wenn sie schreibt: »Das Handeln aber bedarf einer Pluralität, in der zwar alle dasselbe sind, nämlich Menschen, aber dies auf die merkwürdige Art und Weise, daß keiner dieser Menschen je einem anderen gleicht, der einmal gelebt hat oder lebt oder leben wird.«[55] Der Unterschied zu Aristoteles besteht genau darin, daß Aristoteles die in diesem Satz ausgedrückte Beobachtung teilt, Hannah Arendt aber etwas anderes im Auge hat, das über die empirische Beobachtung, die der Satz enthält, hinausgeht: die mit dem Status deskriptiver Vielfalt und Einzigartigkeit im menschlichen Leben und nur dort von vornherein (»a priori«) verbundene Perspektive des unvertretbar Handelnden. Die Möglichkeit des Handelns ist nicht länger durch das Telos einer Perfektionsgestalt des Seins gesichert, in dem Handeln (»Praxis«) vor allem faktisch engagierten Tun eine objektive Möglichkeit ist, die als das »Vollkommene« dem »Unvollkommenen« irreversibel vorgeordnet wäre. Der Handelnde des Aristoteles ist einzigartig, aber niemals unvertretbar. Das Vollkommene kann im politischen Handeln, von dem bei Aristoteles die Rede ist, verwirklicht werden, aber das Handeln des in die Welt geworfenen Menschen, von dem Hannah Arendt spricht, ist nicht die Realisierung irgendeiner zeitlosen Möglichkeit oder Potentialität, sondern spontane, innovative Praxis, die sich ihre eigenen Möglichkeiten selbst schafft und jedem einzelnen als riskantes Engagement in einer kontingenten Welt aufgegeben ist. »Natalität« bedeutet für Hannah Arendt nichts anderes als »geworfener Entwurf« für Heidegger oder die zur spontanen Personalisation je schon genötigte geschichtliche Konstitution beim späten Sartre.[56] In die Welt sind wir hineingeboren, ob wir wollen oder nicht, aber dann können wir das Selber-Wollen, das Planen und Entwerfen schon bald nicht mehr vermeiden. Der elementarste Sinn von »Autonomie« besagt nichts anderes, als daß man dieses Wollen auch selbst will.[57] Jeder einzelne Mensch ist nicht nur ein neuer Anfang, er muß auch einen neuen Anfang machen. »Handeln« ist wie in der Ethik und Politik des Aristoteles auf die gemeinsamen Angelegenheiten[58], eben auf Polis und Politik und damit auf die geschichtliche Lage einer partikularen Gemeinschaft von vornherein verwiesen. Aber im Handeln muß jeder einzelne die Initiative ergreifen und immer wieder neu beginnen, sich selbst gleichsam aus dem Nichts heraus, d. h.: in unvertretbarer Eigenverantwortlichkeit (und damit in einem elementaren Sinne »autonom«) erschaffen. Wir müssen das Sein und damit immer auch die partikulare geschichtliche Gemeinschaft, in die wir geworfen sind, aus dieser Lage heraus, also von innen transzendieren oder überschreiten. Sartre drückt das so aus: »Der Mensch muß den Menschen erfinden«; Castoriadis spricht mit starkem Pathos von einer »creatio ex nihilo«[59]; und auch Hannah Arendt orientiert sich durchgängig an diesem, existentialistisch und spontaneistisch radikalisierten Verständnis vom Handeln: »Der Neubeginn, der mit jeder Geburt in die Welt kommt, kann sich in der Welt nur darum zur Geltung bringen, weil dem Neuankömmling die Fähigkeit zukommt, selbst einen neuen Anfang zu machen, d. h. zu handeln. Im Sinne von Initiative – ein initium setzen – steckt ein Element von Handeln in allen menschlichen Tätigkeiten.«[60] Dieser Lage ist auch derjenige ausgesetzt, der nicht handeln und die Welt verändern will, sondern sich lieber passiv in das Gewordene und die Art, wie man lebt, einfügen möchte. Spätestens in dem Augenblick, in dem eine seiner Anpassungsleistungen an das gewohnte und übliche Leben der Gemeinschaft mißlingt und von den anderen nicht als gelungene Anpassung akzeptiert wird, muß der Konformist erkennen, daß er je schon gehandelt hat. Und diese Erkenntnis ist deshalb in der Regel so schmerzlich, weil sie eine nicht rein kognitive Selbsterkenntnis ist: die praktische Einsicht (»phronesis«), wie es um einen selbst steht. Handeln und praktische Einsicht gehören hier untrennbar (in der handelnd erfahrenen »Sorge« um sich) zusammen – aber nicht (primär) im Sinne des aristotelischen, sittlichen Situationswissens, sondern zunächst im Sinne eines subjektiven »Mitsichvertrautseins«.[61]

Die Menschen sind »bedingte Wesen«, aber »unter selbstgeschaffenen Bedingungen«.[62] Und das heißt eben, kein Telos ist ihnen zur Realisierung vorgegeben, alles, was sie tun, müssen sie sich selbst zuschreiben und selbst wollen können. Und deshalb identifiziert Hannah Arendt das politische Handeln mit der Freiheit, in der wir das bloße Leben überschreiten. Die kreative Freiheit des Neu-Beginnens, die für Arendt und alle modernen Handlungstheoretiker zentral ist, ist für Aristoteles aber durchaus sekundär und keineswegs das Wesen der politischen Sache, um die es dem Handelnden zu tun ist. Das Wesen der Praxis ist für Aristoteles vielmehr die *Selbstorganisation einer Perfektionsgestalt guten Lebens.* Für Hannah Arendt ist Politikvergessenheit mit Freiheitsverlust identisch, für Aristoteles ist die Zerstörung der Polis zunächst ein Perfektionsverlust, der mit der sekundären Folge der Sklaverei oft, aber nicht notwendig, verbunden ist.[63] Frei ist auch der Herr im Haus, frei ist der Tyrann, frei ist der Pöbel in der extremen Demokratie, Freiheit heißt für Aristoteles wie für Platon, tun zu können, was man will, und das ist sittlich eher etwas Zweifelhaftes, jedenfalls nicht das eigentliche Um-willen des Politischen. Die innere Verwiesenheit von

Pluralität und Handeln auf individuelle Freiheit ist ein moderner Gesichtspunkt – ebenso in der politisch-republikanischen Version, die Hannah Arendt unserem Freiheitsverständnis empfiehlt, wie in der unpolitisch-protestantischen Auslegung beim jungen Heidegger.

Zwar ist die politische Freiheit für Hannah Arendt keine des gesetzlosen und dezisiontistischen »Ich-will«, das ist für sie die Freiheit der Philosophen des 17. und 18. Jahrhunderts, die Freiheit des abstrakt-natürlichen Menschen überhaupt. Die politische Freiheit ist »konkret«, wie die unpolitische Heideggers in eine reiche und vielgestaltige Herkunftswelt geworfen, die Freiheit in einer »konkreten Wirklichkeit«. Das Faktum der Pluralität begrenzt die reine Freiheit des »Ich-will« durch das »Ich-kann«, das die Freiheit der Individuen von vornherein auf einen geschichtlichen »Spielraum« begrenzt. Es ist dieser »Spielraum« einer geschichtlichen, durch Gesetz und Sitte eingeschränkten Tugendordnung, »der faktisch die verfaßte Bürgerschaft in Bewegung setzt«.[64] Die freie Bewegung einer konkret verfaßten Bürgerschaft ist ihre Macht. Die Freiheit, identisch mit der politischen Macht, sich von Herrschaft ungehindert zu bewegen und zu versammeln, kommt »dem Bürger und nicht dem Menschen überhaupt zu«, und sie kann sich deshalb auch nur »in Gemeinschaften zeigen, wo die vielen Zusammenlebenden in Wort und Tat miteinander verkehren, geregelt durch viele Rapports – Gesetze, Sitten, Gebräuche und ähnliches. Mit anderen Worten, die politische Freiheit ist nur möglich in der Sphäre der menschlichen Pluralität [...], und da Macht und Freiheit in der Sphäre der menschlichen Pluralität [...] synonym sind, bedeutet das auch, daß die politische Freiheit stets eine beschränkte Freiheit ist.«[65] Soweit ist Hannah Arendts Freiheitsverständnis altrepublikanisch.

Aber diese aristotelische Freiheitslehre verbindet sie mit einem dezisionistisch gelesenen Kant, der in der *Kritik der reinen Vernunft* die Freiheit als das »Vermögen« bestimmt hatte, »eine Reihe in der Zeit ganz von selbst anzufangen«.[66] Dabei handelt es sich um den absoluten Anfangspunkt einer Kette kausaler Ereignisfolgen in der Welt. Für Kant handelt es sich zumindest um einen unvermeidlichen und unwiderleglichen Schein, dem freilich die gegenteilige Evidenz durchgängiger Determination ebenso unwiderlegt widerstreitet. Aber es ist nicht wichtig, daß Hannah Arendt den Kontext der Antinomienlehre, der ihr Lieblingszitat entstammt, hier vernachlässigt. Denn in der Tat erfahren wir unser absichtliches, gewolltes Tun darin, daß wir Ereignisse willentlich verursachen, die sonst nicht stattgefunden hätten. Die »Geworfenheit«, die »Natalität« relativiert diesen absoluten Ausgangspunkt zwar auf seinen geschichtlichen Ort hin, ändert aber an der Absolutheit freier Selbstüberschreitung nichts. Im Gegenteil, sie nötigt mit unwiderstehlicher Macht zu solcher Selbstüberschreitung. Insofern spricht Hannah Arendt zu Recht von einer »*relativ* absoluten Spontaneität«.[67] Eine solche absolute Spontaneität, der Anfang aus dem Nichts ist jedenfalls das moderne Element ihrer Freiheitstheorie, mit dem sie sich auch ganz bewußt (mit Berufung auf Kant und die christliche Philosphie des Römers Augustinus) von Aristoteles absetzt, bezog sich doch bei Aristoteles der für die freie Wahl konstitutive Überlegungsspielraum nur auf die Mittel des Handelns und nicht auf den vorgegebenen Zweck. Die Ziele, Gesundheit, Glück etc., liegen immer und für alle jeweils Gleichen gleichermaßen unverrückbar in der menschlichen Natur. Das Problem des Handelns ist »nur«, diese Ziele in einer überkomplexen und begrenzten, unübersichtlichen und vielgestaltigen pluralen Welt mit den jeweils angemessenen Mitteln zu realisieren und in der jeweiligen Situation dann, wenn die Zeit knapp ist, zu erkennen, *welche* Ziele ihr angemessen sind. Das ist die Leistung der Phronesis. Um in einer konkreten Lage das Richtige zu treffen, braucht der Handelnde einen Überlegungsspielraum und genau die Autonomie *und* Kompetenz, ihn auszufüllen und eine Entscheidung zu fällen.

3. Natalität und Praxis

Über die teleologische Theorie der praktischen Möglichkeit des Handelns, die Zentrum der aristotelischen Lehre ist, geht die Theorie der menschlichen *Natalität* weit hinaus.

»Natalität« und »Praxis« bilden für Hannah Arendt einen inneren Zusammenhang, der die Natur des politischen Lebewesens bestimmt. Aber es ist wichtig, beide Aspekte scharf auseinanderzuhalten, um die Differenz, die den Neorepublikanismus von Aristoteles trennt, noch klarer in den Blick zu bekommen. »Praxis« ist der Begriff, der auf Aristoteles zurückgeht, aber von »Natalität« ist nicht bei Aristoteles, sondern – der Sache nach – erst bei Augustinus die Rede. In der Begrifflichkeit, die Martin Heidegger seiner Phänomenologie der menschlichen Existenz in *Sein und Zeit* zugrunde gelegt hat, ist Natalität, wie wir gesehen haben, ›Geworfenheit‹, und damit ist die praktische Frage nach dem, was jeweils ich zu sein habe und wie ich je mein Leben leben will, gemeint. Paradigmatisch ist hier die Frage Hamlets: »to be or not to be«. Geworfenheit oder Natalität hat, wie Heidegger sich ausdrückt, den »Charakter der Jemeinigkeit«, und sprachlich ist hier das »Sein« in der Bedeutung des »Zu-seins« gemeint. Der eigentümliche Charakter des »Zu-seins« zeigt sich in dem Umstand, daß wir dem Wählen, daß wir der praktischen Stellungnahme zu unserem eigenen Sein nicht ausweichen können. Wir sind zum Wählen, zum Engagement geboren, zur Freiheit »verurteilt«, wie Jean-Paul Sartre sagt. »Geworfenheit« oder »Natalität« ist die praktische Notwendigkeit, wählen zu *müssen*. Der »relativ absoluten Spontaneität«, Handlungsketten in Gang zu setzen, können wir uns nicht entziehen. Das Muß im Faktum der Pluralität, die praktische Nötigung zur freien Aktivität, das passive Moment der Geworfenheit aber hatte Aristoteles im teleologischen Begriff der Praxis noch gar nicht im Blick. »Praxis« bezieht sich allein auf das »Worum-willen« unseres Lebens und unserer Aktivitäten, ihren zielgerichteten Charakter. Es geht uns im Handeln stets um etwas Bestimmtes, das wir als Ziel anstreben, – und sei es das Handeln selbst wie beim Schwimmen oder in der Politik. Um das tun zu können, müssen wir aber die Wahl zwischen verschiedenen Möglichkeiten haben. Handeln kann nur, wer einen Spielraum hat und zwischen Alternativen wählen kann. Die praktische Möglichkeit ist das eigentliche Thema der aristotelischen Untersuchung des Handelns. Von Anfang an ist sie allein auf das Worum-willen unseres Tuns gerichtet, und mit diesem teleologischen Erkenntnisinteresse beginnt auch die *Politik*: Jeder Staat ist eine Gemeinschaft und »jede Gemeinschaft« besteht »*um* eines bestimmten Gutes *willen*«, denn »eines Guten wegen, das eben ein solches zu sein scheint, tun alle alles«; und nach einem höchsten Gut »trachten« oder »streben« alle Gemeinschaften, und dieses Gut ist »die staatsbürgerliche Gemeinschaft«, die Polis.[68] Das letzte Ziel, das höchste Gut selbst, steht hier nicht zur Disposition. Aber nicht jeder sieht es richtig, die von der Meinung (doxa) abhängige Menge hat kein »Auge« für das Gute und fällt deshalb leicht auf dessen bloßen Schein herein.[69]

Leben hat immer ein »Um-willen« (eine Zwecksetzung) und ist in diesem Sinne des »wählen *könnens*« von Mitteln und Zwecken praktisch. Aber der andere Aspekt unseres Lebens, das »wählen *müssen*«, die ›Geworfenheit‹ oder ›Natalität‹ spielt für Aristoteles noch gar keine Rolle.[70] Und das hat weitreichende Konsequenzen, die für *unser* Verständnis des Politischen wichtig sind. Warum hat Aristoteles das »wählen *müssen*« gar nicht beachtet? – Weil für ihn nur die ethisch bestimmte »vita activa« Lebensvollzug im eigentlich menschlichen Sinn ist. Die Negation des aktiven Lebensvollzugs hingegen ist für Aristoteles keine echte Wahlmöglichkeit, sondern nur ein schlichtes Versagen der Selbstbeherrschung, ein blinder Vollzug unkontrollierter Natur, wie Schlafen keine Praxis, die in irgendeinem Sinn Vollzug des guten Lebens wäre. Zur Tugend im umfassenden Sinn des guten Lebens gibt es keine echte Alternative, und eben aus diesem Grunde wäre Hamlets radikal existenzielle Frage nach dem Zu-sein (»to be or not to be«) für Aristoteles sinnlos und wirr: eher Ausdruck eines verwirrten Geistes denn einer rationalen Überlegung. »Nicht Streben« und »nicht Wollen«, »nicht zu sein« ist nicht wählbar, sondern nur im Mißlingen und Scheitern unseres Strebens und Wollens als Schwäche des Willens oder Übermacht der Umstände erfahrbar. Zum »leben wollen« gibt es ebensowenig eine echte Alternative wie zum »gut leben wollen«, wobei der Vollzug des *guten* Lebens im Grenzfall auch im Opfer des Lebens oder im Selbstmord bestehen kann.

Damit entgeht Aristoteles aber das eigentlich voluntative Element unseres praktischen Bezugs zum Sein des Veränderlichen und Vielgestaltigen. Da er ein überlegtes Ja oder Nein zu diesem Sein nicht in Rechnung stellt, verdinglicht er es zu etwas unverrückbar Vorgegebenem und Vorhandenem. Wenn mir jemand rät, nach Hause zu gehen, dann habe ich, wenn der Rat richtig und klug ist, keine Alternative mehr, außer ich werde durch irgend etwas mir Unverfügbares gehindert. In letzter Instanz ist Phronesis praktische Erkenntnis, und es macht keinen Sinn, etwas tun zu wollen, was solcher Einsicht widerspricht. Einen Willen wider bessere Einsicht gibt es nicht, nur Willensschwäche. Deshalb unterscheidet Aristoteles auch nicht wie Heidegger oder Arendt ein *praktisches* »Ja/Nein« von einem assertorischen oder *theoretischen*. Für Hannah Arendts Theorie der Staatengründung ist gerade diese Differenz entscheidend, und wie Martin Heidegger akzentuiert sie sie so scharf, daß sie es ablehnt, zwischen der voluntativen Einigung einer Gemeinschaft von Bürgern auf eine Verfassung der Freiheit und der möglichen Wahrheit von Aussagen, die sich auf den Inhalt einer solchen Verfassung wie auf etwas Vorhandenes beziehen, auch nur einen Brückenschlag für möglich zu halten. Zwischen dem politischen »Zu-sein« der Gründung, dem »to be or not to be« einer Gemeinschaft freier und gleicher Bürger und dem materiellen Sein feststellbarer Vorhandenheit klafft ein »Abgrund der Freiheit« (Arendt).

Die Konstruktion eines solchen Abgrunds ist zwar, wie Tugendhat wiederholt am Beispiel Heideggers gezeigt hat, unbegründet und deshalb irrational. Aber hinter dieser Übertreibung des modernen Freiheitsverständnisses und seiner Stilisierung zu einem rational uneinholbaren Stiftungsgeschehen steckt doch eine wesentliche Einsicht in den praktischen Charakter unseres »Seinsbezugs«, die den Rahmen der Aristotelischen Metaphysik und Metapolitik im Interesse an einer radikalen Erweiterung unserer Autonomie in *und* gegenüber der Politik zersprengt. Aristoteles ist zwar der Entdecker des performativen Seins, des »Seins im Vollzug des Handelns«, aber er kennt nur einen assertorischen Bezug auf dieses Sein, keinen *praktischen* wie Shakespeares Hamlet. Letzteres ist dem griechischen Denken so fremd wie die moderne Freiheit zum »radikal Bösen« (Kant). Die eigentlich praktische Frage ist deshalb für Aristoteles auch nicht die Frage: »Wie *will ich* leben?

Wie will ich sein?«, oder gar, in der äußersten Radikalisierung: »Will ich leben?« Für ihn macht allein die Frage: »*Was ist* das richtige Leben?« Sinn, und sie hat natürlich, wegen des beweglichen Seins unserer politischen Existenz, stets viele Antworten. Aber das Richtige kann man nicht wählen, und hat man es erkannt, dann kann man nur noch von ichfremden, heteronomen Mächten daran gehindert werden, es zu verwirklichen. Man kann Möglichkeiten, die man erkannt hat, verwirklichen, aber man kann sie nicht wählen oder erfinden.

In diesem Sinne verdinglicht Aristoteles das performative Sein zu etwas, auf das wir uns immer nur im Modus des »Fest-Stellens« (der konstativen, aussagbaren Feststellung) wie auf etwas Vorhandenes beziehen können. Das führt aber, wie wir gesehen haben, zu einer einseitigen Beschränkung auf die Perspektive des Beobachters und zur Ausblendung des individualisierenden Teilnahmebezugs. Und dieser Bezug ist wesentlich zeitlich, auf die je eigene Zukunft bezogen, und es ist dieser Vorgriff auf unsere Zukunft konstitutiv für den je aktuellen Handlungsvollzug. Die Zielsetzung unserer Praxis gründet deshalb in der Sorge um eine Zukunft, die wir, wie Heidegger sagt, immer schon *faktisch* »sind und zu sein haben«. Ihre Möglichkeit ist unserem Sein nicht äußerlich vorgegeben wie bei Aristoteles, sondern in der praktischen Notwendigkeit des »Zu-seins« begründet: »Daß ich mich voluntativ-affektiv zu meiner Existenz verhalten kann, gründet darin, daß die Proposition, zu der ich mich dabei verhalte, nicht das *Faktum* ist, daß ich existiere« – dieses wäre für Heidegger das factum brutum eines Vorhandenen –, sondern es ist vielmehr »die bevorstehende Existenz, und das heißt die (praktische) Notwendigkeit, daß ich zu sein habe, und damit in eins die (praktische) Möglichkeit, zu sein oder nicht zu sein bzw. so und so zu sein oder nicht zu sein«.[71] Heidegger spricht hier von »Faktizität«, um das »Zu-sein« terminologisch vom bloßen »Faktum« (Heidegger: »factum brutum«) abzugrenzen. Das »wählen Können« erschließt sich erst vom »wählen müssen« her dem Selbstverständnis des menschlichen Daseins.

Diese ontologische Differenz zwischen Faktizität und Faktum, zwischen »wählen müssen« und »wählen können«, ist der jüngeren kommunitaristischen Kritik am Liberalismus – anders als Heidegger und Arendt – dort entgangen, wo sie einen starren Gegensatz von Haben und Sein, von Entwurf und Charakter, von »choice« und »discovery« konstruiert. Michael Sandel reduziert deshalb unsere eigentliche Freiheit auf die Akzeptanz und Affirmation unserer je besonderen sozialen und geschichtlichen Identität. Das ist – politisch gesprochen – konservativ und reaktionär. Wie die klassische Lehre von der Politik geht er von der Erkennbarkeit unverfügbarer, unserer Natur vorgeblich entsprechender Ziele aus.[72] Sein Buch, das von den Grenzen des prozeduralen Gerechtigkeitsverständnisses politischer »liberals« handelt, ist aristotelisch, teleologisch und korrespondenztheoretisch und verfehlt darin exemplarisch das für den Neorepublikanismus Hannah Arendts konstitutive *moderne* Element des »wählen müssens« und einer »Natalität«, in die immer schon das Moment des radikal Neuen im Sinne der *Selbsterzeugung* des Menschen in einer unvermeidlich falliblen und riskanten, eben »materiellen Praxis« (Marx) eingeschlossen ist.[73] Unser Sein, der Charakter, der wir sind und der uns hat, verschließt sich keineswegs der Wahl und Wählbarkeit, im Gegenteil, unser »Sein« setzt uns dem Wählen aus, ob wir wollen oder nicht; jede historische und soziale Schranke ist in solchem Wählen übersteigbar. »Geworfener Entwurf« heißt – in der Sprache Heideggers – ins Entwerfen geworfen zu sein.

Die politische Pointe der Entdeckung dieses inneren Zusammenhangs von Natalität (»Wählen müssen«) und Praxis (»Wählen können«), von Geworfenheit und teleologischem Handeln ist die Erschließung einer völlig neuen Dimension von Autonomie. Erst jetzt ist es möglich, sich auch noch zu den Bedingungen des eigenen Existierens autonom, und das heißt hier nur: bewußt voluntativ zu verhalten. Eben diese Bedingungen waren im aristotelischen Handlungsmodell dem Handelnden unverrückbar vorgegeben. Obwohl Aristoteles sehr wohl gesehen hat, daß Sklaven sich von allen übrigen Instrumenten unseres Tuns dadurch unterscheiden, daß sie *auch* Menschen sind, so hätte er doch in der Befehlsverweigerung eines Sklaven niemals das Resultat einer radikalen Stellungnahme des Sklaven *zu* seinem Sein als Sklave, eine praktische Antwort auf die Frage »to be or not to be«, sehen können, sondern nur ein *schlecht funktionierendes*, irgendwie gestörtes Werkzeug. Sklave zu sein ist eben dessen »Natur«, sein »Charakter«. Als Mensch mochte der Athener Sklave durchaus im Stande sein, selbständig und sogar in einem elementaren Sinn protopolitisch zu handeln (z. B. als Erzieher und Lehrer der Kinder seines Herrn), ist doch Freundschaft zwischen Herr und Sklave durchaus möglich, was Aristoteles ausdrücklich einmal betont. Aber daraus folgt nichts für mögliche Alternativen, die der Sklave in bezug auf seinen Status als Sklave hätte. Zu den Bedingungen seiner Existenz kann er sich selbst nicht mehr als Mensch verhalten. Sein Menschsein und damit sein »handeln können« bleibt auf den Spielraum, den diese – unverrückbar fest gestellten – Bedingungen ihm lassen, eingeschränkt. Die praktische Frage, die sich auf sein Dasein im ganzen bezieht, ob es für ihn besser ist, Sklave zu sein oder nicht zu sein, macht für ihn und seine philosophierenden Zeitgenossen keinen Sinn. Sie können zwar konstatieren, daß Herr zu sein besser ist als

Sklave zu sein, aber die praktische Stellungnahme zu diesem Sein aus der *singulären* und *unvertretbaren* Perspektive des betroffenen Interaktionsteilnehmers stellt sich ihnen nicht.

4. »Lebend nach eigenem Gesetz allein« – Zweierlei Autonomie

Autonomie im aristotelischen Sinn ist die Fähigkeit des Handelnden, so über sich verfügen zu können, daß er sich in Übereinstimmung mit sich in der Welt bewegt. Und solches »Mit-sich-Übereinstimmen« ist nichts anderes als die Übereinstimmung mit dem Ganzen einer sittlichen Ordnung, einer Polis. Aristotelische oder altrepublikanische Autonomie ist Einklang und Übereinstimmung mit dem objektiven Telos einer politischen Tugendgemeinschaft. Solche Autonomie ist tätiges Leben (Praxis) aus Einsicht (Phronesis) in die jeweils »richtige Mitte« (Mesotis) zwischen widerstreitenden und gleichermaßen falschen Extremen. In diesem Sinne sagt Aristoteles vom tugendhaften Bürger: »Er ist sich gleichsam selbst Gesetz.«[74] Dieses Gesetz ist aber nichts durch das Subjekt selbst Gesetztes, Entworfenes, Projektiertes. Es ist dem Willen des Handelnden entzogen, unverfügbar. Der Tugendhafte, der sich gleichsam selbst Gesetz ist, ist nicht der Autor des Gesetzes. Er befindet sich vielmehr in einer vollkommenen Übereinstimmung mit sich und seinem Sein. Er selbst *ist* sein Sein. Getrennt von den Zielen der Polis machen die Ziele des einzelnen niemals einen vollständigen und umfassenden Sinn. Das eine ist mit dem anderen identisch – so wie alle Teile eines Körpers mit dem Organismus im ganzen identisch sind. Das gilt auch noch im Falle des tragischen Konflikts. Von der Antigone sagt der Chor – und er lobt damit ihre Tugend –:

> »Nicht zehrender Krankheit erlagst du,
> empfingest du Schwertes blutigen Lohn,
> sondern lebend nach eigenem Gesetz allein,
> entschrittst du lebendig zum Hades.«

Der tragische Konflikt, in dem die Tugendhafte sich selbst zerstört, hat seinen Grund freilich in einem Mangel an Einsicht in die richtige Mitte und das richtige Maß. Antigone kann nur mit sich identisch leben, indem sie das andere Gesetz ihres Lebens, das ihr als Königstochter ebenso objektiv vorgegeben ist wie die familiale Pietät, eigensinnig mißachtet. Und eben daran erkennt man, daß moderne Subjekt-Autonomie hier nur als unbeherrschter Störfaktor im Spiel ist: »Dich zerstört eigenen Trachtens/Starrsinn«, lautet schließlich das Urteil des Chors. Zerstörerisch wirkt der Starrsinn in der richtigen Anwendung des einen Gesetzes, die es ihr unmöglich macht, das eine zum andern in das »rechte Maß« zu rücken.

Da für Autoren wie Sartre, Heidegger oder Arendt die Zwecke des Handelns nicht länger durch eine rationale Seins-Ordnung vorgegeben sind, ist Subjekt-Autonomie bei diesen Autoren ein konstitutives Element der Daseins-Faktizität bzw. des Faktums der Pluralität. Die Verfügbarkeit der Zwecke ist nicht länger Quelle irritierenden Fehlverhaltens, Mangel an Selbstbeherrschung, sondern ein offener Horizont alternativer Projekte. Die spontane, innovative Praxis der Subjekte ist die Quelle ihrer Autonomie. Freiheit oder Autonomie ist dann nicht länger die Realisierung objektiver, vernünftiger Zwecke in einem selbstorganisierten Lebensprozeß, sondern der Daseinsvollzug selbst bringt spontan immer wieder neue Ziele hervor, in Übereinstimmung mit denen er sich dann selbst organisieren muß. Während Heidegger und der frühe Sartre den Projektcharakter des individuellen Daseins betonen, übertragen Autoren wie Arendt oder Castoriadis ihn auf das politische Leben der Vielen. Wenn Hannah Arendt gelegentlich Goethes »Gesetz, wonach man angetreten« zitiert, dann meint sie das selbst entworfene und bewußt der Tradition und den überlieferten Gesetzen des sittlichen Kosmos entrückte und entgegengesetzte Gesetz aus eigenem Anfang. Die Rehabilitierung des »eigenen Trachtens« und der *Projekt*-Autonomie des Subjekts ermöglicht zwar die Integration eines modernen Freiheitsverständnisses (»eine Reihe von selbst anfangen«) in den Horizont eines aristotelischen Politikverständnisses (»Faktum der Pluralität«) – aber um den Preis der Rationalität. Durch seine Herauslösung aus einer objektiven, metaphysischen Ordnung der Zwecke wird die Pluralität des Politischen zu einem bloß kontingenten Faktum. Der Einbau eines subjektivistisch-innovativen Freiheitsbegriffs in die klassische Lehre plural verfaßter Politik, der die Politikvergessenheit subjektiver Freiheit korrigiert, zerstört den Logos des Politischen. Das ist bei Arendts Begriff des Politischen nicht anders als bei Castoriadis' Begriff der »imaginären Institution«.

5. Ideenlose Innovation?

Der durchaus erfolgreiche Versuch des Neorepublikanismus, das moderne Element der Projektautonomie (innovative Praxis, Daseins-Kontingenz) einem aristotelischen Praxis- und Politikverständnis einzuverleiben, führt bei Autoren wie Arendt, Castoriadis, Heidegger oder Sartre zunächst nicht zu einer Aufhebung des republikanischen Rationalitätsdefizits, sondern zu seiner Ausdehnung bis hart an den Rand eines dezisionistischen Irrationalismus.

Einerseits vertraut Hannah Arendt – ganz so wie seinerzeit Kant und auch die frühen Idealisten – dem *Pathos der Revolution*. Die Jahreszahlen 1776 und 1789 stehen für geschichtliche Ereignisse, denen nichts an Größe und Bedeutung Vergleichbares an die Seite gestellt werden kann. Um dem weltgeschichtlich Neuen der Amerikanischen und Französischen Revolution gerecht zu werden, verbindet Arendt die klassische, im christlichen Zeitalter nur vergessene und verdrängte »Erfahrung des In-Freiheit-Handelns« mit der erst seit 1789 (bzw. 1776) gleichursprünglichen »Erfahrung der menschlichen Fähigkeit, etwas Neues anfangen zu können«.[75] Beides, das voluntaristisch-kreative Freiheitsverständnis und den Begriff kommunaler und politischer Freiheit, gab es schon lange, aber getrennt, unverbunden und im abstrakten Gegensatz. Mit dem Triumph des Christentums über die heidnische Antike hat sich allmählich ein voluntaristisches Freiheitsideal geltend gemacht, aber mit dessen Herausbildung ist der republikanische Perfektionsbegriff der Freiheit verdrängt worden.

Charakteristisch ist hier die Position von Thomas Hobbes. Er schließt direkt an das seit Duns Scotus und William von Ockham radikalisierte christliche Freiheitsverständnis an.[76] Aber Hobbes verbindet die von ihm bereits weitgehend säkularisierte und vom Bann der Theologie befreite Idee einer absoluten Schöpfung aus dem Nichts (»creatio ex nihilo«, »absolute« Freiheit) mit einem modernen, antiaristotelischen Paradigma des Handelns als technisch-strategisches Machen und Herstellen. Die Schöpfung bzw. das Geschaffene ist dann eine Maschine, der neue Staat durch und durch Artefakt, Produkt, Konstruktion und Erfindung, nicht objektives Telos, ein seiner Natur nach Gutes wie bei Aristoteles oder Platon.[77] Die Pointe der Revolution des 18. Jahrhunderts und die Wahrheit ihres weltgeschichtlichen Pathos sieht Hannah Arendt nun in der Integration des voluntaristisch-absoluten »Willens zur Freiheit« in den immer schon begrenzten und dezentrierten »Erscheinungsraum« freien Handelns. Nicht schon seine Verbindung mit Konstruktion und Technik, sondern erst die Integration des innovativen Willens ins »Getriebe der öffentlichen Angelegenheiten« ist staatengründende, verfassunggebende Praxis.[78]

Die Beobachtung der revolutionären Mischung eines ursprünglich christlich-monotheistischen (»creatio ex nihilo«), dann modern-existentiellen (»Abgrund der Freiheit«) Freiheitsverständnisses mit dem politischen des klassischen Republikanismus (»positiv begrenzte Freiheit«) in der Epoche der Revolution ist ebenso erhellend wie einleuchtend. Aber sie unterschlägt gänzlich die Rolle neuer Ideen in diesem Prozeß. Das unterscheidet Arendts Deutung der Revolution signifikant von derjenigen Kants und Hegels. Und das ist kein Zufall. Es ist eine eigentümliche Blindheit Hannah Arendts, und es kommt einer regelrechten Verdrängung der Rolle der Ideen und der Vernunft in der Geschichte gleich, wenn sie den Kampf der Revolution um den Logos der Gleichheit, um Grund- und Menschenrechte, deren Kern die Trias »Leben«, »Freiheit« und »Eigentum« bildet, als einen Kampf um alte Rechte und Privilegien und als Kampf um »Befreiung von einem Herrschaftsapparat« darstellt, »der seine Machtbefugnisse überschritten und alte, wohlbegründete Rechte verletzt hatte«.[79] »Leben«, »Freiheit« und »Eigentum« sind jedoch absolut moderne, neue Rechte, ohne antikes, im Grunde auch ohne mittelalterliches Vorbild.

In einem Satz faßt die intellektuelle Stimme der Französischen Revolution, Emmanuel Joseph Sieyès, alles zusammen, was er von Locke, Rousseau und Montesquieu gelernt hat: »Nicht durch Vorrechte, sondern durch Rechte des Bürgers, welche allen gehören, ist man frei.«[72] Die Rechte, von denen hier die Rede ist, haben ihren Ursprung in einem Gesellschaftsvertrag, der nurmehr ihre Geltung sichert und nicht länger mit ihrer historischen Genese in eins fällt. Durch die Idee gleicher Freiheitsrechte erweitert sich der »dritte Stand« zur »vollständigen Nation«, die alle Standesgrenzen überschreitet und alle alten Privilegien aufhebt. Durch moderne, funktionale Gewaltenteilung und den allgemeinen, gesetzgebenden Willen des Volkes ist definiert, was eine »Nation« ausmacht: »Was ist eine Nation?« – fragt Sieyès, um zu antworten: »Eine Gesellschaft, welche unter einem gemeinschaftlichen Gesetz lebt und durch ein und dieselbe gesetzgebende Versammlung vertreten wird.«[81] Und diese Idee der Nation und ihrer, allein in der »Vollmacht des Volkes« gegründeten, Repräsentation ist neu: »ein gemeinschaftliches Gesetz und eine gemeinschaftliche Stellvertretung ist das, was eine Nation ausmacht.«[82] Im Sinne dieser neuen Allgemeinheit der Rechtsidee ist der Dritte Stand alles: »Der Dritte Stand umfaßt alles, was zur Nation gehört. Und alles, was nicht der Dritte Stand ist, kann sich nicht als Bestandteil der Nation betrachten. Was ist der Dritte Stand? *Alles.*«[83]

Das Pathos der Wiederherstellung alter Rechte deckt sich zwar mit dem Selbstverständnis der revolutionären Klasse im Amerika der siebziger und achtziger Jahre des 18. Jahrhunderts. Die Sprache der *Bill of Rights* (paradigmatisch war die *Virginia Bill of Rights*) erinnert an die rechtliche Befestigung alter, überlieferter Freiheiten, aber ihr sachlicher Gehalt ist wie der der französischen *Declaration des droits de l'homme et du citoyen* von 1789 ganz unzweideutig der einer Deklaration oder Proklamation der *neuen*

Gleichheitsrechte eines jeden Individuums, die als Verfassung im modernen, formalen, juristischen Sinn die »ideellen Grundlagen« und »Legitimationsprinzipien eines neu aufzubauenden Gemeinwesens darstellen«.[84] Die Amerikaner glaubten zwar eine Zeitlang, sie würden gegen die Usurpation für etablierte Rechte kämpfen. Aber die Sprache, die sie wählten, war weit radikaler. Es war die deklarative Rhetorik des »We the people«, die Sprache der neuen Idee des Rechts: »We hold these truths to be self-evident, that all men are created equal« – das wußte man schon lange, aber das folgende ist neu und kaum älter als die Schriften von John Locke – »that they [all men – H. B.] are endowed by their Creator with certain inalienable Rights, that among these are Life, Liberty and the Pursuit of Happiness«. Die »Pursuit of Happiness« ist eine Besonderheit der amerikanischen Unabhängigkeitserklärung, aber sie steht in unmittelbarem Zusammenhang mit dem gleichen Recht auf persönliches Eigentum, das bei Locke als »Estate« bezeichnet wird. Die neue Idee in der Sprache des »We the people« ist die, daß »Life«, »Liberty« und »Estate« oder »Happiness« aus der natürlichen Rechtsgleichheit aller Menschen heraus dem Volk einen vorpolitischen, gesellschaftlichen Willen zuschreiben. Von nun an gilt, und dieses Grundmotiv der Amerikanischen Revolution verdrängt Hannah Arendt, daß das Volk eine *vorpolitische, gesellschaftliche Einheit, einen gemeinsamen Willen bildet* und daß es im Namen dieser vielfältigen, pluralen Einheit des »We the people« das *Recht* hat, die politischen Strukturen zu schaffen oder abzuschaffen, die seinem Willen entsprechen. Die Rechtsidee ermöglicht die Bildung eines allgemeinen, vernünftigen Willens. Das ist der politische Sinn vorpolitischer Gleichheitsrechte.[85]

6. Der Logos im Faktum der Pluralität

Der Logos ist aber sowohl für die »relativ absolute Spontaneität« des individuell handelnden Subjekts wie für das »Faktum der Pluralität« des Miteinander-Redens und Handelns konstitutiv. Es ist der Logos der Rede: weder metaphysisch objektive Vernunft, auch nicht die »ideale Kommunikationsgemeinschaft«, noch bloß subjektive, kognitiv-instrumentelle Rationalität.

Die kognitiv-instrumentelle Rationalität ist nur der sachliche Kern des gemeinschaftlichen Handelns und Redens, das die politische Praxis ausmacht: »Wenn wir ernsthaft miteinander reden, müssen wir einander eine elementare Rationalität« unterstellen.[86] Diese Rationalität erschöpft sich jedoch nicht in der kognitiven Dimension. Antworten auf kognitiv gemeinte

Fragen (z. B. »warum sollten wir eher a als b tun?«) sind Behauptungen. Und eine ernsthafte Behauptung ist mit der Pflicht, sie gegebenenfalls zu verteidigen, verbunden. Die Verteidigung, zu der wir uns mit dem Vollzug von Behauptungen verpflichten, besteht in methodischen, konstruktiven Handlungen. Wer behauptet, es gäbe zu jeder Primzahl eine größere, verpflichtet sich, zu einer beliebigen, vom Gesprächspartner vorgegebenen Primzahl eine größere zu konstruieren. Der platonischen Falle entgeht ein solcher Konstruktivismus, der mit der menschlichen Endlichkeit rechnet und ihre unhintergehbare Faktizität voraussetzt: »Wenn wir ernsthaft Behauptungen aufstellen wollen, so sind wir nicht unmittelbar zu Ausführung aller Handlungen, die als Verteidigung auf Verlangen in Frage kommen, verpflichtet, wohl aber zur Überprüfung dessen, was wir, und zwar wenn es von uns gefordert wird, tun können.«[87] Verteidigungspflichten dieser Art sind aber normative Bindungen, die durch ihre praktische Rationalität gerechtfertigt sind. Nur auf ernsthafte, verteidigbare Behauptungen ist Verlaß. An ihnen können wir im allgemeinen unser eigenes Handeln orientieren. An der Institution des Behauptens besteht deshalb ein verallgemeinerbares, rationales Interesse. Das ernsthafte Miteinander-Reden hat also nicht nur elementare kognitive, sondern darüber hinaus komplexe (institutionelle) praktische Rationalitätsvoraussetzungen.

Man könnte mit Karl-Otto Apel sagen, daß wir mit jeder ernsthaften Frage kontrafaktisch die Möglichkeit einer definitiven Verständigung unterstellen müssen und auch immer schon unterstellt haben. Zum Faktum der Pluralität gehört deshalb, wie Apel es ausdrückt, die doppelte Präsupposition einer *realen* und einer *idealen* Kommunikationsgesellschaft, nicht nur ein Faktum der Pluralität, sondern zugleich ein Ideal der Verständigung. Dabei steckt in der verdinglichenden Rede von der »idealen Kommunikationsgemeinschaft« freilich die Möglichkeit eines metaphysischen bzw. platonischen Mißverständnisses, das es ebenso zu vermeiden gilt wie die Reduktion des Faktums der Pluralität auf die geschichtliche Kontingenz der realen Kommunikationsgemeinschaft.

Mit Recht betont Apel – anders als Heidegger oder Arendt oder der neue Kommunitarismus – den Doppelcharakter im Apriori der Kommunikationsgemeinschaft.[88] Auch das politische Pluralitätsapriori hat qua Sprache und Handeln immer schon diesen Doppelcharakter. Apel spricht von einem »dialektischen Apriori«. Gemeint ist die von den kommunitaristischen und republikanischen Theorien des Politischen in der Regel verdrängte Dialektik von idealer und realer Kommunikationsgemeinschaft, von Faktizitäts- und Vernunftsapriori. Dessen Einheit bezeichnet Apel als das Apriori der Kommunikationsgemeinschaft:

»Der erste Punkt, der hier auffällt, ist der Umstand, daß es sich nicht um eine rein *idealistische* Voraussetzung im Sinne eines Bewußtseinsapriori handelt [...]. Die Pointe unseres Apriori scheint mir vielmehr darin zu liegen, daß es das *Prinzip einer Dialektik* (diesseits) von *Idealismus und Materialismus bezeichnet:* Wer nämlich argumentiert, der setzt immer schon zwei Dinge gleichzeitig voraus: Erstens eine *reale Kommunikationsgemeinschaft*, deren Mitglied er selbst durch einen Sozialisationsprozeß geworden ist, und zweitens eine *ideale Kommunikationsgemeinschaft*, die prinzipiell im Stande sein würde, den Sinn seiner Argumente adäquat zu verstehen und ihre Wahrheit definitiv zu beurteilen. Das Merkwürdige und Dialektische der Situation liegt aber darin, daß er [...] die ideale Gemeinschaft *in* der realen, nämlich als reale Möglichkeit der realen Gesellschaft, voraussetzt; obgleich er weiß, daß (in den meisten Fällen) die reale Gemeinschaft einschließlich seiner selbst weit davon entfernt ist, der idealen Kommunikationsgemeinschaft zu gleichen. Aber der Kommunikation bleibt, aufgrund ihrer transzendentalen Struktur, keine andere Wahl, als dieser verzweifelten und hoffnungsvollen Situation ins Auge zu sehen.«[89]

Zumindest die Formulierungen sind mißverständlich. Es klingt, als gäbe es *zwei* Kommunikationsgemeinschaften, eine ideale und eine reale. Aber natürlich handelt es sich nicht um »zwei Dinge«, wie Apel metaphorisch schreibt, denn es gibt ja nur *eine* Kommunikationsgemeinschaft, die reale. So ist es auch gemeint. Apel sagt ja, daß wir in der realen, der einzigen, die es gibt, eine ideale voraussetzen müßten. Wir müssen natürlich die Faktizität der realen Kommunikationsgemeinschaft scharf von der kontrafaktischen Unterstellung, es gäbe eine ideale, unterscheiden. Trotzdem ist die verdinglichende Rede von der idealen Kommunikationsgemeinschaft für eine Zweideutigkeit verantwortlich, die zu einem strategischen Selbstmißverständnis der kommunikativen Vernunft in ihrem Verhältnis zum Faktum der Pluralität führt. In dem eben zitierten Text über das Kommunikationsapriori ist nämlich zwei Seiten später davon die Rede, die strategische Rationalität von Selbstbehauptungssystemen, ohne die die reale Kommunikationsgemeinschaft nicht bestehen könnte, finde ihren eigentlichen Sinn, und das heißt hier einfach, ihr letztes Handlungsziel, in der *Realisierung* einer idealen Kommunikationsgemeinschaft – wobei natürlich von einer unüberwindbaren Spannung von idealer und realer Gemeinschaft auszugehen ist. Apel spricht deshalb mit Kant von einer regulativen Idee. Aber auch eine regulative Idee ist immer noch eine Idee. Eine Idee ist etwas, womit wir die Realität vergleichen können. So spricht Apel auch in der eben zitierten Passage davon, die reale Kommunikationsgemeinschaft sei weit davon entfernt, der idealen zu gleichen. Aber wie soll man zwei Sachen miteinander vergleichen, wo es nur eine gibt? Ein Entsprechungsverhältnis oder ein Vergleich zwischen Idee und Realität kommt nämlich bei den idealisierenden

Unterstellungen, die wir immer schon vornehmen müssen, wenn wir uns überhaupt miteinander verständigen wollen, gar nicht ins Spiel.

Versteht man aber die idealisierende Unterstellung, die wir schon mit der ersten, ernsthaft gestellten Frage in Anschlag gebracht haben, nämlich, daß wir »prinzipiell imstande sein würden«, den Sinn der Frage »adäquat zu verstehen«, und das mit ihr aufgeworfene Geltungsproblem »definitiv zu beurteilen« – versteht man diese und die dazugehörigen Unterstellungen als regulative Idee, mit der wir etwas anderes, weniger Ideales vergleichen könnten, dann legt das m. E. ein strategisches Selbstmißverständnis kommunikativer Vernunft nahe. Die ideale Kommunikationsgesellschaft würde selbst noch einmal zu einem höherstufigen Ziel strategischen Handelns, zu dessen Sinn oder letzten Zweck verdinglicht werden. Der Logos der Rede, die kommunikative Vernunft hat aber kein Außen, zu dem wir uns noch einmal strategisch verhalten könnten. Der Witz von Apels Kommunikationsapriori ist ja der, daß wir, wann immer wir uns auf eine Argumentation einlassen und überhaupt eine Frage stellen, nicht umhin können, uns nicht-instrumentell zu uns und den anderen zu verhalten. Jeder verständigungsorientierte Sprechakt ist ein Dementi aller strategischen Absichten, die wir sonst noch mit seiner Äußerung verbinden mögen. Eine strategische Verfügung über die idealen Voraussetzungen einer unverzerrten, zwanglosen und sachlichen Verständigung ist uns nicht möglich. »Definitive Verständigung« ist kein Ziel – auch nicht der Zweck aller Zwecke –, zu dem uns nur noch die richtigen Mittel fehlen. Sie gehört jedoch zu den rationalen Voraussetzungen unseres realen, öffentlich in Raum und Zeit erscheinenden Miteinander-Redens und Handelns. Und diese Voraussetzungen können auch zum Thema geschichtlicher Kämpfe werden. Rechte, insbesondere die Grund- und Menschenrechte, die seit der Epoche der Revolution des 18. Jahrhunderts unser Thema sind, sind ja nichts anderes als institutionalisierte »ideale Kommunikationsvoraussetzungen«.[90] Und mit Bezug auf das Ausmaß und die Tiefe der Institutionalisierung idealer Kommunikationsvoraussetzungen läßt sich dann auch von einem »Fortschritt im Bewußtsein der Freiheit« (Hegel) reden. Es gibt sehr verschiedene Stufen und Grade einer solchen Institutionalisierung des Logos der Rede. Und die Konstruktion und Entdeckung der Menschen- und Bürgerrechte war gewiß eine welthistorisch neue Stufe in diesem Prozeß einer Verwirklichung von »Ideen« im Kampf ums Recht. In solchem Kampf geht es natürlich immer auch (und primär) um Strategien, Zwecke und Mittel. Aber die *Institutionalisierung von Grundrechten* durch eine verfassunggebende Versammlung ist selbst kein strategischer, sondern ein kommunikativer Akt der Bildung eines allgemeinen Willens. Und Verfassungsinstitutionen sind selbst nichts anderes als die verrechtlichten Ermöglichungsbedingungen solcher Willensbildung. Sie sind aber keine strategischen Zwecke und auch nicht das Telos unseres modernen Lebens. Die Verfassung ist kein Zweck, sondern ein Rahmen, eine Form. Moderne Verfassungen kommen keinem idealen Ziel mehr oder minder nahe, sie öffnen einen Raum freier Selbstverständigung und egalitärer Willensbildung, sie verwirklichen nicht unsere Freiheit, sie ermöglichen sie, sie schränken sie auch nicht ein, sondern konstituieren sie. Das ist die neue Idee, die wir dem 18. Jahrhundert verdanken.

Für Hannah Arendt war die Epoche der Revolution im Grunde die Wiederkehr von etwas sehr Altem und Vergessenem, des Politischen, des gemeinschaftlichen In-Freiheit-Handelns vor dem Horizont eines modernen Verständnisses von Freiheit als absolutem Anfang, als gründende, voluntaristisch stiftende Tat. Im Abgrund der modernen Freiheit erschien plötzlich der uralte Grund des Politischen, die selbstzweckhafte, selbstgenügsame, mit sich übereinstimmende Praxis des politischen Lebewesens.

Diese Deutung unterschlägt aber, daß die Stiftung des Neuen sich der Konstruktion, Entdeckung und Institutionalisierung neuer Ideen verdankt. Sie sind die andere, die rationale Seite des Faktums der Pluralität. Das gilt für die modernen ebenso wie für die alten Zeiten.

Schon die griechische Idee des politischen Lebens ist nicht nur Gründung und Stiftung aus dem Nichts, nicht nur ein neuer Anfang, der im selbstbewußten Handeln vieler Menschen einer Stadt das ewige Schema des Politischen bloß aktualisiert, sondern die Geburtsstunde einer neuen Idee. Diese Idee stellt einen erkennbaren Fortschritt im Bewußtsein der Freiheit dar, und ihre Darstellung erschöpft sich nicht in der wie immer gelungenen und grandiosen Selbstdarstellung einer exklusiven Aktivbürgerschaft im strahlenden Licht der Öffentlichkeit. Den Kranz neuer Ideen am Anfang der Polis bilden: Isonomie, Bürgerfreundschaft, Autonomie des Politischen, vita activa, die Herrschaft unter Freien und Gleichen, politische Identität, Tugend und Militanz, die Loslösung des Ethos freier Selbstorganisation vom Mythos überkommener Sippschaftsverbände, die Transformation des Volkes vom Ethnos zum Demos, die bürgerschaftliche Dezentrierung des Oikos-Despotismus, die strukturelle Differenzierung von Polis und Oikos. Aber, wie wir sehen werden, ist die neu errungene Autonomie des Politischen, zugleich die innere Schranke der griechischen Welt, der Widerspruch, an dem sie schließlich zugrunde geht.

III Bürgertugend

Der kühne Entwurf einer neuen Idee steht am Anfang der Polis. Es ist die Idee der »Isonomia«, der Gleichheitsordnung: »Herrenmacht« im Haus und »Staatskunst« im Stadtstaat sind »nicht ein und dasselbe«. Keineswegs gilt: Herrschaft ist gleich Herrschaft. Es gibt einen fundamentalen Unterschied zwischen Despotie und Politik. Despotisch läßt sich die notwendige Arbeit einer Gesellschaft organisieren, aber kein Staat machen. Despotisch ist das Verhältnis von Herr und Knecht, politisch aber ist erst dasjenige zwischen selbständigen Herren: »Denn die eine Herrschaft betrifft die von Natur aus Freien, die andere die Sklaven, und die Hausverwaltung bedeutet Alleinherrschaft – denn jedes Haus wird von einem einzigen beherrscht –, doch die Staatskunst meint eine Herrschaft über Freie und Gleiche.«[91] Herrschaft über Freie und Gleiche aber ist nur als Selbstregierung der Freien und Gleichen im regelmäßigen Wechsel der Herrschaft möglich: »In den meisten bürgerrechtlichen Staaten nun wechselt das Herrschende und das Beherrschte, denn dieser Staat will seiner Natur nach, daß es Gleichheit gibt und keinen Unterschied.«[92] Gleichheit unter Freien ist das Telos richtiger Staaten, Ungleichheit aber die Natur (oder das Telos) jeder Herrschaft. Die Lösung dieses Dilemmas ist der Wechsel der Regierung, die Selbstorganisation einer Bürgerschaft im Kreisprozeß von Herrschen und Beherrschtwerden. Der Staat, die Polis, ist ein Ganzes aus Teilen zusammengesetzt, und die Teile sind die Staatsbürger. Bürger sind die, die »an der richterlichen Entscheidung und an der Herrschaft Anteil haben«.[93]

»Vita activa«: das aktive Engagement in Staatsangelegenheiten und nur dieses definiert den Status des Bürgers; wird er durch Geburt erworben, so handelt es sich stets um eine besonders privilegierte Geburt, die von vornherein die Vermutung aktiver Teilhabe an den gemeinsamen Angelegenheiten auf ihrer Seite hat, eine Vermutung, die freilich wie jede Vermutung enttäuscht werden kann. Der Staat aber ist nicht besser als seine Bürger. Das republikanische Staatsideal ist deshalb eine *Tugendgemeinschaft der Freien und Gleichen*. Und die Tugend der Bürger muß »auf die Staatsverfassung hin ausgerichtet sein«. Auch wenn deren Tugend nicht mit der des guten Herrschers identisch ist, muß doch die »Tugend des rechtschaffenen

Bürgers bei allen vorhanden sein«. Das Paradigma des Staatsschiffs verbindet Aristoteles hier mit dem des Orchesters: Vom guten Herrscher wird man erwarten dürfen, daß er »gut ist und einsichtig«, doch der gute Bürger muß »nicht unbedingt einsichtig« sein (i. S. der Phronesis, des praktischen Wissens um die Lenkung des Staatsschiffs). Wie an Bord auf hoher See oder im Chor beim Gesang, sind ungleich tugendhafte Staatsbürger »in gleicher Weise« an der »Erhaltung der Gemeinschaft« bzw. der (mit der Gemeinschaft identischen) »Staatsverfassung« beteiligt. »Notwendigerweise ist also die Tugend aller Bürger nicht eine, ebensowenig wie bei den Chorleuten die des Führers oder die des Statisten.«[94] Aber in einer Tugendgemeinschaft engagierter Bürger ziehen alle am selben Strang, und dem dient auch ihre Erziehung. Erziehung ist in der republikanischen Bürgergemeinschaft politische Erziehung, der Staat selbst ein staatspädagogisches Ganzes. Von dem, »das gemeinsam ist, muß es auch eine gemeinsame Einübung geben«. Und da jeder einzelne »ein Teil des Staates« ist, »sollte man die Erziehung mit Rücksicht auf die jeweilige Staatsverfassung anlegen«. Und weil es schließlich »für jeden Staat nur *ein* Ziel gibt, muß offenbar auch die Erziehung ein und dieselbe sein für alle Bürger«.[95]

Im Unterschied zur Tugend des Herren muß die Tugend des Bürgers mit einer gewissen Passivität, nämlich dem Sich-beherrschen-Lassen, kompatibel sein. In einer bürgerlichen Staatsverfassung freilich sind die Unterschiede in der Tugend zwischen Herren und Beherrschten nur noch in bezug auf die (ständig) wechselnde Lage und Funktion im Staatsganzen verschieden. Denn die Tugend desjenigen Staatsbürgers, der an der Selbstorganisation der Freien und Gleichen Anteil hat, »scheint es irgendwie zu sein, sowohl gut zu herrschen als auch beherrscht werden zu können«. Der richtige Staatsbürger muß »beides *verstehen* und an beidem *teilhaben*«, nur nicht zur selben Zeit.[96] Dadurch unterscheidet sich die Herrschaft im Staat fundamental von jeder despotischen Herrenherrschaft über Knechte oder Sklaven. Der Unterschied ist – in nuce– die Idee der Republik. Sie besagt, daß es »eine Herrschaft gibt, dergemäß man über Gleichartige herrscht und über Freie. Diese nämlich nennen wir die staatliche Herrschaft, die der Herrschende als Beherrschter lernen muß.« Die Idee einer republikanischen Gleichheitsordnung ist direkt von derjenigen einer richtigen Erziehung zum tugendhaften Republikaner abhängig. Nur wer als Reiter gedient hat, kann Reiterbefehlshaber werden: »Daher heißt es, und das richtig, daß es nicht möglich ist, gut zu herrschen, wenn man nicht sich hat beherrschen lassen. Dabei ist aber die Tugend eine je verschiedene. Doch der gute Staatsbürger muß es verstehen und dazu in der Lage sein, sowohl sich beherrschen zu lassen als auch zu herrschen, und eben dies macht die Tugend des Bürgers aus: die Herrschaft über die Freien in beiden Hinsichten zu verstehen.«[97] Die politische *Erziehung zum* Tun des Rechten wird so zum Kriterium republikanischer Herrschaft unter Gleichen und Freien.[98] Denn die passive Stellung des Beherrschten ist hier immer schon passive Aktivität, die die komplementäre Fähigkeit, zu herrschen, von vornherein in sich einschließt. Das ist beim Bürger, aber nicht beim Hausherrn der Fall. Wer Herrscher im Staat werden will, muß das Beherrschtwerden gelernt haben, aber zum Herrn im Haus wird man nicht durch Sklavendienste. Um Herr im Haus zu sein, muß man nicht zuvor Sklave gewesen sein. Schon die Fähigkeit, die niederen Arbeiten der Frauen und Sklaven im Haus verrichten zu können, wäre für den Herrn ein schlechtes Zeichen.

1. Die Freundschaft und das Recht

Die Substanz der Herrschaft unter Gleichen und Freien ist bürgerliche Freundschaft, die sich von der bloß verwandtschaftlichen, blutsgebundenen und familienzentrierten Verbundenheit ebenso unterscheidet wie von der modernen, romantischen, unpolitischen Freundschaft, die Individualisierung durch Distanz zur Gemeinschaft überhaupt erst ermöglicht. Bürgerfreundschaft ist der stabile Endzustand gelungener staatspädagogischer Erziehung und die kommunale Seite des gefestigten tugendhaften Charakters.[99] »Freundschaft hält die Polisgemeinden zusammen.«[100] Sie ist der sozialintegrative Kitt des Staates, das Grundmuster seiner Gemeinschaftsbeziehungen. Die öffentliche, bürgerliche Freundschaft der Guten ist das Paradigma der Polis, nicht länger die Familie, die Sippschaft oder die vollkommene Liebesgemeinschaft (wie noch in Platons *Staat*). In der Tyrannis, in der der Herrscher Hausherr ist, kann es keine Freundschaft geben.[101] Freundschaft, »philia«, *ist* die Gemeinschaft vieler und nicht eine isolierte Paarbeziehung: »Im Sinne der Polis-Freundschaft kann jemand allerdings mit vielen befreundet sein, auch wenn er nicht liebedienerisch, sondern ein echter, tadelloser Charakter ist.«[102] Freundschaft ist an Bürgertugend gebunden, und zum Staatsbürgerstatus gehört wesentlich die Freundschaft.

Dabei ist das Ziel der Tugend zunächst die Selbstachtung eines Menschen, Freundschaft zu sich selbst: »Der Minderwertige kennt nicht einmal sich selbst gegenüber ein freundschaftliches Gefühl, weil gar nichts Liebenswertes an ihm ist.«[103]

Selbstachtung als freundschaftliches Sich-zu-sich-Verhalten ist die unabdingbare (charakterliche) Voraussetzung wahrer Bürgerfreundschaft, in der Ego Alter – genauso wie Ego sich selbst – um seiner selbst willen achtet:

Der gute Freund auf dem Spitzenniveau des besten Freundes »ist, wer das Gute dem, welchem er es wünscht, um dessen Person willen wünscht, auch wenn dies niemandem bekannt würde. Dies aber, und dann auch alle übrigen Freundschaftsmerkmale, ist in erster Linie in der Haltung sich selbst gegenüber verwirklicht. [...] Aus der Wurzel der Selbstliebe erstreckt sich das freundschaftliche Verhalten auch auf die anderen Menschen.«[104] Zur wahren Selbstliebe, die von »selfishness«, Egoismus oder privatem Nutzen scharf geschieden ist, gehört die Tugend: nur wer es wirklich wert ist, kann sich selbst achten. Damit aber ist tugendhafte Selbstliebe (Selbstachtung) von vornherein auf Generalisierung zur Freundschaft angelegt und mit Liebe zur Polis, mit substantiellem Patriotismus identisch, weil das höchste Gut für den wahrhaft guten einzelnen dasselbe ist wie für den Staat (bzw. die Stadt): das gute Leben des Ganzen. Das aristotelische Selbst ist als gelungenes Leben immer schon ein »larger life« (Taylor), ein sich selbst überschreitendes »wider self« (Sandel). Wahres Glück des Individuums *ist* öffentliches Glück: »Es ist auch gewiß unbegreiflich, den vollendet Glücklichen auf sein Ich zu beschränken, denn niemand wird es vorziehen, allein für sich alle denkbaren Güter zu besitzen. Denn der Mensch ist für die Gemeinschaft der Polis und von Natur für das Zusammenleben bestimmt.«[105]

Der aristotelische Bürger ist kein isoliertes Atom, sondern als der Teil des Staates, als den ihn die *Politik* des Aristoteles definiert, in Freundschafts- und Gemeinschaftsformen vieler Art fest eingebunden. Und die »Gemeinschaftsformen aller Art sind nichts anderes als Teile der (großen) Polisgemeinschaft«.[106] »Eintracht« ist die »der Polis« im ganzen »eigentümliche Freundschaft«, für die die Athener auch den Ausdruck »Polis-Freundschaft« verwenden.[107] Es ist also keineswegs ein Widerspruch, wenn Aristoteles in der *Politik* einmal die einzelnen Staatsbürger die »Teile« des Staatsganzen nennt und das andere Mal in der *Nikomachischen Ethik* in den Freundschaftsbünden und anderen Subgemeinschaften dessen elementare »Teile« ausmacht. Der Widerspruch verschwindet, sowie man sich klarmacht, daß der Bürgerstatus mit dem Status der Freundschaften und Subgemeinschaften des öffentlichen Lebens praktisch in eins fällt.

Bei der großen Polisgemeinschaft handelt es sich nun aber keineswegs um eine andere Kategorie von Gemeinschaft als in Freundschaftsbeziehungen und anderen Subgemeinschaften. Die Polisgemeinschaft ist nur größer und die in sich selbstgenügsame, organische Synthese aller ihrer »Sondergemeinschaften«.[108] Was in den vielen »Sondergemeinschaften« exemplarisch eingeübt wird, ist Praxis, selbstzweckhaftes gemeinschaftliches Handeln. Weil es den wahrhaft guten Freunden in ihrem alltäglichen Zusammensein um nichts anderes als dieses Zusammensein, die gute Freundschaft selbst geht, ist Freundschaft das Modell politischer Praxis: Freundschaft ist wie die richtige Politik selbstgenügsam und um des guten, nicht (wie weitgehend die Familie) um des bloßen Lebens da. Das Dasein, die Existenz oder das gemeinsame Leben in Freundschaft ist bereits das politische Sein. Das impliziert aber, daß jede Form unpolitischer, gemeinschaftsferner Freundschaft minderwertig und im Prinzip staatsfeindlich ist.

Die aus vielen Teilgemeinschaften zusammengesetzte Polisgemeinschaft ist deshalb auch keine höherstufige »social union of social unions« wie der Staat in der *Theorie der Gerechtigkeit* von John Rawls. Staatsbürger oder »citizen« im Sinne von Rawls (und überhaupt im modernen Verständnis von »citizenship«) ist man nämlich als einzelnes Individuum auf Grund von Merkmalen (Geburt auf dem Staatsgebiet wie beim ius soli, o. ä.), die keinerlei Zugehörigkeit zu einer konkreten Gemeinschaft von guten Freunden oder ähnlichem voraussetzt. Die moderne Staatsbürgernation ist eine »social union« im Singular und gehört (wie die »Menge aller Mengen«) einer anderen Kategorie von Vereinigung an als die vielen Vereinigungen einer Gesellschaft, die »social unions« im Plural. Das ist jedenfalls die Pointe von Rawls' berühmter Formel, und Michael Walzer trifft sie sehr genau, wenn er schreibt: »Zumindest wird die Nation oder Vereinigung im Singular nicht durch die vielen Nationalitäten oder Vereinigungen gebildet – sie ist kein Ergebnis der Verknüpfung oder Zusammenbindung der vielen. In gewissem Sinne schließt sie diese ein; sie liefert einen Rahmen für ihre Koexistenz. Aber sie sind nicht ihre Teile. [...] Die Teile sind die einzelnen Männer und Frauen. Die Vereinigten Staaten [auf die Rawls' Formel gemünzt ist, H. B.] sind eine Vereinigung von Staatsbürgern.«[109] Staatsbürger wird man, so jedenfalls definieren es die Verfassungen der Nationalstaaten des modernen Westens, nicht durch Zugehörigkeit zu einer Sondergemeinschaft tugendhafter Bürger oder irgendeiner anderen »Schicksalsgemeinschaft«.[110]

Ein Bürgerstatus aber jenseits von Freundschaft, Tugend und Gemeinschaft wäre Aristoteles und den Griechen seiner Zeit noch nicht einmal vorstellbar gewesen. Moderne »citizenship« sprengt ebenso wie John Rawls' Definition des vernünftigen Staats als einer »social union of social unions« den Rahmen des republikanischen Paradigmas. Denn die vielen »social unions« der modernen Gesellschaft werden durch die höherstufige »social union« des demokratischen Rechtsstaats nurmehr über das Medium einer abstrakten Staatsbürgerrolle integriert, die sich zu den vielen »social unions« aus »neighbourhood«, Kirchengemeinde und Freundschaft invariant und blind verhält. Solche Blindheit ist konstitutiv für das moderne Subjekt.

Sowenig Aristoteles einen gemeinschaftsinvarianten Begriff von

Staatsbürgerschaft kennt, so wenig verfügt er über einen formalen Begriff des Gesetzesrechts, der von Freundschaft, Sympathie und Gemeinschaft durch einen scharfen Abstraktionsschnitt getrennt wäre. Recht, Tugend und die »Freundschaft der Guten« bilden eine unauflösliche Einheit verschiedener Seiten derselben Sache.[111] Freundschaft und Sympathie sind der kommunale Grund des Rechts und der Gerechtigkeit. Recht und Freundschaft sind für Aristoteles gleichursprünglich: »Soweit Gemeinschaft ist, soweit ist Freundschaft, denn soweit ist auch Recht.«[112] Der Freundschaftsgrund des Rechts ist auch der Grund seiner pluralen Verfassung. Wie die Freundschaft, so ist auch das Recht immer wieder anders: Wie die Freundschaft, so zeigt auch das Recht »sich in verschiedenen Formen«.[113] Je nach Art und Intensität der Freundschaft ist auch das Recht ein verschiedenes: »Entsprechend sind auch die Formen des Unrechts [...] verschieden. Und zwar nimmt die Schwere zu, je näher uns der Freund steht, gegen den sich das Unrecht richtet. Schwerer wiegt es, den Kameraden um sein Geld zu bringen als einen Mitbürger, schwerer dem Bruder nicht zu Hilfe zu kommen als einem Fremden, schwerer den Vater zu schlagen als irgendeinen anderen. Es wächst eben organisch mit der Freundschaft auch die Verbindlichkeit des Rechts: Freundschaft und Recht bestehen im selben Personenkreis und haben die gleiche Ausdehnung.«[114] So zeigt sich, »daß das Recht nicht das gleiche ist, wenn man das Verhältnis eines Freundes zu einem Freund oder einem Fremden oder zu einem Schulgefährten ins Auge faßt«.[115]

Zwar bringt die aristotelische Idee des Rechts und der Gerechtigkeit die Gesichtspunkte der bürgerlichen Gleichheit, der Achtung vor dem Gesetz und der Herrschaft des Gesetzes – so ist z. B. der Richter bloß die Verkörperung des Gesetzes – partiell zur Geltung.[116] Aber das Telos der Gesetzgebung ist das Glück der Gemeinschaft und Recht das, »was das Gemeinwohl fördert«.[117] Gerechtigkeit ist wesentlich auf den *konkreten Anderen* in einer Gemeinschaft bezogen und nicht auf abstrakte Rechtssubjekte. Sie soll die Gesamttugend des politischen Gemeinwesens verwirklichen. Diese Tugend ist in der Polis erzwingbares Recht: »Denn das Gesetz verlangt ein Leben, das jegliche Form von Trefflichkeit verwirklicht, und verbietet jegliche Form des minderwertigen Handelns.« Das der Gesetzgebung vorgegebene Telos, das die Gültigkeit des Gesetzes sichert, ist staatspädagogisch: »die Erziehung zur Gemeinschaft.«[118]

Die Ablösung tugendhafter Bürgerfreundschaft von selbstinteressierten Sippschaftsbanden und die Entwicklung einer Erziehung, die von den Reproduktionszwängen der Hauswirtschaft und der bloßen Erneuerung des *dominiums*, der Hausherrschaft abgespalten und ganz auf das gute Leben der Stadt zentriert ist, ist der Interaktionskern, der die griechische »Erfindung« des Politischen und die Ausdifferenzierung von Polis und Oikos ermöglicht.

2. Die Autonomie des Politischen

Am Beispiel der *Eumeniden* des Aischylos hat Christian Meier gezeigt, daß die Tragödie den Einbruch des Politischen in die archaische Welt Athens dramatisiert und die neue Ordnung gegen die Herrschaftsansprüche der alten Rachegötter des Hauses in Schutz nimmt.[119] Die Entmachtung des Areopags im Jahre 462 ist der erste vollständige Thriumph der radikalen Demokratie, die eine breite Mehrheit von gleichen und freien Bürgern chocartig vom Bestehenden distanziert und mit der Autonomie des *Politischen* konfrontiert: »Denn zum ersten Mal in der griechischen Geschichte – und auch in der Weltgeschichte – war damals die Polis-Ordnung im ganzen zur Disposition der Bürgerschaft gekommen, also strittig und Gegenstand von Politik geworden.«[120] Die Demokratie *erzwingt* eine postkonventionelle Einstellung zur Politik: Verfassungen werden wählbar, Politik wird Bürgersache und die Unterschichten durch die gleichzeitige Emanzipation der Armen (infolge der Phylenreform) politisiert. Der bloß partikularen, durch Autorität, Tradition und die Despotie der Adelsfamilien zusammengehaltenen Haus-Ordnung setzten die Bürger Athens im Bewußtsein ihres politischen Könnens eine neue politische Ordnung entgegen. Sie tritt dem Oikos-Partikularismus als eine Macht des Allgemeinen entgegen: als Demos, d. h. als konstituiertes, künstlich erzeugtes Volk von Bürgern, das selbst über sein Geschick entscheidet. Das »männliche« Prinzip der »vita activa« scheidet sich von den passiven Mächten der »weiblichen« Erde. Aus der Perspektive der Polis muß dann »das Weibliche als der innere Feind des Gemeinwesens« erscheinen, wie Hegel es in der *Phänomenologie des Geistes* von der Tragödie der Antigone behauptet.[121] Die Welt ordnet sich in Oppositionen, die allesamt die Ausdifferenzierung des Politischen aus der Sphäre des Oikos und das neue politische Selbstbewußtsein spiegeln: aktiv vs. passiv; »phronesis« (das neue Können) vs. »sophoterai«; Olympier (Apollon, Athene, Zeus) vs. Erinnyen; (bürgerliche) Ehe vs. (adlige) Blutsverwandtschaft; Griechen vs. Barbaren; Helle (Licht der Öffentlichkeit) vs. Dunkel (des Hauses).[122] Im Zentrum der *Eumeniden* des Aischylos steht die Transformation des alten Rechts archaischen Geschicks in ein neues Recht politischer Prozesse. Es kommt zu einer ersten Prozeduralisierung und Juridifizierung des Rechts dadurch, daß es sich von der Bindung an Blutrache und

Häuserfreundschaft ablöst und nur auf bürgerlicher Freundschaft gegründet wird.[123] In den Stadtstaaten kommt es zum Bruch mit der Willkür des Schicksals. Die rächenden Gewalten werden zivilisiert, indem sie aus der Unentrinnbarkeit des Schicksals herausgelöst und zur Verhandlungssache werden.

Dieser erste evolutionäre Durchbruch des Rechts ist allerdings keineswegs auf die griechischen Stadtstaaten beschränkt. Er läßt sich nicht nur, wie Christian Meier nahelegt, am Fall der Politisierung Athens im 5. und 4. Jahrhundert v. Chr. beobachten. In der Regel hängt er an der Ablösung der Blutrache durch verhandelbare Geldbußen.[124] Weder ist das »neue Recht« der Polis so eng an die Autonomie des Politischen gebunden, wie Meier nahelegt, noch ist das »neue Recht« der alles entscheidende Schritt zur Auflösung des archaischen »Rechts« der Hausgemeinschaften. Denn die Transformation eines Rechts, das an die Solidarität der Hausgemeinschaft gebunden ist, in ein Recht aus dem Geist der nachbarschaftlichen Solidarität bürgerlicher Tugendgemeinschaften ändert noch nicht viel am Kleingruppenterror von Nachbarschaftsgerichten, Kadijustiz und »neighbourhood watching«. Die Kehrseite solcher Solidarität ist die »Herrschaft des Verdachts« (Hegel) – auch ganz ohne Französische Revolution. Gerade im Recht offenbart sich die entscheidende Schranke der bloß politischen Gesellschaften Attikas und ihrer viel zu viel gepriesenen politischen Identität. Denn im Grunde handelt »die Volksversammlung« genau so »wie eine Hausgemeinschaft«.[125] Es kommt im Recht zwar zu einer schwachen Generalisierung des despotischen Hausrechts zum politischen Gemeinschaftsrecht, aber noch nicht zum Durchbruch des abstrakten Rechts einer universalistischen Rechtsgemeinschaft, die der Abstraktionshöhe der philosophischen Logik Athens und seiner Akademie entsprochen hätte. Die Rechtsgemeinschaft konnte erst auf römischem Boden blühen.

Erst der römische Durchbruch des abstrakten Rechts kann als Fortschritt im Bewußtsein der Freiheit begriffen werden, während das politische Gemeinschaftsrecht Athens – immerhin – einen Fortschritt im Könnens-Bewußtsein autonomer Selbstorganisation darstellt: vom archaischen Geschick zum freien, selbstverschuldeten Schicksal. In diesem Sinne hatte schon Hegel das zwanghafte »Geschick« des Epos vom gerechten »Schicksal« der Tragödie unterschieden. Diese Entwicklung des politischen Könnens-Bewußtseins, die die erste demokratische Verfassung ermöglicht hatte, führt auch in der Philosophie zu einem neuen *Bewußtsein der Gerechtigkeit*, das freilich in der politischen Rechtspraxis Athens ohne Folgen blieb.

Platon ergreift Partei gegen die Herrenmoral Homers und formt das

Gute und die Tugend zur ersten Gestalt des tugendhaften Bürgers. Der *Gorgias-Dialog* ist exemplarisch. Man war damals sehr beeindruckt von der Macht der Rhetorik und – wie die Totenrede des Perikles bei Thukydides zeigt – sehr stolz auf die Errungenschaft der Redefreiheit. Auch das war Könnens-Bewußtsein. Der geschickte Rhetor konnte fast alles erreichen, gegen ihn war der mächtigste Tyrann machtlos. Aber wenn wir Wissen und Glauben unterscheiden, wird die Frage nach der richtigen Rede unabweisbar. Nicht alles, was der Redner *kann*, *soll* er auch tun. Allerdings war Platon bzw. Sokrates merkwürdigerweise der Meinung, daß der Redner, der weiß, was richtig und gerecht ist, auch nur das Richtige tun und sagen kann. Es gibt bei Platon eine klare Unterscheidung zwischen Wissen und Glauben, aber keine so klare Grenze zwischen Sein und Sollen wie schon bei Aristoteles und erst recht in den zehn Geboten der Bibel. Trotzdem enthält der *Gorgias* eine eminent moralische Einsicht. Statt zwischen Sein und Sollen kategorial zu trennen, unterscheidet Platon nämlich ontologisch zweierlei Typen oder Schichten der Macht: $Macht_1$, die aus der Einsicht in das Gute folgt, und $Macht_2$, die der Tyrann oder der Agitator über die verführbaren Körper gewinnt. Macht_1 ist dann die wahre und, weil es sich um ein »Sein« und nicht um ein »Sollen« handelt, auch gleich die größte Macht, und Macht_2 ist in Wahrheit Ohnmacht, denn sie stimmt mit dem Sein nicht überein. Deshalb ist das Leben der Ungerechten und besonders des ungerechtesten Menschen, des Tyrannen, auch das schlechteste und in Wahrheit unglücklichste Leben. Platons Einsicht ist natürlich die, daß jemand Recht haben kann, auch wenn alle anderen anderer Meinung sind. Das setzt eine erhebliche Individualisierung voraus, für die die griechische Welt nicht geschaffen war und die schon etwas von Luthers »und wenn die Welt voll Teufeln wär« vorwegnimmt. Platon behauptet gegen den »nietzscheanischen« Relativismus der Sophisten die »ultimative Richtigkeit einer bürgerlichen Gerechtigkeit, welche sowohl [...] das ›Recht des Stärkeren‹ transzendierte als auch die traditionellen Normen zurückwies, aus denen die Sophisten das griechische Denken emanzipiert hatten. Die Gerechtigkeit Sokrates' und Platons beruhte auf einer universalistischen Konzeption der allgemeinen Ordnung. Diese Ordnung, die dem Verstehen durch die Vernunft zugänglich war, war [...] sowohl dem moralisch nihilistischen Akzeptieren des Bürgerkriegs [...] als auch jenem archaischen Traditionalismus überlegen, unter dessen askriptiven Verpflichtungen Oedipus zu leiden hatte.«[126] Erstmals konnte sich auf diese Weise eine *säkulare normative Ordnung* scharf von der nicht-menschlichen, göttlichen Ordnung der Dinge abheben. Allerdings »nur« in der gesellschaftsfernen »Kultur«, in der Akademie vor den Toren der Stadt, in welcher Sokrates zum Tode verurteilt wurde. Das politische Denken von Platon und Aristoteles sprengt, so gesehen, die allzu engen Mauern der Stadt Athen und überlebt das Ende der alten griechischen Gesellschaft, die zum Saatbeet für eine Saat werden sollte, die erst sehr viel später in einer ganz anderen Gesellschaftsordnung aufgehen konnte: »Wie das politische Denken Platons und Aristoteles' eindeutig zeigt, war das universalistische Potential des Konzepts der Naturordnung [objektive Teleologie, H. B.], nicht in der politischen Organisation ihrer Zeit institutionalisiert. Tatsächlich glauben beide Philosophen, daß die kleinen *Poleis* die einzigen ethisch akzeptablen politischen Organisationen und daß die größeren Gemeinwesen schon von der Form her barbarisch seien.«[127]

Das platonisch-aristotelische »small is beautiful« war eben Könnens-Bewußtseins, und dieses hinderte die Philosophen, den Fortschritt im Universalismus ihrer eigenen Werke zu erkennen.[128] Es war – wie Hegel sagt – zugleich die »Schönheit« und die »Schranke« der griechischen Welt, ihre partikularistische Beschränktheit.

Aristoteles schließlich zieht die machttheoretische Konsequenz aus der Differenz von Polis und Oikos. Im *Haus* herrscht Despotie, Macht aus ungebremstem Vorteilsstreben und purem Selbstinteresse, die rechtlichen Schranken häuslicher Despotie bleiben schwach. Im Staat erst wird die Macht politisch sublimiert zur »Macht im Rahmen von Gleichheit und Gesetzen«.[129]

Eine solche Politik setzt freilich voraus, »daß der gesamte außerpolitische Bereich nicht zur Disposition stand. Wirtschafts- und Gesellschaftsordnung, Bildungsverhältnisse und Religion waren vorgegeben und konnten nicht Gegenstand von Entscheidungen, also auch nicht Kristallisierungspunkt für Parteiungen sein. Sie blieben sich auch zumeist gleich. Daraus folgte, daß die allgemein relevante Veränderung, das heißt der für alle wichtige Wandel der Zeit politisch war. Was als Wandel sich vollzog und wahrgenommen wurde, resultierte und bestand aus politischem Handeln und Ereignissen und deren Folgen. Politik war also der originäre Bereich der wichtigsten, der nennenswertesten Geschehnisse und der (wesentlich nur politischen) Veränderung.«[130] Die narrative Ereignisgeschichte kam mit dem evolutionären Veränderungsgeschehen fast zur Deckung.[131] Die soziale und kulturelle Identität der attischen Bürger war politisch.

»Die Identität der Athener«, schreibt Christian Meier, »war dadurch bestimmt, daß die politische, also die bürgerliche Zugehörigkeit die einzig nennenswerte war, die über die engen Zusammenhänge des Hauses und der Nachbarschaft hinausging.«[132] Da auch die Religion wesentlich Polis-Sache war und aus den Gemeinsamkeiten der ohnehin nur negativ bewerteten Arbeit keine nennenswerten Solidaritäten flossen, kann man ohne Übertreibung sagen, daß die »gesellschaftliche Identität« der Polis »durch und durch und nur politisch war«.[133] Die durch politische Identität und aktive Identifikation mit Politik bestimmte Freiheit war deshalb eine positive Form der Freiheit durch Selbstverwirklichung.[134] Eben darin, in solcher Freiheit der politischen Selbstverwirklichung im Raum der gemeinsamen Angelegenheit, Sorgen und Projekte, hat Hegel die »schöne griechische Sittlichkeit« gesehen.[135] Sie war »beautiful«, aber leider in jeder Hinsicht »too small«. Das gemeinschaftliche Sein der Bürger setzte sich für sehr viele Athener »ins Zentrum und forderte sie heraus, mit einem wichtigen Teil ihrer Zeit, ihres Denkens, Trachtens und Handelns ›politisch‹ zu sein. Sie veränderten sich, indem sie in die Politik kamen. Und darin legten sie sich gegenseitig fest. Isonomien und Demokratien nahmen die Bürger so sehr in Anspruch, daß sie nur durch einen Wandel ihrer gesellschaftlichen Identität ihnen genügen konnten.«[136]

Indem sie eine politische Identität entwerfen mußten, konnten sie nicht anders, als ihre persönlichen Interessen und Bedürfnisse den gemeinsamen Angelegenheiten lexikalisch nachzuordnen. Der homo politicus, nicht der homo oeconomicus oder der homo faber ist der Horizont der platonisch-aristotelischen Anthropologie. Als politischer Entwurf, der die Menschen zu dem machte und durch den sie sich zu dem machen mußten, was sie waren, war das Politische Selbstzweck und sich selbst genug. Eben das heißt politische Identität: Politik ist nicht für außerpolitische Zwecke instrumentalisierbar. Ihre Instrumentalisierung für private oder parteiische Interessen hätte zwangsläufig die Zerstörung der politischen Identität der Bürger zur Folge gehabt. Deshalb »vertrug und kannte« die politische Identität der Athener keine »Relativierung des Politischen in weiteren Zusammenhängen«, kannte sie keine Relativierung »der Bürger in der Zeit« und keine »Funktionalisierung, die die Politik zum Mittel und am Ende sogar ein anderes Wir [etwa die Nation, die Menschheit, die Internationale, das Proletariat, Gott, das bürgerliche Subjekt, einen neuen Menschen, den Durchschnittsnutzen atomistischer Einzelner o. ä., H. B.] zum Zweck dieses Mittels machen kann [...]. Die athenischen Bürger dagegen wollten vor allem Bürger sein und für sich, wie sie waren, arbeiten. Indem sie sich politisierten, konnten nicht ihre außerpolitischen Interessen politisiert werden. Neben der Polis gab es im wesentlichen nur das Haus.«[137] Was fehlte, war die beides vermittelnde und dynamisierende Gesellschaft. Es gab Politik und Ökonomie, aber es gab keine politische Ökonomie. Auf die ersten Zeichen einer sich herausbildenden bürgerlichen Gesellschaft reagiert Aristoteles in der *Politik* und im 5. Buch der *Nikomachischen Ethik* nervös und durchweg mit heftiger Abwehr und regressiven, hauswirtschaftlichen Empfehlungen.[138] So konnte sich keine, das Ganze übergreifende, vorpolitische, sei es utilitaristisch-ökonomische, sei es nationale, sei es klassengebundene Identität ausbilden. »Im Gegensatz dazu wurde die Polis mit der Bürgerschaft, oder auf griechisch: der ›politeia‹ identisch. Und weil mit der Bürgerschaft im wesentlichen die Verfassung ausgemacht war, hieß ›politeia‹ dann sowohl dies wie das; ohne daß man beide Bedeutungen auseinanderhalten könnte. Die Bürgerschaft war dann also die Verfassung, wie nie vorher und nachher.«[139] Das genaue Gegenteil wird dann zur alles tragenden Voraussetzung moderner demokratischer Verfassungsstaaten: Die Ablösung der Verfassung als eines Systems der Rechte von jedem konkreten Bürgersinn. Durch moderne Verfassungen verliert der Bürger zunächst jede bestimmte politische Identität. Die verfassungsmäßig gesicherte Freiheit von der Polis und von der Bürgertugend wird zur Voraussetzung einer Vielzahl heterogener Ordnungen der Tugend *und* der Untugend. Für die Moderne ist die Dissoziierung von Verfassungsform und substantieller Verfassung, von Verfassung und Bürgerschaft konstitutiv.

Die politische Identität der antiken Demokratie hat auch schon Max Weber beobachtet: »Die antike Demokratie war eine ›Bürgerzunft‹ der *freien* Bürger und dadurch [...] in ihrem ganzen politischen Verhalten determiniert.«[140] Der antike Kapitalismus konnte die Produktivkräfte, die er beherrschte (Können, »techne«), nicht entfesseln (Progress), weil er ebenso wie die antike Demokratie »*politisch* orientiert war: an Staatslieferungen, staatlichen Bauten und Rüstungen, Staatskredit [...], staatlicher Expansion und Beute an Sklaven, Land, Tributpflichten und Privilegien für Erwerb und Beleihung von Grund und Boden, Handel und Lieferungen in die Untertanenstädte«.[141] Aber »nirgends wurde die Politik einer antiken Stadt durch [...] Produzenteninteressen beherrscht«.[142] War die Not im städtischen Leben des Mittelalters im wesentlichen Folge von Arbeitslosigkeit, so wurde in der griechischen (und römischen) Antike der Verlust von Grundbesitz vor allem als politische Deklassierung wirksam.[143] Webers Vergleich der antiken mit der mittelalterlichen Demokratie ist aber vor allem deswegen erhellend, weil er die Exklusivität und extreme Einseitigkeit einer politischen Identität beleuchtet. Was der antiken Polis fehlt und was gleichzeitig ihren einzigartigen Status als Modell einer direkten Demokratie ausmacht, ist die hierarchische Stratifizierung in Zünfte und eine entsprechend sozial differenzierte Form der Selbstorganisation, die in den Städten des Mittelalters ab dem 11./12. Jahrhundert die Keime der späteren bürgerlichen Gesellschaft wachsen und Stadtluft zur Luft der Freiheit werden ließ. Freilich machte die mittelalterliche Stadtluft auf eine andere, *unpolitischere*

Weise frei als die Luft des alten Athen, deren »Bürgerzunft« nirgends »*Zunft*charakter besessen oder angestrebt« hatte.[144] Durch die konsequente Erstickung aller Keime einer bürgerlichen Gesellschaft bleibt die Athener Demokratie weitgehend eine urbanisierte Bauerndemokratie, keine im eigentlichen Sinne bürgerliche Demokratie.[145] Entsprechend war die Autonomie der antiken Stadtstaaten wesentlich politische und militärische Autonomie, die Autonomie der Bürgerstadt im mittelalterlichen Staatsverband hingegen wesentlich ökonomischer Natur.[146]

Man darf hier allerdings nicht in den heute unter Kommunitaristen beliebten Fehler einer Verklärung der korporativen Wirtschaftsverfassung mittelalterlicher Städte und Stadtrepubliken verfallen. Sowohl Montesquieu wie später Tocqueville haben solcher Verklärung deshalb Vorschub geleistet, weil der eine noch halb in ständestaatlichen, patrimonialstaatlichen Begriffen denkt und den seinerzeitigen Absolutismus sowohl durch Vorgriffe auf die Moderne (egalitäre Tugendidee, Gewaltenteilung etc.) als auch durch Rückgriffe aufs Mittelalter (Korporationen, »check and balances« zwischen Statusgruppen etc.) konstitutionell einschränken und zur Vernunft bringen wollte. Und der andere, Tocqueville, verbindet seine Beobachtung der modernen, aus der effektiven Institutionalisierung streng egalitärer Rechte zusammen mit einer bürgerlichen Privatrechtsordnung hervorgegangenen Assoziationsfreiheit mit einer massiven Nostalgie unwiderruflich vergangener aristokratischer Freiheit. Die Verklärung aristokratischer, privilegierter Freiheiten und korporativer Verfassungen verdankt sich einem völligen Unverständnis der modernitätstypischen »ursprünglichen Identität von Freiheit und Gleichheit«.[147] Anders als Montesquieu und Tocqueville hat Hegel, sonst eher kommunitaristisch und durchaus konservativ gesonnen, dies klar erkannt und mit Rousseau und Kant an der Einsicht in jene ursprüngliche Identität festgehalten. Das macht bis heute die Größe und Tiefe des deutschen Idealismus aus. Um aber jene Identität politisch und verfassungsrechtlich zur Geltung zu bringen, bedarf es der staatsunmittelbaren, von allen Statusschranken und privilegierten Bindungen an intermediäre Instanzen entlasteten und befreiten Stellung des Bürgers als eines gleichberechtigten Mitgliedes der bürgerlichen Gesellschaft. In diesem einen Punkt trifft sich die moderne mit der antiken bürgerlichen Gesellschaft. Beide setzen die Auflösung bzw. das Nichtvorhandensein intermediärer Korporationen in ihrer Existenz voraus. Deshalb kann Rousseaus Dauerpolemik gegen alle intermediären Instanzen der überkommenen, alten Privilegienordnung wie selbstverständlich die antiken Republiken als Vorbild der Moderne in Anschlag bringen. Unter der Voraussetzung des modernen Individualismus, der Idee gleicher Rechte und gewaltenteiliger, demokratischer Gesetzgebung (Volkssouveränität) ist dann freilich das Resultat bei Rousseau ein ganz anderes als bei Aristoteles.

Die in der Tat faszinierende Streitkultur der Athener war im Wortsinne positive Freiheit, zu deren Verwirklichung die Bürger von der Gemeinschaft genötigt werden konnten. Man mußte sich engagieren. Politische Beteiligung war Pflicht.[148] Auch in der Aristoteles zugeschriebenen Schrift über die Verfassung der Athener ist von der »Pflicht des guten Bürgers [...] sich politisch zu betätigen«, die Rede.[149]

Das aber setzt nicht nur der Komplexität Grenzen. Die Identität der Griechen war politisch, und das heißt auch: sie war politisch beschränkt, aufs Politische in den Mauern der Stadt streng begrenzt. »Die griechische Idee der ›Freiheit‹ galt eben nur innerhalb der Gemeinschaft selbst: Freiheit für die Glieder der eigenen Polis hieß nicht gleichzeitig rechtliche (d.h. Bürger-)Freiheit für alle innerhalb dieser residierenden Fremden noch auch politische Freiheit für die Glieder anderer Gemeinden, über die man Macht ausüben konnte.«[150] Die Fremden waren praktisch rechtlos. Das änderte sich erst im römischen »ius gentium«.

Der Preis der politischen Identität der Griechen, ihrer im öffentlichen Raum erscheinenden und sich verwirklichenden Freiheit, der Preis dieser »schönen griechischen Sittlichkeit« war erstens, was schon Hegel realistisch und unsentimental herausgestellt hatte, *normative Enge* und zweitens politische Gleichheit bei unverrückbar starrer und naturwüchsig fortbestehender sozialer Ungleichheit, kurz: *Gleichheit inmitten von Ungleichheit.* »Die Gesellschaft mit all ihren Ungleichheiten bleibt im wesentlichen, wie sie war.«[151] »Die Gleichheit der Bürger«, so Hegel, »brachte die Ausgeschlossenheit der Sklaven mit sich.«[152]

3. Ethos und Recht: Platon und Aristoteles

Bisher war ich – mit dem Hauptstrom der klassischen Lehre von der Politik – davon ausgegangen, daß Platon im Grunde den Begriff des Politischen verfehlt hat und deshalb zu einer mehr oder minder autoritären Staatskonstruktion aus dem Geist der reinen Theorie neigt. Die scharfe Wende von der Theorie zur Praxis begründet die klassische Lehre und bleibt – in ihren Grundzügen – bis heute verbindlich. Aristoteles galt und gilt, zumal in unserer unmittelbaren Gegenwart, als Pragmatiker und Realist mit Sinn für bestehende Gemeinschaften, menschliche Pluralität und die Natur des Besonderen. Das Werk des Aristoteles ist die Wurzel vieler aktueller Strömungen des politischen Denkens – von Hannah Arendt bis zur Civil Society, im gesamten neuen Kommunitarismus Amerikas, im anthropologischen Pragmatismus bei Martha Nussbaum und Bernhard Williams ist es wirksam, sogar die Postmoderne beruft sich auf ihn. Und das aus naheliegenden Gründen, hat er doch dem Platonischen Einheitsdenken nicht nur die Parole der Differenz entgegengehalten, sondern auch das platonische Auge von seiner Versenkung in sich abgelenkt und auf die »Sachen selbst« zurückgewendet, die zerbrechlich und in rasch wechselnden Lagen vor uns liegen.[153]

Freilich hatte die Entdeckung der *Autonomie des Politischen* auch einen Preis, der sich wie ein Rückfall hinter den Universalismus des platonischen Begriffs von Recht und Gerechtigkeit ausnimmt. Es kann ja nicht bezweifelt werden, daß Platons Idee der einen Gerechtigkeit sich vom Ethos der bestehenden Sittlichkeit weit entschiedener gelöst hat als Aristoteles in seiner Lehre von der Vielgestaltigkeit des Guten. Zwar denkt auch Aristoteles postkonventionell, aber seine ironisch herablassende Distanz zur bloßen Überlieferung und den Lehren der Alten steht doch im Dienst einer Theorie, die stets mit den Faktizitäten unseres sittlichen Lebens rechnet und die steilen, kontrafaktischen Konstruktionen ablehnt. Die aristotelische Kritik an der eingelebten Gewohnheit von Athens öffentlichem Leben bleibt deshalb – wie es auch heute das Programm von »communitarians« wie Michael Walzer ist – rein immanent. Die Tugend wird weder kontrafaktisch konstruiert noch in einem Reich ewiger Ideen entdeckt, sondern immer schon in Gemeinschaft mit andern vorgefunden und interpretiert.[154] Schwach verallgemeinernde Interpretation, die innere Widersprüche markiert und zum Anlaß kritischer Reflexion nimmt, ist das praktische Geschäft des Philosophen. Tugend, Recht und Gerechtigkeit liegen eng beieinander und verbinden sich – wie wir gesehen haben – mit den vielfältigen Ausdrucksformen von Bürgergemeinde und Polis-Freundschaft zu einem dichten Netzwerk, und die philosophische Reflexion ist dessen dichte Beschreibung.[155] Im Dickicht der vielen Interpretationen und Interpretationen von Interpretationen verliert sich aber der für die Idee der Gerechtigkeit konstitutive Standpunkt der *Unparteilichkeit* und die mit solcher Unparteilichkeit notwendig verbundene *Ausnahmslosigkeit* des Rechts und der Moral. Unparteilichkeit und Ausnahmslosigkeit sind deshalb eher das übergreifende Merkmal des platonischen Gerechtigkeitsbegriffs als des aristotelischen, für den sie zu bloßen Aspekten und Momenten der Gerechtigkeit werden, die auf bestimmte Lagen und Situationen passen, auf andere aber nicht. Die Natur des Besonderen scheint dem Rigorismus unparteilicher Ausnahmslosigkeit und Blindheit zu widersprechen. Weit entschiedener als Aristoteles hat Platon die Idee der Gerechtigkeit vom Begriff der in sich gegliederten, vielgestaltigen Tugend abgetrennt. In seiner berühmten Lehre von den später so genannten Kardinaltugenden ist die Gerechtigkeit zwar eine Tugend, aber nurmehr eine formale, denn sie gehört einer anderen logischen Stufe an als die sonstigen Tugenden: sie ist definiert als die eine Tugend *aller* Tugenden.[156]

Darin steckt auf den ersten Blick eine überraschende Parallele zu einer unzweideutig modernen Theorie der Gerechtigkeit, derjenigen von John Rawls. Auch für Rawls ist nämlich die Gerechtigkeit primär eine höherstufige und insofern rein formale Tugend: das Organisationsprinzip der »social union« im Singular, die die Tugendvielfalt der »social unions« im Plural bloß kompatibilisieren soll. Nach dieser Lesart wäre Platons Idee der Gerechtigkeit dem modernen Begriff des Rechts und des Rechtsstaats sehr viel näher gekommen als die gemeinschaftsinterne Gerechtigkeitskonzeption des Aristoteles. Das war z. B. die Ansicht von Kant, und ein Kantianer wie Ernst Cassirer hat sie mit großer Entschiedenheit in einem eindrucksvollen Plädoyer verteidigt. Diese Ansicht verfehlt jedoch den Sprung, der das antike vom modernen Denken trennt: den – am konsequentesten von Kant selbst vollzogenen – *Paradigmenwechsel vom Ethos zum Recht.* Hören wir zunächst Kants und Cassirers Argumente, die deshalb so eindrucksvoll sind, weil sie von vornherein jedes affirmative Einverständnis mit dem schlechten und ungerechten Bestehenden aufkündigen. Dabei verteidigen sie Platon gegen das gängige konservative Vorurteil.

Unerbittlich legt Kant in seiner Berufung auf Platons Staat die tödliche Schwäche im konservativen Argument bloß:

»Die platonische Republik ist als ein vermeintlich auffallendes Beispiel von erträumter Vollkommenheit, die nur im Gehirne des müßigen Denkers ihren Sitz haben kann, zum Sprichwort geworden [...]. allein, man würde besser tun, diesem Glauben mehr nachzugehen und ihn (wo der vortreffliche Mann uns ohne Hilfe läßt) durch neue Bemühungen in Licht zu stellen, als ihn unter dem sehr elenden und schädlichen Vorwande der Untunlichkeit als unnütz beiseite zu stellen. Eine Verfassung von der *größten menschlichen Freiheit* nach Gesetzen, welche machen, *daß jedes Freiheit mit der anderen ihrer zusammen bestehen kann*, (nicht von der größten Glückseligkeit, denn diese wird schon von selbst folgen) ist doch wenigstens eine notwendige Idee, die man nicht bloß im ersten Entwurfe einer Staatsverfassung, sondern auch bei allen Gesetzen zum Grunde legen muß, und wobei man anfänglich von den gegenwärtigen Hindernissen abstrahieren muß, die vielleicht nicht sowohl aus der menschlichen Natur unvermeidlich entspringen mögen, als vielmehr aus der Vernachlässigung der echten Ideen bei der Gesetzgebung. Denn nichts kann Schädlicheres und eines Philosophen Unwürdigeres gefunden werden, als die pöbelhafte Berufung auf vorgeblich widerstreitende Erfahrung, die doch gar nicht existieren würde, wenn jene Anstalten zu rechter Zeit nach den Ideen getroffen würden, und an deren Statt nicht rohe Begriffe eben darum, weil sie aus Erfahrung geschöpft worden sind, alle gute Absicht vereitelt hätten. Je übereinstimmender die Gesetzgebung und Regierung mit dieser Idee eingerichtet wären, desto seltener würden allerdings die Strafen werden, und da ist es denn ganz vernünftig (wie Plato behauptet), daß bei einer vollkommenen Anordnung derselben gar keine dergleichen nötig sein würden. Ob nun gleich das letztere niemals zustande kommen mag, so ist die Idee doch ganz richtig, welches dieses *Maximum* zum Urbilde aufstellt, um nach demselben die gesetzmäßige Verfassung der Menschen der möglichen größten Vollkommenheit immer näher zu bringen. Denn welches der höchste Grad sein mag, bei welchem die Menschheit stehen bleiben müsse, und wie groß also die Kluft, die zwischen der Idee und ihrer Ausführung notwendig übrig bleibt, sein möge, das kann und soll niemand bestimmen, eben darum, weil es Freiheit ist, welche jede angegebene Grenze übersteigen kann.«[157]

An dieser Stelle, in der »Transzendentalen Dialektik« der *Kritik der reinen Vernunft*, ist natürlich klar, daß Kant sich der Differenz zu Platon voll bewußt ist. Gerade die transzendentale Dialektik soll ja mit ihrer Kritik aller vorkritischen, dogmatischen Lehren real existierender Ideen die Bahn freimachen für jene »neuen Bemühungen«, um das Bewahrenswerte und Verteidigbare des metaphysischen Idealismus »in Licht zu stellen«, wie Kant sich ausdrückt. Aber die Antinomien des alten, abgewirtschafteten Idealismus zwingen uns noch lange nicht zur Resignation der Vernunft vor den Tatsachen, zur Blamage der Ideen angesichts von »Interessen« (Marx) und »Faktizitäten« (Heidegger), zur Preisgabe des »Logos« an eine logosvergessene Politik. Es ist vor allem die kritische Unterscheidung zwischen konstitutiven und regulativen Ideen, die es Kant hier ermöglicht, Platons Idealstaat in eine experimentell-fallibilistische Fortschrittsperspektive zu rücken, seine »Ideen« normativ-praktisch zu interpretieren und die platonischen »Urbilder« in regulative Prinzipien eines verfassunggebenden Volkssouveräns und gesetzgebender Körperschaften, die nach der Logik der Gewaltenteilung funktionieren, drastisch umzuinterpretieren. Dabei bleibt der unbedingte, universelle und ausnahmslose Anspruch der platonischen Gerechtigkeitsidee erhalten.

Erst in diesem Zitat Kants und nicht schon von Platon wird die Idee der Gerechtigkeit mit einem scharf von jeder Tugend getrennten *Recht* verknüpft. An die Stelle von Platons Tugend aller Tugenden tritt der Gedanke der gleichen Freiheit aller als Prinzip individueller Rechte, an die Stelle der klassischen Idee des guten Lebens die moderne Idee der Freiheit: »Eine Verfassung von der größten menschlichen Freiheit nach Gesetzen, welche machen, daß jede Freiheit mit der anderen ihrer zusammen bestehen kann.«[158] Diese Rechtsidee ist ebenso wie das Freiheitsverständnis, in dem sie verankert ist, absolut modern und gleichermaßen entfernt von Platon wie von Aristoteles und der ganzen klassischen Lehre von der Politik.

Selbstverständlich war sich auch Ernst Cassirer, als er 1944 am *Mythus des Staates* arbeitete, über diese fundamentalen Differenzen im klaren. Trotzdem hat er den modernen Begriff der Autonomie des Individuums in Platons postkonventionelle Theorie der Moral zurückprojiziert: »Blinder Glaube an die Tradition kann nie der Maßstab eines wirklich moralischen Lebens sein. In seinem *Phaidon* spricht Platon mit Geringschätzung und Ironie von bestimmten Menschentypen, die sich selbst für rechtlich und gerecht halten, einfach weil sie alle konventionellen Regeln der Moral annehmen und ängstlich alle geschriebenen Gesetze befolgen. Diese sind sanfte und harmlose Geschöpfe, sagt er, aber vom Standpunkt einer höheren und wahrhaft bewußten Moralität aus, sind sie von geringem Wert.«[159]

Obwohl Cassirer hier die moderne Trennung von Moralität und Sittlichkeit in Platon zurückprojiziert, ist ihm doch insofern Recht zu geben, als Platon seinen eigenen Entwurf einer umfassenden Sittlichkeit aus dem Standpunkt der Moral entwickelt. Der Gesichtspunkt der Unparteilichkeit des Guten, dessen Idee alle partikularen Gesichtspunkte des Nutzens und des persönlichen Interesses transzendiert, ist in der Tat von Platon immer wieder entwickelt worden. »Gerechtigkeit« und »Wille zur Macht« sind, wie Cassirer schreibt, »die entgegengesetzten Pole von Platons ethischer und politischer Philosophie«.[160] Und es ist diese Polarisierung, es ist die *Differenz von Macht und Gerechtigkeit*, die in der Ethik seines Schülers Aristoteles und der ihm folgenden Lehre von der Politik wieder verwischt, wenn auch nie mehr ganz zum Verschwinden gebracht worden ist.

Cassirer macht jedoch einen systematisch bedeutsamen und lehrreichen Fehler, wenn er aus dem formalen und höherstufigen Begriff der Gerechtigkeit folgert, Platon sei der »Begründer« und »erste Verteidiger des Rechtsstaats«. Obwohl er für diese Erklärung ausgesprochen gute Gründe hat, so reichen sie doch nicht zur Deckung einer so starken Behauptung:

»Platon begann seine Studie der sozialen Ordnung mit einer Definition und einer Analyse der Auffassung von der Gerechtigkeit. Der Staat hat kein anderes und kein höheres Ziel, als der Vollstrecker der Gerechtigkeit zu sein. Aber in Platons Sprache bedeutet der Begriff Gerechtigkeit nicht das gleiche wie in der gewöhnlichen Sprache. Er hat eine viel tiefere und umfassendere Bedeutung. Gerechtigkeit steht nicht auf derselben Ebene wie die anderen Tugenden des Menschen. Sie ist nicht, wie Tapferkeit oder Mäßigkeit, eine spezielle Eigenschaft. Sie ist ein allgemeines Prinzip der Ordnung, der Regelmäßigkeit, der Einheit und der Gesetzmäßigkeit. Innerhalb des individuellen Lebens manifestiert sich diese Gesetzmäßigkeit in der Harmonie all der verschiedenen Seelenkräfte; innerhalb des Staates manifestiert sie sich in der ›geometrischen Proportion‹ zwischen den verschiedenen Klassen, auf Grund welcher jeder Teil der Gesellschaft das ihm zukommende erhält und an der Aufrechterhaltung der allgemeinen Ordnung mitwirkt. Mit dieser Konzeption wurde Platon der Begründer und der erste Verteidiger des Rechtsstaats.«[161]

Es ist klar, daß es sich hier um eine massive Projektion moderner Ideen in antike Philosophie handelt. Denn Platons Gerechtigkeitsbegriff, so universalistisch und formal er angelegt ist, bleibt doch vollständig in den Bahnen des Ethos einer Lebensform, in der es überhaupt noch kein Recht und keine Rechte gibt. Der *Übergang vom Ethos zum Recht* erfordert vielmehr einen Paradigmenwechsel, der den transzendentalen Rahmen des gesamten antiken Weltbildes sprengt – und das gilt trotz des (den Griechen ja noch unbekannten) römischen Rechts, das weit über das im Kern archaisch gebliebene Rechts- (nicht: Gerechtigkeits-)Verständnis der griechischen Philosophen hinausgeht. Für Platon ist die Gerechtigkeit das Prinzip, das *Seele, Körper* und *äußere Dinge* ins rechte Verhältnis zueinander setzt. Das ist die Funktion der dieser Bereichsgliederung korrespondierenden Tugendordnung: die drei Kardinaltugenden Weisheit, Tapferkeit und Selbstbeherrschung, die durch die vierte, die Gerechtigkeit koordiniert werden. Diese Gliederung bleibt bis an die Schwelle der Moderne gültig und wird fortan immer von neuem wiederholt, sie findet sich noch in Kants Gliederung der klassischen Universitätsfächer (»Fakultäten«) wieder.[162] Es ist das Grundschema einer teleologischen Güterethik: »Denn wahrhaftig keiner« – so Aristoteles übereinstimmend mit Platon – »dürfte wohl diese *eine* Einteilung bestreiten, daß es drei Teile gibt, die äußeren Güter, die körperlichen Güter und die Güter der Seele, und daß diese alle bei den Glücklichen vorhanden sind. Keiner nämlich wird wohl behaupten, er sei glücklich, der über kein Teilchen von Tapferkeit verfüge, von Besonnenheit, von Gerechtigkeit und Einsicht, sondern vielmehr sich vor Fliegen fürchtet, wenn sie vorbeihuschen und, wenn ihm der Sinn nach Essen und Trinken steht, sich vor keinem Extrem zurückhält, und um ein Viertel Obolos die vertrautesten Freunde zugrunde richtet und ebenso im Hinblick auf das Denken so unvernünftig ist und sich täuschen läßt wie ein kleines Kind oder ein Verrückter.«[163]

Auch bei Aristoteles gibt es drei Klassen von Grundgütern und vier kardinale Tugenden sowie die entsprechenden Verfehlungen. Wenn man die Gerechtigkeit formaler konstruiert und weiter von den Tugenden abrückt als Aristoteles, ändert sich am Grundschema des Ethos nichts: die insgesamt gerechte Tugendordnung ist ihrer Natur nach auf die Realisierung des guten Lebens der Einzelnen in Harmonie und unlöslicher Verflechtung mit dem guten Leben der ganzen Polis angelegt. Bedroht ist diese poliszentrierte, vorindividualistische Ordnung der Tugend (außer von äußeren Feinden, Naturkatastrophen etc.) allein durch den unsittlichen Lebenswandel und das unbeherrschte, feige, dumme oder ungerechte Verhalten ihrer Mitglieder. Die Gemeinschaft fungiert als Kontrollinstanz individueller Abweichung vom Tun des Rechten. Die Tugend ist Gesetz. Aristoteles ist ein Feind der Tyrannis. Aber warum? – Weil sie das Privatleben ihrer Bürger nicht genügend kontrolliert und ihr die private Moral gleichgültig ist.[164] Die Bürger Athens »fürchteten sich vor sich selbst«, denn außerhalb der republikanischen Bürgertugend eines jeden »gab es kein Heil«. Ihre »Ethik«, schreibt Paul Veyne, »ist eine Moral der Anstrengungen gegen die Versuchungen«.[165]

Unendlich weit entfernt ist diese Ordnung und das ihr entsprechende platonisch-aristotelische Ethos der Gerechtigkeit von der modernen, auf Locke, Rousseau, Kant und die verfassunggebenden Versammlungen und Verfassungen des 18. Jahrhunderts zurückgehenden Idee des Rechts.

Die Lehre von den Menschenrechten ist keine Güterlehre. Wenn ich, wie Platon es verlangt, lieber Unrecht leiden soll als Unrecht tun, so steht das ganz im Interesse meiner Selbstachtung, die durch ein untugendhaftes Leben und – für den Idealisten Platon – nur dadurch wirklich verletzt werden kann. Deshalb zerstöre ich, wenn ich Unrecht tue, nicht aber wenn ich Unrecht leide, das Telos je meinen Lebens, und dieses Telos ist mit dem der gemeinschaftlichen Tugendordnung identisch, es ist ein objektives Strebensziel: »das durchgehende Interesse Platons ist ein sittliches, kein rechtliches.«[166] Der höchste Begriff ist immer der des Guten, nicht der des Rechts: »Die Tugenden sind Formen der Verwirklichung des ›agathon‹.«[167] Die »Auffächerung der menschlichen Interessen und Wertsphären gemäß der Dreiheit von Seele, Leib und äußeren Dingen hat ihren Ursprung nicht in einer Rechtsproblematik, sondern in dem Gebilde der platonischen Polis. In ihr realisieren die Menschen ihr Selbst in drei unterschiedlichen, in differenzierter Weise aufeinander bezogenen Formen. Der höchste Begriff ist nicht der des Rechts, sondern der des Guten; die Grundmaxime lautet nicht ›suum cuique‹, sondern ›suum quisque‹: jeder soll nicht das Seine haben, sondern tun, er soll sich selbst in seiner natürlichen vorgegebenen Seinsweise realisieren. Von einem Rechtsanspruch ist dabei nirgends die Rede.«[168] Mit einem solchen Anspruch aber, der auf das ›suum cuique‹, das »äußere Mein und Dein« geht, beginnt bei Kant die Rechtslehre.

Ihr erster Grundsatz ist nicht das Gesetz der Tugend, sondern, und darin stimmen Hobbes, Locke, Sieyès, Kant, Rousseau überein: Was das Gesetz nicht ausdrücklich verbietet, ist erlaubt. Recht ist Erlaubnis, zu tun, was man will, und nicht Gemeinschaftspflicht zur Verwirklichung einer hierarchischen Güterordnung. Das ganze System der Kardinaltugenden, die fortan ein privatisiertes Schattendasein fristen oder sich in die formale

Gliederung der Fakultäten zurückziehen, bis auch dort die Hierarchien zerstört und durch eine funktionale Gleichheitsordnung ersetzt werden, wird abgelöst durch ein System der fundamentalen Rechte. Ob man, wie im possessiven Individualismus Lockes und der bürgerlichen Revolutionäre, das ganze System bzw. das Recht aller Rechte als »Eigentum« (»property«), ob man es – wie Rawls – als »Grundfreiheit« oder als »Gerechtigkeit« bezeichnet, macht im Vergleich zum antiken Tugendschema keinen Unterschied. Insofern ist Lockes im *Second Treatise* immer wieder variiertes Grundschema der Rechte für die Moderne insgesamt konstitutiv, egal ob man es subjektivistisch oder kommunikativ, liberal oder demokratietheoretisch auslegt. Unter dem umfassenden Begriff »Property« (Eigentum) führt Locke drei Klassen von Rechten auf. »Life«, »Liberty« und »Estate« (Leben, Freiheit, Besitz). Diese Rechte werden im Prinzip (auch wenn es zunächst – bei Locke sehr massive – besitzbürgerliche Einschränkungen gibt) allen Menschen gleichermaßen zugeschrieben, sie sind nicht steigerbar und ordinal skalierbar wie Güter, sondern man hat sie oder hat sie nicht, sie gelten oder gelten nicht. Deshalb lassen sie sich auch nicht, wie die platonisch-aristotelische Lehre es von der Gerechtigkeit unterstellt, durch ein vorbildliches und glückliches Leben unter den argwöhnischen Augen der Gemeinschaft verwirklichen. Es handelt sich vielmehr von vornherein um Rechte, die den Einzelnen nicht vor sich und der eigenen unbeherrschten Natur, sondern vor dem Zugriff der Anderen und damit auch vor ihrem tugendhaften Kontrollblick schützen sollen. Anders als das platonische oder aristotelische Ethos wird das Recht allein durch Verletzungen des Lebens, der Freiheit oder des Besitzes bedroht. Statt die politische Gemeinschaft vor individuellem Fehlverhalten zu bewahren, schützt das Recht die Individuen vor Staat und Gemeinschaft.[169]

Es ist klar, und selbstverständlich hat sich Cassirer hierüber nicht getäuscht, daß das neue, vielgliedrig aufgestufte System der Rechte für den modernen Rechtsstaat ebenso konstitutiv wie dem griechischen Denken und überhaupt dem klassischen Republikanismus vollkommen fremd ist. Was Cassirer trotzdem dazu bewogen hat, Platon in eine wirkungsgeschichtliche Kontinuität einzurücken, die im modernen Rechtsstaat endet, ist der Umstand, daß Platons Theorie des Staates und des Guten den heidnischen Polytheismus und die Herrschaft des Mythos überwindet. Durch methodisches Denken können die Menschen den Bann des Mythos abschütteln. Zu Recht sieht Cassirer hier die Funktion von Platons Kritik an Homer und an den Dichtern: »Was Platon bekämpft hat, ist nicht die Dichtung selbst, sondern ihre mythenbildende Funktion.«[170] Und Mythos und Dichtung waren seinerzeit für die Menschen ganz ununterscheidbar. Die entmythologisierende, entzaubernde Kraft des platonischen Logos verbindet sich im *Staat* mit einer radikalen Kritik an der Tyrannei. Die »Idee des Gesetzesstaates« transzendiert in der Tat alle bloß empirischen, historischen Vorbilder wie beispielsweise den Militärstaat Sparta, den Platon nur zur Kritik an Athens Demokratie instrumentalisiert, ohne ihn zu verklären. »In dem Gesetzesstaat, dem Staat der Gerechtigkeit, bleibt kein Raum für die Auffassungen der Mythologie, für die Götter Homers und Hesiods.«[171]

Die Auffassung Carl Schmitts, die Unterscheidung von Freund und Feind bestimme den Begriff des Politischen, steht am Anfang von Platons *Staat*. Aber nur, um sofort widerlegt zu werden: Gerecht ist nicht, wie der Sophist Thrasymachos vermutet, was den Freunden nützt und den Feinden schadet. Sokrates belehrt ihn, daß die Begriffe »Freund« und »Feind« sich parasitär zur Idee des Gerechten und Guten verhalten: »Gerecht ist, dem Freund, wenn er gut ist, Gutes, dem Feind aber, wenn er schlecht ist, Schlechtes zu erweisen.«[172]

Im Übergang von der »mythischen zur ethischen Staatsauffassung« trennt sich das Richtige von der Macht.[173] Aber es trennt sich noch nicht das Recht vom Ethos und das Richtige vom Guten und den Gütern. Es ist jedoch dieselbe, rationalisierende Kraft des Logos, die das Ethos vom Mythos und sehr viel später erst das Recht vom Ethos trennt. Insofern behauptet Cassirer wie Kant mit Recht eine Kontinuität in der Wirkungsgeschichte der Vernunft. Auch die Scheidung des Rechts vom Ethos und des Richtigen vom Guten ist eine Stufe im Prozeß der Entzauberung der Welt und der Befreiung der Menschen vom »Mythos des Staates«. Markiert die Scheidung von Ethos und Mythos die Schwelle der »ersten demokratischen Transformation« Alteuropas (der Athener Polis und der römischen Republik), so steht die Scheidung von Recht und Ethos am Beginn der »zweiten demokratischen Transformation« des Westens: am Beginn des heterogenen Nationalstaates.[174]

4. Die Tugend und die Arbeit

Die klassische Lehre von der Politik ist gewiß ein brauchbares Gegengift gegen alle neuen Mythen des Staats, aber auch gegen alle Formen einer Reduktion von Politik auf instrumentelle Macht und Politikwissenschaft auf einheitswissenschaftlichen Empirismus. Die dem 18. Jahrhundert entwachsenen, normativ gehaltvollen Modelle moderner Demokratie verbinden das Interesse an der Entzauberung und Entmythologisierung des politischen Lebens mit dem platonischen Logos-Rationalismus, und Aristoteles verdankt die moderne Demokratie die immer noch wirksame, immer noch zündende Idee einer aktiven Selbstregulation von Freien und Gleichen.

Freilich war die Verbindung von Rationalität und Politik ebenso wie die Idee bürgerlicher Selbstorganisation im klassischen Republikanismus an unabdingbare soziale Voraussetzungen gebunden, die alles andere als akzidentiell sind. Die wichtigste dieser im klassischen Verständnis des Politischen prinzipiell unvermeidlichen Voraussetzungen ist die Sklaverei. Während Freiheit und Sklaverei in der klassischen Lehre (Aristoteles) einander sachlich und sozial bedingen, schließen sie sich in der Moderne und in der modernen Theorie aus. Denn in dieser Theorie wird der Gegensatz von Freiheit und Sklaverei zu einem Vorher und Nachher der menschlichen Emanzipationsgeschichte verzeitlicht. Freiheit und Sklaverei gehören nunmehr so zusammen, daß die Freiheit als Befreiung aus der Knechtschaft gedeutet wird. Es ist dieser Gedanke der Freiheit als Auszug aus der Knechtschaft, der mit dem heidnischen Hauptstrom des klassisch-antiken Republikanismus aus konzeptuellen Gründen unvereinbar ist.

Politisch ist das Handeln verschiedener Individuen, die sich über gemeinsame Sachen öffentlich streiten und verständigen. Zur politischen Praxis muß man frei sein, und das heißt im antiken Kontext zuallererst: frei von der Notwendigkeit und dem biblischen Fluch, arbeiten und im »Schweiße seines Angesichts« sein Leben notdürftig fristen zu müssen. Die Arbeit tun die anderen, und die sind nicht frei. »In dem Wunsch, sich von dieser Lebensnotwendigkeit zu emanzipieren und eine, wenn auch immer begrenzte Freiheit zu erobern, hat alle Herrschaft ihre ursprünglichste und ihre legitimste Wurzel.« Das jedenfalls glaubt Hannah Arendt. Und sie teilt diesen Glauben mit den antiken Denkern des Politischen. In ihrem Buch über die Revolution fährt sie fort mit der Erwähnung einer wichtigen Tatsache, die Voraussetzung solcherart legitimer Herrschaft ist. »Solange wir denken können, haben Menschen diese Befreiung sich mit Gewalt auf Kosten anderer verschafft, indem sie andere zwangen, einen Teil der Lebenslast für sie zu tragen. Dies ist der eigentliche Sinn der Sklavenwirtschaft.«[175] Auch wenn die antike Polis nicht allein auf der Arbeit der Sklaven beruhte, so war sie doch, wie Max Weber einmal ironisch bemerkt, eine »Pensionopolis«. Sie basierte auf der *Trennung von Arbeit und Politik*.[176]

Freilich ist die »Pensionopolis« mit ihrer Trennung von Arbeit und Politik bereits das Resultat eines langen Entwicklungsprozesses, in dem zunächst die kultisch in den Lauf der kosmischen Ordnung des Lebens und der Jahreszeiten eingebundene Arbeit, nämlich die zugleich als gerechtes Geschick und Vollzug der Tugend erlebte landwirtschaftliche Tätigkeit sich vom Profanbereich des herstellenden Handwerks trennt. In der klassischen

Epoche des alten Griechenland ziehen die Handwerker in die Städte und vollziehen den Bruch mit einer Vergangenheit, in der Arbeit sowohl als Landwirtschaft wie als Kriegsarbeit (»grose arebeit« heißt auch noch im Nibelungenlied »Krieg«) noch nicht vom heiligen Handeln, vom Geschehen einer höheren Gerechtigkeit getrennt war. Von nun an wird die nichthandwerkliche Tätigkeit, die kein poietisches Können in bleibenden Werken vergegenständlicht, sondern bloß das Leben in seiner nackten Existenz reproduziert, als abhängige Arbeit, die nur eine Ausgabe von physischer Energie (»Hirn, Muskel, Schweiß«, wie Marx sagt) erfordert, verachtet und zur Sklavenarbeit erklärt. Die alte Verehrung der Landwirtschaft als kultische Agrikultur gerät ins Zwielicht. Aristoteles schwankt in der Einschätzung. Manchmal spricht er noch vom alten Typus einer »naturgerechten« Tätigkeit von hohem sittlichen Wert, häufiger schon von Arbeit im späteren, ganz aus der Perspektive der Polis gefaßten Sinn. Arbeit wird zu einer Tätigkeit, die dem Wesen des freien Menschen vollkommen widerspricht; eine abhängige, servile Tätigkeit; und in deren Nähe rücken bald auch die handwerklichen Berufe, um die Politik als das dem Leben freier Bürger wesensgemäße Tun erscheinen zu lassen.[177] Der Übergang zur Politik vollzieht sich zwar zunächst als Scheidung von Landwirtschaft und städtischem Handwerk.[178] Die Polis ist aber mehr als eine bloße Kooperationsgenossenschaft.[179] In ihr differenziert sich die politische Praxis als der eigentliche, in sich wertvolle Handlungsvollzug noch einmal vom handwerklichen Herstellen, von Kooperation und handelndem Austausch auf dem Markt. Politik wird – wie wir gesehen haben – durch Banden der »philia«, der bürgerlichen Freundschaft in einer politischen Gleichheitsordnung (Isonomie), die sich von den Bindungen des Blutes und des Bodens abgelöst hat, gestiftet. Die Polis ist für den Griechen keine abstrakte Entität. Er sagt nicht Athen, er sagt: ›die Athener‹. Die Identität einer sozialen Gruppe fällt noch unmittelbar in eins mit dem sozialen System. Sozial- und Systemintegration laufen idealiter über den gleichen Mechanismus einer »vollkommenen Reziprozität zwischen Gleichgestellten«.[180]

Die neue, kollektive Identität einer »wehrhaften Bürgerschaft« löst die politische Tugendgemeinschaft gleicher Bürger von der Arbeitsgemeinschaft der spezialisierten Handwerker ab.[181] Arbeit differenziert, trennt, spezialisiert die Menschen, Politik vereinigt sie. Definitiv scheiden sich Ökonomie und Politik, wobei Ökonomie wesentlich im häuslichen, familialen Raum verbleibt. Politik ist eine von arbeitsfreier Freundschaft und Bürgertugend getragene Praxis, die sich zwanglos in einen fraglos akzeptierten, polytheistisch vielgestaltigen und deshalb in den besten Zeiten vergleichsweise toleranten, zivilreligiösen Rahmen ohne Religionsfreiheit einfügt. Denn die Polisgemeinschaft ist Kultgemeinde. Die Polis ist *substantielle Zivilreligion.*

Vor diesem Hintergrund einer komplexen Polisordnung sinkt die rein körperliche Arbeit vollends zur untersten Stufe der Sklaventätigkeit herab, zur »Notdurft«, wie Hannah Arendt sagt.

Aristoteles unterscheidet scharf das politische Leben der freien Bürger von der Arbeit der Sklaven. Arbeit ist an die Reproduktion des physischen Lebens und die Kraft des Körpers gebunden. Aus dem gemeinschaftlichen Handeln der freien Bürger aber erwächst der Polis eine von den instrumentell verfügbaren Kräften des Körpers und des Verstandes ganz verschiedene und unabhängige *Macht.* Diese Unterscheidung von physischer *Kraft* und politischer Macht ist auch noch grundlegend für Hannah Arendts Theorie der Politik. »Alle die freilich«, schreibt Aristoteles in seiner *Politik*, »die so weit voneinander entfernt sind wie die Seele vom Körper und der Mensch vom wilden Tier – in dieser Situation befinden sich die alle, deren Arbeit im Umgang mit dem Körper besteht, und das ist denn auch die von ihnen am besten geleistete Arbeit –, alle diese sind von Natur aus Sklaven, für die es besser ist, unter der ›despotischen‹ Herrschaft des Hausherrn zu stehen.«[182] Sklave zu sein ist ein naturgegebener Status, ebenso wie Herr und frei zu sein ein Recht, das einer anderen Natur gemäß ist. *Jedem das Seine.* Aristoteles schreibt: »Demnach hat nun auch die Natur den Willen, die Körper der Freien und die der Sklaven unterschiedlich zu schaffen, die einen kräftig im Hinblick auf den Umgang mit dem Notwendigen, die anderen aber hochaufgerichtet und unbrauchbar für derartige Arbeitsleistungen, doch nützlich für ein staatsbürgerliches Leben.«[183]

Auf diese Weise wird die Arbeit und mit ihr das Verhältnis von Herr und Knecht (bzw. Herr und Sklave) aus der Ordnung des politischen Lebens ontologisch ausgegrenzt. Im Grunde gehört die Beziehung von Herr und Knecht zur ewigen Ordnung der Natur, ins Reich des Unveränderlichen. Sie fällt damit aus dem beweglichen Sein der politischen Veränderung der Welt heraus, d. h., sie bleibt ohne Stimme, ohne Artikulationsmöglichkeit im öffentlichen Raum. Klassenkampf ist kein antikes Thema.[184] Die soziale Ungleichheit von Herr und Knecht hat ihre Ursache in der vernünftigen Absicht der Natur. Erst auf dem biblischen Boden des Christentums und im Grunde erst an der Schwelle zu den modernen Zeiten wurde diese geniale und den Herren wohlgefällige Lösung des Konflikts von Herr und Knecht durch seine ontologische Externalisierung unmöglich. John Locke geht davon aus, daß alle Menschen mit gleichen Freiheitsrechten geboren werden, und auf dieser Grundlage konnte die soziale Differenz von Herr und Knecht dann nur noch als Differenz *in* der Gesellschaft dargestellt werden. Locke macht sie zum Resultat freier Konkurrenz auf der Grundlage der Gleichheit. In diesem Konkurrenzkampf unter Gleichen triumphiert der, der sich durch rationale Zwecktätigkeit, also durch Arbeit, Besitz aneignen kann. Arbeit wird als rationale Zwecktätigkeit zur Tugend, Arbeitslosigkeit hingegen zum Verlust der Sittlichkeit. Ungleichheit, bei Locke dann auch eine der Rechte, ist nun nicht länger die ursprüngliche Absicht der Natur, sondern das Ergebnis eines naturgeschichtlichen Konkurrenzkampfes auf der Basis natürlicher Gleichheit, ein Ergebnis, das die Akteure sich selbst zuzuschreiben haben und das deshalb für gerecht gelten kann.[185] Bei Locke wird die vom vollen Staatsbürgerrecht ausgeschlossene, aber aus der Sklaverei befreite Klasse der Besitzlosen zu einer, wie Marx später sagen wird, in die bürgerliche Gesellschaft eingeschlossenen Klasse von Ausgeschlossenen. Damit wird aber die soziale Differenz von Herr und Knecht überhaupt erst zum Konflikt innerhalb einer politischen Gemeinschaft von Bürgern, die mit gleichen Rechten geboren sind. Er wird zum inneren Widerspruch der bürgerlichen Gesellschaft. Denn die eingeschlossenen Ausgeschlossenen werden auf Anerkennung ihrer vollen Bürgerrechte bestehen. Der Klassenkampf wird zum Thema der Politik. Im Fortgang der modernen Entwicklung löst sich das Recht deshalb nicht nur von der Polisgemeinde und den vielen Freundschaftsbünden, sondern auch von der Natur ab. Ungleichheit ist weder durch das unverrückbare Telos der Natur gerechtfertigt noch als Resultat eines chancengleichen, natürlichen Selektionsprozesses. Für John Rawls ist die Natur vollkommen willkürlich und Gerechtigkeit die ständige Korrektur des bloßen Zufalls blinder Naturprozesse. Weil für Rawls die menschliche Autonomie *nach* der Natur anfängt, kann er die Gerechtigkeitsidee von allen Prozessen natürlicher Selektion abkoppeln.[186] Gleichzeitig werden im Entwicklungsprozeß moderner Demokratie die Bürgerrechte auf immer größere Gruppen von Gesetzesunterworfenen ausgedehnt und über die subjektiven Rechte hinaus um demokratische und soziale Teilhaberechte aufgestuft.[187] Während die soziale Voraussetzung des klassischen Republikanismus die ausgrenzbare Ungleichheit der Natur ist, wird in der modernen Demokratie die Rechtsidee zum Korrektiv der »natürlichen« Ungleichheit im Innern der bürgerlichen Gesellschaft.

5. Zweierlei Gleichheit

Wie wird man in einer klassischen Polis oder Republik zum vollgültigen, anerkennungswürdigen Aktivbürger?

Durch Tugend und Freizeit, durch Bürgersinn und Muße. Durch frei verfügbare Zeit und durch die Fähigkeit, etwas für die Gemeinschaft Gutes aus ihr zu machen. Beides, die Tugend und die Muße sind Aspekte des Guten, die nicht gegeneinander isoliert werden können und dürfen. Gut ist es, *autonom*$_1$ in dem Sinne zu sein, daß man frei über sich selbst verfügen kann; aber *autonom*$_2$ ist man nur, wenn man in solchem Über-sich-verfügen-Können mit dem eigenen Gesetz (auto-nomia) übereinstimmt, und das *eigene* Gesetz ist, wie wir gesehen haben, das *Gesetz der Gemeinschaft*. Zwischen beiden Arten von Gesetzen, individuellen und kollektiven, gibt es in der heidnischen antiken Welt keine (legitime) Differenz. Autonomie$_1$ oder »frei über sich verfügen können« bedeutet nicht, »tun können, was man will«, sondern wird durch Autonomie$_2$ oder »ein guter Bürger sein« erläutert. Der unabhängige Sinn von Autonomie$_1$ ist, nicht durch Lebensnot (Ananke) zur Arbeit gezwungen zu sein. Wer arbeiten muß, kann nicht frei über sich verfügen. Nur wer nicht arbeitet und über freie Zeit verfügt, ist autonom$_1$ und zur »vita activa« (= Autonomie$_2$) imstande.

Es scheint nun aber so, daß die Griechen in Autonomie$_1$ nicht einfach eine neutrale Voraussetzung von Autonomie$_2$ sahen, sondern selbst schon etwas Gutes. Sie identifizierten Autonomie$_1$ in gewissem Sinne sogar mit dem höchsten Gut: der selbstgenügsamen Bewegung. Glück haben und Glück verdienen wurde dabei nicht klar unterschieden.[188]

Wie es der Zufall will, paßte diese Idee des Guten bestens zur gesellschaftlichen Lage der Reichen. »Die Reichen führen ein Leben voller Muße und sind politisch einflußreich: diese *beiden* Tugenden werden aufgewertet, und die eine wird durch die andere gerechtfertigt [...]: Nur der Reichtum erlaubt die notwendige Muße für die Beschäftigung mit den Staatsgeschäften.«[189] Dabei handelte es sich freilich um eine ideologische Fiktion, die allzu offensichtlich den (auch in Athen bekannten) Tatsachen widersprach. Oft taugten die Reichen schlechter als die Armen zur Politik, und oft genug waren sie weniger tugendhaft. Die Fiktion konnte deshalb nur durch eine kontraintuitive, genuin philosophische Unterscheidung, durch Metaphysik und Metapolitik, durch das, was nach dem kommt, was unmittelbar vor uns liegt und ins Auge fällt, aufrechterhalten werden. Wir müssen lernen, sorgsam das mit frei verfügbarer Zeit notwendig (ihrer Natur nach) verbundene Wesen der Reichen von ihrer oft häßlichen, aber bloß zufälligen Erscheinung zu trennen. Dann werden wir erkennen, daß Muße an sich Tugend ist, auch wenn sie nicht immer als solche auf der öffentlichen Bühne erscheint: »Die Reichen entsprechen nicht immer ihrem Wesen.«[190] Die Metapolitik, der es ums »Wesen« oder »wahre Sein« der beweglichen Sachen geht, vereinigt so das Privileg der Arbeitslosigkeit lückenlos mit dem fürs ganze Gute rastlos engagierten Bürgersinn. Denn »in der Politik bestand damals das

Gute darin, sich militant einzusetzen, *aber* gut war auch die Muße, *also* setzten die Männer der Muße sich militant ein, während die Armen es nicht konnten, durften und wollten«.[191] Man könnte das den praktischen Schluß von arbeitslosem Reichtum auf das Gute nennen. Auch hier beginnt das moderne politische Denken bei Hobbes und Locke mit der protestantischen Umkehrung dieses Schlusses in eine asketische Arbeitsethik.

Interessant ist nun, daß dem klassischen Schluß von der Muße auf die Tugend exakt der aristotelische Begriff proportionaler Gerechtigkeit entspricht. Ungleichen Verdiensten – und das Faktum, Angehöriger begüterter Schichten zu sein, galt als Verdienst – entsprechen ungleiche Rechte und Pflichten, wobei Rechte Pflichten sind. Proportionale Gerechtigkeit folgt der Idee einer Gleichbehandlung nach der Würdigkeit, nicht nach der Zahl.

Wie ist dann aber Demokratie (als gutes Leben) möglich, wenn »äußerste Demokratie« nach Aristoteles bedeutet, daß »alle über alles« und nicht »einige über alles« entscheiden, wie in der Oligarchie (oder Aristokratie)? Demokratie, die dem Begriff des Politischen entspricht, setzt voraus, daß alle (einheimischen, freien Männer) vollgültige Aktivbürger mit Muße und Bürgersinn werden. Demokratie ist nichts anderes als die Ausdehnung des Privilegs, sie ist nicht, wie in unseren Tagen, die Verwirklichung eines allgemeinen Rechts auf politische Beteiligung.[192] Deshalb ist die Demokratie für die Griechen auch nur eine Staatsform neben anderen, die sich allein quantitativ von ihren Konkurrenten unterscheidet (nach dem Schema: Einer, Einige, Viele oder Alle herrschen). Entscheidend ist deshalb allein die Frage, was die Voraussetzungen einer *guten* Herrschaft sind. Egal, ob einer oder alle herrschen, in jedem Fall kann es gute oder schlechte Herrschaftsformen geben, solche, die sich am Gemeinwohl und solche, die sich am Eigennutzen der Herrscher orientieren. Eine gesonderte Theorie der Demokratie kam den Griechen deshalb überhaupt nicht in den Sinn, und sie hätten wohl auch nicht gewußt, wozu so etwas gut sein soll. Ihr ganzes theoretisches Interesse an der Politik richtet sich allein auf die Frage der guten Herrschaft und guten Polis, während die Frage der Staatsform demgegenüber durchaus sekundär ist. Staatsformen welchseln eben, und für die einen ist die, für die anderen jene gut.[193] »Citizenship« ist in diesem Denken stets ein Sonderrecht, ein Vorrecht, ein Privileg.[194]

Und Privilegien sind an den militanten Einsatz für die Polis-Gemeinschaft oder die »res publica« gebunden, wer hier versagt, kann sie (und damit alle »Bürgerrechte«) jederzeit verlieren. Daß es schön und süß sei, fürs Vaterland zu sterben, ist dem Sein des Stadtbürgers von Anbeginn eingeschrieben.[195] Solcher Patriotismus begründet seinen Status. Es ist eine Ehre, kein allgemeines Recht, Bürger zu sein, auch dort nicht, wo – nach antikem Maßstab – *alle* aktive Bürger in einer Gleichheitsordnung waren. Unsere Gleichheitsrechte hingegen sind keine Ehre und kein Verdienst, sondern wir haben sie, und sie schützen uns vor allen allzu weitreichenden Zumutungen des Patriotismus. Daß etwa die aktiven Bürgerrechte wie insbesondere das passive Wahlrecht vielerorts noch ein »bürgerliches Ehrenrecht« ist, besagt nur, daß sie durch eine bestimmte Form freiwilligen Engagements (Verbrechen bestimmter Größenordnung o. ä.) verwirkt werden können, aber die »Ehre« politischer Beteiligungsrechte ist weder an Muße noch an Bürgersinn oder irgendeine Form des guten und aktiven Lebens gebunden. Im übrigen scheint mir die Rede von »bürgerlichen Ehrenrechten« ein vormodernes, weitgehend sprachliches Relikt zu sein, ein Fremdkörper im Kontext eines modernen Verfassungsverständnisses. Der moderne Mensch kann durch aktives Tun Rechte verwirken, aber er muß nichts tun, um sie zu behalten. In diesem Sinne sind unsere Rechte ein unveräußerliches Eigentum.

Wie eng in der griechisch-römischen Antike (und bis an die Schwelle der Moderne) Privilegien, frei verfügbare Zeit und Bewegungsfreiheit im vollen Sinne des Wortes mit Tugend verknüpft waren, kann man daran ermessen, daß selbst noch in der radikalen Demokratie Athens zur Zeit des Perikles, in der das Volk oft genug (und durchaus mit den nötigen Neid- und Racheinstinkten ausgerüstet) über Reiche zu Gericht saß, diese Reichen sich mit dem Hinweis auf den Tugendcharakter ihrer Privilegien erfolgreich verteidigen konnten. Sein gutes Gewissen als Besitzender, das der folgende Auszug aus der Verteidigungsrede des Demosthenes vor dem Athener »Volksgericht« dokumentiert, wurde ihm abgekauft und mit dem Gewinn des Prozesses honoriert: »Ich bin rechtschaffener als Aischines (sein Prozeßgegner), und ich bin von besserer Geburt als er. Niemand soll denken, ich verhöhnte die Armut, doch muß ich wohl sagen, daß es mir beschieden war, als Kind gute Schulen zu besuchen und vermögend genug zu sein, um nicht durch Not gezwungen zu sein, schandbare Arbeiten zu verrichten. Du hingegen Aischines, mußtest als Kind den Schulraum kehren, in dem dein Vater unterrichtete . . .«[196]

Auch der moderne Mensch ist oft stolz auf seine Natur, auf zufällige, besondere Privilegien, auf eine besondere Geburt oder eine dicke Erbschaft und den Besuch der teuersten Privatschulen. Wer ist schon gerne Kind von Eltern, die in unserer Gesellschaft die Dreckarbeit machen müssen. Aber trotzdem würden wir die Rede des Demosthenes für maßlos selbstgerecht halten. Und selbst das, was wir uns selbst erarbeitet haben, schreiben wir uns nur zum Teil selbst gut. Oft sehen wir noch in unseren eigenen Leistungen einen Glücksfall der Natur, gelegentlich sogar in unseren Erfolgen ein unverdientes, eigentlich nicht gerechtfertigtes Privileg. Jedenfalls würden wir uns hüten, mit der ›Natur‹ einer begünstigten gesellschaftlichen Lage vor Gericht zu prahlen, wenn wir den Prozeß gewinnen wollen. Man vergleiche nur einmal John Rawls' Auffassung der Gerechtigkeit mit derjenigen des Demosthenes, der sein Privileg in die Waagschale wirft und ein glückliches Geschick mit dem verknüpft, was gerecht ist. Eine natürliche Begünstigung, ein glückliches Sozialisationsschicksal ist für die Griechen ein wesentlicher Zug, zumindest ein guter Indikator der Tugendhaftigkeit eines Menschen. Vor dem Hintergrund einer strikten deontologischen Trennung von Sein und Sollen, von faktischer Lage und individueller Tugend, von Geschick und Gerechtigkeit begründet Rawls die diametral entgegengesetzte Auffassung: »Wer von der Natur begünstigt ist, sei es, wer es wolle, der darf sich der Früchte nur soweit erfreuen, wie das auch die Lage der Benachteiligten verbessert.«[197]

Hier ist ein ganz anderer Begriff des Gemeinwohls im Spiel als bei Aristoteles. Die Realisierung des guten Lebens der Polis durch individuelle Tugend und persönliches Engagement ist sehr wohl vereinbar mit struktureller Benachteiligung und der Sorge um die Aufrechterhaltung angemessener Statusdifferenzen. Die Orientierung des Gemeinwohls am »Blick des Benachteiligtesten« (Sartre) auf die bessere Gesellschaft und an dessen Interessen setzt einen Sprung im Weltbildes voraus. Nicht das komplexe Gute ist für Rawls das Gemeinwohl, sondern die Realisierung sozialer Gleichheit und einer gerechten Verteilung der gemeinsam erarbeiteten Güter: »Die von der Natur Bevorzugten dürfen keine Vorteile haben, bloß weil sie begabter sind, sondern nur zur Deckung der Kosten ihrer Ausbildung und zu solcher Verwendung ihrer Gaben, daß auch den weniger Begünstigten geholfen wird.«[198] In einer derart abstrakten Solidarität, die gerade dort wirksam werden soll, wo Freundschaft nicht existiert und nicht hinlangt, hätte Demosthenes bestenfalls den dekadenten Scherz eines Sophisten erkannt. Aber den folgenden Satz, der die Begründung enthält, hätte er überhaupt nicht mehr verstanden, und auch Aristoteles, der gewiß ein besserer Philosoph als Demosthenes war, hätte ihn für wirr und gefährlich, in jedem Falle für falsch gehalten: »Niemand hat seine besseren natürlichen Fähigkeiten oder einen besseren Startplatz in der Gesellschaft verdient.« Das ist für Rawls zwar kein Grund, solche Unterschiede zu ignorieren oder sie gar nach dem Muster einer totalitären Erziehungsdiktatur zu beseitigen. Wohl aber ist es ein Grund, die institutionelle »Grundstruktur« (»basic structure«) der Gesellschaft so radikal zu verändern, »daß diese Unterschiede auch dem am wenigsten Begünstigten zugute kommen«.[199]

Das ist Rawls' berühmtes »Differenzprinzip«. An ihm fällt nicht nur auf, daß es einen ganz anderen, egalitären und universalistischen Begriff von Gleichheit voraussetzt als die Griechen und Aristoteles mit der Idee der »Isonomia«, der hochprivilegierten und partikular begrenzten Selbstorganisation der Freien und Gleichen, sondern auch ein grundlegend gewandeltes Verständnis von Natur. »Natur« ist jetzt nicht länger jene »vernünftige Naturabsicht«, die noch Kant in methodisch-heuristischer Einstellung und bloß hypothetisch (i. S. eines kontrafaktischen »als ob«) von Aristoteles entlehnt hatte; »Natur« ist für Rawls ohne Telos und Vernunft, purer Zufall, kontingente Willkür, und das heißt: »Natur« und »Recht« bzw. »Gerechtigkeit« bilden einen ebenso exklusiven Gegensatz wie »Natur« und »Vernunft«.

Wie Demosthenes, Aristoteles und die meisten Athener sieht auch Rawls in der gesellschaftlichen Ungleichheit der Menschen etwas Natürliches. Aber gerade deshalb hält er sie für falsch. Wo die Gesellschaft die Ordnung der Natur spiegelt, ist das für Rawls ein sicheres Zeichen ihrer Unvernunft und Irrationalität, nicht länger der unverrückbare Grund ihrer Übereinstimmung mit der Vernunft (wie für Aristoteles und in gewisser Hinsicht auch noch für Locke und das moderne Naturrechtsdenken). »Die natürliche Verteilung«, schreibt Rawls, »ist weder gerecht noch ungerecht. [...] Das sind einfach natürliche Tatsachen. Gerecht oder ungerecht ist die Art, wie sich die Institutionen angesichts dieser Tatsachen verhalten. Aristokratische oder Kastengesellschaften sind ungerecht, weil sie aufgrund dieser Zufälligkeiten die Menschen mehr oder weniger abgeschlossenen und privilegierten gesellschaftlichen Klassen zuweisen. Die Grundstruktur dieser Gesellschaften übernimmt die Willkür der Natur. Doch die Menschen brauchen sich diesen Zufällen nicht zu unterwerfen. Das Gesellschaftssystem ist keine für Menschen unveränderliche Ordnung, sondern ein menschliches Handlungsmuster.«[200]

Erst die Entkopplung von Natur und Gerechtigkeit verweist deren Idee auf diejenige individueller Autonomie. Damit ist der Weg frei für eine demokratische Selbsterzeugung der Gerechtigkeit, den als erste Rousseau und Kant eingeschlagen hatten und deren Spuren auch die *Theorie der Gerechtigkeit* von John Rawls folgt. Der einzige nach Rousseau und Kant und nach dem pragmatischen Abschied von der Metaphysik, den Autoren wie Peirce und Dewey vollzogen haben, noch verfügbare Begriff praktischer Vernunft führt das Vernunftinteresse mit dem Interesse an Demokratisierung zusammen. Bei Rawls korrespondiert dementsprechend der »original position« in der *Theorie* der Gerechtigkeit die Gesetzgebungskompetenz einer verfassunggebenden Versammlung in der politischen *Praxis*. Die »pouvoir constituant« (Sieyès) einer solchen Versammlung und nur sie *kann* dem Vernunftinteresse institutionelle Geltung und daseiende Faktizität verleihen. Freilich bleibt bei Rawls dieser innere Zusammenhang von Vernunft und Demokratie dunkel und unklar. Das hat seinen Grund darin, daß Rawls die »original position« – was immer wieder kritisiert worden ist – wie eine reine Theorie konstruiert. Jeder, der sich ihren Bedingungen hypothetisch unterwirft, kann durch bloßes Nachdenken die Grundstruktur einer gerechten Gesellschaft aus dem eigenen Kopf erzeugen und ist dabei nicht auf die Kommunikation mit anderen und den faktischen Prozeß demokratischer Gesetzgebung angewiesen. Auf diesen Punkt komme ich im zweiten Teil (S. 175ff.) zurück.

IV Der Mangel der politischen Differenz

In seinem Buch *Democracy and its Critics* hat Robert Dahl zwei demokratische Transformationen in der Geschichte der westlichen Zivilisation unterschieden.[201] Die erste geht aufs alte Athen, die römische Republik und die Stadtstaaten der oberitalienischen Renaissance zurück, die zweite beginnt mit der Französischen und der Amerikanischen Revolution im 18. Jahrhundert und den demokratischen Entwicklungen, die in England und Holland seit dem 17. Jahrhundert einsetzen. Von der zweiten demokratischen Transformation sind zunächst alle großen europäischen Territorialstaaten und die Kolonien Nordamerikas betroffen.

Paradigma der ersten demokratischen Transformation ist bis heute das immer wieder zur »schönen griechischen Sittlichkeit« (Hegel) idealisierte und verklärte Athen einige Jahrhunderte vor der neuen Zeitrechnung. Was an der »schönen griechischen Sittlichkeit« so faszinierend ist, ist das fast gänzliche Fehlen politischer Entfremdung. Statt dessen gab es – wie wir gesehen haben – »politische Identität«. »Identität« war kein Problem und den Athenern so selbstverständlich wie die Luft zum Atmen.[202] Über einen Mangel an politischer Beteiligung und individuellen Gestaltungschancen mußte sich niemand beklagen. Jedes männliche Kind eines Athener Bürgers hatte bei seiner Geburt keineswegs nur die Zufallschance, einmal in seinem Leben bei der Volksversammlung den Vorsitz zu führen und damit den fast täglich wechselnden, höchsten, meist durch das Los vergebenen Posten des Stadtstaats zu besetzen. Viele wurden für ein Jahr Marktaufseher (eine Art Wirtschafts- und Innenminister), fast jeder war gelegentlich Mitglied des Rates der Fünfhundert für ein, zwei Jahre oder Geschworenenrichter, jeder war – so oft er es wünschte – abstimmendes Mitglied der Volksversammlung. Jeder, selbst der Uninteressierteste und Teilnahmsloseste kannte sich halbwegs in den politischen Geschäften aus. »Nichts könnte«, so Moses Finleys naheliegende Schlußfolgerung aus solchen Beobachtungen, »der heutigen Situation unähnlicher sein, in der der einzelne Bürger sich von Zeit zu Zeit neben *Millionen* von anderen Menschen und eben nicht ein paar tausend Nachbarn dem unpersönlichen Akt unterzieht, auf einem Wahlzettel die entsprechenden Felder anzukreuzen.«[203]

Gerade die wichtigste institutionelle Voraussetzung der modernen Demokratie, das allgemeine, gleiche und geheime Wahlrecht, setzt eine eigentümliche Dialektik von *allgemeiner Beteiligung* und *politischer Apathie* frei. Vom ersten Tag an steht die zweite demokratische Transformation der westlichen Zivilisation im Zeichen einer immer wieder beobachteten politischen Entfremdung. »Je größer die Menge wäre«, schreibt Hegel, »desto weniger würde die Einzelheit der Stimme Gewicht haben.«[204] Ganz anders im Staat der Athener. Dort war es zwar einerseits strenge Pflicht, andererseits aber auch ein Leichtes, sich mit dem Ganzen und den täglichen Angelegenheiten der Polis zu identifizieren, hatte doch jeder die erkennbaren Auswirkungen seiner Stimmabgabe und seines Engagements unmittelbar vor Augen. Jeder wußte, daß es durchaus auch an ihm lag, ob Krieg oder Frieden herrschte, die Athener Bürger mußten, wie Christian Meier der modernen Demokratie kulturkritisch vorrechnet, »von Situation zu Situation neu mitsprechen (also nicht nur ihre Stimme alle paar Jahre einmal und dann im doppelten Sinne: abgeben)«.[205]

Politische Entfremdung steht am Beginn der modernen Demokratie. Sie ist zugleich unvermeidlich *und* der beständige Stachel ihrer Radikalisierung. Gerade die unvermeidliche Entzweiung ist der Motor ihrer innovativen Dynamik. Denn: »The cure for the ailments of democracy is more democracy.« (John Dewey) Der vergleichsweise entfremdungsarme Zustand (status) Athens entbehrte dieser Dynamik, die der Logik von institutionalisierter Entfremdung und Entzweiung folgt.

Charakteristisch für die moderne Demokratie ist eine viel beschriebene Dialektik von Freiheitsgewinn und Freiheitsverlust.[206] Sie kann in verschiedenen Hinsichten beschrieben werden als

a) *Dialektik von Rechtssicherung und Bürokratisierung:* der eindrucksvollen Radikalisierung und Erweiterung unserer Rechte im Verlauf der letzten zwei Jahrhunderte seit der Französischen Revolution korrespondieren eine wachsende Bürokratisierung und Verrechtlichung auch noch des letzten Winkels spontanen kommunikativen Zusammenlebens;[207]
b) *Dialektik von Individualisierung und Vereinsamung:* einem Individualisierungsschub im Zuge industriell-kapitalistischer Wachstumsexplosion wie zuletzt in den achtziger Jahren folgt in der Regel eine fortschreitende Zerstörung von Lebensformen und kollektiven Mustern, die eine kulturelle, nicht nur monetär-technische Verarbeitung von Mißerfolg, Verarmung und gescheiterter Individualisierung erlauben;[208]
c) *Dialektik von ›vote‹ und ›voice‹:* der schubweisen Ausweitung des allgemeinen Wahlrechts (alle Besitzbürger; alle erwachsenen Männer; alle erwachsenen Staatsbürger; alle in einem Land lebenden Erwach-

senen...) folgt einerseits regelmäßig die Erfahrung der gleichzeitig wachsenden Bedeutungslosigkeit individueller Stimmen, andererseits die von unten hervorbrechende Rückbindung von »vote« an die sich immer radikaler erhebende und »vote« bestimmende »voice« von sozialen und Bürgerbewegungen, denen historisch eine Radikalisierung des Rechts der freien Rede korrespondiert.[209]

Die Liste ließe sich beliebig erweitern (z. B. »autonome Öffentlichkeit« vs. »Massenkultur/Kulturindustrie«). Sie macht deutlich, daß politische Entfremdung ein Grundphänomen moderner Gesellschaften, ein Stachel ihrer ungeheuren Dynamik, aber offenbar ebenso unvermeidlich ist und eine ständige Krise und Gefährdung der Freiheit darstellt. Das unterscheidet sie total von der Polisdemokratie Alt-Athens.

Alles in allem hatte der Bürger Athens eine vielleicht nie wieder erreichte Chance der politischen Beteiligung und Einflußnahme. Derselbe Bürger Athens aber hatte selbst von den primitivsten rechtsstaatlichen Garantien seiner Freiheit noch nicht einmal eine Ahnung. Freiheit bedeutete für die Griechen eine gemeinschaftsnahe, von Nachbarschafts- bzw. Volksgerichten vollstreckte Form der Gesetzesherrschaft und wirksame Teilnahme am gesamten Entscheidungsprozeß, »nicht aber den Besitz unveräußerlicher Rechte«.[210] Es gab kein Recht auf Rechte. Wahre Freiheit (Autonomie$_2$) hieß für die Griechen eben: daß der Mensch als politisches und vernünftiges Lebewesen seinem Telos entspricht. Alles andere war von Übel.

Das ist die eine fundamentale Differenz, die die von Robert Dahl so genannte erste demokratische Transformation im alten Athen – »from the idea und practice of rule by the few to the idea and practice of rule by the many« – von der zweiten demokratischen Transformation in der Neuzeit trennt.[211] In der griechischen Polis blieb »citizenship« gebunden an Landbesitz, Militärdienst und Religion: »Freedom was an attribute of membership – not membership in the human species but membership (that is, citizenship) in a particular city.«[212] Antike Freiheit heißt, daß der Mensch frei ist nur als aktiver Bürger und als passiver oder gar als bloßer Mensch unwürdig, minderwertig: ein Rückfall unter das Niveau seiner eigenen, eigentlichen Natur. Für die moderne Freiheit gilt umgekehrt (und das für Locke und Rousseau gleichermaßen), daß die Freiheit des Bürgers dessen Freiheit als Mensch voraussetzt, die gleiche Freiheit aller Mitglieder einer universellen Kommunikationsgemeinschaft in der bürgerlichen Freiheit bereits vorausgesetzt ist. Die Freiheit des Bürgers, der sich zur Verfassungsgebung als »pouvoir constituant« versammelt, ist die Freiheit des Menschen: deshalb erklärt sich die Gründung staatsbürgerlicher Freiheit seit dem 18. Jahrhundert als *Menschenrecht*.

Die Polis realisiert das »common good«, und der erste Glaubensartikel der Demokratie lautet: »The polis we democrats strive to attain [...] must first of all be a good polis.«[213] Dieser Vorrang des Guten ist die andere fundamentale Differenz zwischen der ersten und zweiten demokratischen Transformation: die antike Idee, daß niemand wirklich glücklich sein kann ohne ein gerechtes Gemeinschaftsleben und republikanische Bürgertugend. Die richtige Staatsform ist auch die vollkommenste, die beste. Tugend, Gerechtigkeit und Glück bilden eine durchdringende Einheit. Die platonische Idee des Guten ist ebenso perfektionistisch wie die aristotelische Lehre vom politischen Können, die Lehre von der Phronesis. Der aristotelische Begriff des Politischen ist zwar offener für Konflikte, auf Endlichkeit, Zeitlichkeit und Vielstimmigkeit hin angelegt, kommunikativ und intersubjektivistisch, aber durchgängig an einem harmonistischen Modell der Ausgewogenheit und Mitte, des jeweils Besten und Perfekten orientiert. Für das griechische Denken insgesamt ist die Kollektivitätsorientierung unhintergehbar: »A good citizen is one who in public matters aims always at the common good.«[214] Der Mensch ist ein politisches Lebewesen, und er kann deshalb keine wahre Identität und Selbstverwirklichung außerhalb oder im Gegensatz zur politischen Gemeinschaft finden. Der Weg in den Nonkonformismus ist verstellt. Der Mensch kann nach der klassischen Lehre, wie wir gesehen haben, kein gutes Leben außerhalb einer guten Polis führen: sein eigenes gutes Leben ist unablösbar von dem guten Leben der Polis. Eine Polis, die das umfassend Gute verfehlt, zerstört das Glück des Einzelnen, auch wenn sie ihm ein Leben in Saus und Braus und in ewigem Frieden und inmitten einer »lonely crowd« (Riesman) garantieren kann. Aber auch umgekehrt gilt, wer den Bürgertugenden den Rücken kehrt, sich nicht um die Gemeinschaft schert und vom »common good« nichts wissen will, ist schon fast ein Verbrecher wie Sokrates, der freilich so etwas Schreckliches nicht gewollt hat, sondern nur eine andere, besser begründete Tugendordnung. »Weltlosigkeit« ist noch für Hannah Arendt das eigentliche Urverbrechen.

1. Rom und die Evolution des Rechts

Politisch folgenreich wurde der Aufklärungs- und Rationalisierungsschub der griechischen Philosophie erst mit der Entwicklung des universalistischen Rechts im römischen Imperium. In den rechtlich-institutionellen Strukturen der römischen Republik sieht Talcott Parsons deshalb auch den »entscheidenden Demokratisierungsprozeß« der antiken Welt. Erst in diesem Prozeß konnte die korporative Errungenschaft der griechischen Polis und der römischen Urbs, die Durchsetzung eines »allgemeinen *Bürger*-Status« der »Freien und Gleichen« (Aristoteles) gegen die Vormacht von Verwandtschaft, Sippe und Oikos – institutionell stabilisiert und mit Hilfe des »demokratisierenden« »ius gentium« über die ganze damalige Welt verallgemeinert werden.[215]

Recht wird von Natur und biologischer Abstammung getrennt. Der römische Historiker Livius stellt, als er zur Zeit des Augustus auf die Geschichte zurückblickt, die Gründung Roms als eine rein rechtliche Konstitution der versammelten »Volksmenge« zu einem einheitlichen »Volkskörper« dar. Romulus berief die Menge zu einer gesetzgebenden Versammlung ein, weil er – Livius zufolge – wußte, daß »die Volksmenge durch nichts anderes als durch Gesetze zu einem einzigen Volkskörper zusammenwachsen könnte«.[216] Die Tugendgemeinschaft der römischen »res publica« hat sich selbst in ihren Institutionen als eine Rechtsgemeinschaft verstanden, in der Vielfalt das Bild der Stadt von Anfang an bestimmte: »Auf gemeinsame Abstammung konnten sich Römer nicht berufen. Der Grundkonsens wurde nicht biologisch, sondern durch das Recht hergestellt.«[217] Nicht der herrschaftliche Wille, sondern das Recht sollte absolut entscheiden. Livius sagt von ihm, seine Autorität sei der von Menschen überlegen.[218] Damit wird der Begriff der Autorität depersonalisiert und die für die gesamte westliche Rechtstradition zentrale Trennung »auctoritas« von »potestas«, die über die mittelalterliche Trennung von päpstlicher Autorität und kaiserlicher Macht bis hin zur modernen »Gleichursprünglichkeit« (Habermas) von Menschenrechten und Volkssouveränität Karriere gemacht hat, erstmals solide institutionalisiert.[219] Der Geltungsgrund des Rechts war damit prinzipiell von seiner Zwangsgewalt, »Geltung« von »Faktizität« geschieden.[220]

Tugend ist jetzt nicht länger das einzige Band, das die Bürgerschaft eint. Effektives, autoritatives Recht tritt wenigstens partiell an die Stelle der Bürgertugenden, die natürlich immer noch ein entscheidendes Gewicht und rechtsverbindliche Kraft behalten. Als öffentlich kodifiziertes wird das Recht erstmals von der Bestätigung durch das Volk abhängig und als *von Menschen gemachtes* zu wenigstens prinzipiell änderbarem, positivem Recht, dem freilich die Autorität der Tradition *auch* als Gegengewicht gegen seine beliebige politische Instrumentalisierung massiv entgegenstand.[221] Wenigstens milderte das den normativen Druck, der auf den Bürgern lastete und sie noch in der attischen Polis zu bedingungsloser »politischer Identität« und »Militanz« genötigt hatte.[222] Was Gräzisten, Romantiker und idealistische Philosophen immer als »schöne griechische Sittlichkeit« als »schöne Individualität« und »politisches Kunstwerk« verklärt haben, erweist sich aus der römisch ernüchterten Perspektive einer primär durch Rechtsinnovationen stabilisierten Weltherrschaft als »illusorisch hoher Bedarf an staatsbürgerlicher Tugend«.[223] Jetzt erst wurde die Differenzierung verschiedener Rollen in derselben Person möglich. Man konnte z. B. gleichzeitig weltloser Christ, der nur und in letzter Instanz sich und seinem transzendenten Gott verantwortlich ist, und weltlicher römischer Bürger sein.[224] Die römische Republik war tolerant genug, ein missionierendes Christentum über lange Zeiträume unbehelligt gewähren zu lassen, und dieser Spielraum öffnete sich den politisch-institutionell originellen und evolutionär innovativen Bestrebungen des Christentums. In ihm konnte sich die Kirche als eine freie Assoziation politisch ungebundener Individuen konstituieren. Die Strukturen des römischen Rechts förderten den christlichen Individualisierungsschub, während jede radikal individuelle Abweichung dieser Art im alten Athen rasch auf unübersteigbare normative Schranken hätte stoßen müssen. Individualisierung wird durch rechtlich gesicherte Differenzierung und Zersetzung allzu enger politischer Identität überhaupt erst möglich.[225] Die das alte Griechenland auszeichnende politische Differenz von Polis und Oikos (bzw. der beiden aristotelischen »Naturen« der Herrschaft unter Gleichen und über Ungleiche) ergänzte zwar die familial gebundene, verwandtschaftliche Identität des Homerischen Zeitalters um eine politische, aber sie scheiterte, wie die griechischen Tragödien ebenso eindrucksvoll belegen wie die Berichte über den Prozeß des Sokrates, an der Unmöglichkeit, die widersprüchlichen Imperative von Polis und Oikos in einer übergreifenden, abstrakten Struktur zu integrieren.

Erst der ruinöse Verfall der »schönen Individualität« und die Zerstörung des »politischen Kunstwerks« ermöglichte die Befreiung der Menschen vom normativen Druck einer allzu tugendhaften politischen Identität. Die Durchsetzung des »abstrakt allgemeinen [...] positiven Rechts« der Römer bedeutet für die antike Welt die Transformation der tragischen Poesie in die Prosa des sittlichen Lebens: »Es ist *aus* mit der Natürlichkeit des Geistes.«[226] In der Trennung von *Sitte* und *Recht* sieht Hegel nicht anders als Parsons die eigentliche Errungenschaft der römischen Republik: »Dem unfreien, geist- und gemütlosen Verstand der römischen Welt haben wir den Ursprung und die Ausbildung des *positiven Rechts* zu verdanken. [...] Selbst bei den Griechen war die Sitte zugleich juristisches Recht, und eben darum war die Verfassung von Sitte und Gesinnung ganz abhängig [...]. Die Römer haben nun diese große Trennung vollbracht und ein Rechtsprinzip erfunden, das äußerlich, d. h. gesinnungslos und gemütlos ist. Wenn sie uns damit ein großes Geschenk, der *Form* nach, gemacht haben, so können wir uns dessen bedienen und es genießen, ohne zum Opfer dieses dürren Verstandes zu werden [...]. Sie sind« – meint Hegel etwas sehr weltgeistig von oben herab[227] – »die Opfer gewesen, die darin gelebt, aber für andere haben sie eben damit die Freiheit des Geistes gewonnen, nämlich die innere Freiheit, die dadurch von jenem Gebiet des Endlichen und Äußerlichen frei geworden ist.«[228]

Im römischen Recht ist nicht die Tugend und Sittlichkeit der Athener aufgehoben worden, sondern ihr Logos. Die griechische Philosophie, nicht die griechische Sittlichkeit war für das römische Recht konstitutiv. Die stoische Philosophie entwickelt Prinzipien eines rationalen Naturrechts, und Cicero identifiziert schließlich Gesetz, Vernunft und Natur, um auf dieser Grundlage scharf zwischen Naturgesetz und positivem Gesetz zu differenzieren. »Durch die Anwendung der Verallgemeinerungsprinzipien der griechischen Philosophie konnte das System der römischen Rechtsordnung [...] in Form universalistischer Prinzipien formuliert werden, die auf alle Menschen anwendbar waren und [...] für die ganze Zivilisation der klassischen Antike institutionalisiert werden konnten.«[229] Die politische Tugendgemeinschaft der Griechen erwies sich indes als die gesellschaftliche Schranke des griechischen Logos. Die Griechen hatten die von ihren Philosophen entwickelten Methoden der Klassifikation und Verallgemeinerung nie auf das Recht angewandt, sondern sich immer – exemplarisch ist Aristoteles – auf Ethik und Politik beschränkt. Die Griechen haben über Begriff und Wesen der Gerechtigkeit philosophiert, das Recht und die Rechtswissenschaft aber links liegen und der community gelassen, sie haben Logos und Dialektik nie zur Rationalisierung des Rechts gebraucht. Sie hatten, schreibt Harold Berman, »nie eine solche Rationalisierung juristischer Entscheidungen und Regeln angestrebt; für sie war das dialektische Schließen eine Methode zur Gewinnung gültiger philosophischer Folgerungen – ›Sätze‹ – aus anerkannten Voraussetzungen. Die Römer machten die griechische Dialektik aus einer Kunst der Entdeckung zu einer Kunst des Urteilens.«[230] Während Athen seine Nachbarrepubliken im Grunde nur erobert und unterworfen hat, hat das römische Imperium die Strukturen der unterworfenen Völker durch universelles Recht und eine inklusive Staatsbürgerschaft (»ius civilis« und »ius gentium«) auch »demokratisiert« (Parsons). Dazu war Athen strukturell unfähig. Nach dem (dialektischen) Schema von Berman haben die Griechen eine universalistische Grundlagenreflexion ohne entsprechende Rechtspraxis, die Römer eine universalistische Rechtspraxis ohne Reflexion, und erst an den Universitäten des scholastisch-nominalistischen Mittelalters gelang eine Integration von Reflexion und Praxis, die dann zum Keim eines modernen Rechtssystems wurde, welches erst in der zweiten demokratischen Transformation seinen Abschluß fand.[231]

Dazu war aber die frühchristliche Radikalisierung der Dialektik von Weltverneinung (»Mein Reich ist nicht von dieser Welt«) und Weltbeherrschung (»Gebt dem Kaiser, was des Kaisers ist«) die entscheidende kulturelle Voraussetzung (Zwei-Reiche-Lehre). Sie erst hat eine Institutionalisierung des radikal Negativen weltdistanzierender Reflexion in der Welt ermöglicht.

2. Recht und Revolution

Die Anwendung der biblischen Ethik auf das überlieferte Recht erzwingt eine Überprüfung überkommener Rechtsnormen. Die Bindung der Autorität des Rechts an Tradition und Gewohnheit wird durch den postkonventionellen Letztbegründungsanspruch der christlichen Ethik untergraben. Damit wird ein neues Rechtsdenken möglich: die »wissenschaftlich-rationale Überprüfung menschlichen Tuns anhand biblischer Gebote«.[232] Im tiefen Umbruch der – nach Berman so genannten – *Gregorianischen Revolution* des 11. und 12. Jahrhunderts kommt (in scharfer Frontstellung sowohl gegen die heidnisch-republikanische Tradition ungleicher Rechte als auch gegen die frühchristlich-augustinische Flucht des Gleichheitsgedankens aus der sündig gefallenen Welt, und erst recht in scharfer Abgrenzung gegen den Paternalismus personal-sakraler Herrschaft im Machtbereich der östlich-byzantinischen Kirche) erstmals der Gedanke der Gleichheit aller Menschen vor Gott *innerweltlich* als Gleichheit vor dem Gesetz zur Geltung. Der das *Decretum Gratiani* des 12. Jahrhunderts ausdrückende Satz: »Una lex de mulieribus et viris« (»Für Frauen und Männer muß dasselbe Recht gelten«) wird wenigstens im kanonischen Kirchenrecht zu einer wirkungsgeschichtlich folgenreichen juristischen Fiktion, zum prinzipiellen Rechtsanspruch gegen eine Rechtswirklichkeit, die fortan nach Maßgabe dieses und ähnlicher Ansprüche als eine durch das Recht veränderbare und verbesserbare verstanden wurde.[233] Im Zeichen eines innerzeitlichen radikalen Reformismus wird der Satz des Kirchenvaters Tertullian: »Jesus hat gesagt, ›Ich bin die Wahrheit‹, und nicht ›Ich bin die Gewohnheit‹« zur Parole einer langfristig weltverändernden, legalistischen und legislativen Praxis.

Indem die »westeuropäischen Juristen des 12. Jahrhunderts [...] die Aristotelische Dialektik zum Beweis des Wahren und Gerechten« benutzten, stellten sie« – so Berman – »Aristoteles auf den Kopf«.[234] Im Gegensatz zur heidnischen Antike glaubten sie, »mit der Vernunft die allgemeingültige Wahrheit und Gerechtigkeit maßgebender Rechtstexte beweisen zu können«. Dafür war der (protomoderne, konstruktivistische) Nominalismus unentbehrlich: »Gebraucht wurde das griechische Talent zur Klassifikation und Verallgemeinerung, aber ohne den Glauben, Klassifikation und Verallgemeinerungen spiegelten Wirkliches aus der Außenwelt wider – kurz, ohne den Platonischen Realismus.«[235] Nur so konnten allgemeine Grundsätze behauptet und Gültigkeitsbeweise geführt werden, aber ihre eherne Existenz konnte zugleich erfolgreich bestritten werden. So wird die weltfremde, universalistische Rationalität zu einer weltverändernden Macht: »Nach den Nominalisten wurden die Allgemeinbegriffe vom Geist durch Vernunft und Willen geschaffen und konnten deshalb durch Vernunft und Willen abgeändert werden, aber gleichzeitig wohnten sie den von ihnen gekennzeichneten Einzeldingen inne und konnten daher an diesen geprüft werden.«[236]

Statt eines Realismus der Ideen im Dienst des »bios theoretikos« und des höchst vollendeten Lebens der Wenigen ist ein prinzipiell egalitärer, revolutionärer *und* pragmatischer Reformismus des Rechts das Gebot der Neuen Zeit. Der Legalismus triumphiert über den praxisfernen Spiritualismus. Das Transzendentale wird immanent. »Das erzeugte eine ungeheure Energie zur Erlösung der Welt, spaltete das Recht vom Spirituellen, das Politische vom Ideologischen ab.«[237] Im 11. Jahrhundert, dem Gregorianischen Zeitalter, ändert sich das Bild der Menschen von der Gesellschaft radikal: Das Ende aller Zeiten wird auf eine fortan immer ferner rückende Zukunft vertagt, das »Jüngste Gericht« in viele Prozesse, Gerichte und Rechtsordnungen zerlegt und zu immer größeren Teilen in dieser Welt institutionalisiert. Innerhalb der Grenzen eines sich weitenden und öffnenden Horizonts der Endlichkeit wird die gesellschaftliche Wirklichkeit als machbar erfahren und diese Welt durch ein Recht verbesserbar, das konsequent an Prinzipien einer kontextsprengenden Gerechtigkeit orientiert ist. Die Kirche selbst wird zur konstitutionell gebundenen Rechtsordnung, zum, wie Berman sagt, ersten modernen Rechtsstaat mit einer weit über ihre tatsächliche Macht ausstrahlenden Fernwirkung. Hier und nicht bei Platon liegt der Ursprung des Rechtsstaates. Der Glaube an Apokalypse und messianische Erlösung tritt Schritt für Schritt hinter den »Glauben an die Reformierbarkeit der Welt« zurück.[238] Gleichzeitig wird die konstruktive, menschliche Vernunft glaubensinvariant und vom Offenbarungsgeschehen abgelöst. Im späten 11. und 12. Jahrhundert löste sich die »katholische Theologie von dem vorwiegend jenseitigen, asketischen Ideal, das vorher geherrscht hatte und noch in weiten Teilen der östlichen Orthodoxie herrscht«. Statt den Menschen in den Himmel zu heben, wird von den Scholastikern, wird von Anselm und Abälard der Gott auf die Erde geholt, das Recht verwissenschaftlicht und die Religion auf theologische Begriffe gebracht. Jetzt schon, nicht erst im Protestantismus, wird das Recht zur »Brücke zwischen Kaufmannstätigkeit und Seelenheil«.[239] Es kommt auf allen Gebieten des religiösen, politischen, gesellschaftlichen und wirtschaftlichen Lebens zu einer dynamischen Internalisierung der alten Zwei-Reiche-Lehre: Sie senkt sich in die Seele des Subjekts ein (bis hin zu Kants »formaler Gewissenhaftigkeit«), und sie verkörpert sich in den Institutionen von Recht und Politik.[240]

Erst jetzt, an den Universitäten des 11., 12. und 13. Jahrhunderts, setzt sich ein zukunftsorientiertes Fortschrittsbewußtsein der Veränderbarkeit, Verbesserbarkeit und Wandelbarkeit der Welt vom klassischen Perfektions- und Könnensbewußtsein auch institutionell, im Rechtssystem der »sozialen Gemeinschaft« (Parsons) ab.[241] Erst mit der scholastischen Rationalisierung des römischen Rechts wird die körperschaftlich verfaßte Gesellschaft zur alleinigen Quelle der Souveränität. Zug um Zug kann fortan Herrschaft durch Recht gebunden und Souveränität schrittweise egalisiert werden.[242] Schon die Scholastiker verknüpfen den Gedanken rationaler Selbstbindung mit dem der Souveränität des göttlichen Willens. Anselm lehrt, daß Gott nicht willkürlich, irrational handelt und daß auch er sich ans Recht halten muß. Legalismus und Freiheit sind zwei Seiten ein und derselben Münze.[243] Die normative Verallgemeinerung des Rechts wird durch dessen einzige göttliche Quelle gesichert, aber auf dem Umweg über die alte jüdische Idee des Bundes der Menschen mit Gott wird die Gesellschaft selbst zur Rechtsquelle. Zugleich wird mit der nun erst verwirklichten Trennung von Kirche und Staat ein korporatistischer Pluralismus zur gesellschaftlichen Basis eines in nuce rechtsstaatlichen Überbaus.[244] Freilich bedeutet der fortbestehende Vorrang der göttlichen Rechtsquelle zunächst nur die Bindung von Souveränität durch einen Herrschaftsvertrag zwischen Hirten und Herden.[245] Und die neue gesellschaftliche Freiheit bleibt in die engen Statusgrenzen der korporativen Privilegienordnung auch eingezwängt und in ihrem Spielraum eng begrenzt. Der eigentlich revolutionäre Schritt der zweiten demokratischen Transformation war damit noch nicht getan: er blieb der von Rousseau und Kant im Anschluß an Hobbes und Locke entwickelten Idee des Gesellschaftsvertrags freier und gleicher Bürger ohne Herrn vorbehalten, die den allgemeinen Willen vom Willen Gottes und damit von jeder höheren Wahrheit und Autorität ablöst.[246]

3. Die zweite demokratische Transformation

Das demokratische Potential des Alt-Athener Kommunitarismus konnte erst jetzt, in der zweiten demokratischen Transformation aus der normativen Enge der Polis befreit und gesellschaftlich manifest werden. Das eigentliche Potential der ersten demokratischen Transformation, das in der Erbschaft der griechischen Philosophie nicht enthalten war, gründet in der eindrucksvollen Streitkultur der Athener Bürger und der experimentellen Erprobung und Institutionalisierung einer demokratischen Selbstregierung, die auch in der römischen Gesellschaft zumindest als »Anspruch des Volkes auf die letzte Souveränität« de jure bis zum Ende des Imperiums fortbestand.[247] Die römische Verfassungsformel »potestas in populo« (und die dazugehörige Trennung von »potestas« und »auctoritas«) ist die älteste, republikanische Quelle der Idee der Volkssouveränität (einschließlich einer rudimentären Gewaltenteilung).[248] Letztere ist jedoch durch und durch modern, und sie hat wirkungsgeschichtlich weitere, nicht-republikanische und nicht-heidnische Quellen im biblischen Denken der Antike. Sie setzt die – erst im christlichen Mittelalter ausgearbeitete – Idee eines unbedingten und rationalen Willens voraus. Rousseau und vor allem Kant heben diese Voraussetzung jedoch ihrerseits auf und liquidieren das theologische Erbe der absolutistischen Souveränitätslehre. Die Idee prozeduraler Volkssouveränität ist schließlich – wie wir im folgenden Kapitel sehen werden – eine radikale Säkularisierung und intersubjektivistische Transformation der theologisch-politischen Lehre von der Souveränität. Von der »politischen Theologie« (C. Schmitt) bleibt nichts.

Der Riß in der griechischen Welt, die strukturelle Differenz von Polis und Oikos, erschloß den Griechen eine demokratische Kultur des Streits um das »common good«. Der zu Recht viel bewunderten Athener Öffentlichkeit fehlen aber alle strukturellen Voraussetzungen zur Erschließung eines allgemein anerkannten öffentlichen Raums für die Verfolgung privater, unpolitischer Interessen und die Artikulation individueller Meinungen, die sich nicht mehr als individuelle Ausdrucksgestalten des Allgemeinen deuten ließen. Für die individuelle Meinung jenseits oder außerhalb der (nicht geringen) Variationsspielräume des »common good« gab es in Athen keinen Raum und keine Luft zum Atmen. Die Freiheit der Athener war auf kommunitäre Ausdrucksfreiheit, »schöne Individualität« (Hegel), eingeschränkt. Im Prozeß gegen Sokrates zeigten sich die Grenzen einer Lebensform: daß es jenseits gemeinschaftsgebundener Expressivität keine individuelle Gewissensfreiheit gab. Die Griechen, sagt Hegel, »hatten kein Gewissen«.[249] Negative Freiheit vom »common sense« war schon als Gedanke das schwerste Verbrechen, eigentlich unvorstellbar, kein sinnvolles Ziel des Lebens. »Yet our differences«, läßt Dahl seinen attischen Demokraten erklären, »must never be so great that we cannot agree on what is best for the city, that is what is best for all and not merely for some«.[250] Diese Grundorientierung Athens am guten Leben ist uns zu Recht fremd und verdächtig geworden.

Jedenfalls hat die zweite demokratische Transformation (1) vorgängige Interessenharmonie durch die höherstufige, nurmehr abstrakt rechtliche Integration von Interessenkonflikten abgelöst; (2) Homogenität durch Heterogenität von Status, Sprache, Rasse, Volk, Religion, Kultur, Erziehung und Geschichte ersetzt; (3) die Gesellschaft von »small size« auf »big size«, d. h. von einfachen Sozialsystemen auf Komplexität, umgestellt; (4) die direkte durch eine repräsentative Demokratie ergänzt; (5) Laienpolitik in Berufspolitik verwandelt und (6) frugale Autarkie, die aristotelische »Selbstgenügsamkeit«, zur weltweiten Interdependenz einer »Weltgesellschaft« erweitert.[251]

Radikaler Dissens ist konstitutiv für die moderne Demokratie. Moderne Demokratie heißt, daß es in *allen* lebenswichtigen Fragen Dissens und Konflikt geben kann. Antike Demokratie setzt in allen *lebenswichtigen* Fragen Konsens und Harmonie voraus.

4. Tragödie im Sittlichen

Schon Hegel hatte sich am Fall Sokrates klargemacht, wie sehr der Athener Staat auf der Gemeinschaftsbindung seiner Bürger beruhte. Ohne politische, die zugleich religiös-kultische Identität ist, würde er sofort zerfallen. Der moderne Staat hingegen kann zur Not und für eine gewisse Zeit auch fortbestehen, wenn die sozialintegrativen Bindungskräfte schwächer werden. Er kann mit chronischen Legitimationskrisen so gut leben wie mit riesigen Haushaltsdefiziten. Das ist die eigentliche Leistung funktionaler Differenzierung. Beides war im alten Athen unvorstellbar und unmöglich. Griff Sokrates Religion und Erziehung im Namen eines neuen Prinzips, des individuellen Gewissens an, so griff er die »öffentliche Religion« an, »auf die sich alles baut«. Der moderne Staat hingegen ist in sich eine »absolute Gewalt«, wie Hegel sagt, ein »Festes an Organisation« und damit ein »strengeres Allgemeines, das die Einzelnen allerdings freier um sich herumspielen läßt«, denn ihre Freiheit, Willkür und beliebige Meinung kann »diesem Allgemeinen«, das von Hegel bis Luhmann *System* heißt, »nicht so gefährlich werden« wie in Athen mehr als zweitausend Jahre zuvor.[252] Trennung und Entfremdung verursacht Leiden und soziale Pathologien, aber beides sichert auch den Bestand, verschafft der modernen Demokratie, die Hegel noch kaum gekannt und nicht gewollt hat, ungeahnte Stabilität und Macht. Schon Hegels frühe Version eines modernen Staates beruht auf der Integrierbarkeit des freien Gedankens und des individuellen Gewissens. Der Staat kann viele Konfessionen nebeneinander bestehen lassen. Genau das war – bei aller Freiheit – im alten Griechenland undenkbar. »Unsere Staaten«, sagt Hegel in seiner Vorlesung zur Rechtsphilosophie im Wintersemester 1819/20, »haben diese große Kraft, das Besondere sich so weit ergehen zu lassen und doch das Ganze zusammenzuhalten. Wir haben«, führt er aus, »an den Quäkern und Mennoniten Sekten, die eigentlich unverträglich sind mit dem Prinzip des Staats; allein der Staat kann bei seiner großen Festigkeit wohl zugeben, daß es Sekten in ihm gibt, die sich darauf beschränken, bourgeois zu sein.«[253] In einem langen, gewalttätigen und blutigen Emanzipationsprozeß hat sich dieser Staat »von der Kirche losgerissen«, und er erhält dadurch erst das, was Hegel die »wahre Form« des Staates nennt, »indem er sich von der Form des Geglaubten, des Empfundenen losreißt«.[254] Diesen Schritt hatte das antike Griechenland noch weit vor sich. Statt durch ein »Festes an Organisation«[255], das die Einzelnen und ihre besonderen Interessen freigeben kann, wird die Polis durch normative Enge zusammengehalten: Der Dämon des Sokrates, sein individuelles Gewissen »stand in Widerspruch« mit der »öffentlichen«, und das heißt, noch nicht in einem säkularen Staat privatisierten »Religion«. Denn die »bestimmte Religion hing so innig mit dem öffentlichen Leben zusammen, daß ohne sie der Staat nicht bestehen konnte«.[256] Da Sokrates auf einen eigenen, anderen Gott setzte, war er für die Athener ein Verbrecher. Wo es kein »absolutes Recht ist, Rechte zu haben«[257] – und letzteres ist es nur in modern verfaßten Rechtsstaaten –, dort ist »Pietät [...] der Grundton [...], das Substantielle«.[258]

Aber dieses »Substantielle« ist kein »Festes«, sondern ein »Lockeres« an Organisation. Es ist zu dezentriert, um die Gewalt im Staat zu monopolisieren, und zu schwach, um der *Befugnis*, zu zwingen, die nötige intersubjektive Anerkennung zu verschaffen. Was die Konzentration staatlicher Macht (im Sinne eines physischen Gewaltpotentials) betrifft, so ersetzt die Tugend gänzlich die Gewalt. Hannah Arendt hat deshalb ganz zu Recht in die antike Tugendgemeinschaft die Utopie der Herrschaftsfreiheit zurückprojiziert. Damit wird aber von vornherein der Bedarf an bürgerlicher Tugend illusorisch hoch. Manfred Riedel sieht darin die eigentliche Schwäche der aristotelischen Lehre von der Politik, in der sich das legitimatorische Paradox der »großen Polisgemeinschaft« (Aristoteles) spiegelt:

Wenn nämlich die Legitimation einer gesetzmäßigen Herrschaftsgewalt auf dem Telos des guten (glücklichen und tugendhaften) Lebens beruht, »dann bedarf es für diejenigen, die mit diesem Zweck in Übereinstimmung leben« – also für die Freien und Gleichen – »überhaupt keiner Anwendung von Gewalt«.[259] Die Gewalt, die die Gemeinschaft dann doch noch – gegenüber den Vielen, die mit dem Telos des Guten nicht übereinstimmen, bzw. gegenüber denen, die gelegentlich von ihm abweichen und »tun, was sie wollen« (Aristoteles) – mobilisieren und einsetzen muß, hat dann aber gar keine legitimatorische Deckung mehr, sie ist prinzipiell unbefugte, nur physisch zwingende Gewalt: Wenn diejenigen, die mit dem Zweck des guten Lebens nicht übereinstimmen, »zum Gut-Leben gezwungen werden, ist der Zwang zum Guten nicht mehr gesetzlich legitimierbar«.[260] Denn Zwang ist despotisch und eigentlich, seiner Natur nach, hausherrschaftlich. Die Despotie des Herrn im Haus aber ist ein Fall, der aus der Ordnung legitimer Anerkennung herausfällt. Sie ist rein instrumentell. Umgekehrt ist Zwang in der Polisgemeinschaft seiner Natur nach illegitim: denn die freien Glieder einer Tugendgemeinschaft kennen Herrschaft nur als Selbstbeherrschung, als Herrschaft »der Seele über den Körper« (Aristoteles).

Vieles spricht dafür, daß die Differenzierung von Polis und Oikos zu einer hochgradig krisenanfälligen, in sich tragischen Ordnung führen mußte: der Entzweiung, die Hegel auch an der exemplarischen Struktur der klassischen Tragödien studiert hat. Diese Ordnung ließ eigentlich keine Vermittlung zu, deshalb konnte sie nur mit sich versöhnt werden im Tode, im doppelsinnigen Zugrundegehen der Protagonisten beider Ordnungen, des Hauses und der Stadt. Soziologisch gesprochen ist »Versöhnung« prosaische Sozialintegration, und die Sozialintegration der griechischen Welt mußte an ihrer Unfähigkeit zur Institutionalisierung einer wenigstens rudimentären bürgerlichen Gesellschaft und einer vorstaatlichen Autonomie sozialer Vergemeinschaftung scheitern. Statt der bürgerlichen Gesellschaft blieben deshalb Krieg und Sklaverei die unabdingbare ökonomische Basis der Polisdemokratie.[261] Im Gegensatz zur ökonomischen Autonomie der mittelalterlichen Städte blieb die politische Autonomie der antiken Stadtstaaten ganz vom Stand der Militärtechnik und militärischer Macht abhängig. In der Logik von Freund und Feind realisierte sich der Begriff des Politischen keineswegs, er stieß vielmehr so heftig auf seine Grenzen, daß er zerstört wurde.

»Die antike Polis war«, so resümiert Weber seine Studien zur antiken und mittelalterlichen Demokratie, »seit der Schaffung der Hoplitendisziplin eine *Kriegerzunft*.« Die vielgerühmte republikanische Virtuosenfreiheit war weitgehend diejenige von Kriegsvirtuosen in einem chronischen Kriegslager. Der Kriegsdienst blieb letztlich maßgebend für die politische Herrschaft.

»Nach außen war es gerade die radikale Demokratie in Athen, welche die angesichts der beschränkten Bürgerzahl nahezu phantastische, Ägypten und Sizilien umspannende Expansionspolitik stützte. Nach innen war die Polis als ein militärischer Verband absolut souverän. Die Bürgerschaft schaltete in jeder Hinsicht nach Belieben mit dem Einzelnen. Schlechte Wirtschaft [...] Ehebruch, schlechte Erziehung des Sohnes, schlechte Behandlung der Eltern, Asebie, Hybris: – jedes Verhalten überhaupt, welches die militärische und bürgerliche Zucht und Ordnung gefährdete oder die Götter zum Nachteil der Polis erzürnen konnte – wurde trotz der berühmten Versicherung des Perikles in der thukydideischen Leichenrede: daß in Athen jeder leben könne, wie er wolle, hart gestraft und führte in Rom zum Einschreiten des Zensors. Prinzipiell also war von persönlicher Freiheit der Lebensführung keine Rede und soweit sie faktisch bestand, war sie, wie in Athen, erkauft durch die geringe Schlagkraft der Bürgermiliz. Auch ökonomisch verfügte die hellenische Stadt unbedingt über das Vermögen des Einzelnen [...]. Der Bürger blieb in erster Linie Soldat. [...] Das Gymnasion [...] fehlte nirgends. Auf Markt und Gymnasion verbringt der Bürger den Hauptteil seiner Zeit. Seine persönliche Inanspruchnahme durch Akklesia, Geschworenendienst, Ratsdienst und Amtsdienst im Turnus, vor allem aber durch Feldzüge: jahrzehntelang Sommer für Sommer, war in Athen gerade in der klassischen Zeit eine solche, wie sie bei differenzierter Kultur weder vorher noch nachher in der Geschichte erhört ist. Auf alle irgend erblichen Bürgervermögen legte die Polis der Demokratie die Hand. [...] Alle bürgerliche Vermögensbildung [war] der Labilität [ausgeliefert]. Die absolut willkürliche Kadijustiz der Volksgerichte (Zivilprozesse vor hunderten von rechtsunkundigen Geschworenen) gefährden die formale Rechtssicherheit so stark, daß eher die Fortexistenz von Vermögen wundernimmt, als die sehr starken Peripetien bei jedem politischen Mißerfolg. [...] Der Krieg [...] war chronisch und steigerte sich [...] zu außerordentlicher Rücksichtslosigkeit. Fast jede siegreiche Schlacht brachte die massenhafte Abschlachtung der Gefangenen, jede Eroberung einer Stadt Tötung oder Sklaverei der ganzen Einwohnerschaft. [...] Ein solcher Demos konnte unmöglich primär in Richtung des befriedeten *ökonomischen* Erwerbs und eines *rationalen* Wirtschaftsbetriebes orientiert sein.«[262]

Weber konstatiert ein massives Rationalitätsdefizit der in seinen Augen auch wenig schönen griechischen Sittlichkeit: die Logosvergessenheit des Politischen. Webers Lesart ist soziologisch verfremdend, wenig hermeneutisch, aber gerade deshalb für uns lehrreich. Trotzdem muß gesagt werden, daß Webers tiefer Realismus in einer Hinsicht extrem einseitig ist. Er vernachlässigt gänzlich die normative Seite exemplarischer Basisdemokratie und die Errungenschaften des Übergangs vom archaischen Ethos zur Ethik der Polis, die auch normativ wirksam geworden sind für das Zusammenleben gleicher und freier Bürger. Weber ist hier, wie sonst auch, für jede emphatische Idee der Demokratie, die ja im 18. Jahrhundert nicht *nur* zu Unrecht ins alte Athen zurückprojiziert worden ist, blind. Aber was Weber uns drastisch klarmacht, ist, daß jede Nostalgie und Verklärung des Vergangenen nichts ist als eine Illusion ohne Zukunft.

Nachspiel Zwei republikanische Rettungsversuche

Im folgenden werde ich zwei sehr unterschiedliche Versuche diskutieren, bestimmte Motive des klassischen Politikverständnisses unter Voraussetzung einer modernen, liberal verfaßten Gesellschaftsordnung zu erneuern.

Es gibt eine Reihe von Autoren, die das argumentative und vor allem diagnostische Potential der klassischen Lehre von der Politik zu Zwecken einer Fundamentalopposition gegen die Moderne und den Liberalismus aktualisieren. Ältere Beispiele sind verschiedentliche Versuche, die objektive Vernunft der metaphysischen und religiösen Tradition Alteuropas auszuspielen gegen eine entfesselte subjektive Vernunft, der die Verhältnisse, die sie sich verfügbar machen wollte, ganz so wie dem »Zauberlehrling« über den törichten Kopf gewachsen sind. In die Geschichtsphilosophie hat Max Horkheimer die Opposition dieser beiden Begriffe eingeführt, um die neuzeitlich »instrumentelle Vernunft« einer radikalen Kritik zu unterziehen.[263] In der *Politischen Theorie* hat Leo Strauß mit der Gegenüberstellung von *Naturrecht* und *Geschichte* einen ähnlichen Paradigmenwechsel im Auge, der schließlich im hedonistisch entgrenzten Subjektivismus einer positivierten Geschichte endet, die die höhere Wahrheit des zeitlosen Naturrechts längst vergessen und verraten hat. Im modernen Liberalismus – egal ob Hobbes, Locke oder Rousseau und deren verschiedenen Nachfolger – hat »das Interesse an der Individualität das Interesse an der Tugend überwältigt«.[264]

Wer sich aber auf die Traditionen einer objektiven Vernunft bzw. des klassischen Naturrechts beruft, muß unterstellen, daß es eine verborgene Wahrheit bzw. eine richtige oder ideale Ordnung der Dinge und der gesellschaftlichen Verfassung gibt, die immer nur wenige weise, besonders geschulte Köpfe erkennen können. Das Grundproblem der Politik ist es dann, das höchste Ziel einer objektiv guten Gesellschaftsordnung (»summum bonum«) zu verwirklichen. Erst an den Strategien der Verwirklichung scheiden sich die Geister. Die einen glauben, die verblendeten und durch niedere Arbeit und Lebensnot (»Ananke«) vom eigentlichen Leben und von der richtigen Einsicht abgelenkten Massen könnten allmählich, durch richtige Erziehung angeleitet, aus der Höhle herausgeführt werden, um schließlich selbst und ohne fremde Hilfe den Anblick der leuchtenden Wahrheit, die alle ihre gewohnten Verhältnisse erschüttert, zu ertragen. So haben viele von Platon über den Kirchenvater Tertullian bis hin zu Herbert Marcuse gedacht. Andere haben die Einsichtsfähigkeit der Massen skeptischer beurteilt und entweder, wie Aristoteles und alle ihm nachfolgenden Realpolitiker der klassischen Tradition, den Kompromiß zwischen dem einsichtigen Auge der wenigen, die wissen, was das jeweils Gute ist, und der Zustimmung stets wenig kluger, eher törichter Massen, die nicht wissen, was für sie in der jeweiligen Situation richtig ist, gesucht; oder sie haben, wie Max Horkheimer, resigniert.

Was sie jedoch alle verbindet, ist die Auffassung, daß es immer nur die Alternative, *entweder* wahres Wissen und politische Klugheit *oder* verblendete Meinung und subjektive Willkür gibt; und daß es zur Fundamentalopposition von objektiver und subjektiver Vernunft keine Alternative und keinen dritten Weg gibt.

Das Schlagwort, das die Kommunitaristen der Gegenwart für die Erneuerung dieser Alternative gefunden haben, wiederholt die zentrale These von Leo Strauß: After Virtue.[265] Autoren wie Alasdair MacIntyre oder Michael Sandel trauen sich zwar nicht länger zu, den modernen Verlust der Tugend durch eine Rehabilitierung des Gedankens einer objektiven Vernunft wettzumachen, aber ihre Diagnose der Krankheit der modernen Zeiten fällt deshalb nicht minder radikal aus: Der Liberalismus ist der Tod des menschlichen Subjekts, der immer dann eintritt, wenn dieses Subjekt versucht, sich von den Lasten der Geschichte und den Bürden der Gemeinschaft, ohne die es – das ist ganz unstrittig – nicht leben könnte, radikal zu distanzieren und sich seine Ziele und sein Leben selbst zu wählen. Der Bruch mit allen Überlieferungen und die Auflösung aller blinden Bindungen an Herkommen und Gemeinschaft ist nicht die Befreiung der Modernen zu eigenem Sinn und eigener Würde, sondern nichts als ein Zeichen tödlicher Schwäche und maßloser Selbstüberhebung. Die konkrete Gemeinschaft ist konstitutiv für das Selbst, und die liberale Befreiung von ihrer lastenden Übermacht (hin zu einem »unencumbered self«) bedeutet deshalb nichts weniger als den Selbstverlust.[266] Das Selbst ist in Geschichten verstrickt, so sehr, daß es als Selbst nicht mehr existiert, wenn es die Stricke zerreißt. Ich sehe nicht, wie man, wenn man – mit MacIntyre und Sandel – nicht mehr an eine objektive Vernunft glaubt und deshalb mit guten Gründen autoritäre Lösungen verwirft, dann um den hohen Preis, den das unvermeidlich »encumbered self« der konstitutiven Gemeinschaft zu zahlen hat, herumkommen will: ich meine den Preis des Gruppenterrors der Gemeinschaft, den Preis der »politischen Militanz« (Paul Veyne), die jede nationale Identität uns abverlangt, den Preis des »erstickenden Drucks von Nachbarn und Kirchengemeinden« (Alain Touraine).

Die Autoren, die altrepublikanische oder kommunitaristische Thesen verteidigen, unterstellen durchweg, daß der moderne Liberalismus aus sich heraus keiner Alternative zur Totalisierung und Verwandlung der instrumentellen Rationalität in jenes vielzitierte »stahlharte Gehäuse der Hörigkeit der Zukunft« (Weber) entwickeln kann. Das ist aber, wie wir im zweiten Kapitel sehen werden, nicht der Fall.

Es gibt jedoch eine Reihe von Versuchen, der Moderne selbst einen eigenständigen Begriff substantieller Vernunft zu entwinden und die moderne Tradition eines romantisch inspirierten Idealismus in Hegelschen Bahnen fortzusetzen. Ein Beispiel ist Charles Taylors Untersuchung über die modernen Quellen, aus denen sich das Subjekt speist und die es nicht aus sich selbst erzeugen kann.[267] Ich halte diesen bedeutenden Versuch jedoch für unzureichend, weil er die deontologische Qualität egalitärer Rechte und prozeduraler Volkssouveränität letztlich verfehlt. Ich wende mich statt dessen zwei anderen Versuchen zu, die Substanz eines republikanischen, am *Telos der Gemeinschaft* orientierten Politikbegriffs zu retten, ohne indes auf die liberale Errungenschaft der zielentbundenen *Rechte des Individuums* zu verzichten. Ich glaube jedoch, daß beides nicht kompatibel ist. Das zeigt sich an Hannah Arendts Versuch, den klassischen Vorrang des Politischen unter modernen, liberalen Prämissen einer radikalen Distanz zu Herkunft und Geschichte zu erneuern, ebenso wie an Michael Walzers Versuch, einen gemeinschaftsnahen Begriff der Gerechtigkeit, der sich eher am Paradigma der Freundschaft als an dem des Vertrags orientiert, zu entwickeln und ihn der liberalen Idee einer wohlgeordneten Gesellschaft als »social union of social unions« zu integrieren. In letzter Instanz und im Konfliktfall sieht sich Hannah Arendt genötigt, die moderne Gleichheit einem klassischen Verständnis politischer Öffentlichkeit zu opfern, während Michael Walzer dann, wenn es ernst wird, dazu neigt, die abstrakte Gerechtigkeit der vermeintlichen Vielfalt lebendiger Gemeinschaft zu opfern, und sei das die »westliche Wertegemeinschaft« insgesamt. Das zeigt sich bereits auf der begrifflichen Ebene an der paradoxen Idee verschiedener Gerechtigkeiten. Walzer spricht von »komplexer Gerechtigkeit«. Das ist aber genau das, was wir gewöhnlich »Unrecht« nennen. Denn Gleichem Gleiches und Ungleichem Ungleiches widerfahren lassen, kann man nur, wenn man von *einem* Gerechtigkeitsbegriff, und das heißt von »einfacher Gleichheit« ausgeht. Eine andere gibt es nicht. Gerechtigkeit ist, wie Kant sagt, das (abstrakte und einfache) »Prinzip der Gleichheit, (im Stande des Züngleins an der Waage der Gerechtigkeit) sich nicht mehr auf die eine als auf die andere Seite hinzuneigen«.[268]

I Gleichheit und Öffentlichkeit: Hannah Arendt

Hannah Arendts Versuch, die gesellschaftliche Freiheit der Autonomie des Politischen nachzuordnen, hat für die politische Freiheit elitäre und aristokratische Konsequenzen. Sie geht aus von dem immer wieder beobachteten Faktum der »Korruption und Perversion der repräsentativen Körperschaften« (Thomas Jefferson). Das hat nichts mit Verschwörung und Privatinteressen der Abgeordneten zu tun. So etwas gibt es, ist aber ein Oberflächenphänomen. In der Tiefe ist die Korruption der Abgeordneten, Ministerpräsidenten und Parteien »eine Folge gesellschaftlicher Verhältnisse«. Sie hat »ihren Ursprung im Volk«.[269] Hier folgt Hannah Arendt freilich einem *elitären Affekt* gegen das Volk, den sie mit Aristoteles teilt: »Gerade wo die Kluft zwischen Herrschenden und Beherrschten sich geschlossen hat, entsteht die Gefahr, daß öffentliche und private Interessen sich auf eine höchst unappetitliche und schädliche Weise vermischen.«[270] Arendt folgt hier republikanischen Prämissen: der These vom Vorrang und der Höherrangigkeit und der These von der Autonomie des Politischen. Beides ist klassischer Aristotelismus. Durch die gesellschaftliche Emanzipation, den Egalitarismus von Rechtssubjekten, ökonomischen Privatinteressen und Konsumenten werden die Autonomie und Höherrangigkeit des Politischen zerstört: Am Ende ist der Kunde König.

1. Glanz

Dagegen mobilisiert Hannah Arendt nun aber nicht jenen elitären Affekt, den sie mit der konservativen Kulturkritik teilt, sondern es gelingt ihr zunächst, ihn durch eine politische Kategorie zu kontrollieren: den Begriff der *Öffentlichkeit*. »Das einzige Mittel, das Eindringen korrumpierender Privatinteressen in den öffentlichen Raum zu verhindern, ist die Öffentlichkeit selbst, da jegliches, was öffentlich geschieht, dem Lichte der Öffentlichkeit preisgegeben ist, und jeder, der öffentlich agiert, weithin sichtbar ist.«[271] Mit dem Begriff der Sichtbarkeit auf öffentlichen Foren verbindet Hannah

Arendt nun freilich die klassische Idee der *Repräsentation einer Tugendgemeinschaft* im öffentlich aus der Masse Mensch herausgehobenen Handeln, wenn sie an der zitierten Stelle fortfährt: »So wie die Angst vor Strafe das Verbrechen verhindert, so verhindert die Angst vor Schande die Korruption. Aber während die Angst vor Strafe alle Bürger gleichmäßig betrifft, kann es eine wirksame Angst vor Schande nur für diejenigen geben, die dem Licht der Öffentlichkeit ausgesetzt sind.«[272] In diesem letzten Satz ist die ganze, aristotelisch geprägte politische Anthropologie Hannah Arendts anwesend. Die Angst vor Strafe betrifft die natürliche Gleichheit der Menschen. Hier, in solch elementarer Angst, sind alle Geschöpfe (nicht nur die Menschen) gleich von Geburt an. Aber der Mensch ist ein politisches Lebewesen, und das Eigentümliche des politischen Lebewesens ist die Beschränkung politischer Gleichheit auf den Kreis derer, die im Licht der Öffentlichkeit reden, handeln, existieren. Die Grundbegriffe des Politischen sind Tugendbegriffe: Gerechtigkeit und Klugheit, Ehre und Ruhm –; – und negativ: Unrecht, Dummheit, Schande und Bedeutungslosigkeit. Es ist die Hierarchie der Tugendbegriffe, die sich in der Angst vor Schande spiegelt, aber mit zunehmender Zahl der Menschen abnimmt. Nur wer als öffentlich Handelnder, d. h. als Politiker aus der Masse Mensch heraustritt, um im Licht der Öffentlichkeit das Ganze einer Tugendgemeinschaft zu repräsentieren, kann wirksam die Korruption bekämpfen. In einer gelingenden Praxis realisiert er (zusammen mit der Elite, der er zugehört) das Ganze des guten Lebens, verwirklicht er die menschliche Existenz als ein politisches Lebewesen. Der im »strahlenden Glanz« (Arendt) einer durch Bürgertugend bestimmten Öffentlichkeit handelnde Politiker vertritt nicht etwa die Interessen und Sorgen der Vielen um Wohlfahrt und materielles Glück, er repräsentiert *als* »Tugendhafter« das Ganze eines politischen Körpers.

Dieser Begriff der Öffentlichkeit ist tief ambivalent, und Hannah Arendt scheut sich nicht, die Ambivalenz in allen Konsequenzen durchzuspielen. Einerseits läßt das die Gefahr schlagartig erkennen, die in der liberalen Reduktion von Demokratie auf Konkurrenz besteht. Wo dem Volk »nicht mehr Platz in der Öffentlichkeit eingeräumt wird als die Wahlurne« und es keine anderen und besseren Gelegenheiten hat, »seiner Stimme in der Öffentlichkeit Gehör zu verschaffen, als den anonymen Stimmzettel«, stirbt jede Demokratie, wird sie von der Übermacht bloß privater Interessen erstickt.[273] Zum Begriff der Öffentlichkeit gehört nicht primär die stumme Repräsentanz von Ruhm und Ehre und das Handeln aus einsamem Entschluß, sondern Öffentlichkeit, das ist das bleibende Erbe des Athener Marktplatzes, ist zuerst und vor allem das Gewirr der vielen Stimmen, die sich artikulieren und begründete Zustimmung fordern und auf Gegengründe stoßen, um gelegentlich in Abgründe zu stürzen. Neudeutsch heißt das *Streitkultur*, aber dabei wird stillschweigend Politik auf Kultur reduziert. Der kommunikative Begriff der Öffentlichkeit jedenfalls ist konstitutiv für die moderne Demokratie: »Free speech«, die kommunikativen Grundfreiheiten, die freie Presse als vierte Gewalt. Öffentliche *Macht* ist dezentriert, unberechenbar und unverfügbar. Diese Erfahrung mußten zuletzt die kommunistischen Diktaturen des Ostens machen, denen am Ende alle gepanzerte, in Kasernen eingebunkerte und in Datenbänken des Geheimdienstes gespeicherte Verfügungs*gewalt* nichts mehr half.[274]

Hannah Arendt bindet jedoch den Begriff der öffentlichen Meinung, die sich nur in freien Diskussionen zwischen unvertretbaren Einzelnen bilden kann, an die Prämissen eines Tugenddiskurses, der um Ruhm und Ehre und damit zwangsläufig um sehr knappe Güter zentriert ist. Eine Öffentlichkeit, die das Ganze repräsentiert, kann nicht die Öffentlichkeit *aller* Staatsbürger, oder gar die aller in einem Land anwesenden Personen[275] sein, sie ist nicht *inklusiv* wie die moderne Massenöffentlichkeit, sie ist *exklusiv* wie die Bürgeröffentlichkeit im alten Athen oder die eng umgrenzte Klassenöffentlichkeit im frühen Liberalismus, in der auch Carl Schmitt noch einen echten Diskurs für möglich hielt.[276]

Die wahrhaft politische, die das Wesen des Menschen schließlich ausmachende »Freiheit des Handelns und Meinens« ist, so Arendt, »nur unter Gleichen möglich«. So steht es auch bei Aristoteles. Aber politische Gleichheit kann nur die Gleichheit derer sein, die zum öffentlichen Handeln in der Lage sind. Und das sind, so die altrepublikanische, in diesem Punkt durchaus reaktionäre Konsequenz, nie alle, auch nicht die Vielen, sondern immer nur die Wenigen. Denn, so fährt Hannah Arendt fort, »Gleichheit selbst ist keineswegs ein universell gültiges Prinzip«: Sie setzt nicht nur, wie schon die natürliche Bewegungsfreiheit, räumliche Grenzen der Natur voraus, nicht nur die eingeschränkteren Grenzen einer staatlich organisierten Rechtsgemeinschaft, sondern die diesen gegenüber nochmals eingeengten Grenzen des öffentlichen »Erscheinungsraums«, in dem sich freies politisches Handeln bewegt. Politische Freiheit gibt es nur auf »Inseln in einem Meer der Notwendigkeit oder auf Oasen in der Wüste zufälliger Willkür«.[277]

2. Virtuosenfreiheit

In ihren Vorlesungen »Vom Leben des Geistes« aus den siebziger Jahren zitiert sie Bergson mit dem Satz: »Die freien Handlungen sind selten.«[278] Die eigentlich freien Handlungen politischen Lebens, so erläutert sie diese These, sind die aus dem Nichts geborenen, staatengründenden Taten einer Vielzahl öffentlich handelnder Menschen. Sie sieht den Ursprung unserer Freiheit in außeralltäglichen Ereignissen, ganz genau so, wie Heidegger den Ursprung der alltäglichen Geschichte in einer grundlos abgründigen, ins Alltägliche von außen einbrechenden, eigentlichen Geschichtlichkeit sah. Das faßte Heidegger in dem Satz zusammen: »Geschichte ist selten.« Und er meinte damit damals, in seinen Vorlesungen über Hölderlin, das außeralltägliche Stiftungsgeschehen dichterischer Welterschließung, denkerischer Seinserhellung und politischer Staatengründung.[279] Das ist aber, nicht anders als bei Arendts und Bergsons These über die Gründung der Freiheit im Außeralltäglichen, eine idealistische Umkehr der tatsächlichen Fundierungsverhältnisse. Außeralltägliche Freiheit in geschichtlich in der Tat seltenen Augenblicken wie Revolutionen oder Staatengründungen können wir überhaupt nur als Freiheit und Befreiung erfahren, weil solche Erfahrung der alltäglichen, gewöhnlichen (politischen ebenso wie unpolitischen) Freiheit eines jeden von uns entspringt. Hannah Arendt beruft sich hier auf Kants Lehre, daß unsere freiwilligen Aktivitäten eine »Kausalität durch Freiheit« voraussetzen würden. Wir können, behauptet Kant, kraft einer »absoluten Spontaneität der Ursachen«, d. h., wenn wir nur wollen, »eine Reihe von Erscheinungen, die nach Naturgesetzen läuft, von selbst anfangen«.[280] Wesen, die frei handeln, können von beliebigen Raum-Zeit-Stellen aus, wann immer sie wollen, – so eine andere Formulierung Kants – »verschiedene Reihen der Kausalität nach von selbst anfangen lassen«.[281] Nicht der Anfang aller Zeiten (»absolut erster Anfang der Zeit nach«) ist unserem freiwilligen Handeln verfügbar, wohl aber haben wir jederzeit die Möglichkeit (sofern uns nichts im Wege ist), einen »absolut ersten Anfang der Kausalität nach« zu machen. Hannah Arendt bezieht sich auf solche Passagen aus Kants Freiheitslehre, um ihren Begriff der stiftenden und gründenden Handlung, der im Zentrum ihres politischen Freiheitsverständnisses steht, zu erläutern. Nun ist aber die Pointe von Kants Begriff stiftender und gründender Freiheit, nämlich gerade jetzt, aus purer Willkür zu tun, was ich an sich nicht tun müßte, keine Seltenheit, sondern alltäglich, gewöhnlich und ganz egalitär, eine der am besten und gleichmäßigsten verteilten Sachen der Welt, wie in Kants eigenem Beispiel: »Wenn ich jetzt völlig frei und ohne den notwendig bestimmenden Einfluß der Natursachen von meinem Stuhle aufstehe, so fängt in dieser Begebenheit samt deren natürlichen Folgen ins Unendliche eine neue Reihe schlechthin an, obgleich der Zeit nach diese Reihe eine bloße Fortsetzung einer vorhergehenden Reihe ist.«[280]

Der Punkt ist nun aber, daß unsere gewöhnliche, praktisch-empirische Freiheit es ist, ohne die wir noch nicht einmal eine Ahnung, ohne die wir nicht das geringste Verständnis außeralltäglicher Freiheit im seltenen Geschehen der Staatengründungen haben könnten. Die politisch seltene ist deshalb in der alltäglich stiftenden Tat fundiert und nicht etwa umgekehrt. Nur weil jeder von uns ständig »eine Reihe von Erscheinungen ganz von selbst anfängt«, ist überhaupt der geschichtlich seltene Anfang verfassunggebender Versammlungen möglich. Kaffee kochen können, wenn einem der Sinn danach steht, ist die Bedingung der Möglichkeit revolutionärer Staatengründung und nicht umgekehrt.

Hannah Arendts These kehrt die tatsächlichen Fundierungsverhältnisse einfach um. Das zeigt aber wiederum nur, daß nicht nur ihr Gleichheitsverständnis, sondern auch ihr Freiheitsverständnis zum aristotelischen Begriff einer *Virtuosenfreiheit* der Wenigen, die wissen, wo es lang geht, paßt.

3. Freiheitsvirtuosen

Die Virtuosenfreiheit ist immer nur die Freiheit der *Wenigen*, die ein herausragendes Können mit hoher bürgerlicher Tugend verbinden. Die elitären Konsequenzen von Hannah Arendts Begriff der Öffentlichkeit sind – und darauf kommt es mir hier an – letztlich Implikationen ihrer Identifikation des Politischen mit einer republikanischen Tugendgemeinschaft. Unter dieser Prämisse, die stillschweigend die Tugend dem Recht vorordnet, sticht trivialerweise das elitäre Argument: Es ist ja »nicht zu leugnen, daß die politischen Leidenschaften – der Mut, das Streben nach öffentlichem Glück, der Geschmack an öffentlicher Freiheit, das Streben nach Auszeichnung unabhängig von Amt, Würden und gesellschaftlicher Stellung, ja sogar von Erfolg und Ruhm – nicht gerade sehr verbreitet sind, und das nicht nur in unserer Gesellschaft, in der alle Tugenden zu gesellschaftlichen Werten pervertiert sind; sie dürften immer und unter allen Umständen ungewöhnlich gewesen sein, und diejenigen, die sie besitzen oder besaßen, darf man ruhig als die Elite des Landes ansehen«.[283] Dann stellt sich natürlich die alte Frage: *Wer wählt die Elite aus?* Dafür, dachte Hannah Arendt, wäre ein System von Räten, freie politische Assoziationen nach dem Muster von

Jeffersons »Elementarrepubliken«, die geeignete Organisationsform. Man muß irgendwo einen Anfang machen mit der politischen Selbstorganisation der Bürger, Beispiele sind spontane Revolten, Dissidentengruppen, Bürgerinitiativen, Kerne der Civil Society. Ihr Ziel wäre die »Zerschlagung der Massengesellschaft« mitsamt ihren Pseudoeliten, populistischen Führern etc. In den »Räten«, den dezentrierten Inseln der politischen Freiheit und Gleichheit, in einer Vielzahl neuer Poleis würden dann »öffentliche Freiheit, öffentliches Glück und die Verantwortlichkeit für öffentliche Angelegenheiten den Wenigen zufallen, die in allen Gesellschafts- und Berufsschichten daran Geschmack finden. Sie sind ohnehin die politische Elite eines Landes, und kein Staat kann behaupten, seine Aufgabe zu erfüllen, keine Staatsform den Anspruch stellen, eine wirkliche Republik zu sein, die sich ihrer nicht bedient und ihr nicht den gehörigen öffentlichen Raum zur Verfügung stellt. Vielleicht würde eine solche im wahrsten Sinne des Wortes ›aristokratische‹ Staatsform dann nicht mehr zu dem Mittel der allgemeinen Wahlen greifen, denn nur diejenigen, die freiwillige Mitglieder einer ›Elementarrepublik‹ [eines ›Rates‹, einer ›Polis‹ –, H. B.] sind, hätten den Beweis dafür erbracht, daß es ihnen um anderes und vielleicht um mehr geht als um ihr privates Wohlbefinden und um ihre legitimen Privatinteressen. Nur wer an der Welt wirklich interessiert ist, sollte eine Stimme haben im Gang der Welt. Von der Politik ausgeschlossen zu sein, brauchte keineswegs eine Schande zu bedeuten wie heute die Aberkennung der bürgerlichen Ehrenrechte; wenn diejenigen, die teilhaben, sich selbst selektiert haben, dann haben diejenigen, die ausgeschlossen sind, auch sich selbst ausgeschlossen.«[284] Sie könnten dann, definitiv und freiwillig von der Politik getrennt, die Früchte ihrer negativen Freiheit genießen, einer Freiheit, die die republikanische Welt der heidnischen Antike noch nicht gekannt hat. Auf diese Weise wäre in der Tat eine wahrhaft republikanische Bürgertugend, die auf den öffentlichen Foren der Wenigen blüht, wiederhergestellt und mit den Vielen zugleich die »unappetitliche und schädliche Weise« einer »Vermischung« »öffentlicher und privater Interessen« ausgeschlossen.

Der Fehler dieser Utopie ist nicht so sehr, daß es eine Utopie ist. Der Fehler ist ihr alter republikanischer Geist, der den Vorrang der Tugend vor dem Recht behauptet. In Wahrheit zielt nämlich der Vorschlag, das allgemeine Wahlrecht in freiwilliger Übereinkunft aller abzuschaffen, auf eine Aufhebung der modernen Idee gleicher Rechte. Denn diese Idee ist an ihre demokratische Legitimation gebunden, und das heißt gerade nicht, was es im Geiste republikanischer Bürgertugend bedeuten müßte: daß die, »die an der Welt wirklich interessiert« sind, sich und den anderen die Gesetze diktieren und nur sie, die »tugendhaften Republikaner« (Heine), »eine Stimme im Gang der Welt« haben sollten, sondern daß alle diejenigen, die den Gesetzen unterworfen sind, ohne Ausnahme das Recht zur Mitwirkung an der Gesetzgebung, und das heißt mindestens: das Wahlrecht, haben. Die freiwillige Abschaffung des allgemeinen Wahlrechts durch die Gesetzesunterworfenen ist ein absoluter Irrtum, der einzige, zu dem das Volk als Gesetzgeber kein Recht hat. Das Volk, sagt Kant, hat ein Recht auf Irrtum, aber es darf sich dieses Rechts nicht freiwillig begeben.

Freilich bleibt die republikanische Liberalismuskritik – trotz eindeutig reaktionärer Züge – ambivalent. Diese Ambivalenz hängt mit den bleibenden Einsichten der aristotelischen *Politik* in den pluralistischen Charakter des Politischen, in die politische Bedeutung der sittlichen Praxis im Unterschied zur sittlich neutralen Technik und in die Rolle der Differenzierung gesellschaftlicher Sphären für die Staatenbildung zusammen. Der entscheidende Mangel der bloß politischen Differenz von herrschaftlicher Hausmacht (Oikos-Despotie) und herrschaftsfreier Öffentlichkeit (Polis-Politie) ist jedoch, daß mit ihr kein Staat im eigentlichen Sinne des Wortes zu machen ist. Die politische Differenz ist nicht differenziert genug, um dem Individuum genügend Luft zum Atmen zu lassen, die es frei macht *von* der Politik, *von* der Gesellschaft und *von* der Natur. Das ist es, was Kant letzten Endes unter »transzendentaler Freiheit« verstanden hat. Von ihrer Aufhebung sagt Kant, sie würde »zugleich alle« wirkliche, empirische, »praktische Freiheit vertilgen«.[285] Die Ausdifferenzierung einer unpolitischen Sphäre des gesellschaftlichen Verkehrs der Waren und der Meinungen ist zunächst eine ganz im Sinne »transzendentaler Freiheit« fortschreitende Befreiung von der Übermacht des Politischen und vom natürlichen Kreislauf des organischen Lebens. Die moderne bürgerliche Gesellschaft ist die praktische, gegenständliche, geschichtlich reale Seite der »transzendentalen Freiheit«. Freilich ist die neue Freiheit von der Politik und nach der Natur von Anfang an der Gefahr einer neuen Abhängigkeit des Individuums und ganzer sozialer Klassen von der eigenen Gesellschaft ausgesetzt. Die Verwirklichung »transzendentaler Freiheit« wird damit zum Problem der Gesellschaft mit sich selbst: zur »sozialen Frage«.

4. Weltverlust

Da Hannah Arendt ganz auf die politische Differenz von Polis und Oikos fixiert ist, kann sie die moderne bürgerliche Gesellschaft, die unpolitische Gesellschaft der Arbeit und des Konsums nicht als einen Fortschritt im Bewußtsein funktionaler Differenzierung – geschweige denn als einen im

Bewußtsein der Freiheit – deuten, sondern sie muß die im Übergriff des Wirtschaftssystems und der Bürokratie auf Öffentlichkeit *und* Privatsphäre in der Tat auch wirksame Tendenz zur inneren Kolonialisierung und Entdifferenzierung der modernen Gesellschaft perspektivisch vergrößern, vereinseitigen und von Entwicklungsalternativen säubern. Ihr Ausgangspunkt ist deshalb eine geheime Verwandtschaft zwischen der platonischen Staatsutopie und der modernen Arbeitsgesellschaft. In beiden wird – wie sie glaubt – die Differenz von Politik und Privatsphäre eingezogen. Die Gesellschaft der Modernen wird zum Einfallstor, durch das die privaten Mächte in die Öffentlichkeit einströmen, um sie mit ihren materiellen Bedürfnissen zu überwältigen und mit alltäglichen Sorgen und Konsuminteressen zu kujonieren. Es geht Hannah Arendt mit der sozialen Frage, die die moderne bürgerliche Gesellschaft aus sich entläßt, ganz genau so, wie »Bürgermeister und Senat« mit den hungrigen »Wanderratten« in Heinrich Heines Gedicht: »Es gibt zwei Sorten Ratten: / Die hungrigen und die satten. / Die satten bleiben vergnügt zu Haus, / Die hungrigen aber wandern aus. [...] // So eine wilde Ratze, / Die fürchtet nicht Hölle, nicht Katze; / Sie hat kein Gut, sie hat kein Geld / Und wünscht aufs neue zu teilen die Welt. // Die Wanderratten, o wehe! / Sie sind schon in der Nähe. / Sie rücken heran, ich höre schon / Ihr Pfeifen – die Zahl ist Legion.« Sie kommen aus dem Oikos, verlassen das Dunkel des Hauses und strömen ungefragt und ungebeten in die »schöne Sittlichkeit« der Polis ein, um sich im Licht der Öffentlichkeit breit und fett zu machen und alle Virtuosenfreiheit in einer schrecklichen Rebellion des Bauches zu verzehren. »O wehe! Wir sind verloren, / Sie sind schon vor den Toren! / Der Bürgermeister und Senat, / Sie schütteln die Köpfe und keiner weiß Rat.« Die Lösung, die die moderne Arbeitsgesellschaft für die »soziale Frage« schließlich findet, erstickt alle republikanischen Bürgertugenden der großen politischen Rede im stumm gefräßigen Despotismus des Massenkonsums: »Ein schweigender Stockfisch, in Butter gesotten, / Behaget den radikalen Rotten / Viel besser als ein Mirabeau / Und alle Redner seit Cicero.« In der Arbeitsgesellschaft reproduziert sich ein längst vaterlos gewordener, »emanzipierter« Oikos-Despotismus auf schwindelnd erhöhter Stufenleiter.

Der platonischen Herrschaft des weisen und allein gebietenden Herrn im großen Haus der Polis entspricht in dieser Gesellschaft das komplementäre Muster der »Herrschaft des Niemand«.[286] Das nackte Leben siegt über das gute, das noch in der Platonischen Republik das einzige Ziel der Politik war. Nun erst droht das Überleben der Menschheit als biopolitisches Subjekt das eigentliche, plurale und ereignishafte Mensch-Sein zu vernichten. Das ist der Triumph des Sozialen und des subjektivistischen »Willens zur

Macht«, der aus der Ohnmacht und dem Machtverlust des Politischen erwächst.[287] Es ist Hannah Arendts These, daß der Verlust der politischen Tugend in der Moderne mit einer Universalisierung der Sklaverei Hand in Hand geht. »Wo immer die Lebensnotwendigkeiten sich in ihrer elementar zwingenden Notwendigkeit zur Geltung bringen, ist es um die Freiheit einer von Menschen erstellten Welt geschehen.«[288] Die »Verschwörung von Armut und Notwendigkeit« zerstört die politische Revolution und vernichtet die Freiheit zugunsten der Wohlfahrt. Der Wohlfahrtsausschuß von 1793 ist die Geburt des Terrors aus der Not. Die Tugend der allgemeinen Wohlfahrt ist unpolitisch. Sie akzeptiert »keine Begrenzung«.[289] Hannah Arendt spricht von einer »Invasion sozialer und ökonomischer Angelegenheiten in den öffentlich politischen Raum«, in den dann im Verlauf der Französischen Revolution die »lebendigen Menschen« drängten, »die, getrieben von einer gleichsam präpolitischen Not, alle noch bestehenden Institutionen vernichteten und neue zu schaffen außer Stande waren. Mit diesem nackten Elend, so mußte es scheinen, konnte nur die nackte Gewalt fertig werden.«[290]

Es liegt jedoch ein fundamentaler Irrtum in Hannah Arendts Theorie der sozialrevolutionären Bewegungen. Dieser Irrtum ist die Reduktion dieser Bewegungen auf äußere, soziale Not, auf den Schrei der Massen nach Brot, auf den hungrigen Magen des Mobs, des »sinnlichen Rattenhaufens« (Heine). Mag sein, daß »the rebellions of the belly are the worst« (Francis Bacon) – aber kaum eine einzige Revolution – gewiß nicht die Französische von 1789 – erschöpft sich in einer »rebellion of the belly«. Diese selbst nämlich ist immer auch eine Reaktion auf Verletzungen der elementaren Menschenwürde. Die Empörung der Massen richtet sich gegen den Zwang zum Hungern, den die Gesellschaft der Herrenklassen ihnen auferlegt hat, gegen Entwürdigung und Erniedrigung. Der soziale Aufstand ist immer und überall auch ein politischer Kampf der Sklaven und Knechte um Anerkennung elementarer Rechte, ums »Naturrecht von unten« (Bloch). Es geht immer auch um dieses reflexive, geistige Moment, das Hannah Arendt einfach unterschlägt; das Recht auf soziale Rechte und nicht nur um den vollzuschlagenden Bauch. Die »*Mühseligen* und *Beladenen*« sind, wie Ernst Bloch hervorgehoben hat, schon *als solche* »*Erniedrigte* und *Beleidigte*«.[291]

Diese einäugige Diagnose der Moderne macht Hannah Arendt erstaunlich blind für die evolutionären Potenzen und die Kraft zur Differenzierung und Pluralisierung, die nicht erst in der radikal negativen, weltdistanzierenden Kritik der revolutionären Aufklärung des 18. Jahrhunderts zur Geltung kommen, sondern schon lange vorher in der monotheistischen Antike des Judentums und insbesondere dann des Christentums. In ihm sehen Arendt wie Nietzsche nichts als eine weltflüchtige »Sklavenmoral«. Die tiefere Ursache der modernen Politikvergessenheit liegt ihrer Meinung nach im weltflüchtigen Individualismus des Christentums.

Aus der konkreten Solidarität der bürgerlichen Tugendgemeinschaft macht es eine weltlose und entweltlichte Pseudopolitik der allgemeinen Liebe und Brüderlichkeit, ein unsichtbares und abstraktes Tun des Guten um seiner selbst willen. Wirklich gut ist nur die Handlung, die man vollbringt, obwohl es keinen Zeugen gibt, so heißt es noch im »Glaubensbekenntnis des Savoyischen Vikars« bei Jean-Jacques Rousseau.[292] Es ist »überall nichts in der Welt, ja überhaupt auch außer derselben zu denken möglich«, schreibt Kant, »was ohne Einschränkung für gut könnte gehalten werden, als allein ein *guter Wille*.«[293] Die tätige Güte blüht im Verborgenen, *schein-* und *glanzlos*. Der monotheistische Gott wird zum einzigen und letzten Zeugen: »Hütet Euch, eure Gerechtigkeit zu üben vor den Menschen, um von ihnen gesehen zu werden« (Matth. 6,1–8). Heiligkeit, die den Täter guter Werke im strahlenden Glanz öffentlicher Wohltätigkeit erscheinen läßt, ist für die Christen bloße Scheinheiligkeit, in Wahrheit bereits Heuchelei. Die nur dem Gott, der ins Verborgene sieht, sichtbaren guten Werke der Christen können deshalb »niemandem Gesellschaft leisten, ihrer darf nicht gedacht werden; wenn sie getan sind, müssen sie auch schon vergessen werden, schon das Andenken an sie vernichtet sie in ihrem Gutsein«. »Wahrlich«, schließt Hannah Arendt, »sie sind nicht von dieser Welt.«[294] Nicht anders als ihr Gegenstück, das Verbrechen, müssen die wahrhaft guten Taten »sich vor den Augen und Ohren der Menschen verbergen«.[295] Den Unterschied zwischen Verbrechen und Güte kennt am Ende nur der transzendente Gott. In dieser Welt wird er verdunkelt und verwischt. Die Tat der Gerechtigkeit wird schließlich auf das Jüngste Gericht am Ende aller Tage vertagt. Die christliche Liebesgemeinschaft verbindet Menschen, »die das Interesse an einer gemeinsamen Welt verloren haben«.[296] Die Nächstenliebe gilt nicht länger nur dem Fremden, der als Gast ins Gefüge nachbarschaftlicher Freundschaftsbeziehungen integriert wird, sondern unterschiedslos allen Menschen überall und zu allen Zeiten. Aus Nächstenliebe wird *Fernstenliebe*.

Als Knechte und Werkzeuge ihres jenseitigen Herren sind alle gleich und alle Menschen Brüder. Brüderlichkeit, die Beziehung zwischen Geschwistern wird zum Modellfall eines »antipolitischen Zusammenlebens«.[297] Antipolitisch ist diese Brüderlichkeit, unter deren Parolen sich schließlich die Armen von Paris in den neunziger Jahren des 18. Jahrhunderts versammeln sollten, weil sie das »Leben des Einzelnen« zum höchsten Gut erklärt; denn es ist dieses Leben, das für die Christen unsterblich ist, während die gemeinsame Welt der Polis, das »›Leben‹ des Gemeinwesens« von nun an als vergänglich und sterblich erscheinen mußte. Für die Griechen und Römer war es noch selbstverständlich, daß »Ewigkeit« und »unsterblicher Ruhm« allenfalls Merkmale des Gemeinwesens, der »ewigen Stadt«, wie Rom im Altertum hieß, sein könnten, während das Leben des Einzelnen vergänglich, sterblich und – verglichen mit der Polis – nichtig und bedeutungslos war. Alles, was dem Individuum an Qualitäten und Bedeutung über dessen Sterblichkeit hinaus zuwachsen konnte, was seine »Vortrefflichkeit« ausmachte und wodurch es sich als Individuum auszeichnen konnte, war sein Anteil am Leben der bürgerlichen Gemeinschaft, wuchs ihm allein aus der Polis zu. Ging letztere unter, war alles verloren.[298]

Das Christentum radikalisiert das jüdische Erbe der Heiligkeit und Unantastbarkeit allen menschlichen, gottebenbildlichen Lebens zu einem absoluten Vorrang des nackten Lebens und seiner Heiligsprechung durch postmortale Unsterblichkeit. Nun erst wird es möglich, alles der Sklavenarbeit an den Notwendigkeiten der Selbsterhaltung zu unterstellen. Nicht anders als die platonische Herstellungsvernunft des Herren ist die Selbsterhaltungsvernunft des befreiten Sklaven unpolitisch, und sie ist unpolitisch, weil sie die Differenz des Politischen vergessen hat, die Differenzierung von Polis und Oikos, die überhaupt erst das Politische als einen eigenen Raum öffentlicher Freiheit konstituiert. Sklaven- *und* Herrenmoral, das Herstellungs- ebenso wie das Arbeitsparadigma fallen hinter das Komplexitätsniveau politisch differenzierter Gesellschaften zurück. Nicht den Verlust ästhetischer Ursprünglichkeit und moralischer Skrupellosigkeit stellt Hannah Arendt dem Christentum in Rechnung, sondern den Verlust und die Zerstörung politischer Autonomie.

5. Differenzierungsgewinne

Hannah Arendts Sicht des Christentums ist freilich äußerst einseitig und in solcher Einseitigkeit blind für die evolutionären Errungenschaften der christlichen Transformation des Politischen, ohne die eine Entstehung moderner Gesellschaften und auch der modernen Demokratie nur schwer vorstellbar wäre. Das haben vor allem Max Weber und Talcott Parsons gezeigt.[299] Neben der griechischen und hebräischen Tradition, das ist Parsons These, gehört die christliche Kultur der Antike ins »Saatbeet« der modernen Gesellschaft, zu einer Saat, die erst viele Jahrhunderte und lange nach dem Untergang der antiken Gesellschaft aufgegangen ist. Gerade die in den urchristlichen Gemeinden eingeübte radikale Distanzierung von Politik und Gesellschaft wurde zum Wegbereiter einer Ausdifferenzierung der Kultur, die für alle modernen Gesellschaften konstitutiv ist und ohne die es heute beispielsweise keine von religiösem Druck entlastete Politik, aber auch keine vor gesellschaftlicher Übermächtigung ebenso wie vor theologischen Zudringlichkeiten vergleichsweise gut geschützte Wissenschaft gäbe. Die seit Galilei dramatisch inszenierte Trennung der Wissenschaft vom christlichen Glauben hatte die lange vorher erfolgte Trennung dieses Glaubens von der Welt zu ihrer Voraussetzung. Und erst die im Mittelalter, an der Wende vom 11. zum 12. Jahrhundert erfolgte Verbindung von römischem Recht und scholastischem Nominalismus hat die Bildung des organisatorischen Kerns eines modernen Rechts ermöglicht.[300] Soziologisch gesehen bestand der evolutionäre Schub des frühen, paulinischen Christentums in der Dreieinigkeit von *Individualisierung, Universalisierung* und *Differenzierung*, die z. T. jüdische, besonders prophetische Wurzeln hat, aber auch neue, innovative Momente ins Spiel bringt.

Zunächst emanzipiert sich die christliche Vereinigung von jeder Form askriptiver Mitgliedschaft ethnischen oder territorialen Charakters. Sie macht sich von Tradition und Herkunft unabhängig. Was Hannah Arendt als Weltverlust beklagt, stellt sich in soziologischer Perspektive als Universalisierungsgewinn dar. Jeder kann Mitglied werden. Folglich blüht die Missionsarbeit. Beides hat natürlich seine eigenen Grenzen und Schattenseiten. Der Universalismus der christlichen Kirchen bleibt ein an Mitgliedschaft gebundener Universalismus. Und die Missionare zögerten oft nicht lange, diejenigen, die nicht freiwillig sich bekehren ließen, umzubringen. Trotzdem ist es wichtig, daß erst im Christentum Freiwilligkeit zum Prinzip des Eintritts in die Gemeinde wird. Dieser geht es nämlich allein um das individuelle Heil ihrer Mitglieder, und deshalb muß die Bekehrung zur individuellen Leistung des Einzelnen werden: »achievment« statt »ascription«. Individualisierung ist die Kehrseite von Universalisierung: ein jeder wird als Einzelner zum Adressaten der Botschaft. So ist die frühe Kirche im soziologischen Sinne eine *freie Assoziation*. Der Bund des Volkes mit dem einzigen göttlichen Schöpfer aller Menschen verbindet das hebräische Motiv des Bundes im Namen eines universellen und unsichtbaren Gottes mit demjenigen individueller Bekehrung, die von allen Sippschafts- und Stammesbindungen losgelöst erscheinen muß, um glaubwürdig zu sein. Was Hannah Arendt als neuplatonische Universalisierung des Familienparadigmas der Politik (Brüderlichkeit im Geist einer Sklavenmoral) erschienen war, enthüllt sich dem soziologisch aufgeklärten Blick als Individualisierungsleistung, die alle Familienbande sprengt. Und in diesem und nur in diesem Zusammenhang sagt Jesus dann: »Ich bin nicht gekommen, die

Liebe zu bringen, sondern das Schwert.« (Matth. 10) Freilich hat Hannah Arendt nicht ganz unrecht. Der Einzelne ist dem Dunkel des Hauses und damit der Despotie des »pater familias« entronnen, aber er hat in der neuen religiösen Gemeinde keine politische Welt gefunden.

Aber auch das ist ambivalenter, als es Hannah Arendt scheint. Was sich ihr als das Trauma neuzeitlicher Politikvergessenheit darstellt, ist auch ein – freilich kostenreicher – Differenzierungsgewinn. Die urchristliche Sklavengemeinschaft differenziert sich von »jeglicher weltlichen sozialen Organisation«, schreibt Parsons, und das heißt für die Antike vor allem: von der politischen Organisation der gemeinsamen Angelegenheiten (»res publica«). Dieser *äußeren* Differenzierung korrespondiert nun eine *innere* Differenzierung sozialer Rollen: Man konnte »auf der Ebene der gesellschaftlichen Beteiligung *sowohl* Christ *als auch* Athener oder Römer sein, ein Mitglied sowohl der Kirche wie auch einer ethnisch-territorialen Gemeinschaft«.[301] Das aber ist der erste Durchbruch zu einem modernen, in sich differenzierten und pluralisierten System sozialer Rollen, deren Integration wiederum den kognitiven und affektiven Leistungen des Einzelnen zugerechnet und zugemutet werden muß. Differenzierung erzwingt Individualisierung.[302]

Erst der Radikalismus urchristlicher, sektiererischer und asketischer Weltverneinung ermöglichte die ersten Ansätze zu einer funktionalen Differenzierung. Die dynamische Einstellung innerweltlicher Askese (Weber), die den Gläubigen in ein reines Instrument göttlicher Weltbeherrschung verwandelte, war nicht nur die kulturelle Voraussetzung des »instrumentalen Aktivismus« (Parsons) moderner Gesellschaften, sie wurde auch schon bald in organisierten Gemeinden institutionell verkörpert und konnte so tief ins soziale System eingesenkt werden, so daß schließlich die Kirche sich als eine Art Polis in der Polis etablieren konnte. Als freie Assoziation war sie wie die griechische Polis Tugendgemeinschaft, aber sie verband dieses Element der Polis mit einem entpolisierten, genuin sozialen, freilich weitgehend kontrafaktischen Gleichheitsprinzip, das in der Gleichheit aller Menschen vor Gott begründet war. Und die Gleichheit vor Gott war immer zugleich – verstärkt im westlichen Christentum seit dem 11. Jahrhundert – Gleichheit vor dem göttlichen Gesetz: »Das Jüngste Gericht wurde als große, allumfassende Demokratie gesehen, das Fegefeuer als eine große christliche Demokratie. Nach der anschaulichen Schilderung Dante Alighieris (1265–1321) büßten dort Päpste und Kaiser neben Knechten und Räubern. Unterschiede gab es einzig und allein gemäß der Schwere der persönlichen Sünden.«[303] Schon auf dem Boden der römischen Korporationsverfassung konnte sich die Kirche als *Korporation unter Korporationen* etablieren. Wichtig für diese früheste Differenzierung von Kirche und Staat war, wie Parsons betont, »ihre Schärfe und Klarheit. Die frühen Christen lebten zwar ›in‹ der säkularen Welt, waren aber nicht ›von‹ ihr.«[304]

Das berühmte, von Luther dann ganz staatsloyal ausgelegte Pauluswort: »Gebt dem Kaiser, was des Kaisers und dem Herrn, was des Herrn ist«, ist keineswegs Ausdruck eines falschen Friedens der Religionsgemeinschaft mit der Welt, keineswegs die pure positive Integration der Kirche ins Staatsgefüge. Es ist das auch. Aber es ist zugleich Ausdruck der Verachtung und Geringschätzung der kaiserlichen, der weltlich-politischen Autorität, denn es erklärt, »daß der römische Kaiser ein heidnischer Monarch und Symbol einer heidnischen politischen und sozialen Ordnung ist«.[305] Was das Pauluswort zum Ausdruck bringt, ist die soziologische Einsicht, daß die Differenzierung einer Gemeinschaft *von* ihrer gesellschaftlichen Umwelt selbst noch eine Differenzierung *in* der Gesellschaft ist.

Dieser Zwiespalt durchzieht die gesamte christliche Bewegung in ihrem Verhältnis zur säkularen Welt und ermöglicht, positiv gesprochen, eine moralisch-praktische Rationalisierung *der* Welt durch Distanzierung *von* der Welt: »Einerseits wurde das Primat des ›ewigen Lebens‹ über alle weltlichen Belange verkündet. [...] Andererseits hatten Christus und seine Kirche, wie das Volk Israel, eine göttliche Sendung *für* diese Welt, also für die menschliche Gesellschaft.«[306] Hannah Arendt hat die antipolitische Weltlosigkeit des frühen Christentums schon richtig diagnostiziert. Was ihr aber entgangen ist, ist die Dialektik der asketischen Weltdistanzierung. Denn die andere Seite der Weltdistanzierung ist diesseitig Praxis, politische »Zielverwirklichung« (»goal attainment«). Okzidentaler Rationalismus ist Weltveränderung *durch* Weltverneinung.

II Gemeinschaft und Gerechtigkeit: Michael Walzer

In Rousseaus *Émile* begründet der savoyische Vikar seinen Glauben an die »Stimme des Gewissens« mit deren Unabhängigkeit von »erworbenen Vorstellungen«. Das sichert dem vernünftigen, durch die »Erkenntnis« des Richtigen und Guten vermittelten »Impuls des Gewissens« den Anspruch auf universelle Geltung. »Sieh dir die Völker der Erde und ihre Geschichte an« – belehrt der Vikar seinen Schüler. »Unter so vielen unmenschlichen und seltsamen Kulten, unter dieser außerordentlichen Vielfalt von Sitten und Charakteren findest Du überall die gleichen Vorstellungen von Gerechtigkeit und Redlichkeit, überall die gleichen Begriffe von Gut und Böse.«[307]

Solch einem moralischen Universalismus begegnet die kommunitaristische Kulturkritik mit Skepsis. Ihre These ist, daß unsere moralischen Vorstellungen sich nicht von den »erworbenen Vorstellungen« wie ein Stück unberührte Natur ablösen lassen. Die »Stimme des Gewissens« ist weit davon entfernt, unabhängig zu sein, sie ist immer nur die Stimme von Männern und Frauen mit den sehr spezifischen historischen Erfahrungen einer bestimmten, partikularen Kultur. Jedes Land und jede Zeit, jede Befreiungsbewegung und jedes Volk prägt dem, was recht und billig ist, was gut und böse ist, einen unverwechselbaren »Charakter« auf: das Recht des Menschen ist immer wieder anders, ganz der »außerordentlichen Vielfalt der Sitten« entsprechend. Michael Walzer nennt das »reiterative universalism«; im Unterschied zu dem Universalismus, der alle Kulturen und geschichtlichen Überlieferungen mit derselben Elle »einfacher Gleichheit« mißt und wie Rawls zu dem Ergebnis kommt, ein Kastensystem wie das indische sei unter allen Umständen schlecht und ungerecht. Solchen abstrakten Universalismus nennt Walzer in Anlehnung an Hempels und Oppenheimers Theorie der naturgesetzlichen Erklärung »covering law universalism«.[308] Ein gutes Beispiel für den reiterativen Universalismus und die Idee einer »komplexen Gleichheit«, die Michael Walzer seit seinem wichtigsten Buch *Spheres of Justice* gegen die falsche und abstrakte Gleichmacherei verteidigt, gab jüngst einer der Delegierten auf der Menschenrechtskonferenz in Wien (Juni 1993). Der Vertreter Chinas erklärte dort: »Länder mit unterschiedlichen Traditionen haben auch ein unterschiedliches Verständnis von Menschenrechten.« Ich halte das für falsch und die Ansicht, die Rousseau dem savoyischen Vikar in den Mund legt, für richtig.

1. Gleichheit

Walzer versteht unter Gerechtigkeit »komplexe Gleichheit« und glaubt, daß dieser Begriff der Gerechtigkeit den vorgeblich totalitären und technokratischen Gefahren entgeht, denen die »Theorie der Gerechtigkeit« und insbesondere das berühmte »Differenzprinzip«, Rawls zweiter Gerechtigkeitsgrundsatz, ausgesetzt sind. Der *einen Theorie* setzt Walzer deshalb eine Phänomenologie der *vielen Sphären* der Gerechtigkeit entgegen.[309]

Eigenartig ist, daß Walzer von vornherein »Gerechtigkeit« und »Pluralismus« miteinander vermengt. Offenbar hält er verschiedene Lebensbereiche, die in ihrer Verschiedenheit anerkannt und respektiert werden, bereits für gerecht. Dann ist es kein Wunder, daß er die Kastengesellschaft Indiens, sofern sie dem Bild ihrer Mitglieder von einer richtigen gesellschaftlichen Ordnung entspricht, für gerecht und einer Kritik von außen unzugänglich hält. Aber das ist nicht, was wir gewöhnlich »gerecht« nennen. Wenn es sich in der einen »Sphäre« gut, in der andern schlecht leben läßt, betrachten wir das gewöhnlich als eine ungerechte, weil ungleiche Verteilung der Lasten zwischen den verschiedenen Sphären einer Gesellschaft. Wenn, um ein simples Beispiel zu geben, die Frauen de jure in der Politik die gleichen Rechte wie die Männer haben, aber in der Familie die Lasten der Hausarbeit und Kindererziehung ganz ungleich verteilt sind und die Frauen einseitig für letzteres zuständig sind, dann handelt es sich nicht um »komplexe Gleichheit«, sondern um massive Ungleichheit, nicht um verschiedene Gerechtigkeitssphären, sondern um eine einzige Ungerechtigkeit. Andererseits bedeutet »Pluralismus«, daß man verschiedener *Meinung* über das, was jeweils gerecht ist, sein kann. Daraus folgt aber nicht, daß die Institutionalisierung verschiedener Ordnungen der Gerechtigkeit, die den verschiedenen Meinungen jeweils entsprechen, bereits gerecht wäre. Zumeist dürfte das Gegenteil der Fall sein. Dieser Fehlschluß scheint dem Argument von *Spheres of Justice*, das die Polemik gegen Rawls trägt, zugrunde zu liegen.[310]

Die Identifikation von Pluralismus mit Gerechtigkeit läßt sich vielleicht vermeiden, wenn man das Problem als eines *zweier Ebenen* von Gerechtigkeit formuliert. Dem kommen viele Formulierungen Walzers, insbesondere die oben schon zitierte Ablehnung des Konzepts einer politischen Identität, zumindest nahe. Das Gerechtigkeitsproblem komplexer, in Sphären differenzierter, pluralistischer Gesellschaften ist dann das einer gerechten Gemeinschaft vieler Gerechtigkeitsgemeinschaften. Manchmal scheint es so, als wäre es das, was Walzer unter »komplexer Gerechtigkeit« versteht. In diesem Zusammenhang greift er die Idee von Rawls, der moderne Staat sei eine »social union of social unions«, positiv auf: das Hauptproblem der Gerechtigkeit in modernen Gesellschaften ist auf der Ebene des Institutionensystems lokalisiert und nicht bei den Individuen. Es ist das Problem einer gerechten Koordination der vielen Sphären des gesellschaftlichen Lebens in der Moderne. Wie können die Bereiche der Wohlfahrt, der Politik, der Freizeit, der Religion, der Familie, der Erziehung, der Arbeit und der Marktwirtschaft (und noch einige andere) in ein ausgewogenes, gleichgewichtiges, kurz: *gerechtes* Verhältnis zueinander treten? Zwischen den verschiedenen Sphären der modernen Gesellschaft soll die alte platonische Formel der Gerechtigkeit einen neuen Sinn machen: Jedem das Seine, jeder Sphäre die ihr gebührende Autonomie. Wie bei Rawls ist das *Gerechtigkeits*problem primär ein Problem der institutionellen Organisation, das *Problem* freilich ist ein ganz anderes als bei Rawls. Walzer läßt es sich eher von Autoren wie Max Weber oder Jürgen Habermas vorgeben: es ist das Problem der Kolonisation und Überwältigung einer Sphäre der Gerechtigkeit durch eine andere. Das ist das Unrecht in der Struktur einer Gesellschaft: Liebesbeziehungen werden durch Geld geregelt, Religionsgemeinschaften von den politisch Mächtigen geknebelt, Freizeit von Konsum tyrannisiert, die Erziehung den Privatinteressen der Familien geopfert oder alles auch umgekehrt. Pullman-City, wo alles der Familie Pullman gehört und alle in der Schlafwagenfirma der Pullmans beschäftigt sind, ist das Modell strukturellen Unrechts durch gesellschaftliche Dominanz.

Es ließe sich an dieser Stelle zwar fragen, ob es sich hier nicht eher um ein Problem der Entfremdung als um ein Problem der Gerechtigkeit handelt. Aber das wäre vielleicht kleinlich und falsch. Denn auf Entfremdung reagieren wir oft mit Empörung, und das zeigt an, daß wir sie (in vielen Fällen mit Recht) als Unrecht erfahren. Anders als bei Aristoteles ist der Bezugspunkt solchen Unrechts im gesellschaftlichen Institutionengefüge nicht primär die Gemeinschaft, sondern das Individuum. Auch das entspricht der rechtsstaatlichen Perspektive von Rawls. Schließlich ist das »System der Rechte« (Grundrechtsprinzipien), das aus den beiden Gerechtigkeitsgrundsätzen von Rawls folgt, eine Antwort auf Walzers zentrales Problem gerechter Sphärengrenzen. Aber Walzer selbst scheint das gar nicht bemerkt zu haben. Er rennt eine sperrangelweit offene Tür ein. Denn die Kataloge liberaler Grund- bzw. Gleichheitsrechte haben keinen anderen

Sinn, als Sphären verschiedener Gleichheit (also »komplexe«, nicht »einfache Gleichheit« i. S. Walzers) gegeneinander abzugrenzen, sie moralisch zu rechtfertigen und ihre Selbsterzeugung technisch zu ermöglichen. Unter letzterem Gesichtspunkt beschreibt z. B. die funktionalistische Soziologie seit Parsons das System der Grundrechte.[311] Es ist dies der Grund, warum Parsons im universalistischen Recht mit seiner abstrakten und gemeinschaftsblinden Gleichheit der Rechte die wichtigste Errungenschaft der modernen Zeiten gesehen hat. Und nur ein starres, systemübergreifendes System von Rechten *ermöglicht* verschiedene Formen der Gleichheit *und* Ungleichheit (z. B. die katholische Kirche) unter der Voraussetzung des freien Zu- und Abgangs jedes einzelnen Individuums. Rawls' Begriff der Gleichheit ist ebenso wie derjenige Kants, Luhmanns, Parsons' oder Dworkins komplex und gerade nicht einfach.

So geht auch Jürgen Habermas in seiner *Theorie des kommunikativen Handelns* von einer ähnlichen Zeitdiagnose aus wie Michael Walzer. Habermas beschreibt die Überwältigung einer Sphäre der Gerechtigkeit durch eine andere als »Kolonialisierung der Lebenswelt«[312]. Einen wesentlichen Aspekt solcher Kolonialisierung durch abstrakte Medien, die je besondere Sphären steuern, sieht Habermas u. a. in einer rein technischen Verrechtlichung aller Lebensbereiche. Sie ermöglicht eine Umwandlung dichter sozialer Interaktion in abstrakt-technische Beziehungen. Vertrags-, Verwaltungs- und Sozialrecht öffnen die Schleusen für Macht und Geld, die in alle Lebenssphären einsickern, um den expressiven und kommunikativen Reichtum sozialer Beziehungsmuster und rationaler Verständigungsformen auf Muster ökonomischer und bürokratischer Rationalität zu reduzieren. Dadurch erklärt Habermas die von Walzer materialreich beschriebene Dominanz einzelner Sphären über alle anderen. Das entscheidende Gegengift zur diagnostizierten Krankheit (Dominanz von Recht, Macht und Geld) aber sieht Habermas – und hier trifft er sich mit Rawls – in einer Begrenzung von Bürokratisierung, Kommodifizierung und technischer Verrechtlichung durch *rechtlich* positivierte Prinzipien einfacher Gleichheit auf der abstrakten Ebene bürgerlicher, politischer und sozialer Grundrechte.[313] Eine Vergrundrechtlichung sozialer Beziehungen (= abstrakte einfache Gleichheit) soll, so Habermas im zweiten Band der *Theorie des kommunikativen Handelns*, die Verrechtlichung einschränken, Geld und Macht in die für sie zuständigen Subsysteme Wirtschaft und Politik zurückdrängen und so die Autonomie verschiedener Sphären der Gerechtigkeit (= konkrete komplexe Gleichheit) wiederherstellen und ausweiten.

In einem Punkt jedenfalls können die »liberals« den Vorwurf der Einfachheit ihres Gleichheitsideals an Michael Walzer zurückgeben: Die komplexe Gleichheit verschiedener Gerechtigkeitssphären wird erst durch eine Dialektik abstrakter Einfachheit und konkreter Komplexität ermöglicht. Nur die moralisch einfache, streng egalitäre Gleichheit individueller Rechte macht die komplexe Gleichheit funktionaler Differenzierung technisch möglich. Diese Dialektik muß Walzer vernachlässigen, weil er mit begrifflichen Gliederungen der Gesellschaft operiert, die nicht abstrakt genug und zu gemeinschaftsnah sind. Nur wo die einfache Gleichheit der Rechte wirksam institutionalisiert ist, ist die Explosion komplexer Gleichheitssphären möglich, und weil – um ein aktuelles Beispiel zu geben – die einfache Gleichheit des abstrakten Rechts bis heute im Auflösungsprozeß und in den Nachfolgestaaten der Sowjetunion nirgends verwirklicht werden konnte, scheitert die Entwicklung der Wirtschaft, der Wissenschaft, der Erziehung, der Religion etc. zu *moderner* Wirtschaft, Wissenschaft, Erziehung, Religion.

Schwer wiegt auch, worauf zuletzt Beate Rössler[314] aufmerksam gemacht hat, daß Walzer das Problem der Sphärengrenzen hypostasiert. Gerade aus Gründen der sozialen, distributiven Gerechtigkeit kann es notwendig sein, mit der Macht des Staates in autonome Sphären wie beispielsweise die Marktwirtschaft oder das Berufssystem massiv zu intervenieren, um Rechte durchzusetzen oder zu schützen. Wenn die freie Konkurrenz am Markt sich selbst überlassen bleibt, spaltet sie die Gesellschaft in Klassen, und für die große, von Arbeit abhängige Mehrheit bleibt dann kaum noch das Existenzminimum. Wer kein Geld hat, für den hat aber, wie Rawls immer wieder betont, die Freiheit keinen Wert. Um die gleichen Rechte aller zu schützen, muß der Staat deshalb zumindest zeitweilig intervenieren und berechtigte Autonomieansprüche der Gemeinschaft um der individuellen Autonomie willen verletzen. Das gilt z. B. auch für die Durchsetzung von Quotenregeln, »affirmative action« und ähnlichen Interventionen aus Gründen sozialer Gleichheit. Gerade das berühmte »Differenzprinzip« der sozialen Gerechtigkeit, gegen das sich Walzers Kritik vor allem richtet, hat keinen anderen Sinn, als Sphärendominanz im Ansatz unmöglich zu machen und zu korrigieren. Der ganze Witz des Differenzprinzips ist es, durch *einfache abstrakte* Gleichheit *konkrete komplexe* Gleichheit zu ermöglichen. Walzer macht den Fehler einer isolierten Kritik des Differenzprinzips. Das Differenzprinzip setzt aber bei Rawls ausdrücklich die gleiche Freiheit aller und sogar deren Vorrang voraus, und das heißt, es kann überhaupt nur pluralistisch durch Sphärendifferenzen wirksam werden. Die Grundstruktur der Gesellschaft ist für Rawls die jeweilige Form der Institutionalisierung der Grundsätze gleicher Freiheit (Erster Grundsatz), der fairen Chancengleichheit und des größtmöglichen Vorteils der am schlechtesten gestellten Mitglieder einer abstrakten, aber raum-zeitlich begrenzten Rechtsgemeinschaft

(Zweiter Grundsatz). Die Struktur dieser Hintergrundsgerechtigkeit ist starr und ihre Gleichheit einfach. Nur diese Struktur ermöglicht viele Sphären verschiedener Gerechtigkeit mit einer komplexen Gleichheit, die kein gemeinsames Telos des Guten und Gerechten zur einen, großen Polisgemeinschaft zusammenschweißt: »Kirchen werden z. B. durch den Grundsatz gleicher Glaubensfreiheit beschränkt und müssen sich dem Toleranzprinzip fügen; Universitäten durch das, was erforderlich ist, um faire Chancengleichheit zu gewährleisten; die Rechte der Eltern durch das, was notwendig ist, um das physische Wohlergehen und die adäquate Entwicklung der geistigen und moralischen Fähigkeiten ihrer Kinder zu sichern. Weil Kirchen, Universitäten und Eltern ihre Autorität im Rahmen der Grundstruktur ausüben, müssen sie die Forderungen anerkennen, die diese Struktur an sie stellt, um Hintergrundgerechtigkeit zu gewährleisten.«[315]

Walzers Sphärenaufteilung ist überdies sehr schematisch. Sie ist vor allem ein normatives Ideal. Das unterscheidet sie nicht nur von Rawls und Habermas, für die Sphärengrenzen immer im Fluß sozialer Kämpfe, öffentlicher Verhandlungen und Konsensbildungsprozesse sind und nach Maßgabe fairer Kompromisse jeweils neu ausgehandelt werden müssen. Auch Luhmanns Theorie sozialer Systeme geht von fließenden Grenzen aus. Starr ist in dieser Theorie nicht das Gebäude der Sphären, Zonen oder Systemblöcke vorgegeben, sondern (wie schon bei Talcott Parsons) allein das flexibel anwendbare, abstrakte Prinzip funktionaler Differenzierung. Die Differenzierung selbst aber ist permanentem sozialen Wandel, sogar einer permanenten Revolution von hoher Beschleunigung unterworfen.

Ein und dasselbe Sachproblem kann deshalb ebenso wie ein und derselbe soziale Konflikt in sehr verschiedenen Subsystemen oder Sphären gleichzeitig zum Thema werden, wie die Ökologie oder die Forderungen der Feministinnen. Walzer aber ordnet beispielsweise die »Frauenfrage« einseitig (und sehr traditionalistisch) dem Bereich »Verwandtschaft und Liebe« unter. Sie ist aber gerade kein Bereichs-, Teil- oder Systemproblem, sondern eines der *ganzen* Gesellschaft.

2. Toleranz

Obwohl die einfache Ablösung einfacher durch komplexe Gleichheit für moderne Gesellschaften ersichtlich nicht komplex genug ist, verbindet doch ein entschiedener Individualismus Walzer mit dem modernen Liberalismus. Walzer ist – anders als MacIntyre oder Sandel – ein individualistischer Kommunitarist. Zwar deutet er einmal das liberale Prinzip der Toleranz als eine moderne Version der aristotelischen Bürgerfreundschaft. Aber dabei entgeht ihm keineswegs die fundamentale Differenz: »Wir erwarten, daß Bürger gegeneinander Toleranz üben. Dies ist wahrscheinlich die für uns nächstmögliche Annäherung an jene ›Freundschaft‹, von der Aristoteles meinte, sie solle die Beziehungen zwischen Mitgliedern desselben politischen Gemeinwesens auszeichnen. Denn Freundschaft ist nur innerhalb einer verhältnismäßig kleinen und homogenen Stadt möglich, aber Toleranz kennt keine Grenzen. Sind erst einmal bestimmte Gefühls- und Glaubensbarrieren niedergerissen worden, dann ist es ebenso leicht fünf Millionen wie fünf Menschen gegenüber tolerant zu sein.«[316]

Leider hält sich Walzer nicht durchgängig an diese Einsicht. Und hier taucht ein weiteres Problem auf, das ich mit dem »komplexen« Gerechtigkeitsbegriff von Michael Walzer habe. Er konstruiert in *Spheres of Justice* auch die Perspektive der höherstufigen Gemeinschaft gerecht (= gleichwertig) organisierter Gerechtigkeitsgemeinschaften als Telos des guten Lebens. Sein Gerechtigkeitsbegriff erweist sich schon auf der Ebene der abstrakten Sphärengerechtigkeit als zu harmonistisch, wie Kersting schreibt: eine »ethisch wattierte Systemtheorie der ausdifferenzierten Gerechtigkeitszonen«.[317] Das Problem solcher Harmonie und Ausgewogenheit ist eine konstitutive Schranke möglicher Toleranz. Denn auch bei dem Modell der Sphärengerechtigkeit handelt es sich um ein umfassendes Modell des Guten, das unter Rawls' Begriff des »comprehensive ideal of justice« fällt und insofern als »metaphysisch« zurückgewiesen werden muß.[318] Für Walzer aber ist der Gesichtspunkt der Unparteilichkeit, der nur die Willkür der Individuen und die naturwüchsige Entwicklung ihrer Lebenssphären miteinander kompatibel macht, zu abstrakt. Rawls unterscheidet scharf zwischen dem *richtigen Handeln*, das nur die gerechten Grenzen zwischen Individuen, Gruppen und Sphären achtet, und dem *guten Leben*, für das die Individuen in letzter Instanz allein verantwortlich sind und das sie selbst wählen können und müssen (s. o. den Abschnitt »Natalität und Praxis«: »Justice draws the limit and the good shows the point.«[319]

»Justice« steht hier für den »moral point of view«, d. h. für den Gesichtspunkt der Unparteilichkeit bzw. der Verallgemeinerbarkeit von Maximen, Normen und Interessen. Verschiedene Lebensformen, die für ihre Angehörigen etwas Wertvolles (Erstrebenswertes) sind, sind untereinander gleichberechtigt, »solange sie von Personen zwanglos als gut und erstrebenswert beurteilt werden«.[320] Unerlaubt sind Lebensformen, die andere bedrohen. Vereinigungen dürfen sich deshalb, wie Rawls in *Eine Theorie der Gerechtigkeit* schreibt, »frei nach dem Willen ihrer Mitglieder bilden, sie können ihre inneren Angelegenheiten regeln [z. B. nur Männer als Priester zulassen oder nur Frauen als Mitglieder akzeptieren, H. B.] und eine eigene Disziplin aufrichten [z. B. Leute ausschließen oder bestrafen, die an der Unfehlbarkeit des Papstes zweifeln, H. B.], nur daß ihre Mitglieder eine echte Möglichkeit zum Austritt haben müssen. Das Gesetz schützt das Asylrecht [es handelt sich hier um ein *inneres* Asylrecht, H. B.] in dem Sinne, daß Abtrünnigkeit nicht als Gesetzesbruch gilt und noch viel weniger bestraft wird, ebensowenig wie die Religionslosigkeit [oder politische Nichtbeteiligung etc., H. B.].«[321] Habermas ordnet Konflikten auf diesem Gebiet die moralisch-rechtlichen Diskurse zu.

»The Good« steht in Rawls' Formel hingegen für teleologische Wertgesichtspunkte, für Werte, die wir im gemeinsamen Handeln verwirklichen könnten. Das Gute ist die Antwort auf die Frage, wie wir leben wollen, was für ein Leben für uns achtenswert und wertvoll ist. Antworten auf Fragen dieser Art, die wir nach Habermas in ethischen Selbstverständigungsdiskursen zu klären versuchen, sind das, was Taylor starke Wertungen nennt: höherstufige Entscheidungen darüber, welche Sorten von Bedürfnissen wir in unserem Leben realisieren wollen (Harry Frankfurts höherstufige Wünsche: Wünsche über Wünsche).

Walzer hingegen glaubt, daß die Sphärentrennung uns den Punkt zeigt, wo es lang geht und wo die Individuen in einer umfassenden Gemeinschaft sich bei sich zu Hause wiederfinden. Die gerechte Sphärentrennung selbst wird zum Ideal einer guten Gesellschaft. Deshalb gilt für Walzer, wie Martin Löw-Beer treffend bemerkt: »The good shows the point *and* draws the limit.«[322] Auch »justice« ist nur ein Gut, wie in der aristotelischen Güterethik. Grundrechte sind dann, wie bei unserer SPD, Grundwerte.

Entschlossen und pragmatisch entwirft Walzer die Vision einer besseren Gesellschaft.[323] Und diese Vision ist attraktiv und lebenswert, viele von uns werden sie als Modell eines guten Lebens unter modernen Bedingungen von Pluralität und Konflikt akzeptieren können. An die Stelle einseitiger Ideale des zoon politikon, des homo faber, des Konsumenten oder des »Volksgenossen« tritt ein vielseitiges Ideal, keine Harmonie der Sphären, aber doch die Vision ihrer ausgewogenen Integration im sozialen Wesen des Menschen. Im »sozialen Wesen« des Menschen wird das von Aristoteles bloß konstatierte »Faktum der Pluralität« zum »Pluralismus des Lebens« in der egalitären Teilnehmerperspektive der Vielen.[324] Walzer zögert gelegentlich, darin wirklich so etwas wie das umfassende Ideal einer modernen Gesellschaft zu sehen, ein in sich pluralisiertes Gut vieler letzter Güter. Toleranz wäre dann die oberste Kardinaltugend der kollektiven Identität einer Bürgerschaft. Walzer ist sich hier aber nicht ganz sicher, denn die neue, pluralistische Bürger-Identität müßte zwangsläufig den Begriff der Toleranz selbst transformieren. Kommt am Ende gar die Transformation der Toleranz in eine Tugend ihrer Selbstzerstörung gleich? – Trotz solcher Zweifel entscheidet Walzer sich für den Pfad der bürgerlichen Tugend. In seiner Utopie verschwimmen die scharf geschnittenen Konturen des für alle Richtigen mit dem für uns Guten in einem umfassenden, liberalen und sozialen Ideal der Gesellschaft: »Männer und Frauen, die zuvor ihre wechselseitige Verschiedenheit *bloß tolerierten, erkennen nun*, daß sie ein gemeinsames Engagement teilen [...]. Selbst eine (politische) Wahl, die in gegnerische Lager spaltet, ist dann ein *Ritual der Einheit*.«[325] Das ist Walzers Vision. The good shows the point and draws the limit. Dann wird aber aus der »social union« im Singular wieder mehr als bloß ein Rahmen der Gerechtigkeit und Toleranz: »Die klassischen Entwürfe des guten Lebens [die Modelle des Konsumenten, des Arbeiters, des Citoyens, des Nationalhelden – H. B.] müssen [...] relativiert und zusammengebracht werden, und der richtige Ort, dies durchzuführen, ist die zivile Gesellschaft, der *Handlungsraum von Handlungsräumen*, wo jeder Entwurf die partielle Erfüllung finden kann, die ihm allein zukommt.«[326] Telos von Michael Walzers posttraditionaler und pluralistischer Tugendgemeinschaft ist die »Wiederherstellung« der »alten Dichte des Lebens unter den neuen Bedingungen von Freiheit und Gleichheit«.[327] Am Ende fügen sich die gerecht geregelten, wohl ausbalancierten, wenngleich »unvermeidlichen Konflikte« der mit sich zerfallenen Moderne doch wieder in die höhere Harmonie einer dichten und intensiven Gemeinschaft.

Genau das ist der Konstruktionsfehler in Walzers Vision eines besseren Lebens. Er läßt sich nicht vermeiden, wenn das Recht am Ende doch wieder in den Horizont der Tugend zurückgestellt wird, um die »Neutralisierung aller Gemeinschaften« durch den »neutralen Staat« und eine »gesichtslose Staatsbürgerschaft« im Namen der Vision einer zivilen Gesellschaft aufzuheben.[328] Jedenfalls kann Walzers pluralistische Vision des guten Ganzen individuelle Toleranz und ein System gleicher Rechte nicht hinlänglich begründen. Menschen sollten ihr Leben nicht ausschließlich dem öffentlichen Engagement (wie im aristotelischen Ideal der »vita activa«) widmen, auch nicht ausschließlich der Arbeit, dem Profit oder dem Konsum, »sondern ihre Bestimmung liegt in der Kombination der Tätigkeiten«.[329] Das geht über Aristoteles hinaus, aber nicht weit genug: »Der Staat soll die institutionelle Basis für diese ›Kombi-Lebensform‹ sichern, ihre entsprechenden Assoziationen fördern, die sich wiederum durch politisches Engagement gegen Eingriffe in ihre Autonomie schützen. Der Punkt ist, daß der Staat in Walzers Konzeption keineswegs neutral zwischen unterschiedlichen Lebensformen vermittelt, sondern als Förderer und Beschützer der pluralistischen Theorie des Guten fungiert. Der Staat steht im Dienste eines bestimmten Entwurfs guten Lebens.«[330]

Und genau das, die teleologische Bestimmung des Staates macht die Antwort auf die Frage nach der individuellen Freiheit in einer pluralistischen Gemeinschaft zum infiniten Regreß von Frage und Antwort: Wie geht man in diesem Modell mit Personen oder Gruppen um, die mit der pluralistischen Theorie des Guten nicht einverstanden sind? Was könnte Walzer einer Gruppe sagen, die nicht bereit ist, ihren Nationalismus zu zähmen und auf einem eigenen Staat besteht? Wie ließe sich notfalls der Rechtszwang gegen die, die Walzers Kombi-Lebensform partout nicht teilen wollen und ihr Widerstand entgegensetzen, rechtfertigen? – Auf diese Frage hat Walzer nur die Antwort: Wenn unsere grundlegenden Werte bedroht sind, müssen wir uns eben verteidigen. Dann entscheidet am Ende die Macht. So hat Walzer z. B. während des Golfkrieges argumentiert. Es geht nicht darum, unter allen Umständen Macht, Gewalt und Zwang zu vermeiden. Zwang kann sehr wohl (vom Krieg bis zur Erziehung unserer Kinder) gerechtfertigt sein. Ohne Zwang gibt es kein Recht.

Nun fällt aber an Walzers Begründung der Befugnis zu zwingen (und nichts anderes ist – nach Kants Definition – das Recht) auf, daß sie im entscheidenden Grenzfall parteiisch bleibt. Krieg gegen einen menschenverachtenden Diktator oder den Polizeieinsatz gegen intolerante und gewalttätige Minderheiten (oder Mehrheiten) kann Walzer seiner eigenen Vision eines besseren Lebens gemäß allein im Namen *unserer* letzten Werte, *unseres* eigenen guten Lebens rechtfertigen. Diese Perspektive ist hoffnungslos egozentrisch, weil sie in letzter Instanz unsere Tugend *der* Toleranz über das universelle Recht *auf* Toleranz stellt. Walzer kann sich den Übergang von dem entfremdeten, passiven Zustand bloßer Toleranz zur Selbsterkenntnis einer handelnden Bürgerschaft als engagierter Gemeinschaft, die ihr Schicksal selbst gestaltet, nur vorstellen als Begrenzung der Toleranz. Wie verhalten sich Bürger, die die Parlamentswahl nicht mehr als wortwörtliche Abgabe ihrer Stimme für vier Jahre, sondern als »Ritual der Einheit« verstehen, zu den Flüchtlingen? Nicht länger im Modus »grenzenloser«, d. h. hier nur: herkunftsblinder, allein durch kaltes Recht geregelter Toleranz, sondern im Modus der Freundschaft, der Sympathie und Antipathie. Denn wenn die Zahl der Flüchtlinge »wächst und wir genötigt sind, unter den Opfern auszuwählen, dann wird – legitimerweise – die jeweils engere Beziehung zu unserer eigenen Lebensweise als Kriterium dominieren«.[331] Dann verfehlt aber Walzers »komplexe Gleichheit«, anders als die »einfache« von John Rawls, den Begriff der Gerechtigkeit: den Standpunkt der *Unparteilichkeit*. Entsprechend irritierend ist es, wenn Walzer gelegentlich die Gerechtigkeit als das definiert, was eine engagierte Bürgerschaft für wünschenswert hält: »Eine bestehende Gesellschaft ist dann eine gerechte Gesellschaft, wenn sie ihr konkretes Leben in einer bestimmten Weise lebt – in einer Welt, die den gemeinsamen Vorstellungen ihrer Mitglieder entspricht.«[332]

»Entscheidend ist nicht«, so noch einmal Löw-Beer, »daß auch in Walzers Zivilgesellschaft Unterdrückung notwendig sein könnte – dafür lassen sich in jeder Gesellschaft Beispiele denken –, sondern daß die Unterdrükkung durch Hinweis auf eine Theorie des guten Lebens gerechtfertigt wird.«[333] Das aber heißt: Sollte Zwang unvermeidlich werden, dann ist die Befugnis zu zwingen am Ende allein durch unsere egozentrische *Selbstachtung* gedeckt. Toleranz, so zeigt der Fall, darf aber nicht als verallgemeinerte Freundschaft in den Horizont der erweiterten Polisgemeinschaft zurückgeführt werden, denn die Unparteilichkeit, die allein Toleranz möglich macht, sprengt, wie Walzer an anderer Stelle ganz richtig erkannt hat, alle Grenzen der Gemeinschaft, der Sympathie und der Freundschaft. Wo aber »Sympathie und Antipathie ins Spiel kommen, ist die Unparteilichkeit bedroht«.[334] Walzers komplexe, realistische und integrative Theorie des Guten jedenfalls kann Toleranz nicht rechtfertigen. »Wem die Attraktivität von Walzers Kombi-Lebensform nicht einleuchtet, dem kann man unter der Voraussetzung dieses Modells nur mit Ausschluß begegnen.«[335]

Das Problem ist nicht, daß für Walzer Toleranz das Ideal eines guten und glücklichen Lebens, daß für ihn Toleranz eine Tugend von Bürgern ist, auf die sie stolz sein sollten. Das glaube ich auch. Das Problem ist vielmehr, daß Walzer die Tugend *der* Toleranz mit dem allgemeinen Recht *auf* Toleranz vermengt. Deshalb sagt er, daß, wenn es hart auf hart kommt, wir diejenigen unter den politischen Flüchtlingen dieser Welt bevorzugen sollten, die unserer toleranten Lebensform in ihren eigenen Sitten jeweils am nächsten stehen. In letzter Instanz zieht Walzer die Tugend *der* Toleranz dem Recht *auf* Toleranz vor. In der *Theorie der Gerechtigkeit* von Rawls ist es umgekehrt, obwohl in dieser Theorie die Tugend der Toleranz einen legitimen und wichtigen Ort hat. *Moralisch*, so argumentiert Rawls, dürfen intolerante Gruppen (deren oberste, unbedingte Tugend Intoleranz gegen alle Feinde Gottes, des Kommunismus, des Kapitalismus o. ä. ist) von den anderen nicht erwarten, tolerant behandelt zu werden. Sie können, wie jeder simple Verallgemeinerungstest, z. B. nach der »goldenen Regel«, zeigt, nicht erwarten, besser behandelt zu werden, als sie selbst andere behandeln würden, wenn sie die Macht hätten. Aber daraus folgt noch lange kein *Recht* für eine im Besitz der Macht befindliche tolerante Bürgergemeinschaft, sich den Intoleranten gegenüber intolerant zu verhalten. Obwohl die dogmatischen Fanatiker *für sich* keinen Anspruch auf Toleranz haben, so haben sie doch – solange sie niemanden bedrohen, unterdrücken oder verletzen – *an sich* ein Recht auf Toleranz. Nur dann haben die Toleranten ein Recht zu Zwangsmaßnahmen gegen die Intoleranten, wenn diese eine »unmittelbare Gefahr für die gleichen Rechte anderer bilden«.[336] Denn von der rechtlichen Verpflichtung zur Toleranz ist »man nicht jeweils dann entbunden, wenn andere zu ungerechten Handlungen bereit sind«.[337] Das Recht auf Toleranz ist gesinnungsunabhängig. Deshalb ist hier »eine schärfere Bedingung nötig: [...] wenn die Verfassung selbst nicht in Gefahr ist, gibt es keinen Grund, den Intoleranten die Freiheit zu verweigern«.[338] Und was für das Recht auf Toleranz im Innern eines Staates gilt, gilt prinzipiell auch für das äußere Asylrecht. Bei der u. U. notwendigen Kontingentierung ist der Staat zu strikter Gesinnungsneutralität und damit zur Gleichbehandlung aller Flüchtlinge unabhängig von ihrer Hautfarbe, ihren Sitten, ihrer Herkunft und ihrer moralischen und politischen Einstellung verpflichtet, – es sei denn, eine unmittelbare Gefahr (Spione, Terroristen, militante Fundamentalisten etc.) sei nachweisbar.

3. Unparteilichkeit

Hier zeigt sich übrigens, daß das angeblich so philosophisch abstrakte »Begründungsproblem« der Ethik, der Moral und des Rechts eine praktische Frage ersten Ranges ist. Aus der Perspektive einer Theorie des guten Lebens stellt sich die Frage immer nur als Frage an uns: Können wir es vor uns selbst, angesichts der Werte, Güter und Bindungen unseres Lebens, die uns für ein achtenswertes Leben unabdingbar erscheinen, rechtfertigen, andere zu zwingen? Geht man hingegen, wie beispielsweise John Rawls vom Vorrang des Richtigen über das Gute und damit vom Standpunkt der Unparteilichkeit aus, dezentriert sich unser moralischer Egozentrismus schon mit der Fragestellung: Wie kann eine Befugnis zu zwingen, die gegen bestimmte Formen abweichenden Verhaltens geltend gemacht wird, so gerechtfertigt werden, daß die jeweils Betroffenen (Zwangsunterworfenen) wenigstens jener Befugnis ihre Zustimmung nicht verweigern könnten? Durch diese Fragestellung, die Akzeptanz aus der Perspektive *aller* Betroffenen eines möglichen Konflikts voraussetzt, unterscheidet sich übrigens Rawls' Idee eines »overlapping consensus« fundamental von Walzers Vision einer toleranten Zivilgesellschaft.

Einem »overlapping consensus« können Akteure und Gruppen nur beipflichten aus ihrer je eigenen Perspektive: er stimmt mit ihren tiefen

Überzeugungen (Weltbild, starke Wertungen, Metaphysik) in zentralen Aspekten überein. Und diese Übereinstimmung betrifft das Richtige, den Standpunkt der Unparteilichkeit, das, was an meiner oder unserer Sichtweise der Dinge faktisch verallgemeinerbar ist, und das zeigt sich am Ende eines öffentlichen Streits, in einem faktischen »overlapping consensus«. Obwohl Christen und Anhänger John Stuart Mills ganz anderen Idealen des guten Lebens nacheifern (»Freiheit des originalen Genies« vs. »Freiheit eines Christenmenschen«), stimmen sie doch in den Grundsätzen der Gerechtigkeit weitgehend überein. Zwischen Nazis und Anhängern Mills hingegen gibt es – obwohl möglicherweise beide Nietzsches Ideal des »Übermenschen« und der »gesetzlosen Freiheit« für etwas »Gutes« halten – keinerlei Übereinstimmung in den Gerechtigkeitsgrundsätzen und deshalb keinen öffentlichen Bereich eines »overlapping consensus«. Der Fall ist interessant, weil er über Rawls' Begriff des »overlapping consensus« hinausführt. Denn Zwangsmaßnahmen gegen Nazis können nicht mehr durch eine faktische Überlappung der jeweiligen »starken Wertungen« in Fragen der gleichen Freiheit aller (das ist für den Nazi ja rassische Dekadenz) gerechtfertigt werden. Wir müssen uns aber trotzdem noch lange nicht auf bloße Gewalt zur Verteidigung unserer partikularen Lebensform zurückziehen, sondern können, wenn wir rechtlichen Zwang ausüben wollen, eine kontrafaktische Begründung geben. Da der Nazi nicht diskutiert, kann eine solche Begründung, die den Zwang als einen auch aus der Perspektive des Nazis berechtigten Zwang ausweist, nur auf die abstrakte Gemeinsamkeit vernunftbegabter bzw. sprachfähiger Wesen zurückgreifen. Bloße Gewalt hingegen ist immer nur in Situationen unmittelbarer Gefahr (Notrecht) erlaubt.[339]

Während sich jedoch der erste Gerechtigkeitsbegriff von Michael Walzer, der die gerechte Verteilung der Güter (oder genauer: der Rechte) autonomer gesellschaftlicher Teilbereiche (Ökonomie, Politik, Familie, Erziehung, Religion, Wissenschaft usw.) betrifft, im Prinzip mit den beiden Gerechtigkeitsprinzipien von Rawls (gleiche Freiheit, Differenzprinzip) kompatibel machen läßt, denn ein wesentlicher Teil dieser Grundsätze besteht in der Konstruktion einer Verfassung, die die Autonomie eines Großteils jener Teilbereiche durch erzwingbares Recht schützt, – ist das bei der sphäreninternen Gerechtigkeit, Walzers zweitem Gerechtigkeitsbegriff, keineswegs der Fall, denn gerade hier verwischt Walzer die Grenzen zwischen Rechten (»rights«), die sich aus den Gerechtigkeitsgrundsätzen von Rawls oder ähnlichen Prinzipien ergeben, und gemeinschaftsnahen Wertvorstellungen, Sympathien und Antipathien, Freundschaft und Gruppensolidarität vollends. Innerhalb einer Sphäre scheint zu gelten, daß (weitgehend) gerecht ist, was die in dieser Sphäre handelnden Akteure, Vereinigungen etc. dafür halten. Das scheint mir völlig unannehmbar zu sein, weil es de facto einem Rückfall in Polispartikularismus sehr nahe kommt.[340] Die Stärke von Walzers Buch *Spheres of Justice* ist nicht seine Gerechtigkeitstheorie, sondern seine Theorie der Demokratie. Sie wird dadurch verdunkelt, daß er mit zwei Gerechtigkeitsbegriffen operiert, einem demokratischen und einem undemokratischen, der mit der Existenz von Kastengesellschaften vereinbar ist.[341]

4. Politisierung

Auch wenn Walzers Ideal einer gerechten Gemeinschaft vieler Gerechtigkeitsgemeinschaften am Ende der Idee der Gerechtigkeit nicht wirklich gerecht wird, so enthält sie doch eine demokratietheoretische Pointe, die den naturrechtlichen Rest in Rawls' »Vorrang der Freiheit« überwindet. Walzer bindet nämlich die Idee der gerechten Struktur einer differenzierten und pluralistischen Gesellschaft an die demokratische Selbstorganisation der vielen Gerechtigkeitsgemeinschaften.

Sieht man einmal von den erheblichen Fehlern in seiner Argumentation ab – der Bindung des Gerechtigkeitsbegriffs und der Rechte an das geschichtliche Selbstverständnis von kulturellen Interpretationsgemeinschaften, der dauernden Verwechslung von Universalismus und partikularer Dominanz usw. –, so stellt sie doch einen wichtigen Beitrag zur Entwicklung eines Modells *demokratischer Legitimation* dar, das über den Liberalismus und den Republikanismus hinausweist.[342] »Zivile Gesellschaft« ist ein »Netzwerk« von Assoziationen, das »die staatlichen Machtinstanzen [...] einschließt« und belagert, unter permanenten Druck setzt, aber in dem kollektiven Bewußtsein, daß es »nicht auf sie verzichten« kann.[343] Die vielen Gerechtigkeitsgemeinschaften, die freien, politischen und unpolitischen Vereinigungen der Bürger wirken von außen über das Medium einer kommunizierenden Öffentlichkeit auf die Staatsapparate ein, um sie zu gerechten Strukturen bzw. zur Beseitigung gröbsten Unrechts im Verhältnis der gesellschaftlichen Wertsphären zueinander zu nötigen. Unterbelichtet bleibt dabei freilich der Umstand, daß Recht nicht nur das Verhältnis der vielen Subsysteme zueinander gerecht regeln, sondern auch in die Sphären hineinwirken muß, um in ihnen die gleiche Freiheit aller zu sichern. Interessant ist das Modell aber, weil es Demokratie und Komplexität vermittelt. Der vereinigte Wille des Volkes setzt das Recht. Aber der Volkssouverän dezentriert sich in viele Vereinigungen. Medium der legislativen Praxis des Volkes ist die Öffentlichkeit, in der sich jeweils ein gemeinsamer Wille bildet. Die Stimme, die sich vielstimmig erhebt, setzt die Staatsapparate und staatlichen Entscheidungsinstanzen unter Druck, aber dieser Druck ist nicht unmittelbar, nicht der populistische Druck der Straße, die Tyrannei der Mehrheit, sondern dadurch auf die Kraft von Argumenten beschränkt, daß er vom eigentlichen Entscheidungsverfahren, das sich auf viele Instanzenzüge verteilt und in der individualisierten Stimmabgabe endet, institutionell getrennt bleibt. In der Anerkennung solcher Trennung bindet der Volkswille sich selbst ans Argumentieren. Walzers Idee kommt in einer Formulierung von Habermas sehr gut zum Ausdruck: Belagerung der staatlichen Institutionen und Machtapparate durch die Civil Society, aber ohne Eroberungsabsicht.

Walzer nennt das »demokratischen Sozialismus«: »Man kann die Politik öffnen, die Zahl der Beteiligten deutlich anheben, Entscheidungsprozesse wirklich teilen, ohne in einem Rundumschlag Privatleben und liberale Werte anzugreifen, ohne eine religiöse Wiedererweckung oder eine Kulturrevolution durchzuführen. Was man dafür tun muß, ist, den Bereich der Öffentlichkeit zu erweitern. Ich meine damit [...] eine neue Politisierung des Staates, ein Übergehen staatlicher Macht in die Hände der gewöhnlichen Bürger.«[344]

Auch wenn Walzers konkrete Vorschläge institutionell blaß bleiben (Demokratisierung der Wirtschaft, Dezentralisierung des Staates, Bürgerbewegungen, neue Parteien etc.) und eher durch eine gewisse Unterkomplexität faszinieren, so handelt es sich alles in allem doch um einen entschiedenen Vorstoß zur Rehabilitierung der alten Idee der *Volkssouveränität*. Und das ist die einzige Idee, die Demokratie und Gerechtigkeit so verbindet, daß demokratische Partizipation zur notwendigen Bedingung einer gerechten Gesellschaft wird. Walzer findet (im Anschluß an Horace Kallen) eine treffende Formel, die die paradoxe Aufgabe demokratischer Legitimation auf den Begriff einer »politischen Nation kultureller Nationalitäten« bringt.[345] Das Medium, das die Staatsbürger verbindet, ist nicht Ethos, Tradition, Geschichte, Schicksal oder ähnliches, sondern allein die Politik.[346] Dabei ist »Differenz« und »Zersplitterung« das eigentliche »Vehikel der Demokratie«.[347] Die Widersprüche verschwinden nicht, sie verstärken sich, und gelingende demokratische Integration verdankt sich der Produktivität des Widerspruchs von kulturellem Partikularismus und staatsbürgerlicher Selbstorganisation: »Je stärker die partikularistischen Identitäten der einzelnen Männer und Frauen sind, desto stärker müssen sie als Staatsbürger auftreten.«[348] Das erfordert eine Öffentlichkeit, in der »bedeutend erbitterter und streitsüchtiger, intoleranter und fanatischer« debattiert werden kann, als das bislang der Fall war: »Militanz, Aufrichtigkeit, Empörung und Feindseligkeit sind der Stoff, aus dem die Politik gemacht wird. Die Einmischungen der Menschen gleichen nicht denen des Heiligen Geistes. Denn die Menschen bringen all die Widersprüche der liberalen Gesellschaft und Kultur mit sich in die öffentliche Arena. Jedenfalls ist die politische Bühne genau der Ort, an dem es zur Konfrontation kommen muß.«[349]

Dieser Ort ist wichtig für das Leben der Menschen, er ist die Quelle der Gesetze und Regeln, an die sie sich selbst binden, aber er ist nicht länger wie bei Aristoteles das Ganze, eine geschlossene Polisgemeinde, er ist nicht länger wie in der klassischen Lehre von der Politik Zentrum und Spitze der Gesellschaft.

Was Michael Walzer ebenso wie Hannah Arendt letztlich verfehlt, ist der innere Zusammenhang von Demokratie und Gerechtigkeit bzw. Gleichheit. Während Walzer eine politisch egalitäre Massendemokratie, die er zu Recht gegen Hannah Arendts nostalgischen Republikanismus verteidigt, nur für möglich zu halten scheint um den Preis der Gerechtigkeit und ihres Universalitätsanspruchs, ist es bei Arendt umgekehrt. Die einfache Gleichheit passiver, gleichermaßen wohlgenährter Konsumenten, weitgehende soziale Verteilungsgerechtigkeit in globalem Maßstab ist für sie kein prinzipielles Problem. Das ist allein eine Frage der Technik. Aber eine nichttotalitäre Lösung der sozialen Frage nach Gerechtigkeit hält Arendt ihrerseits nur für möglich um den Preis der egalitären Massendemokratie.

Ich werde im folgenden zweiten Teil zu zeigen versuchen, daß eins nicht ohne das andere zu haben ist. Insbesondere am Problem des Rechts auf Eigentum werde ich zeigen, daß distributive Gerechtigkeit eine notwendige Implikation des Prinzips der Volkssouveränität ist und daß dieses Prinzip eine politisch egalitäre Massendemokratie voraussetzt. Die demokratietheoretische Begründung der Gerechtigkeit, die bereits Kant im Anschluß an Rousseau in seiner Rechtslehre gegeben hat, kann dabei auf alle »materialen« oder »inhaltlichen« Vorstellungen von Gerechtigkeit verzichten, auf die noch Rawls zurückgreifen mußte bei seinem Versuch, das Differenzprinzip in einer Theorie der Grundgüter zu verankern.

Zweiter Teil **Riskante Lernprozesse**

Es gibt keine soziale Welt ohne Verlust.[350] Das ist wahr, aber auch trivial. Wir wissen es schon lange. Es ist eine unabänderliche Tatsache, daß wir endliche Wesen sind, uns gelegentlich täuschen und immer in einer Welt leben, deren Komplexität unser Fassungsvermögen übersteigt. Wir müssen erst Wissen erwerben, um zu erfahren, daß es negierbar ist. Und bald schon müssen wir – im Fortgang der Aufklärung – erkennen, daß exponentiell zur fortschreitenden Entzauberung der »Abgrund der *Unwissenheit*« wächst.[351] Wir sind mittelpunktlose Gewebe aus Überzeugungen und Wünschen.[352] Unsere Überzeugungen widersprechen einander ebenso oft, wie unsere Wünsche einander widerstreiten. Die Erdkugel ist – Kant zufolge – das Schema, das dem intelligiblen Besitz eines jeden ihrer Bewohner Erdhaftung verleiht, aber als »der erste, der ein Stück Land eingezäunt hatte [...] es sich einfallen ließ, zu sagen: *dies ist mein*«, war kein Ende des Streits mehr absehbar, es folgten: »Verbrechen, Kriege, Morde [...] Not und Elend und [...] viele Schrecken.«[353] Die reale Kommunikationsgemeinschaft ist immer schon eine Konfliktgemeinschaft.

Mit der Tatsache, daß es keine soziale Welt ohne Verlust gibt, müssen wir leben, ob wir wollen oder nicht. Sie gehört intrinsisch zu unserem Leben. Ein Leben ohne Verlust, Irrtum und Konflikt wäre kein menschliches Leben mehr, ist uns noch nicht einmal vorstellbar. Insofern hat die »Faktizität des Daseins« (Heidegger) einen transzendentalen Zug. Karl-Otto Apel spricht von einem geschichtlichen »Faktizitäts- bzw. Kontingenzapriori«. Das »Faktizitätsapriori« nötigt uns, in Freuds Worten, »den Zufall für würdig (zu) halten, über unser Schicksal zu entscheiden«.[354]

Es ist genau dieser Zufall, der die antike von der modernen Freiheit trennt. Was die eine an Möglichkeiten erschließt, verschließt sich der anderen und umgekehrt. Das aber heißt nicht, daß Gewinn und Verlust im Spiel des geschichtlichen Zufalls sich einem geheimen Gesetz zufolge stets die Waage hielten. Es besagt auch nicht das Umgekehrte, die sehr verschiedenen und in der Regel sehr ungleich verteilten Verluste ließen sich überhaupt nicht vergleichen und wären einander inkommensurabel. Und schließlich besagt es auch nicht, daß wir – um es traditionell auszudrücken – als Vernunftwesen nicht imstande wären, alle Kontexte zu überschreiten und das jeweilige Faktizitätsapriori je unserer geschichtlichen und sozialen Lage von innen aufzusprengen und zu transzendieren. Apel spricht hier von der eigentümlichen Leistung des zusammen mit dem Faktizitätsapriori immer schon anerkannten Vernunftapriori der Kommunikationsgemeinschaft.

Nur die Annahme eines Vernunftapriori ermöglicht uns, die unausweichliche Erfahrung der Kontingenz, unseres unausrottbaren Hangs zu Irrtum, Ungeschick, Unglück und Leid, Streit und Widerstreit mit der ebenso unausweichlichen praktischen Gewißheit einer »schlechthin unendlichen Kraft der Vernunft« (Hegel) verträglich zu machen. Diese Kraft äußert sich in dem methodischen Optimismus, daß es prinzipiell kein Objekt, das schlechthin unerkennbar, kein Problem, das unlösbar, und keinen Widerstreit, der unauflösbar wäre, geben kann. Auch *wenn* es immer eine überwältigende und unüberschaubare Zahl unerkannter Objekte, ungelöster Probleme, offener Widersprüche gibt, so müssen wir doch von allem, was ein Objekt, ein Problem oder ein Widerstreit ist, unterstellen, es wäre unserer operativen und gesetzgebenden Vernunft, *wenn* es sich denn um ein Objekt, ein Problem oder einen Widerstreit handelt, zugänglich.[355] Auf diese Weise ergänzen sich Vernunft- und Faktizitätsapriori wechselseitig. Die konstruktive Kraft unserer gesetzgebenden Vernunft kann sich immer nur an solchen Sachen, Problemen und Streitigkeiten, bewähren, die nichts sind als »Produkte von Zeit und Zufall«.[356]

Angesichts objektiver, »da draußen« oder »tief drinnen« (Rorty) existierender Ideen müßte ihre »schlechthin unendliche Kraft« augenblicklich erlahmen, und ihr bliebe nurmehr der passive Augenaufschlag oder eine andere, mehr akustische Variante der Korrespondenz, etwa Heideggers »hörige Entsprechung«. Erst in ihrer Selbstbegrenzung auf eine Welt der »Produkte von Zeit und Zufall« erweist sich die »schlechthin unendliche Kraft« der Vernunft als Befugnis zur *alleinigen Gesetzgebung*. Ihrer Kritik muß »sich alles unterwerfen«, sie verwandelt alles »Heilige« (Religion) und alle »Majestät« (Recht) in geschichtliche Kontingenz, um dieser ihr eigenes Gesetz aufzunötigen.[357] Und die einzige Quelle dieses Gesetzes ist die öffentliche Freiheit der Kritik, auf der »sogar die Existenz der Vernunft« selbst beruht: »Die Vernunft muß sich in allen ihren Unternehmungen der Kritik unterwerfen und kann der Freiheit derselben durch kein Verbot Abbruch tun, ohne sich selbst zu schaden [...]. Da ist nun nichts so wichtig in Ansehung des Nutzens, nichts so heilig, das sich dieser prüfenden und musternden Durchsuchung, die kein Ansehn der Person kennt, entziehen dürfte. Auf dieser Freiheit beruht sogar die Existenz der Vernunft, die kein diktatorisches Ansehen hat, sondern deren Ausspruch jederzeit nichts als die

Einstimmung freier Bürger ist, deren jeglicher seine Bedenklichkeiten, ja sogar sein Veto ohne Zurückhalten muß äußern können.«[358] Auch die *Existenz* der Vernunft, die alle Kontingenz auflöst und zu überschreiten vermag, beruht – wie jede andere Form der Existenz auch – auf nichts anderem als einer höchst unwahrscheinlichen, historisch zufälligen Institution: der öffentlichen Freiheit der Kritik.

Aus der dialektischen Verschlingung von Faktizitäts- und Vernunftapriori folgt nun aber sofort, daß die Einsicht, es gebe keine soziale Welt ohne Verlust, alles andere als resignativ ist. Sie schließt die Idee möglichen Fortschritts keineswegs aus. Der methodische Optimismus des Vernunftapriori macht sie sogar in Gestalt eines prinzipienorientierten, radikalen Meliorismus zu einer notwendigen Voraussetzung praktischer Handlungsfreiheit. Verlust ist nicht gleich Verlust, und der Preis, den wir jeweils zu zahlen haben, kann sehr verschieden sein, und oft lohnt sich der Einsatz. So ist, wie wir im ersten Teil gesehen haben, der Preis unserer Rechte die Tugend der Kommune. Auch das zerbrechlichste Gut ist immer noch zu gut für die Freiheit.[359] Erst das abstrakte Recht ist schlecht genug, unsere Willkür aus den Fesseln von Herkommen und Sitte zu lösen. Denn der Wandel von der Tugend zum Recht ist nur die andere Seite des erst von Kant mit aller Konsequenz vollzogenen Paradigmenwechsels vom Glück zur Freiheit.

Kants Schritt war *antidespotisch* und *antinaturalistisch* zugleich, und daran, am unbestrittenen Vorrang der Freiheit, konnten und wollten alle dialektischen Winkelzüge des Spätidealismus, auch Hegels Rechtsphilosophie, nichts mehr ändern. Man muß sich dies ganz klarmachen, daß der Schritt vom Glück zur Freiheit zunächst eine politische, im Kern bereits radikaldemokratische Konsequenz ist. Er ist auch mit dem aufgeklärtesten Despotismus, der besten Utopie des besten Herrschers, unvereinbar. Denn um das Glück aller zu befördern, genügt es immer, daß nur wenige erkennen, worin es besteht. Wenn die dumpfe Menge zustimmt, um so besser, aber deren Zustimmung ist bloß ein herrschaftstechnischer Trick. Gegen den verstockten und uneinsichtigen Widerstand der Vielen kann auf Dauer auch die beste Herrschaft, die im objektiven Glücksinteresse aller ausgeübt wird, nicht gedeihen. Allein aus instrumentellen Gründen, um die Herrschaft der Vernunft, die die Vernünftigen ausüben, zu befestigen, bedarf es der Zustimmung der Herrschaftsunterworfenen.[360] Das ist seit Platons *Gesetzen* der beständig gleichbleibende Grundgedanke der klassischen Lehre von der Politik des guten Lebens. Die Politik des allgemeinen Glücks ist ihrem Wesen nach despotisch und rational. Dagegen hatte die Aufklärung des 18. Jahrhunderts seit Locke, Rousseau und Kant eine einfache Alternative formuliert: »Freiheit oder Despotie«.[361] Geht man nämlich, wie es erst

Kant auf den Spuren Rousseaus in aller Schärfe getan hat, vom Begriff der individuellen Autonomie aus statt von dem des objektiven Glücks, so ist der Despotismus ausgeschlossen. Denn fortan kommt es um der Wahrheit willen, und nicht, um gute Herrschaft technisch optimal zu sichern, auf die Zustimmung eines jeden an. Das meint Rousseau, wenn er in den Briefen vom Berge an die Herren in Genf schreibt: »Ein freies Volk gehorcht, allein, es dient nicht; es hat Oberhäupter, aber keine Herren; es gehorcht Gesetzen, aber es gehorcht nur den Gesetzen, und durch die Gewalt der Gesetze gehorcht es nicht den Menschen.«[362] Und das ist es, was Kant meint, wenn er in der Rechtslehre schreibt, der Paternalismus sei der schlimmste Despotismus, nämlich Bürger wie Kinder behandeln. »Weh aber dem Gesetzgeber«, warnt Kant in der Religionsschrift, »der eine auf ethische Zwecke gerichtete Verfassung durch Zwang bewirken wollte! Denn er würde dadurch nicht allein das Gegenteil der ethischen bewirken, sondern auch seine politische untergraben und unsicher machen. – Der Bürger des politischen gemeinen Wesens bleibt also, was die gesetzgebende Befugnis des letztern betrifft, völlig frei: ob er mit andern Mitbürgern überdem in eine ethische Vereinigung treten, oder lieber im Naturzustande dieser Art bleiben wolle.«[363]

Die kritische Kehre vom Glück zur Freiheit bedeutet, daß es keine Wahrheit, keine Vernunft und kein richtiges Recht gibt, das »da draußen« in der Natur der Sache oder in der Natur des Subjekts verborgen hausen würde, auf den Augenaufschlag harrend, der es erkennt. Nach Rousseau und Kant gibt es keine praktische Wahrheit mehr, die unabhängig von jedermanns Willkür vorab feststünde. Gäbe es sie, wäre sie nicht länger bloß den wenigen, »die ein Auge haben« und »einen Blick dafür besitzen«, sondern keinem sterblichen Menschen zugänglich.[364] Die epistemische Basis des Despotismus war bloß ein Dogma natürlichen oder geoffenbarten Rechts. Rousseau und Kant erklären statt dessen die praktische Wahrheit zum methodischen Resultat freier und gleicher Willensbildung. Die Verbindung von Freiheit und Vernunft ist – wie wir noch sehen werden – nicht das Ziel, sondern die Voraussetzung einer möglichen Gesetzgebung. Nichts anderes besagt das Wort »Volkssouveränität«.[365] Die der klassischen Lehre von der Politik absurd und töricht erschienene Verbindung von Vernunft und Willkür (»den Griechen eine Torheit«, sagt Paulus), von der aus die transzendentale Freiheitslehre ihren Lauf nimmt, gründet sich auf den Abschied von der Natur. Die Natur der Modernen ist kontingent. Sie hat keine Bestimmung und kein Telos, und deshalb gibt es kein Wesen des Menschen, das politisch und vernünftig auf das Um-willen des Guten vor aller Praxis und Willkür festgestellt wäre, auch kein veränderliches und fragiles Gut, dem alle ihrer Natur nach zustreben würden, wie es das Credo der aristotelischen *Politik* bekennt. Weil das Um-willen unseres Lebens und unserer politischen und gesellschaftlichen Existenz, so könnte man Kant mit Rorty beipflichten, »nichts enthält, was (den Menschen) nicht einsozialisiert worden wäre«, weil das Um-willen des menschlichen Pragma nichts ist als ein »Produkt von Zeit und Zufall«, kommt alles darauf an, was wir, je einzelne, »mittelpunktlose Gewebe aus Überzeugungen und Wünschen« tatsächlich wollen.[366]

Kants Antinaturalismus befreit die Einsicht, daß es keine menschliche Welt ohne Verlust gibt, von einer christlichen Erblast: der paulinisch-augustinischen Erbsündenlehre. Nichts steht der Anthropologie des Falls deutlicher entgegen als die These, die Kant Rousseau verdankt, Aufklärung sei Ausgang des Menschen aus *selbst verschuldeter* Unmündigkeit.[367] Mit aller Entschiedenheit hatte Rousseau immer wieder den Gedanken einer *ursprünglichen* Verschuldung des Menschen verworfen.[368] Das ist der kirchlichen Obrigkeit nicht entgangen und hat sie, allen voran den Erzbischof von Paris, in Rage versetzt und den *Émile* auf den Index. Die historisch neue Antwort auf das Problem der Theodizee und des Bösen in der Welt war die These, bei der Gesellschaft, nicht schon in der Natur des Menschen sei die Verantwortung zu suchen. Die These von der Verantwortung der Gesellschaft führt nun aber keineswegs – wie die neokonservative Rousseau-Kritik insinuiert – zur menschlichen Selbstvergottung oder zur technokratischen Idee einer Herstellbarkeit des irdischen Paradieses. Denn schon für Rousseau, der alle »Schuld« auf die Gesellschaft schiebt, ist die gesellschaftliche Existenz des »homme de l'homme« völlig unentrinnbar, alternativlos. Der soziable »homme de l'homme« ist durch eine unübersteigbare anthropologische Differenz vom solitären »homme naturel« getrennt. Deshalb ist der einzige Ausweg aus selbst verschuldeter Unmündigkeit, der dem vergesellschafteten Menschen bleibt, der Weg in den Rechtsstaat, die Herstellung eines gesetzlichen, bürgerlichen Zustands. Die Gesetze können wir ändern, das Recht können wir einer »Reform nach Prinzipien« unterwerfen, die Menschen hingegen müssen wir nehmen, wie sie sind: soziable Wesen, menschlich und nicht natürlich.[369] Die Kluft, die das *Allgemeine* des Gesetzes von der je besonderen Logik des Herzens und der Sitten trennt, ist – gerade im Staat der selbstgegebenen Gesetze – unaufhebbar. Die Umpolung der politischen Theorie vom Glück auf die Freiheit und die Abtrennung der Tugend vom Recht ist nur eine logische Konsequenz aus Rousseaus Grundgedanken von der ursprünglichen Verantwortung der Gesellschaft, der ihn – wie Cassirer gezeigt hat – vom eudämonistischen Aufklärungsdespotismus der Enzyklopädisten und Physiokraten definitiv trennt.

Die Konsequenz dieses Gedankens ist der Abschied der politischen

Theorie von jeder bestimmten anthropologischen Voraussetzung.[370] Rousseau ist der erste, der die Grundeinsicht der modernen Anthropologie in das nicht festgestellte, offene und unbestimmte, eben wesenlose Wesen des Menschen allein aus dem Begriff der freien Willkür entwickelt hat. Natürlich ist Hobbes hier der Vorläufer. Aber Hobbes hat die freie Willkür, auf die er den Unterwerfungsvertrag gegen die Natur gründet, selbst noch einmal einer bestimmten Zielsetzung, der Selbsterhaltung untergeordnet. Damit engt er die Freiheit nach beliebigen, von Natur möglichen Zwecken, zu handeln, von vornherein auf das instrumentrelle Wesen des Menschen ein. Auf diese Weise konnte er die Herrschaft des Gesetzes nur – paradox – im puren Belieben der gesetzlosen Herrschaft eines »sterblichen Gottes« verankern. Das instrumentelle Volk von Teufeln kann dann nur noch auf einen gnädigen Herrn hoffen. Tyrannis und gerechte Herrschaft werden so – wie Hobbes selbst klar erkannt hat – im strikten Sinne ununterscheidbar. Von dieser säkularisierten, modern-instrumentalistischen Variante der Erbsündenlehre haben sich erst Rousseau und Kant gelöst, indem sie die Idee des Rechts von jeder Verknüpfung mit möglichen menschlichen Zwecken befreit haben, um sie statt dessen aus der freien Willkür von jedermann entspringen zu lassen.[371]

Kant selbst hat die geringe, aber alles entscheidende Differenz zum »Ideal des Hobbes« an dessen Lehre vom Naturzustand präzise markiert. Für Hobbes wäre der gesetzlose Zustand, in dem sich der vergesellschaftete Mensch nach Abzug aller staatlichen Zwangsbefugnis wiederfände – und der ungefähr Rousseaus letztem Stadium des bereits soziablen Naturzustandes entspricht –, der wirkliche Krieg aller gegen alle. Daß das eine unmittelbare Konsequenz des anthropologischen Vorrangs einer bestimmten, nämlich der instrumentellen (und insofern »sündigen«, »gefallenen«) Natur des Menschen ist, hat Kant klar erkannt. Er hat deshalb seine grundsätzliche Zustimmung zu Hobbes in diesem Punkt an eine winzige, aber entscheidende Korrektur geknüpft. Es sei nicht etwa der Krieg aller gegen alle die notwendige Folge des rechtlosen Zustands, sondern bloß der »status belli«, der Zustand nämlich, in dem jederzeit Krieg ausbrechen könnte.[372] Die Pointe dieser Korrektur besteht darin, daß sie die Begründung der Notwendigkeit, in den »status civilis« einzutreten, von allen vorgängigen teleologischen Zwecksetzungen reinigt und von jeder bestimmten Anthropologie unabhängig macht. Es ist nicht das Wesen des Menschen, das zum Krieg drängt, sondern alles hängt vom höherstufigen Status, von den emergenten Zuständen ab, unter denen er zu handeln genötigt ist. Egal, ob wir anthropologische Optimisten oder anthropologische Pessimisten sind, der Naturzustand ist auch dann ein stets latenter Kriegszustand, wenn man sich die

Menschen »so gutartig und rechtliebend denkt, wie man will«[373]. Die Ursache liegt nicht in unserer gefallenen *Natur*, sondern allein – wie Rousseau gezeigt hat – in der Gesellschaft, in der Beziehung eines jeden »zu allen anderen, mit denen in Wechselwirkung zu geraten er nicht vermeiden kann«.[374] Es sind die Gesetze, durch die *wir selbst* diese Wechselwirkung so koordinieren können, daß die Willkür des einen schließlich mit der des anderen nach einem allgemeinen Gesetz der Freiheit zusammenstimmt.

Im folgenden Kapitel werde ich zunächst die Kontroverse Republikanismus vs. Liberalismus, diesmal jedoch am speziellen Beispiel der *öffentlichen Meinung*, wieder aufnehmen. Die Gegenüberstellung der Gefallenenrede des Perikles mit einer ähnlichen und ähnlich berühmten Rede Abraham Lincolns und insbesondere mit einem politischen Essay Ronald Dworkins aus den späten sechziger Jahren soll aber nicht nur den Übergang vom Partikularismus zum Universalismus, vom Privileg der Freiheit weniger zum gleichen Freiheitsrecht aller, von der Hierarchie der Tugendbegriffe (Gerechtigkeit – Weisheit, Tapferkeit, Selbstbeherrschung) zum Vorrang der Rechte (»Property« – »Life«, »Liberty«, »Estate«) noch einmal vor Augen führen. Ich beabsichtige vielmehr zu zeigen, daß erstens unsere Rechte (ebenso wie das Recht aus einfacher Gesetzgebung) von moralischen Voraussetzungen bezüglich der Motive und Gesinnungen derer, die Rechte haben, frei bleiben müssen. Das eben heißt mit Dworkin, Rechte ernst zu nehmen. Zweitens beabsichtige ich, über Dworkin hinaus zu zeigen, daß insbesondere die Freiheit der Rede und der öffentlichen Meinung (im umfassenden Sinn) in einem ausgezeichneten Verhältnis zum Demokratieprinzip steht. Das Recht der freien öffentlichen Meinung macht nur Sinn in Verbindung mit dem Prinzip der Volkssouveränität. Es sprengt damit von vornherein den Rahmen eines naturrechtlich begründeten, possessiven Individualismus.

Der possessive Individualismus des Locke-Strangs der modernen politischen Theorie basiert auf einem Kategorienfehler und einem falschen Verständnis von Rechten. Das läßt sich bereits am Kernstück des possessiven Individualismus selbst zeigen, am Recht auf Eigentum. Locke subsummiert die drei Klassen bürgerlicher Freiheitsrechte, »Leben«, »Freiheit« und »Eigentum« selbst unter den Begriff des rechtlichen »Eigentums« im umfassenden Sinn. Aber das Recht auf Eigentum ist selbst in keinem Sinn ein Eigentum. Dahinter steckt immer noch die klassische Vorstellung eines objektiv »da draußen« oder »tief drinnen« in der Natur der Sache oder des Menschen steckenden Rechts, einer »Substanz« oder eines »Gutes«, das in der Tat von einem allein und nur einmal, wie der Apfel, den der einsame Spaziergänger pflückt und ißt, besessen werden kann. In diesem Gedanken der Rechte als privates Eigentum ist immer noch die alte Vorstellung von Rechten als Privileg, das ihrem Träger einen persönlichen Anteil am objektiven Recht einer konkreten Gerechtigkeitsgemeinschaft sicherte, wirksam. Im Grunde hat Locke die Idee privilegierter Freiheit bloß generalisiert und in ein Privileg aller Menschen umgewandelt. Der eigentlich moderne Gedanke, daß Rechte allein auf der freien Willkür von jedermann, und das heißt, auf der wechselseitigen, freien und gleichen Einwilligung der Berechtigten beruhen, bleibt unausgeführt.[375] Das ist auch noch der »Fehler« in der berühmten amerikanischen *Declaration of Independence*: »We hold these truths to be *self-evident*...«. Hannah Arendt hat richtig gespürt, daß hier stillschweigend eine intuitionistische Evidenztheorie der Wahrheit unterstellt wird, die der öffentlichen Macht, die im Prozeß der Verfassungsgebung wirksam wird, irgendwie unangemessen ist. Aber sie hat das Kind mit dem Bade ausgeschüttet, wenn sie statt dessen die Freiheit und die revolutionär entfesselte Macht der Meinung von jedem Wahrheitsanspruch glaubte abkoppeln zu müssen.[376] Ich werde statt dessen versuchen, Mills These der *internen* Verschränkung von Meinungsfreiheit und Wahrheit, zu verteidigen, sie aber aus ihrer unklaren Verbindung mit materialen Vorstellungen einer richtigen, experimentell-offenen Lebensführung herauslösen.

Schließlich werde ich im Rückgang auf Kant und Rousseau zeigen, daß die historisch variable Grenze zwischen den verschiedenen Bereichen des privaten und des öffentlichen Lebens allein durch die »vereinigte Willkür aller« (Kant) bestimmt und jeweils gezogen werden kann. Volkssouveränität ist das »Prinzip«, nach dem die Regeln sich bestimmen müssen, die den Gebrauch der freien Willkür von jedermann zum Zwecke der Entscheidung möglicher Rechtskonflikte einschränken.[377] Dabei wird sich zeigen, daß dieses Prinzip nicht als »Maßstab« oder »regulative Idee« einer jeweils mehr oder minder vollkommenen Wirklichkeit verstanden werden darf. Ich verstehe Kants »regulative Ideen« so, daß sie sich im Übergang zu einem demokratischen Rechtszustand *als* Ideen selbst aufheben. Der Kontraktualismus Kants und Rousseaus enthält ein zweistufiges Begründungsmodell der Transformation des »Naturzustands« in den »Rechtszustand«. Auf der zweiten Begründungsstufe – der eigentlich demokratietheoretischen – zerfällt auch noch der Restplatonismus regulativer Ideen.

I Gleiche Rechte

Gleichheit ist kein Privileg, sondern ein Recht. Was die heutigen Amerikaner mit den Einwohnern der antiken Stadt Athen verbindet, ist ein gewisser Stolz auf die Freiheit. »This is a free country«, ist eine in allen Tonlagen geläufige Allerweltsfloskel und das erste öffentliche Prinzip, das amerikanische Kinder sich zu eigen machen, wenn es darum geht, die eigene intellektuelle Unabhängigkeit gegen Geschwister, Eltern, Lehrer, gegen zudringliche Nachbarn, Mitschüler und Gemeindemitglieder, gegen Freunde und Fremde zu behaupten. Und im ersten Zusatzartikel zur Amerikanischen Verfassung heißt es: »Congress shall make no law [...] abridging the freedom of speech.« Erst kürzlich hat ein New Yorker Gericht den Bettlern des Landes mit Berufung auf das *First Amendment* das Recht zugestanden, in U-Bahnen, öffentlichen Verkehrsmitteln und auf Flughäfen zu betteln. Betteln, so hatte das Gericht argumentiert, ist nicht nur eine private Lebensäußerung, sondern immer zugleich auch ein öffentlicher Appell, ein mindestens indirekter Protest gegen den Skandal massenhafter Armut in einem der reichsten Länder der Welt. Deshalb genieße Bettelei den besonderen Schutz der Redefreiheit, den die Verfassung garantiere. Eine solche Auslegung des *First Amendment* hat freilich eine lange und wechselvolle Vorgeschichte des Kampfes um Rechte, und nur vor dem Hintergrund dieses Kampfes und der ihm folgenden, schrittweisen Revision eines ursprünglich besitzindividualistischen Verfassungsverständnisses wird die Brücke, die das New Yorker Gericht zwischen dem kommunikativen Grundrecht der Meinungsfreiheit und sozialen und ökonomischen Bürgerrechten schlägt, erkennbar.

1. Perikles: »... wo in ganz Hellas die größte Freiheit im Reden herrscht«

Auch Perikles war stolz auf die Freiheit der Athener. Er ist in seiner Zeit auf die Vorfahren der Bürger Athens so stolz wie manch ein Bürger der Vereinigten Staaten heute auf die »Founding Fathers«. »Zunächst«, so beginnt er seine berühmte, von Thukydides überlieferte Gefallenenrede, »will ich unserer Vorfahren gedenken [...]. Denn die Freiheit dieses Landes haben sie, in der Aufeinanderfolge der Nachwachsenden immer die gleichen Bewohner, mit ihrer Kraft bis jetzt weitergegeben.«[378] Anders als die heutigen Amerikaner sieht Perikles die Bürger Athens in einer verwandtschaftlichen Folgerelation zu den »Vorfahren« und »Vätern«, vom »ius gentium« der Römer oder gar vom »ius soli« der modernen westlichen Staatenwelt ist noch lange nicht die Rede. Anders als die »Founding Fathers« sind die Vorfahren des Perikles nicht nur im metaphorischen Sinn »Väter«, und deshalb sind sie auch nicht die Gründer einer abstrakten Gemeinschaft von »citizens«, sondern stehen am genetischen Anfang einer konkreten Polisgemeinde. Außerdem versteht Perikles unter Freiheit wie Aristoteles »Selbstgenügsamkeit«, d. h. die politische Freiheit eines im ganzen guten Lebens.[379]

Aber, und das verbindet die alte Gefallenenrede mit dem Freiheitsverständnis moderner Demokratien, für Perikles ist Freiheit mit Demokratie und sogar einer gewissen Toleranz und Weltläufigkeit intern verbunden: »Die Verfassung, nach der wir leben, vergleicht sich mit keiner fremden; viel eher sind wir für sonst jemand ein Vorbild als Nachahmer anderer. Mit Namen heißt sie, weil der Staat nicht auf wenige Bürger, sondern auf eine größere Zahl gestellt ist, Volksherrschaft.«[380] Perikles sieht sogar – anders als Platon und Aristoteles – einen inneren Zusammenhang zwischen der »ungebundenen Lebensweise« der Athener und der in aller Welt bewunderten »Größe der Stadt«.[381] Die Demokratie ist eine militärisch, politisch und technisch leistungsfähige und vorbildliche Staatsform. »Frei leben wir miteinander im Staat und im gegenseitigen Verdächtigen des alltäglichen Treibens, ohne dem lieben Nachbarn zu grollen, wenn er einmal seiner Laune lebt.«[382]

Und in einem freien Land gehört – wie im heutigen Amerika – die Freiheit des politischen Engagements und die Freiheit der Rede zur »Verfassung [...] mit welcher [...] wir so groß wurden«: »Denn wir sehen nicht im Wort eine Gefahr fürs Tun, wohl aber darin, sich nicht durch Reden zuerst zu belehren, ehe man zur nötigen Tat schreitet.«[383] Auch der Feldherr Nikias erinnert, wie Thukydides berichtet, die in die Schlacht ziehenden Seeleute »an die herrliche Unabhängigkeit ihrer Vaterstadt und die zwanglose Freiheit, die sie im alltäglichen Leben gewährte«.[384] Selbst Perikles' Zeitgenosse Platon, eher ein Freund der wahren Rede im exklusiven Kreis der Wissenden als einer der »ungebundenen« und »zwanglosen« Freiheit, läßt seinen Sokrates nicht ohne Stolz Athen die Stadt nennen, »wo in ganz Hellas die größte Freiheit im Reden herrscht«.[385]

Aber in all diesen Fällen ist die Freiheit der Rede kein Recht, sondern ein Privileg, ein besonderes Verdienst und eine Tugend der Athener Bürger, und mit jedem falschen oder mißlingenden Sprechakt können sie sich solcher Tugend unwürdig erweisen und das Privileg und womöglich sogar ihr Leben verlieren. Selbst wenn man einmal von dem rhetorischen Sinn einer ganz auf den polemischen Vergleich mit dem Kriegsgegner Sparta und dem Zweck einer auf Gefallenenehrung abgestimmten politischen Rede absieht und ebenso von ihrem mehr fiktionalen und idealisierenden als deskriptiven und realistischen Gehalt, so ist auch dann noch das perikleische Lob der demokratischen Gleichheit und der öffentlichen Freiheit und Toleranz vollkommen kompatibel mit der Tatsache, daß jemand, der in der Volksversammlung einen Antrag stellte, hinterher für diesen Antrag und seine negativen Folgen, insbesondere wenn er angenommen worden war, zur Rechenschaft gezogen und nach den Maßstäben einer Gesinnungsjustiz verurteilt werden konnte. Reden war frei, aber gefährlich, und die Freiheit der Rede war von der Güte der Motive ebenso abhängig wie von den möglichen Handlungen, die ihr folgten.[386]

Treffend und mit kulturkritischem Akzent hat Hannah Arendt diese Freiheit als eine Art *Virtuosenfreiheit*, als »positive Tätigkeit« mit einer »nur ihr eigenen Virtuosität« von der bloß negativen, neuzeitlichen Freiheit von der Politik abgerückt. Der Ausdruck *Virtuose* ist treffend, weil er – anders als das deutsche Wort »Tugend« – beide Aspekte des antiken Freiheitsverständnisses vereint: die Tugend und das technische Können, aus denen zusammen erst die »vita activa« entsteht. Freilich erweist sich hier nur ein weiteres Mal, daß Hannah Arendt die moderne Freiheit von der Politik immer nur als Degeneration und Verfall wahrnehmen kann. Das moderne Freiheitsverständnis ist für sie nichts als ein glattes »Mißverständnis, das einer Lage entspricht, in der alles im spezifischen Sinne Politische erstarrt oder in einen ausweglosen Automatismus geraten ist. In dieser Situation gibt es ein Freisein als eine positive Tätigkeit mit der nur ihr eigenen Virtuosität nicht mehr. [...] Daß Freisein als eine weltliche Realität zerstörbar ist, ja, daß es nur selten in der Geschichte seine volle Virtuosität entfaltet hat, hat die europäische Menschheit eigentlich immer gewußt.«[387] Der Seltenheitswert der Freiheit und das sie begleitende Bewußtsein eines herausragenden Könnens gehören wesentlich zum perikleischen Freiheitsverständnis, auch im Zeitalter von Athens »äußerster Demokratie« (Aristoteles).

Für Perikles und seine Zeitgenossen gab es eben keinen Unterschied zwischen der »Verfassung« der Stadt und der »Gesinnung« und »Lebensform« ihrer Bürgerschaft, und es gab keine grundlegende Trennung zwischen Reden und Handeln.[388] Die öffentliche Freiheit war eins mit dem öffentlichen Glück und unsterblichen Ruhm. Ihr »Glück« sollten die Athener »in der Freiheit« finden und ihre »Freiheit [...] im kühnen Mut« und darin, nicht zuviel »auf die Gefahren des Krieges zu geben«. »Glücklich« heißen die, »die des rühmlichsten Todes«, des Soldatentodes »teilhaftig wurden«.[389] Vor allem aber war in einer Gesellschaft, in der Freiheit, Glück und Ruhm eine organische Totalität bildeten, der Besitz eines Rechtes schon deshalb vom Tun des Rechten ununterscheidbar, weil es zwar alle erdenklichen *Freiheiten* und eine sehr weitgehende, die Beteiligung an gewalttätigen Streitigkeiten in der Stadt einschließende, Freiheit und Rede gab, aber keine Rechte und auch kein Recht der freien Rede.[390] Das *First Amendment* zur Amerikanischen Verfassung: »Congress shall make no law [...] abridging the freedom of speech« wäre den Athenern und ihren besten Intellektuellen, hätten sie es gekannt, kategorial unverständlich geblieben.

Der Grund ist dieser: Für Perikles und Aristoteles ist demokratische Gleichheit wie es in der *Verfassungslehre* Carl Schmitts heißt, »*substantielle* Gleichheit«. Diesem Gleichheitsverständnis zufolge kann, wie oben bereits gezeigt, »die Gleichheit des Gesetzes nur bei Gleichheit von Geburt und Macht gelten«.[391] Gleichheit setzt hier Homogenität voraus, und die Freiheit der öffentlichen Meinung hat den »Charakter politischer Rechte«, die von der konkreten Nomos-Ordnung existentieller »politischer Einrichtungen« ununterscheidbar sind. Die alte Freiheit der öffentlichen Meinung war in der Tat »nur bei politisch interessierten und homogenen Völkern vorhanden«. Nur unter der Homogenitätsprämisse bestand ein »unmittelbarer und fester Zusammenhang von Gesetzgebung und öffentlicher Meinung«.[392]

Was die Demokratie unter Perikles angeht, hat Carl Schmitt ganz recht, aber gerade deshalb ist seine Generalisierung mit Bezug auf jede »wahre Demokratie« ganz falsch.[393] Eine radikale Idee demokratischer Gleichheit setzt im Zeichen des modernitätskonstitutiven Vorrangs der Rechte und der scharfen Opposition von »Recht haben« und »recht tun« Heterogenität und Differenz voraus.[394]

2. Lincoln: »... that all men are created equal«

Die berühmten 272 Worte von Lincolns »Gettysburg Address«, die Gefallenenrede vom 19. November 1863 nach der blutigen Entscheidungsschlacht des amerikanischen Bürgerkriegs, beginnen mit dem Einschluß der äußersten Heterogenität und Differenz, die man sich im damaligen Amerika denken konnte. Denn mit gleich geschaffenen Menschen, die Lincoln hier als Träger gleicher Rechte und als Subjekte der Gleichheit des Gesetzes adressiert, sind weiße ebenso wie schwarze Hautfarben gemeint. Sie alle haben als Mitglieder einer »new nation« von Geburt an dieselben Rechte und Pflichten. Sie haben gleiche Rechte unabhängig von dem, was sie sozial und geschichtlich sind und welche Verdienste im Tun des Rechten sie sich erworben haben mögen.

»Four score and seven years ago our fathers brought forth on this continent, a new nation, conceived in liberty, and dedicated to the proposition that all men are created equal.«[395] So beginnt Lincolns kurze Ansprache, und sie bedient sich der neuhumanistisch-gräzistischen Ausdrucksmittel klassischer politischer Rhetorik, ganz in der Tradition des Perikles. Aber die Rede selbst ist eine auf die Zukunft gerichtete, drastische Uminterpretation der Vergangenheit. Lincoln erhebt die Gleichheit aller Menschen, was auch die Schwarzen einschließt, mit dem ersten Satz seiner Rede zum Verfassungsgrundsatz, und er bekräftigt dies im folgenden Satz, in dem er erklärt, im gegenwärtigen Krieg mit den Südstaaten gehe es um diesen Grundsatz. Das entsprach aber keineswegs dem seinerzeitigen Verfassungsverständnis des Nordens der Union. So wurde ihm auch sogleich von der *Chicago Times* Verfassungsbruch vorgeworfen. Erst sehr viel später, 1954, wurde durch eine Entscheidung des *Supreme Court* im Fall »Brown versus Board of Education« die Gleichheit aller Menschen zur formellen Verfassungsnorm.[396]

Die nordamerikanische Union war lange – ganz in der angelsächsischen Tradition der *Bill of Rights* – ein »Verfassungsstaat ohne Gleichheit«, in dem die Freiheit immer nur für die schon Freien bestand. Erst nach und nach und in blutigen Kämpfen mußte den seit 1776 bestehenden Institutionen der Freiheit die »Ergänzung um die Idee der Gleichheit« abgerungen werden.[397] *Die Unabhängigkeitserklärung* Jeffersons vom 4. Juli 1776 war zunächst nur eine Verkündung natürlicher Menschenrechte, die – ganz im Sinne Lockes – ein politisch folgenloses, für die Legitimation des Unabhängigkeitsakts gegen die englische Krone aber höchst bedeutsames Revolutionsrecht enthielt. Aber die *Unabhängigkeitserklärung* war – und das ist für die nachfolgende innere Entwicklung der Union entscheidend – »juristisch irrelevant«.[398] Ein gutes Beispiel solcher Irrelevanz ist die Erklärung der Menschenrechte in der Verfassung von Virginia. Was die Bürger Virginias auf Grund dieser Verfassung »hätten regeln können, war, daß jeder, der das Gebiet des Staates Virginia betrat, dort ohne weiteres alle Rechte eines Bürgers von Virginia genoß. Aber davon waren sie weit entfernt. Es bedurfte eines Einbürgerungsverfahrens, und wer als Sklave nach Virginia verkauft worden war, kam nicht in den Genuß der Rechte. Die Aussage über die Rechte ›aller Menschen‹ [...] war juristisch irrelevant.«[399] Vor diesem Hintergrund war Lincolns ins rhetorische Gewand humanistischer Bildung gekleidete Rede ein eklatanter Verfassungsbruch, genauer: ein Bruch mit dem *substantiellen* Verfassungsverständnis, das die Sklavenhaltergesellschaften Virginias und Athens über alle historischen Differenzen hinweg miteinander geteilt hatten.

Entscheidend ist denn auch nicht die rhetorische Kontinuität von Perikles bis Lincoln, sondern der Bruch mit allen vormodernen und altrepublikanischen Ideen von Bürgerlichkeit und Bürgerfreiheit, der sich hier ankündigt. Statt der Vaterstadt beschwört Lincoln die vergangene Gründung einer neuen Nation, und diese Nation ist eine abstrakte Einheit heterogener Bürger verschiedenster Herkunft und verschiedenster Gruppenzugehörigkeit, eine »social union of social unions«. Die Nation ist, anders als die Stadt, von den Bürgern, die sie bilden, klar unterschieden. Frei und gleich sind die Angehörigen des *heterogenen* Nationalstaats als Menschen und nicht erst, wie bei Perikles, als Bürger. Außerdem ist Lincolns Rhetorik nicht an einer einmaligen Höchstleistung der Zivilisation, an einer perfekten Gestalt des Lebens orientiert, die das Feld, auf dem die Soldaten ihr Leben ließen, in eines der Ehre verwandelt. Sie ist vielmehr auf ein fortzusetzendes, ein »unfinished work« gerichtet, die zukünftig erst noch zu verwirklichende Demokratie. An die Stelle des klassischen Könnensbewußtseins ist in dieser Totenrede längst der Geist eines modernen, globalen *Fortschrittsbewußtseins* getreten. Die scharfe Akzentuierung der Gleichheit und die behauptete »ursprüngliche Identität von Freiheit und Gleichheit« (Kriele) verbindet Lincoln mit einer Aufkündigung des Status-quo-Isolationismus. Ausdrücklich betont er die Mission Amerikas, der Demokratie weltweit zur Hilfe zu kommen und ihre Verwirklichung überall und jederzeit zu betreiben. Schließlich ist die Demokratie, von der Lincoln redet, nicht länger die rein quantitativ bestimmte »Herrschaft der größeren Zahl«, sondern der komplexe Kreisprozeß der *Selbstorganisation des Volkes*, der über verschiedene Stufen und gewaltenteilig einander zugeordnete Rollen in sich selbst zurückläuft. Mit der berühmten Definition der Demokratie endet die kurze Rede: »It is rather for us to be here dedicated to the great task remaining before us [...] – that this nation, under God, shall have a new birth of freedom – and that government of the people, by the people, for the people, shall not perish from the earth.«[400]

Ein modernes, gegen die sittliche Substanz der konkreten Rechtsordnung scharf abgesetztes Verfassungsverständnis bildet sich in den Verfassungsstaaten der westeuropäischen Moderne zwischen Paris und New York erst allmählich heraus, und es ist oft von massiven Rückfällen begleitet. Was sich jedoch abzeichnet, ist schließlich eine deutliche Differenzierung nicht nur zwischen Recht und Moral, zwischen der abstrakten Rechtsgemeinschaft und den konkreten »habits of the heart«, sondern ebenso zwischen Rechten und moralischen Überzeugungen. Das hat seine Ursache in der immer deutlicheren Trennung von Verfassungsform und Verfassungssubstanz. Wo Rechte schließlich zu Trümpfen in der Hand des Individuums werden, die es ausspielen kann, wenn es sie hat, egal was es damit beabsichtigt, dort löst sich auch noch die anfängliche Bindung der Verfassungsgrundsätze an die gesellschaftliche Ordnung des Privateigentums. Freiheitsverbürgende Rechte verselbständigen sich ebenso gegen die religiösen Traditionen wie gegen die substantiellen Wertordnungen und Nutzenkalküle des possessiven Individualismus einschließlich seiner orthodox-marxistischen Spielarten.

So kann schließlich dieselbe universalistische Form gleicher Freiheit immer wieder gegen eine historisch zu Ungleichheit und Unfreiheit verhärtete Verfassungssubstanz mobil gemacht werden. In den Worten von Rawls: »The same equality of the Declaration of Independence which Lincoln invoked to condemn slavery can be invoked to condemn the inequality and oppression of women.«[401] Man muß die Form der Gleichheit nur energisch genug aus dem jeweiligen Kontext herauslösen. Und eben das heißt: Rechte ernst nehmen.

3. Taking Rights Seriously: Rechte als Trümpfe

In der liberalen Welt von John Rawls und Ronald Dworkin zählen nur Rechte und Nützlichkeitserwägungen, wobei letztere das einschließen, was für uns wertvoll, eine Tugend oder das jeweils Gute und das Glück ist. Und in dieser Welt stechen Rechte Nützlichkeitserwägungen, Tugenden und Werte aus. Erst im Streit um ein angemessenes Verständnis des Rechts öffentlicher Freiheit wird offenbar, daß Heterogenität und Differenz, und nicht Gemeinschaft und Homogenität für eine »wahre« Demokratie unabdingbar sind. Sie sind wirklich fast so etwas wie eine transzendentale Bedingung der Möglichkeit moderner Demokratie, und die Betonung liegt hier auf Demokratie und öffentlicher Freiheit, denn unter Prämissen eines besitzindividualistischen Liberalismus konnte die Differenz- und Heterogenitätsprämisse noch erfolgreich verdrängt und tabuisiert werden. Es handelt sich beim klassischen, possessiven Liberalismus um einen eindeutigen Fall der »Verdrängung des Nichtidentischen« (Adorno). Das zeigt nicht nur MacPhersons ingeniöse Kritik an Locke, der die Homogenität in der Selbstorganisation gleicher Bürger nur durch (schon auf der zweiten Stufe des Naturzustands verankerte) ungleiche Partizipationsrechte, und das heißt unter der modernen Bedingung gleicher Rechte: nur durch den dauerhaften Ausschluß der besitzlosen Arbeitskraftbesitzer, glaubte sichern zu können.[402] Ausgeschlossen bleibt hier also das sozial Heterogene und Nichtidentische.

Erst allmählich entwickelt sich, begleitet von massiven Repressionswellen und Klassenkämpfen, im Verlauf des 19. und 20. Jahrhunderts ein modernes Verständnis demokratischer Partizipationsrechte. Solange ein besitzindividualistisch verengtes Verständnis von Rechten beispielsweise in der amerikanischen Rechtsprechung und in den Urteilen des *Supreme Court* gegen alle Opposition, Kritik und abweichenden Voten verteidigt und gesichert werden konnte, solange blieb auch die Prämisse einer wenigstens relativen, durch die Dominanz der besitzenden Klassen befestigten, sozialen Homogenität de facto in Kraft. Erst als die Vorherrschaft des besitzindividualistischen Verfassungsverständnisses auch im *Supreme Court* der Vereinigten Staaten in den dreißiger und sechziger Jahren des 20. Jahrhunderts allmählich schwächer wurde, offenbarte sich der innere Zusammenhang von Recht und Heterogenität, von Demokratie und Differenz, von Volkssouveränität und Minderheitenschutz.[403] Im Zentrum dieses Streits um die Verfassung steht regelmäßig das *First Amendment*, das Recht der freien Rede. Die schrittweise und mühselige Durchsetzung seiner faktischen Geltung und seine gleichzeitige Eingrenzung und Expansion entfesselt die Heterogenität und Differenz der modernen Demokratie in immer neuen und ungeahnten Dimensionen.

Die Konservativen und die »poluläre Meinung« tendierten zur Zeit des berüchtigten *Chicago Seven Trial* dahin, unter Recht und Gesetz eine konkrete Ordnung des Nomos im Sinne von Aristoteles oder Carl Schmitt zu verstehen.[404] Ihre Begründung für die Nachrangigkeit des individuellen Rechts der Redefreiheit stützen die Neokonservativen auf das – auch von ihren liberalen Kontrahenten zumeist unkritisch akzeptierte – »Prinzip der Achtung für das Recht«, das eine »allgemeine Pflicht«, dem Gesetz Gehorsam zu leisten, impliziere. »Recht« wird dabei mit dem Ganzen der staatlichen Rechtsordnung identifiziert, mit dem, was Carl Schmitt und Hegel die »Substanz« einer Verfassung genannt haben – im Unterschied zu ihren einzelnen Gesetzen und der bloß quantitativen Gesamtheit ihrer Rechte, Vorschriften und Amendments.[405] Die Konservativen und die »moral majority« könnten mit ihrer zentralen These ein politisch-existentielles Rechtsverständnis im Sinne Schmitts beanspruchen, denn ihre gegen den Horror von Anarchie und Bürgerkrieg dramatisch in Szene gesetzte Kernthese lautet: »Wenn ein Gesetz, selbst ein schlechtes Gesetz, nicht durchgesetzt wird, dann wird die Achtung fürs Recht geschwächt, und die Gesellschaft als ganze leidet darunter. Ein Individuum verliert daher sein moralisches Recht zum Reden, wenn die Rede zu einer Straftat wird, und der Staat muß zugunsten des Allgemeinwohls und zum allgemeinen Nutzen das Recht gegen das Individuum durchsetzen.«[406]

Man kann dieses Verständnis von Recht, das die gesamte Rechtsordnung als teleologische Totalität begreift, die auf einen höheren Zweck, das »Allgemeinwohl« und den »allgemeinen Nutzen«, ausgerichtet ist, aristotelisch oder perikleisch nennen. Diesem substantiellen Ordnungsverständnis von Recht als Nomos stehen auf der anderen Seite des Konflikts individuelle Rechte entgegen.[407] Nun ist es natürlich nicht so, als würden die amerikanischen Konservativen des 20. Jahrhunderts ganz genauso wie Carl Schmitt die These vertreten, Achtung verdiene das, was in einem Staat für Recht und Gesetz gilt, unabhängig von der Staatsform. Ein totalitäres Regime verdient natürlich nicht dieselbe Loyalität wie eine demokratisch verfaßte Rechtsordnung. Auch würden die heutigen Konservativen, anders als Perikles und Aristoteles, anerkennen, daß die Redefreiheit ein allgemeines und individuelles Recht ist: »Für konventionelle Juristen und Politiker ist es ein Grund zum Stolz, daß unser Rechtssystem zum Beispiel individuelle Rechte der Redefreiheit, Gleichheit und des ordnungsgemäßen Verfahrens anerkennt.«[408]

Im Konfliktfall aber gilt für die Konservativen die Regel, das Recht den Rechten vorzuziehen. Mit Klaus Günther und Jürgen Habermas könnte man darin die ideologische Engführung »geschlossener« oder »fixer« Rechtsparadigmen (im Unterschied zu »procedural« offenen) sehen. Geschlossene Paradigmen sind »ideologisch«, weil sie Geltung auf Faktizität reduzieren und Rechte an Recht assimilieren.[409] In letzter Instanz heißt das, daß dem mit der Rechtsordnung als organischer Nomos-Totalität identischen guten Leben der Gemeinschaft ein Vorrang über die moralischen Rechte des Individuums eingeräumt wird. Anders als im alten Athen jedoch ist die konservative »populäre Meinung« über das, was das gute Leben ausmacht, individualistisch. Den Kern der substantiellen Rechtsordnung sehen die Konservativen im Privateigentum.[410] Das neokonservative ist wie das Alt-Athener Verfassungsverständnis substantiell. Aber die Substanz ist bei Perikles und den Griechen politisch und kollektiv, bei Nixon, Reagan oder Bush und der »moral majority« unpolitisch und besitzindividualistisch.

Interessant an der gesamten Debatte um Recht und Rechte, die sich seit den sechziger Jahren regelmäßig am »zivilen Ungehorsam«, an »Kriegsdienstverweigerung«, »affirmative action«, Quotierung, Abtreibung usw. entzündet, ist nun aber, daß die konventionelle liberale Kritik sich nicht wirklich aus dem Schatten der konservativen Assimilation der Rechte ans Recht löst. Der Vorrang einer besitzindividualistisch bestimmten Rechtsordnung spiegelt sich in einer liberalen Kritik, die komplementär zu jener Assimilation Rechte auf Moral reduziert.[411] Während nämlich Konservative auf der Durchsetzung des geltenden Gesetzes gegen passiven Widerstand, Kriegsdienstverweigerung etc. trotz Anerkennung einer moralisch achtenswerten Gewissensentscheidung bestehen, verlangen konventionelle Liberale im Namen des guten Gewissens bzw. des guten Willens eine Ausnahme vom Gesetz, das sie als Teil einer im ganzen gültigen Rechtsordnung ebenso fraglos akzeptieren wie die Konservativen. Der Unterschied zwischen Konservativen und Liberalen ist oft nur einer der Sache nach, nicht in der Form und Struktur des Arguments. So beharren die Konservativen in der Sache der Kriegsdienstverweigerung ebenso auf dem Vorrang der Achtung fürs jeweilige Recht wie Liberale, wenn es um die Sache einer zügigen Aufhebung der Rassentrennung geht. Für beide Seiten, Konservative wie Liberale, gilt im Rahmen eines konventionellen Verfassungsverständnisses, daß es zwar eine Differenz und einen Widerspruch des richtigen Gewissens (bzw. des Kantischen »guten Willens«) zum geltenden Recht geben kann, aber keine Differenz der Rechte *zum* Recht *im* Recht. Damit verfehlt die konventionelle Meinung – egal ob liberal oder konservativ – den Begriff individueller Rechte bzw. die eigentliche Idee des Rechts. Es ist ein gemeinsamer Zug des konservativen Legalismus und seiner konventionellen Kritik, daß Liberale wie Konservative unsere Rechte nicht wirklich ernst nehmen.

Erst ein postkonventionelles oder – wie Dworkin sagt – »unorthodoxes« Verfassungsverständnis trennt kategorial individuelle Rechte ebenso von der substantiellen Rechtsordnung einer modernen »Eigentumsmarktgesellschaft« (MacPherson) wie vom moralischen Privateigentum an der inneren Stimme des Gewissens. Ob nämlich Rechte als gültig anerkannt werden oder ob sie nur auf dem Papier stehen (wie seinerzeit in der DDR oder der Sowjetunion), das zeigt sich immer erst in dem Augenblick, in dem Rechte mit dem Gesetz kollidieren.

Rechte – wie das Recht auf Leben, auf Eigentum, auf Gleichheit vor dem Gesetz, auf Redefreiheit, auf ein ordnungsgemäßes Verfahren – verlangen zwar eine moralische Begründung (und nicht nur eine pragmatische oder utilitaristische wie beispielsweise die Gesetze über Verkehrsampeln und Einbahnstraßen oder ein Hochschulbaugesetz), aber sie verlangen von dem, der sie in Anspruch nimmt, keine einwandfreie Gesinnung, keine hohe Tugend und keinen guten Willen. Für die moralische Beurteilung eines Tuns ist der gute Wille, von dem Kant sagt, er sei das einzige »an sich Gute« im

Menschenleben, in der Tat entscheidend, aber für die Entscheidung der Frage, ob einer ein Recht hat, das Recht zu brechen, ist das Motiv nicht ausschlaggebend.[412] Daß Individuen, wenn ihre Rechte im Spiel sind, »einen besonderen Schutz gegenüber dem Recht genießen«, ist der ganze Witz individueller Rechte.[413] Unser Recht der Redefreiheit unterscheidet sich dadurch von der freien Rede der Athener, daß es die Freiheit der Rede ganz von der Güte der Motive abkoppelt.

Ebenso unabhängig vom »Ruf des Gewissens« (Heidegger) wie von der Achtung für die konkrete geschichtliche Rechtsordnung haben wir unter bestimmten Voraussetzungen das Recht, ein Gesetz zu verletzen: Wir haben »dieses Recht immer dann, wenn dieses Gesetz fälschlicherweise unsere Rechte gegenüber dem Staat verletzt«. Und dieses Recht auf Ungehorsam gegen das Recht »ist nicht ein gesondertes, mit dem Gewissen zusammenhängendes Recht zusätzlich zu den anderen Rechten gegenüber dem Staat. Es ist ganz einfach ein Aspekt dieser Rechte, und es läßt sich nicht im Prinzip absprechen, ohne daß man gleichzeitig die Existenz jeglicher derartiger Rechte bestreitet.«[414]

Diese Idee der Freiheitsrechte ist von dem seit Luther und Hobbes anerkannten »Recht auf Gewissen«, das die moralische Achtung der legitimen Motive des Überzeugungstäters mit seiner legalen Bestrafung versöhnt, ebenso weit entfernt wie von allen teleologischen Güterethiken, egal ob republikanisch-antik wie bei Perikles oder modern-utilitaristisch wie bei Jeremias Bentham. Rechte dürfen weder mit Moral noch mit Nutzen identifiziert werden. Die in den modernen, westlichen Verfassungen garantierten Rechte haben insbesondere einen Vorrang gegenüber einem klassischen Verfassungsverständnis, für das Aristoteles und Perikles die Vorbilder abgeben und das von uns die Achtung fürs Recht im Sinne der Achtung und »Vorwegakzeptanz« (Lübbe) einer geschichtlichen Nomos-Ordnung verlangt: »Der allgemeine Nutzen kann [...] kein guter Grund für die Beschränkung von Rechten sein, auch dann nicht, wenn der fragliche Nutzen eine erhöhte Achtung fürs Recht ist.«[415] Es ist dieses Ziel, die stetig zu erhöhende Achtung der konkreten Rechtsordnung, das für Aristoteles und Perikles den Kern des guten und glücklichen Lebens der Polis ausmacht. Nur dadurch wird die Sittlichkeit, so auch Hegel, zur »zweiten Natur«. Diesem Telos ist der klassischen Lehre zufolge die Redefreiheit als eine »in sich wertvolle Praxis« (Taylor) nachgeordnet, mehr noch: sie kann ihr nicht widersprechen. Denn für Perikles und die klassische Lehre ist die Redefreiheit nur dann eine »in sich wertvolle Praxis«, wenn sie die Achtung fürs Gesetz (»Nomos«) fördert. Die klassische Lehre unterstellt also genau an der Stelle eine höhere, in der Natur der Sache liegende Harmonie und Homogenität, wo die moderne Idee des Rechts allenfalls einen kontingenten Zusammenhang vermutet und prinzipiell Heterogenität und Dissonanz unterstellt.

Ob bürgerlicher Ungehorsam nun die Achtung fürs Gesetz aushöhlt – wie die Konservativen behaupten – oder im Gegenteil erhöht – wie, mit empirisch besseren Argumenten Liberale insinuieren, ist für die Frage, ob wir gegebenenfalls ein Recht haben, das Recht zu verletzen, ebenso irrelevant wie unser gutes Gewissen. »Der allgemeine Nutzen kann also kein guter Grund für die Beschränkung von Rechten sein, auch dann nicht, wenn der fragliche Nutzen eine erhöhte Achtung fürs Recht ist.«[416] Rechte können durch keinen Grenz-, Gesamt- und Durchschnittsnutzen, durch keine Tugend, Tradition und Sittlichkeit, kein Mehrheitswohl und keinen kontingenten Mehrheitswillen eingeschränkt werden, sondern einzig und allein durch Rechte. Rechte können, wenn es mit rechten Dingen zugeht, nur mit Rechten kollidieren. Ich habe ein Recht auf physische Unverletzlichkeit. Wenn der Redner den Lautsprecher (unmetaphorisch) in eine Waffe verwandelt, die mir das Trommelfell zerreißt, dann kollidieren ersichtlich Rechte, und mein Recht auf Leib und Leben schränkt in diesem Fall das Recht des Redners auf den freien Fluß der Rede ein. Wenn aber ein Redner irgendwelche Gesetze zur Sonntagsruhe in öffentlichen Parks bricht, weil er sonst sein Recht auf Redefreiheit nicht angemessen zur Geltung bringen kann, sind meine Rechte (als Anwohner oder Besucher des Parks) nicht berührt. Denn unabhängig von diesen bestimmten Gesetzen habe ich kein Recht auf Sonntagsruhe. Das gilt natürlich ebenso von dem Stau, den ich in Kauf nehmen muß, wenn demonstriert wird.

Rechte sind *keine Güter*, die sich gegen andere tatsächliche Güter wie das Gemeinwohl oder die Volksgesundheit (Beispiel: Aids-Bekämpfung = ein allgemeines Ziel vs. sexuelle Freiheit = ein allgemeines Recht), einfach verrechnen und eintauschen ließen.[417] Rechte haben, mit Kant zu reden, keinen Preis und keinen Tauschwert, und sie sind trotzdem unabhängig von der Güte unseres Willens. Die antiken »Rechte der Gemeinschaft« jedenfalls lassen sich nicht gegen die modernen »Rechte des Individuums« abwiegen – schon deshalb nicht, weil erstere überhaupt keine Rechte sind.

Rechte betreffen den »Ernstfall«. Sie entscheiden ihn, und in ihm entscheidet sich, ob sie gelten. Rechte wie die Redefreiheit gelten, wie Rawls sagt, »praktisch absolut«.[418] Sie können nur durch Rechte anderer, die unmittelbar bedroht sind oder zur Verhinderung einer unmittelbaren Katastrophe eingeschränkt werden. Aber dazu muß der Fall so unmetaphorisch klar und empirisch evident sein wie in dem berühmten Beispiel des Mannes, der in einem überfüllten Theatersaal fälschlich »Feuer!« ruft. Der Grundsatz der unmittelbaren und evidenten Gefahr gilt auch, wenn Leben, körperliche Unversehrtheit und Eigentum anderer auf dem Spiel stehen. Ist die Lage undurchsichtig, wie im Fall der »Chicago Seven«, in dem provokative politische Reden einem Krawall zeitlich vorhergingen, bei dem die Straßen in Flammen standen, Menschen und Eigentum zu Schaden und abhanden kamen (ohne daß eine direkte Kausalität feststellbar war wie im Beispiel eines terroristischen Befehls, eines Pogroms oder der Schallverstärkung), dann ist der Staat nicht berechtigt, das Recht auf Redefreiheit einzuschränken (bzw. seinen Gebrauch aufgrund eines entsprechenden Gesetzes wie des berüchtigten »anti-riot law«, nach dem die »Chicago Seven« verurteilt wurden, zu bestrafen). Aus diesen und ähnlichen Fällen zieht Dworkin eine antiaristotelische Schlußfolgerung: »Der Staat kann die Achtung für das Recht nur dadurch wiederherstellen, daß er dem Recht einen Anspruch auf Achtung gibt.«[419] Und das kann er nur, indem er die individuellen Rechte seiner Bürger ernst nimmt.

Ein postkonventionelles Verständnis unserer Rechte impliziert insbesondere, und darauf wird es im folgenden ankommen, daß Rechte unabhängig von ihrem Ort im Kontext einer konkreten, substantiellen Rechtsordnung verteidigt werden können und müssen. Wer individuelle Gleichheitsrechte wie das Recht auf Eigentum oder das Recht auf Redefreiheit verteidigt, muß deshalb weder die faktisch bestehende, besitzindividualistische Rechtsordnung einer Eigentumsmarktgesellschaft noch die ihr entsprechende, uneingeschränkte Vertragsfreiheit bzw. das »angeblich individuelle Recht auf den freien Gebrauch des Eigentums« verteidigen.[420] Das war Hegels Irrtum, und der Grund des Irrtums ist ein konventionelles Verfassungsverständnis, das individuelle Rechte an substantielles Recht assimiliert. Es ist kein Zufall, daß das Recht der freien Rede (Ausdruck, Demonstration, Versammlung etc. immer eingeschlossen) im Zentrum eines politischen, egalitären Liberalismus steht, der den substantiellen Subjektivismus des possessiven Liberalismus in eine demokratische Gesellschaft aufhebt. Sie bedürfen deshalb, wie wir im folgenden sehen werden, auch keiner naturrechtlichen Verankerung. Indem er sie vorschlägt, fällt Dworkin selbst ins teleologische Denken zurück.

Dieser Rückfall ist jedoch weit weniger verhängnisvoll als derjenige vieler Kommunitaristen, die Hegels undifferenzierter Kritik am Atomismus nur allzu bereitwillig folgen. Für Hegel fällt nämlich nicht nur die Assimilation der Rechtsidee an den possessiven Individualismus der bürgerlichen Privatrechtsordnung (Vertragsfreiheit, »System der Bedürfnisse«) unter das Stichwort Atomismus, für ihn ist bereits die Entzweiung der abstrakt-allgemeinen Verfassungsform in Gestalt subjektiver Rechte von der konkreten Verfassungssubstanz (dem »allgemeinen Leben« eines Volkes) ein Fall von Atomismus. Das ist letztlich der Grund, warum Hegel die Menschenrechte nur gelten läßt, sofern sie keine subjektiven Abwehrrechte gegen den Staat sind. Im wahren Staat Hegels, der eine Totalität der Freiheit und der Vernunft ist, kann die subjektive Freiheit des je Einzelnen immer nur im ganzen eines vielgliedrigen, organischen Reproduktionskreislaufs verwirklicht werden: Sie darf aber niemals als atomisiertes Recht des Individuums dem guten Ganzen des Staates entgegentreten. Damit beraubt Hegel sich selbst einer Kritik am Atomismus der bürgerlichen Privatrechtsordnung, die nur aus der Perspektive der Rechte des Individuums wirksam werden könnte. Statt dessen kann Hegel nur eine Aufhebung des possessiven Atomismus ($Atomismus_1$) und des Atomismus der Rechte ($Atomismus_2$) in der konkreten Totalität einer freiheitlichen Rechtsordnung ohne Grundrechte ins Auge fassen. Das setzt ein ungeheures Vertrauen in die höhere Moral des »allgemeinen Standes« und die Bürgertugend voraus. Gegen Hegel und die Kommunitaristen werde ich im folgenden zeigen, daß eine Kritik am possessiven Individualismus ($Atomismus_1$) den Standpunkt der Rechte voraussetzt und daß Rechte, die der Rechtsordnung entzweit sind, keineswegs als eine Form von Atomismus ($Atomismus_2$) verstanden werden dürfen.[421]

4. Zwei Paradigmen persönlicher Freiheit

Für Hegel ist das *Privateigentum* das Paradigma persönlicher oder, wie er sagt, »subjektiver Freiheit«. Die Sphäre, in der sich die subjektive Freiheit, die das »unendliche Recht der Persönlichkeit«, aber kein Abwehrrecht (Grundrecht) ist, verwirklicht, ist die »bürgerliche Gesellschaft«. Der »Staat« hingegen hebt die subjektive Freiheit in das »allgemeine Leben« einer höherstufigen »kommunalen Freiheit« (Theunissen) auf.[422] Schon in der bürgerlichen Gesellschaft ist diese Form der polisbezogenen, positiven Freiheit als sublimierende und dämpfende Kraft wirksam: etwa in Gestalt der »Heiligkeit der Ehe« und der »Ehre der Korporation«. Paradigma der persönlichen Freiheit jedoch ist das Privateigentum. Zwar räumt Hegel den Grundbegriffen des Rousseauschen Kontraktualismus, der »Volkssouveränität« und der »volonté générale«, einen zentralen Platz in der eigenen Staatstheorie ein, aber nur unter der Voraussetzung, daß die Volkssouveränität und der allgemeine Wille als objektive Ideen strikt von jeder Willkür der Gesetzesunterworfenen getrennt bleiben. Politische Wirklichkeit kommt der Vernunft des allgemeinen Willens deshalb nur unter der Bedingung zu, daß die subjektive Freiheit eines egalitären Wahlrechts, in dem – wie Rousseau sagt – »jede Stimme gezählt werden muß«, aus dem Staat ausgeschlossen bleibt. Dasselbe gilt von der öffentlichen Meinung. Auch in ihr realisiert sich das Prinzip, das die Würde der Moderne ausmacht: Subjektivität. Allerdings in strenger Zucht und Ordnung. Frei, d.h. wahrhaft frei, ist nur die richtige Erkenntnis, ganz so wie bei Platon. Hegel unterscheidet die schädliche von der unschädlichen, die achtenswerte von der verachtenswerten Meinung, und über Achtung und Schadlosigkeit wachen Zensor und Strafjusitz. Die beliebig freie Rede, die »Befriedigung jenes prickelnden Triebs, seine Meinung zu sagen und gesagt zu haben«, soll dann und nur dann straflos bleiben, wenn die Meinung »unbedeutend« und »unwichtig« ist.[423] Das »Konkrete« des Meinens ist »endloser Irrtum«, und das, was einer wirklich sagt, muß durch eine institutionelle und staatspädagogische Schranke von dem getrennt werden, was er in Wahrheit meint.[424] Letzteres ist nur dem erkennenden Blick der Wissenden zugänglich, und an der öffentlichen Darstellung der objektiven Wahrheit in den – hierarchisch nach Wahrheitsnähe gegliederten – Medien der Philosophie, Religion, Kunst, Politik (»Öffentlichkeit der Ständeversammlung«) und Presse kann sich die *passive* Anschauung des Bürgers bilden.

In dem Augenblick aber, wo der Bürger vom atomisierten *Teil* des »Systems der Bedürfnisse« zum *Glied* der organischen Totalität des Vernunftsstaats wird, läßt er seine Willkürfreiheit hinter sich zurück, um sich der politischen Gemeinschaft einzugliedern. Dort reduziert sich der für alle gleiche Status des »citoyen« auf die kontemplative Anschauung des Spiels der großen Staatsgeschäfte. Der politisch Partizipierende wird zum Bildungsbürger herabgestuft.

Ein ganz anderes Paradigma persönlicher Freiheit, das mit einem Schlag beide Voraussetzungen der Hegelschen Rechtsphilosophie aufhebt, das Paradigma des Privateigentums ebenso wie den kompensatorisch eingeführten Bildungsbürger, findet sich bei Kant, bei John Stuart Mill und im amerikanischen Pragmatismus. Es ist das Paradigma des *öffentlichen Vernunftgebrauchs*. Hier wird mit Hegels Satz, »das Vernünftige« sei »die Landstraße, wo jeder geht, wo niemand sich auszeichnet«, Ernst gemacht.[425] Das aber hat den definitiven Abschied von der »optischen Metapher« (Rorty) der Platonischen Metaphysik: den Paradigmenwechsel vom erkennenden Auge zum partizipierenden Ohr zur unabdingbaren Voraussetzung.

Für John Dewey ist der Sitz des Logos die alltägliche Umgangssprache. Die Logik ist ihrem Wesen nach dialogisch strukturiert. Der Wahrheitswert einer Aussage hängt buchstäblich in der Luft, wenn niemand da ist, der den Anspruch des Behauptenden, etwas Gültiges gesagt zu haben, bestätigen oder bestreiten könnte. Noch der Fortschritt der Wissenschaft ist letztendlich von »the creation of a true public« abhängig. »Logic«, schreibt Dewey gegen Ende seines Essays *The Public and its Problems*, »in its fullfilment recurs to the primitive sense of the word: dialogue. Ideas which are not communicated, shared and reborn in expression are but soliloquy, and soliloquy is but brocken and imperfect thought.«[426]

Es gibt keine Ideen und kein Denken, das über das, was Kant ihre »öffentliche Prüfung« nennt, erhaben wäre. Die »Frage« hat hier, wie Heidegger ganz richtig erkannt hat, den Vorrang. Man will schließlich hören, was jemand für Gründe hat, etwas zu empfehlen oder zu behaupten. Man muß die Ohren aufmachen, um zu verstehen, was die jeweils anderen wollen, meinen, wünschen. Und man muß, um sich mit ihnen zu verständigen, fragen, ob das, was sie behaupten oder verlangen, zutrifft oder berechtigt ist. Statt das Ohr – wie Heidegger es, immer noch platonisch und korrespondenztheoretisch verlangt – in »höriger Entsprechung« der »lautlosen Stimme des Seins« zu öffnen und auf das Offenbarungserlebnis zu warten, müssen wir es dem »Gerede« aussetzen, um als gleichberechtigte Sprecher und Hörer an der öffentlichen Meinungs- und Willensbildung zu partizipieren.[427] Dann erst zeigt sich, daß »die Verbindungen des Ohrs mit lebendigem und spontanem Denken und Fühlen unendlich viel enger und reicher sind als die des Auges«.[428] Der Grund ist eine kategoriale Differenz von Auge und Ohr, die Differenz des platonischen *Beobachters* zum demokratischen *Teilnehmer:* »Vision is a spectator; hearing is a participator.«[429]

In seinem Essay *On Liberty* hat John Stuart Mill gezeigt, daß der philosophischen Kehre vom Auge zum Ohr politisch der Paradigmenwechsel vom Freiheitsverständnis des »Freihändlers vulgaris« (Marx) zum Freiheitsverständnis des öffentlichen Engagements genau entspricht. Denn im Unterschied zur Freiheit des Eigentums läßt sich die Freiheit des Gedankens nicht in die Sphäre des privatrechtlich Erlaubten bannen. Das zeigt sich in dem Augenblick, in dem der Gedanke das Gespenst in der Maschine zurückläßt, um sich als Meinung schutzlos der öffentlichen Kritik preiszugeben. Die Meinung ist – anders als das private Eigentum – etwas höchst Individuelles, der Kern unserer intellektuellen Unabhängigkeit, aber sie ist dies dann und nur dann, wenn andere sie teilen oder so zurückweisen können, daß wir überzeugt werden und die Meinung fallen lassen. Während die goldene Uhr in meiner Hosentasche mein Eigentum, meine eigene Uhr bleibt, auch wenn sie die Hosentasche nie verläßt, trifft das auf meine ganz persönliche, eigene Meinung nicht zu. Ich kann mich ihrer als meiner Meinung nur vergewissern, indem ich sie öffentlich artikuliere. Unabhängig vom »Dialog«, vom Spiel der Fragen und Antworten, gibt es so etwas wie eine eigene Meinung überhaupt nicht. Die für die je eigene intellektuelle Unabhängigkeit notwendige eigene Meinung kann nur im Medium ihrer rückhaltlosen Entfremdung und Entäußerung an die Meinung der Anderen, an das »Gerede« und das »öffentlich ausgelegte« »Man« existieren. Deshalb, so argumentiert Mill, ist die Unterdrückung der Freiheit auch nur einer einzigen Person, zu sagen, was sie denkt, ein kategorial anderes Verbrechen als der Diebstahl einer goldenen Uhr. Zwar wird in beiden Fällen ein *allgemeines* Recht verletzt, wer mir jedoch meine Uhr stiehlt, beraubt unmittelbar nur mich allein. Wer mich hingegen zwingt, den Mund zu halten und meine Meinung zu unterdrücken, beraubt unmittelbar und gleichermaßen mich und *alle* diejenigen, die die Meinung teilen oder ihr widersprechen könnten: »Ja, wäre eine Meinung persönliches Eigentum, das nur für ihren Besitzer wertvoll wäre, in deren Genuß beeinträchtigt zu werden nur eine einfache Rechtsverletzung darstellte, dann würde es einen Unterschied machen, ob man diese Unbill nur wenigen oder vielen zufügt.«[430] Die *freie, eigene Meinung* jedoch sprengt den kategorialen Raum *frei verfügbaren Privateigentums*. Sie sprengt den Rahmen eines jeden utilitaristischen Kalküls, denn sie ist zugleich ganz individuell *und* etwas unmittelbar Universelles. Das hängt damit zusammen, daß wir mit unserer *eigenen Uhr* keinen allgemeinen und deshalb uns *unverfügbaren* Anspruch auf Geltung machen können, während eine je eigene Meinung sich ohne solchen Anspruch *als ernsthaft erhobene* noch nicht einmal denken läßt: Denn »das besondere Übel der Unterdrückung einer Meinungsäußerung liegt darin, daß es am menschlichen Geschlecht als solchem Raub begeht, an der Nachwelt so gut wie an den Mitlebenden, an denjenigen, die von dieser Meinung nichts wissen wollen, noch mehr als an denen, die sie vertreten. Denn wenn die Meinung richtig ist, so beraubt man sie der Gelegenheit, Irrtum gegen Wahrheit auszutauschen; ist sie dagegen falsch, dann verlieren sie eine fast ebenso große Wohltat: nämlich die deutlichere Wahrnehmung und den lebhafteren Eindruck des Richtigen, der durch den Widerstreit mit dem Irrtum entsteht.«[431]

Mill hat in seinem Essay *On Liberty* einen entschiedenen, auch erkenntnistheoretisch begründeten Wechsel vom Freiheitsparadigma des Privateigentums zu dem des öffentlichen Vernunftsgebrauchs vollzogen. Ein Paradigmawechsel freilich *stellt* neue Probleme und taucht die alten in ein neues Licht, er *löst* sie jedoch keineswegs. So bleibt bei Mill systematisch unklar, was unter intellektueller Unabhängigkeit und persönlicher Freiheit eigentlich zu verstehen ist. Mills englischer Herausgeber H. B. Acton weist in einer kommentierenden Anmerkung zu der zitierten Passage darauf hin, daß Mill mit der Meinung, die zum Schweigen gebracht wird (»silencing«), die bedeutende und wichtige und nicht jede beliebige Meinung von Leuten, die eigentlich »nichts zu sagen« haben, gemeint habe.[432] Diese Einschränkung paßt zwar zum Kontext von *On Liberty*, aber die Semantik des Textes bleibt offen, und die Formulierung Mills ist eindeutig universalistisch, so daß sich unter den von Mill verwendeten Ausdruck des »silencing« nicht nur die Unterdrückung jeder Meinungsäußerung subsumieren läßt, sondern auch noch das, was heute auf dem amerikanischen Campus unter »silencing« verstanden wird: die stillschweigende Unterdrückung minoritärer Meinungen, die gar nicht erst artikuliert werden können, weil bereits ihre Bildung durch latent repressive Kulturtechniken und subtile Ausgrenzungsmechanismen verhindert wird.[433] Was jeweils unter »silencing« zu verstehen ist, wird jedenfalls von einer Klärung des Begriffs der »Unabhängigkeit« oder »Autonomie« abhängig sein.

Darum wird es im folgenden Abschnitt gehen, ebenso wie um die Frage der naturrechtlichen oder demokratietheoretischen Begründung unserer Rechte.

Offen bleibt auch nach dem Paradigmenwechsel vom Privateigentum zum öffentlichen Vernunftgebrauch die Frage, welcher Status dem subjektiven Recht auf Eigentum im Vergleich zu den Rechten auf Meinungsäußerung, Teilnahme und Teilhabe zukommt. Tugendhat argumentiert zum Beispiel, dem Recht auf Eigentum bleibe – wenn man einmal den gesellschaftlichen, »staatsorientierten« Charakter unserer Rechte eingesehen habe – nurmehr ein höchst relativer Rechtsstatus.[434] Ich hingegen werde am Schluß dieses Teils argumentieren, daß ein absolutes Recht auf Eigentum mit einem egalitären und demokratischen Legitimationsprinzip sehr wohl vereinbar ist. Jedenfalls sind solche und ähnliche Fragen durch den Paradigmenwechsel vom Privateigentum zum öffentlichen Vernunftgebrauch nicht vorentschieden, ebensowenig wie eine Entscheidung über die ganze Bandbreite wirtschaftspolitischer Ordnungsvorstellungen zwischen Sozialismus und Kapitalismus, auch wenn diese Frage derzeit nicht im Vordergrund des öffentlichen Interesses steht.

II Vom privaten zum öffentlichen Gebrauch der Vernunft

Für Liberale wie Dworkin oder John Stuart Mill ist es eine »absurde Aussage [...], daß echte Liberale die ökonomische ebenso wie die intellektuelle Freiheit achten müssen«.[435] Die Verteidigung unserer uneingeschränkten intellektuellen Freiheit (»intellectual independence«) setzt keineswegs diejenige einer entsprechenden ökonomischen Freiheit voraus. Das »Prinzip« der intellektuellen oder, wie Mill sagt, »persönlichen Freiheit« ist nämlich »in der Lehre vom Freihandel nicht enthalten«.[436] Es mag durchaus sein, daß die Lehre vom Freihandel eine Grundlage hat, die nicht minder solide ist als die, auf der das Prinzip der persönlichen Freiheit (»principle of individual liberty«) beruht. Aber es handelt sich um ganz verschiedene Grundlagen.

Während unsere intellektuelle Unabhängigkeit individuelle Rechte und die Ablösung der klassischen Tugendordnung durch ein System solcher Rechte voraussetzt, kommt der Freihandel mit der sehr viel sparsameren Grundlage der Vertragsfreiheit aus. Was unsere ökonomische Freiheit voraussetzt, ist »bloß« der Wandel »from status to contract« und eine Umstellung von Stratifizierung auf funktionale Differenzierung. Das kann, muß aber nicht von einer Institutionalisierung von Grundrechten begleitet sein und unterstützt werden. Unsere individuelle, persönliche Freiheit und intellektuelle Unabhängigkeit wird jedoch durch Rechte überhaupt erst etabliert. Wird sie durch Gesetze, die eine Mehrheit nach Gesichtspunkten des größeren Nutzens der größeren Zahl beschlossen hat, verletzt, so wird der Rechtsstaat zerstört. Wird hingegen der Freihandel durch kluge und nützliche Gesetze eingeschränkt, so bleiben unsere Rechte und damit unsere intellektuelle Unabhängigkeit davon gänzlich unberührt. Der freie Handel und die Vertragsfreiheit am Arbeitsmarkt können deshalb, wie Mill sagt, »rechtmäßig« durch gesamtgesellschaftliche Zwecke, durch Gemeinwohl, Sicherheit, Ordnung, den allgemeinen Nutzen oder den Willen der Mehrheit eingeschränkt oder aufgehoben (oder auch: entschränkt und »liberalisiert«) werden; die persönliche Freiheit und intellektuelle Unabhängigkeit eines jeden kann es nicht. Fragen der öffentlichen Kontrolle und Einschränkung des »Freihandels« nämlich »schließen Betrachtungen über Freiheit nur insoweit ein, als es ceteris paribus stets besser ist, die Leute sich selbst zu überlassen, als sie unter Aufsicht zu stellen«.[437]

Es ist jedoch nicht sehr klar, was Mill und Dworkin unter »individual liberty« und »intellectual independence« verstehen. Drei Bedeutungen lassen sich unterscheiden.

Die erste scheidet sofort aus, weil sie zu inhaltlich ist. Sie würde, verallgemeinert, andere Freiheitsdoktrinen glatt ausschließen und wäre, zur Maxime einer allgemeinen Gesetzgebung erhoben, despotisch. Das ist die Freiheit des kreativen Genies, des wissenschaftlichen Revolutionärs und des intellektuellen Ästheten, die Freiheit origineller und großer Geister. Mill spricht von »starken Naturen« und »energischen Charakteren«.[438] Sie sind wahrhaft unabhängig. Ihr Leben ist nonkonformistisch und »exzentrisch«. Sie verachten das »Gewohnte« und schwärmen für »intelligente Anomalität«.[439] Sie sprengen unermüdlich die »Fesseln alter Bräuche«.[440] Sie sind die Kraft des Lebens und das »Salz der Erde«, ohne sie gliche die Welt einem »stagnant pool«.[441] Sie lieben das Risiko und setzen ihr eigenes Leben immer von neuem einer unkontrollierbaren Mannigfaltigkeit von Situationen aus.[442] Ihr Leben gleicht einem großen Experiment, und darin besteht ihre Originalität und ihre Chance, etwas Neues zu erfinden.[443] Nietzsche nennt sie »Übermenschen«, Thomas Kuhn spricht von »revolutionary science« und Harold Bloom von »starken Dichtern«, Heidegger nennt sie »Stifter«, und bei Richard Rorty nehmen sie die Gestalt der »Ironikerin« an. Würde man jedoch dieses Modell eines geglückten Lebens zum Prinzip allgemeiner Freiheit erheben, so wäre es um die Freiheit des Konformisten, kein verschiedenes Leben führen zu müssen, ebenso geschehen wie um alle anderen Modelle der Freiheit, die mit der Freiheit, sein Leben der Kontingenz intelligent arrangierter Versuchsanordnungen auszusetzen, unverträglich sind. Das gilt natürlich ebenso für die Generalisierung der Freiheitsdoktrin des Konformisten, die Mill sehr zu Recht als Tyrannei der Mehrheit geißelt. Aber die Freiheitsdoktrin des experimentellen Lebens gehört ebenso wie die des Freihandels oder die der rationalen Lebensführung oder einfach die des ewig unauffälligen Konformisten zu einer anderen Kategorie als das, was Mill und Dworkin mit »persönlicher Freiheit« bzw. »intellektueller Unabhängigkeit« im Sinn haben. Die einzelnen einander widerstreitenden Freiheitsdoktrinen sind zu konkret, zu gut, um Rechte zu begründen.

Die zweite Bedeutung, die Mill vorschlägt, kommt der Sache schon näher, da sie ein abstraktes Prinzip darstellt, das allein die Kompatibilisierung der Freiheit des einen mit der des andern anstrebt und auf jede inhaltliche Aufladung, auf jede Emphase von Verschiedenheit und Exzentrik, Intelligenz und Experiment zu verzichten scheint. Das »Prinzip der persönlichen Freiheit« ist dann selbst ein hypothetisch formuliertes Verallgemeinerungsprinzip: »Soll der Anlage eines jeden freies Spiel gewährt werden, dann ist es wesentlich, daß verschiedene Personen auch ein verschiedenes Leben führen können.«[444] Hier ist die Freiheit nicht bloß ein Dürfen, sondern ein Können, nicht bloß Erlaubnis, sondern Selbstbestimmung. Im Unterschied zur experimentalistischen Freiheitsdoktrin Mills, die – verallgemeinert – zu einer elitären Staatsidee führt, von der Mills Schriften selbst nicht frei sind, führt die zweite Explikation des Freiheitsprinzips zu einem egalitären Liberalismus.[445] An diesen Liberalismus schließen Autoren wie Macpherson, Pateman oder Dworkin an.[446] Die Freiheit, ein je verschiedenes Leben zu führen, kann immer nur die Freiheit eines jeden sein. Trotzdem ist nicht sehr klar, was für eine Art von »Selbstbestimmung« und »Verschiedenheit« hier gemeint ist. Und offensichtlich meint Mill mit der Forderung nach »freiem Spiel« (»fair play«) für die »Anlage« (»nature«) eines jeden eine bestimmte Art von Selbstbestimmung, die einer anderen, weniger vollkommenen, die in der Tyrannei der Mehrheit endet, vorzuziehen sei. Und das ist das Problem, schließt doch jede Vorab-Festlegung auf ein bestimmtes Modell der Freiheit alle anderen als unzureichend, defizitär, minderwertig oder irgendwie unvollkommen aus. Auch in dem beiläufig von Mill vorgeschlagenen Prinzip eines egalitären Liberalismus bleibt eine teleologische Hierarchie von Freiheitsdoktrinen in Kraft, wie die dazugehörige Erläuterung auf derselben Seite zeigt, wo Mill schreibt: »Selbst der Despotismus verursacht nicht seine übelsten Wirkungen, solange Individualität unter ihm bestehen bleibt, aber was die Individualität vernichtet, das ist jedenfalls Despotismus, bei welchem Namen man ihn auch nennen möge.«[447]

Formulierungen wie diesen hat Ronald Dworkin eine unzweideutig egalitäre Lesart verpaßt und damit eine dritte Bedeutungsvariante für den Begriff »intellektueller Unabhängigkeit« ins Spiel gebracht. Dworkin unterscheidet im Anschluß an Mill Freiheit als »licence« von Freiheit als »independence«, und »independence« bringt zunächst nur das Prinzip einer deontologischen Freiheitslehre zur Geltung.[448] Damit vermeidet Dworkin genau den Kategorienfehler, der für das ständige Schwanken Mills zwischen einem romantisch inspirierten Elitismus und dem demokratischen Egalitarismus seiner utilitaristischen Väter James Mill und Jeremias Bentham verantwortlich ist. »Intellektuelle Unabhängigkeit« ist einfach der Vorrang des Richtigen vor dem Guten, und dann besagt das »Prinzip der persönlichen Freiheit« lediglich, daß die *Gemeinschaft kein Recht hat, zu entscheiden, welche Art von Persönlichkeit ihre Mitglieder haben sollen.*[449] Weder dürfen wir den, der sich mit Drogen zugrunde richten will, im Namen des Guten zu seinem Glück und unserem Wohlstand zwingen, noch dürfen wir von Einwanderern irgendeine Form kultureller Assimilation, die über Gesetzesgehorsam und formale Verfassungsloyalität hinausgeht, verlangen. Nicht nur soll jeder die Anlagen seiner Natur gleichermaßen frei entfalten, er/sie soll es, wenn er/sie will, auch bleibenlassen können. Persönliche Freiheit hat keine andere *Bestimmung vorab* als die Grenze, die durch das für alle gleichermaßen Richtige gezogen wird: »The Good shows the point« – für jede einzelne Person; aber für alle gilt: »Justice draws the limit.« Dabei möchte Dworkin jedoch nicht stehenbleiben, weshalb er das Prinzip gleicher Achtung und gleichen Respekts noch einmal in einem vorab festliegenden Naturrecht verankert. Das führt, wie ich am Schluß dieses Abschnitts zeigen will, in eine Falle, die uns bereits wohlbekannt ist. Es ist jedoch die Frage, ob die einzige Alternative zum Telos des Nutzens das Telos einer wie immer vernünftigen Natur ist?

Egalitäre Liberale wie Mill oder Dworkin haben den Finger in die Wunde des libertären Liberalismus gelegt. Sie haben das Rationalitätsdefizit negativer Freiheit scharf beleuchtet. Aber ihre Alternative bleibt ihrerseits immer noch zu positiv. Sie verfehlen damit die eigentliche Pointe, die in dem von ihnen selbst mit starken Argumenten verteidigten Übergang vom privaten zum öffentlichen Gebrauch der Vernunft liegt. Die Alternative zur »negativen Freiheit« muß nämlich in einer Negation der Negation gesucht werden, die zu keiner neuen Affirmation führt und deshalb rein methodisch, prozedural und formal bleibt.[450] Sie findet sich schon bei Kant.

1. Das Rationalitätsdefizit negativer Freiheit

Für einen weit verzweigten Strom des libertären Liberalismus, der – nach den Extremen hin – in autoritäre (Hobbes, Ordoliberalismus, Neokonservatismus), aber auch in anarchistische (Th. Paine) Lösungen des gesellschaftlichen Ordnungsproblems mündet, ist negative Freiheit alles, was ohne den völligen Verlust der Freiheit zu haben ist.[451] Diese These hat Isaiah Berlin in seiner Antrittsvorlesung in Oxford am 31. Oktober 1958 noch einmal eindrucksvoll verteidigt. Er zitiert Hobbes: »A free man is he that [...] is not hindered to do what he hath the will to do.« Das Gesetz ist für Berlin mit Hobbes »allways a fetter«. Und er beruft sich auf Bentham: »Is not liberty to do evil liberty? If not, what is it? Do we not say that it is necessary to take liberty away from idiots and bad men, because they abuse it?« Dem hält Berlin den Satz eines Jakobiners entgegen: »No man is free in doing evil. To prevent him is to set him free.«[452] Letzteres ist in der Tat der alte, der platonische Tugendbegriff der Freiheit. Damals, 1958, standen die totalitären Katastrophen des Jahrhunderts noch unmittelbar vor Augen.

Heute, nach dem Ende des östlichen Kommunismus, ist die Kritik Berlins an jedem öffentlichen Idealismus und jedem Versuch, die Freiheit der Wahrheit unterzuordnen oder auch nur beide miteinander verträglich zu machen, von unverminderter Aktualität. Richard Rortys Programm einer »Reinigung der Romantik von den letzten Resten des deutschen Idealismus« enthält eine politische Botschaft: Alle Freiheit ist negativ, Abwesenheit von Zwang, und das heißt insbesondere vom Zwang des Intellekts und der Rationalität.[453] Die Demokratie hat einen unbedingten Vorrang vor der Philosophie.[454] Demokratie ist öffentliche Freiheit, Philosophie privater Gebrauch der Vernunft.

Negative Freiheit ist die Freiheit, zu tun, was einem beliebt. Dieser »praktische Begriff der Freiheit« (Kant) ist für alle anderen möglichen Begriffe von Freiheit in der Tat grundlegend. Schon für Kant ist die phänomenal evidente Freiheit, *allein* aus eigenem Antrieb jetzt vom Stuhl aufstehen zu können, ganz so wie es einem beliebt, eine schlichte empirische Tatsache. »Die praktische Freiheit kann durch Erfahrung bewiesen werden.«[455] Es ist eben die Erfahrung, die jeder macht, wenn er absichtlich aufsteht (sofern er es kann). Es gibt – wie Rousseau sagt – »Eigenbewegungen«: »Ich will meinen Arm bewegen und ich bewege ihn, ohne daß diese Bewegung eine andere unmittelbare Ursache hätte als meinen Willen.«[456] Und dieser »Wille«, so Rousseau übereinstimmend mit Kant, »ist mir durch Handlungen bekannt, nicht durch seine Natur.«[457]

Politisch ist negative Freiheit die Erlaubnis, zu tun, was das Gesetz nicht verbietet. Das Gesetz ist eine Lizenz, Freiheit Erlaubnis. Genau so weit reicht der Liberalismus bei Hobbes. Den Satz aus dem 21. Kapitel des *Leviathan*, was das Gesetz nicht verbiete, sei erlaubt, werden Locke, Rousseau, Sieyès und Kant beständig wiederholen. Das ist der liberale Kern, der sie alle eint und von Aristoteles trennt. Auf den privaten Binnenraum des Subjekts, das ist Hobbes' Punkt, und auf die Imperative, an denen es seine Selbsterhaltung orientiert, hat das Gesetz noch des grausamsten Seeungeheuers, das den Flußniederungen Altägyptens einst entstieg, keinen Zugriff. Das sprengt die alte Einheit der politischen Gesellschaft entzwei. Auf die eine Seite fällt fortan der Staat, auf die andere die Gesellschaft, eine begriffliche Konsequenz des Denkens aller seiner Vorläufer seit Hobbes, die erst Hegel gezogen und terminologisch kodifiziert hat. Für Hobbes ist nun die folgende Überlegung entscheidend, die er im 37. Kapitel des *Leviathan* mit der Unterscheidung von privater und öffentlicher Vernunft, von »private reason« und »public reason« verbindet. In dieser Unterscheidung steckt bereits die Grenze, die Staat und Gesellschaft, die die unpolitische von der politischen Assoziation der Menschen unwiderruflich scheidet. Der absolute Souverän mag – nach freiem Belieben – das öffentliche Bekenntnis, Brot sei Fleisch und Wein sei Blut, erzwingen; aber er kann keinen zwingen, das auch noch zu glauben.[458]

Der Staat des *Leviathan* gründet in der Anerkennung des gleichen Rechts auf Selbsterhaltung. »Man verpflichtet sich«, schreibt Hobbes, »bei der Bestrafung eines andern Bürgers dem Oberherrn behilflich zu sein; nicht aber bei der eigenen Bestrafung.«[459] Das ist ein nicht zu verachtender Fortschritt im Bewußtsein der Freiheit. Der Strafvollzug emanzipiert sich vom inneren Zwang jener alten politischen Tugend, die Sokrates in freier Übereinstimmung mit dem Nomos der Polis zum Giftbecher greifen und die noch den Genossen Bucharin in freier Übereinstimmung mit dem Nomos der Partei das eigene Todesurteil fordern ließ.

Aus dem vom Zugriff des Politischen befreiten Binnenraum des Subjekts entwickelt sich die moderne bürgerliche Gesellschaft, die – unpolitisch und schuldlos – den mächtigen Leviathan schließlich zerstören mußte. So mächtig der Leviathan ist, er ist bloß »Not- und Verstandesstaat« (Hegel). Carl Schmitt und der junge Reinhart Koselleck haben die machtpolitische Schwäche des Leviathan deutlich markiert.[460] Aber sie sind – Verächter der Vernunft – bei dieser Schwäche stehengeblieben. Deshalb mußte ihnen entgehen, daß die mangelnde Stabilität des Leviathan, seine äußere Machtvollkommenheit bei innerer Ohnmacht, im Rationalitätsdefizit negativer Freiheit ihre eigentliche Wurzel hat.[461] Denn der Ursprung des Gesetzes bleibt den Gesetzesunterworfenen im Staat des »Leviathan« fremd und verborgen. Von der Quelle der öffentlichen Vernunft, dem gesetzgebenden »sterblichen Gott«, dürfen sie sich kein Bild machen, dessen Handlungen bleiben in ihren Motiven tabu. Deshalb ist den Untertanen schon die Frage nach der Gerechtigkeit der Gesetze ebenso verboten wie die Klassifikation möglicher Staatsformen in Begriffen guter Herrschaft und verabscheuungswürdiger Tyrannis, was Hobbes prompt veranlaßt, Aristoteles für den Index vorzuschlagen. Schon die Unterscheidung von Tyrannei und guter Herrschaft ist bei Strafe des Lebens untersagt, ein kapitales Staatsverbrechen. Dem absolut fremden Ursprung des Gesetzes korrespondiert eine eigentümliche Unwirklichkeit des allem Zwang entbundenen privaten Gebrauchs der Vernunft. Er bleibt im strikten Sinne innerlich, ohne öffentliche Kraft, die Wirklichkeit des Lautes, der Schallwelle und des Tintenhügels bleibt ihm verschlossen.

Die weit weniger autoritären Erben des Hobbes unter den Liberalen des Westens haben die Sitten und Umgangsformen humanisiert, die Religion vom Staat getrennt und die Freiheit der öffentlichen Meinung hergestellt. Aber im libertären Liberalismus[462] bleibt (a) der Ursprung des Gesetzes der Willkür eines jeden fremd; der Gegensatz von Gesetz und Freiheit könnte schärfer nicht sein als in den oben zitierten Formulierungen Benthams und Berlins. Und es bleibt (b) die Freiheit der öffentlichen Meinung ein privater Gebrauch der Vernunft; wiederum ein von Berlin klar herausgestellter Punkt, weist er doch gerade die Verbindung von Freiheit und Wahrheit im Denken John Stuart Mills als gefährliche, totalitäre Versuchung zurück: die Freiheit ist – Berlin zufolge – noch nicht einmal eine notwendige Bedingung der Wahrheit.[463]

Fremd bleibt das Gesetz jedermanns Willkür. Hobbes läßt seinen Ursprung in der gesetzlichen Abhängigkeit von einem gänzlich fremden Willen, in der wahrheitsentlastenden Autorität personaler Herrschaft verschwinden. »Nichts ist hier wahr, alles ist hier Befehl.«[464] Das Gesetz entspringt dem Dunkel hausherrschaftlicher Dominanz. Im demokratischen Utilitarismus wird statt dessen der wechselnde Mehrheitswille zur Quelle des Gesetzes, das dann aber wiederum der Willkür einer jeden und eines jeden Gesetzesunterworfenen fremd bleiben muß, denn »jeder« schließt die jeweils unterlegene Minderheit ein.[465] Gewöhnlich – und das ist in der Tat ein ungeheurer Fortschritt – wird die damit möglich gewordene Tyrannei der Mehrheit durch eine Verfassung individueller Rechte, die insbesondere die Freiheit der vielen und wechselnden Minderheiten schützen soll, korrigiert. Aber die naturrechtliche Vorordnung solcher Rechte verschiebt die Unklarheit nur auf die Beziehung dieser Rechte zur Willkür einer jeden Rechtsperson. Auf der andern Seite führte die Beschränkung der Freiheit auf den privaten Gebrauch der Vernunft zur Konfusion von Demokratie und Markt und zur Assimilation der öffentlichen Meinung an das Marktmodell strategischer Konkurrenz. Der von der Gesetzgebung abgelöste Vernunftgebrauch der Gesetzesunterworfenen ist in diesem Modell ebenso privat wie der Ursprung der öffentlichen Gesetze.

Unsere negative Freiheit der Erlaubnis besteht im privaten Gebrauch der Vernunft, und privat gebrauchen können wir nur eine instrumentelle Vernunft, die in der technischen Rationalität solitärer Weltaneignung und der strategischen Rationalität isolierter Marktatome besteht. Das ist das Hobbesianische Paradigma des libertären Liberalismus. Es überwindet den Aristotelismus um den Preis einer Privatisierung unserer öffentlichen Vernunft. Die Bindung der Freiheit an strategisch-technische Rationalität offenbart überdies einen auch von Hobbes noch nicht überwundenen Rest teleologischen Denkens. Die freie Willkür wird vorab auf die Vernunft der Selbsterhaltung festgelegt und mit dem Gesetz der Natur identifiziert. Ganz konsequent war Hobbes deshalb von einem aller menschlichen Freiheit vorausliegenden und vorab festgestellten Naturrecht der Selbsterhaltung ausgegangen, und dieser Ausgangspunkt wird vom gesamten Strom des libertären Liberalismus nicht mehr verlassen. Insofern bleibt *der Leviathan* hier das Paradigma. Hobbes hat zwar gezeigt – und das war seine eigentliche, weit über die Naturrechtstradition hinausschießende, konstruktive und methodische Leistung –, daß der Zweck der Selbsterhaltung sich nicht zu jedermanns Willkür verallgemeinern läßt. Die Verallgemeinerung hat das Resultat eines allgemeinen Kriegs, in dem der Zweck, die Selbsterhaltung, sich selbst vernichtet – übrigens ganz unabhängig von der angeblichen ›Wolfsnatur‹ oder der Erbsünde des Menschen.

Aber Hobbes war in seiner Kritik der naturbelassenen Selbsterhaltungsvernunft nicht radikal genug. Im ursprünglichen Vertrag wird der Naturzustand nur verlassen, um augenblicklich auf höherer Stufe erneuert zu werden. Denn im Unterwerfungsvertrag wird genau jenes, eben noch als nicht verallgemeinerbar erwiesene Telos der Selbsterhaltung auf der höheren Stufe des gewaltmonopolisierenden Staates in Gestalt einer gesetzlichen Abhängigkeit aller von der nötigenden Willkür eines einzigen erneuert.[466] Die sich selbst Unterwerfenden schränken den Gebrauch ihrer Vernunft auf private Zweckverwirklichung ein, dadurch verschaffen sie der öffentlichen Vernunft unbedingte Geltung. Aber der Souverän, der das diktiert, was öffentlich für vernünftig zu gelten hat, ist seinerseits eines öffentlichen Gebrauchs derselben Vernunft noch nicht einmal fähig, besteht sie doch in nichts anderem als unbedingtem Befehl, und der fraglos hinzunehmende Grund des Befehls allein im unwidersprechlichen privaten Räsonieren des Souveräns. Auf der höheren Stufe staatlicher Souveränität kehrt exakt jener »status belli« (und zwar nach außen wie nach innen) wieder, mit dem Hobbes so überzeugend und zwingend für den Eintritt in den »status civilis« argumentiert. Der Leviathan ist deshalb, worauf, die Kritiker von Hobbes immer wieder aufmerksam gemacht haben, ein Staat ohne innere Stabilität und Dauer. Im »status civilis« des Hobbes werden die einseitigen Abhängigkeitsverhältnisse des Naturzustands bloß monopolisiert. So bleibt der bürgerliche Zustand »facto usurpiert« (Kant). Kant hat ihn als einen Zustand des bloßen Privatrechts ohne öffentliche Geltungsbasis, die allein in der vereinigten Willkür aller bestehen könnte, beschrieben.[467] Der Unterwerfungsvertrag des Hobbes führt zu einem provisorischen Rechtszustand, in dem schon Gesetze herrschen, aber noch in der quasi-personalen Herrschaftsgestalt der gesetzlichen Abhängigkeit von der nötigenden Willkür eines anderen.

2. Rechte in der bürgerlichen Gesellschaft

Soziologisch gesehen entspricht dieser Zustand dem einer »Eigentumsmarktgesellschaft« (Macpherson) mit voller Vertragsfreiheit, die Freiheit als private Selbsterhaltung sichert, aber ohne individuelle Rechte. Der Staat erhält sich nach Maßgabe der privaten Vernunft des Souveräns um des einzigen öffentlichen Zwecks der privaten Selbsterhaltung seiner Bürger willen, die ihrerseits von jeder Rückwirkung auf die politische Organisation der entpolitisierten bürgerlichen Gesellschaft ausgeschlossen bleiben. Für diese, dem »Ideal des Hobbes« (Kant) entsprechende Gesellschaft gibt es zahlreiche historische Beispiele: die Entwicklung Englands nach der »Glorious Revolution«, wo eine Privatrechtsordnung auf der Grundlage runderneuerter alter Parlamentsrechte ohne individuelle Grundrechte schon früh durchgesetzt wurde und rasch zur funktionalen Ausdifferenzierung eines kapitalistischen Systems der Bedürfnisse führte. Paradigmatisch für – dann oft auch streng autoritäre – Lösungen nach der quasi Hobbesschen Verfassungsformel »Privatrechtsordnung *ohne* Grundrechte« waren im 19. Jahrhundert insbesondere Preußen, Österreich, Süddeutschland, dann, nach der Reichsgründung, das Deutschland Bismarcks und der letzten Kaiser. Eine um das kapitalistische Wirtschaftssystem zentrierte bürgerliche Gesellschaft kann, wie die Beispiele belegen, jederzeit »mit einem liberalen Privatrecht auch ohne Grundrechte [...] bestehen«.[468] Das extremste Beispiel sind faschistische Regime. »*Rule of law*, Gewaltenteilung und Grundrechtsschutz sind für die bürgerliche Marktgesellschaft zumindest nicht essentiell.«[469]

In seinem späten, unvollendet gebliebenen Buch *Das Kapital* hat Karl Marx den Idealtypus einer solchen Eigentumsmarktgesellschaft analysiert. Anders als in der frühen Schrift »Zur Judenfrage« und in den politischen Schriften spielen in diesem idealtypischen Modell eines modernen Kapitalismus Menschen- und Bürgerrechte so gut wie keine Rolle. Es operiert allein auf der Grundlage einer Privatrechtsordnung mit voller Vertragsfreiheit. Insofern teilt es die zentrale Prämisse mit Hobbes: System der Bedürfnisse plus Not- und Verstandesstaat. An einem solchen Modell ist schnell gezeigt, daß überall Tür und Tor für den Einfall einseitiger Abhängigkeiten offen stehen. Das gilt exemplarisch für die Beziehung von Lohnarbeit und Kapital am Arbeitsmarkt. In dem Augenblick, in dem die »haves« und die »havenots« sich als freie und gleiche Käufer und Verkäufer von Arbeitskraft gegenüberstehen, schlägt die theoretische Wahrheit gleicher Vertragsfreiheit in die historische Unwahrheit eines gesellschaftlichen Naturzustands rechtlosen Klassenkampfes zurück. Die Proletarier werden nicht direkt zur Arbeit gezwungen, aber sie haben praktisch keine Alternative. »If it is true that the proletarian has in general no alternative but to accept the offer of the capitalist, if he is forced to accept his offer (although not *by him*), the contractual situation is one which [...] the proletarian does not enter voluntarily. He is not being coerced, but he acts under duress. The capitalist (or capitalist system) is abusing the fact that the proletarian has no alternatives, and this could be said to come at least close to coercion.«[470] Wer nichts hat, sieht sich genötigt, wie Marx sagt, »seine Haut zu Markte« zu tragen. Er hat keine wirkliche Alternative zur – »Gerberei«.[471] Der idealtypische Arbeiter bei Karl Marx wird nicht durch Drohung oder die physische Bewegung von Körpern (= Gewalt) genötigt, aber er handelt unter massivem Druck. »The contracts between haves and havenots are therefore, although formally free, essentially asymmetric.«[472]

Unter dieser Bedingung einer weitgehend grundrechtsfreien, rein privatrechtlichen Institutionalisierung der bürgerlichen Gesellschaft gilt das schon von Hegel beobachtete Naturgesetz, »daß bei dem Übermaße des Reichtums die bürgerliche Gesellschaft nicht reich genug ist, [...] dem Übermaße der Armut und der Erzeugung des Pöbels zu steuern«.[473] Und schon Hegel verweist hier auf das englische Beispiel und erkennt, daß »die bürgerliche Gesellschaft [...] durch diese ihre Dialektik [...] über sich hinausgetrieben« wird.[474] Aber, anders als er und sein größter Schüler Marx vermutet haben, weder in die Kolonien noch in ein zukünftiges Paradies.

Es handelt sich nämlich beim englischen Beispiel um nur einen möglichen Entwicklungspfad der bürgerlichen Gesellschaft. Wo es – anders als in England, Preußen und Österreich – zur revolutionären Neugründung ganzer Gesellschaften kommt, wie in Frankreich und in Nordamerika, wird die Institutionalisierung individueller Rechte zur konstitutionellen Voraussetzung solcher Gründungsakte. Das hat Hegel zwar an der Französischen Revolution gefeiert, es jedoch bei der Feierlichkeit bewenden lassen und – ganz marxistisch – in der Privatrechtsordnung des *Code Napoleon* die bleibende, substantielle Errungenschaft der Großen Revolution gesehen. Deshalb ist ihm – anders als dem jungen Marx – die für entwickelte bürgerliche Gesellschaften konstitutive Rolle der Menschen- und Bürgerrechte entgangen.[475] Hier ist freilich der Unterschied zwischen dem französischen und dem amerikanischen Modell einer revolutionären Staatsgründung zu beachten, was Marx in seiner genialen Kritik an den Menschenrechten nicht getan hat. Marx hat, beeindruckt durch die Lektüre »des Engländers Hamilton« und der Amerikabücher Beaumonts und Tocquevilles, erkannt, daß die bürgerliche Gesellschaft »in den nordamerikanischen Freistaaten« längst in ein neues und, wie er glaubte, vollständig entwickeltes Stadium getreten war.[476] Und hier hatte er in der Tat, anders als im gesamten Europa des Jahres 1843, eine besitzindividualistische Privatrechtsordnung *mit* einem vergleichsweise weit entwickelten System individueller Rechte vor Augen. In diesem frühen amerikanischen Modell einer bürgerlichen Gesellschaft haben die Grundrechte exakt jene ordnungskonservierende Funktion, die Marx am (1843 allein auf Amerika passenden) Beispiel der verschiedenen französischen Erklärungen der Menschen- und Bürgerrechte zwischen 1791 und 1795 eindrucksvoll demonstrieren kann: »Die praktische Nutzanwendung des Menschenrechts der Freiheit ist das Menschenrecht des *Privateigentums*.«[477]

In Amerika ließ sich die ordnungskonservierende Funktion der Grundrechte deshalb so gut beobachten, weil hier – anders als in Frankreich 1789 – durch die Revolution von 1776 nach englischem Vorbild eine privatrechtlich bereits ausdifferenzierte bürgerliche Gesellschaft in einer nachholenden Verfassungsrevolution *grundrechtlich befestigt* werden mußte. *Ernst* wurde es mit den Rechten des Individuums zunächst nur im *Außenverhältnis* der Kolonien zum englischen Mutterland. Die Debatte um das *Ernstnehmen der Bürgerrechte* im staatlichen Binnenverhältnis der Bürger untereinander und gegenüber dem Staat ist eine Debatte des amerikanischen 20. Jahrhunderts, und sie beginnt zu dem Zeitpunkt, als es auch im Norden Amerikas zum Abschluß eines privaten Arbeitsvertrags keine realen Alternativen mehr gab, die irgendwo »in den Wäldern« oder in der Weite des Westens lagen.

Zu Beginn des Jahrhunderts wird die bis dahin – sieht man einmal vom Sonderfall des Bürgerkriegs und der Sklavenbefreiung ab – relativ reibungslose Koordination von Grundrechten und Privatrechtsordnung, von »equal rights« und possessivem Individualismus immer schwieriger. Der Besitzindividualismus einer nun erst als herrschend identifizierten Klasse privater Eigentümer wurde bis tief ins Jahrhundert mit zunehmend repressiven Mitteln und einer restriktiven Auslegung der Verfassung verteidigt. Die »Due-Process-Klausel« wird vom Supreme Court vor allem als *absolute Vertragsfreiheit* interpretiert. Das ist ein eindeutiger Fall für die Reduktion eines subjektiven Grundrechts auf Privatrechtsautonomie. Von der ersten Normkontrollentscheidung des obersten amerikanischen Gerichts im Jahr 1803 an bis 1955 wurden von insgesamt 78 für verfassungswidrig erklärten Gesetzen 75 allein deshalb für verfassungswidrig erklärt, weil in rechtlich durch *einfache* Gesetzgebung abgesicherte finanzielle Interessen von Besitzenden eingegriffen werden sollte. Nur drei Gesetze wurden zurückgewiesen, weil sie die *verfassungsmäßig*, also grundrechtlich garantierte persönliche Freiheit verletzten. Erst im New Deal – nach Roosevelts zweitem, triumphalen

Wahlsieg – und in den Bürgerrechtsbewegungen seit den sechziger Jahren brachen die Verteidigungslinien eines auf bürgerliche Ordnungsfunktionen eingeschränkten Grundrechtsverständnisses Schub um Schub in sich zusammen.[478] Die privatrechtsakzessorische, ordnungskonservierende Funktion tritt in einen scharfen Gegensatz zur *dynamischen*, ordnungsauflösenden Rolle der Grundrechte im Prozeß einer Zug um Zug legalisierten, im Gefolge sozialer Kämpfe selbst noch einmal rechtlich institutionalisierten, praktisch-revolutionären Weltveränderung. *»Taking rights seriously«* wurde zur Parole der amerikanischen Binnenpolitik.

Bis in die dreißiger Jahre aber blieb die Rechtsprechung des obersten amerikanischen Gerichts, des *Supreme Court,* in Fragen der privaten Vertragsfreiheit (und ebenso auch in Fragen der Redefreiheit) eindeutig *besitzindividualistisch*. Die ganze Ära von 1905 bis 1934 war durch ein Urteil des *Supreme Court* von 1905 in Sachen »Lochner gegen New York« geprägt. Seinerzeit hatte der New Yorker Bäcker Lochner gegen ein Gesetz des Staates New York geklagt, das den 10-Stundentag für alle Betriebe verbindlich machen sollte. Das Gericht hatte argumentiert, die *due-process*-Klausel des 5. und 14. Zusatzartikels zur Amerikanischen Verfassung schütze die private Vertrags- und Eigentumsfreiheit vor unerwünschten Eingriffen des Staates. Mit dieser Entscheidung zugunsten des Bäckers war die 30 Jahre währende, noch heute so genannte »Lochner-Ära« eingeleitet, die alle die Wirtschaft betreffenden Gesetze des Staates auf den absoluten Vorrang von Privateigentum und freiem Markt festlegte. In der Folgezeit wurden Hunderte von Arbeits-, Preis-, Berufs- und Sozialgesetzen für verfassungswidrig erklärt. Erst ab 1934 und verstärkt 1937 setzte sich die sozialstaatlichere Position der Dissidenten Holmes und Brandeis unter dem starken öffentlichen Druck des *›New Deal‹* durch.[479] Von nun an öffnete sich die Auslegung auch der *due-process*-Klausel für die Wahrnehmung elementarer sozialer Bürgerrechte.

Marx glaubte indes, das amerikanische Beispiel des 19. Jahrhunderts verallgemeinern zu dürfen. Und in der Tat gibt es, auch wenn es nicht immer der Fall ist, in allen modernen Gesellschaften Bereiche und Entwicklungsphasen, in denen die Grundrechte eine primär ordnungskonservierende Funktion haben. Das gilt nicht nur für das Privateigentum, sondern ebenso für das individuelle Recht der freien Rede. Auch hier kann die theoretische Wahrheit in historische Unwahrheit umschlagen, ohne dadurch schon widerlegt zu werden – was zumindest in der Schrift »Zur Judenfrage« die Ansicht von Marx zu sein scheint, nicht jedoch im »18. Brumaire«.[480] Auch die Redefreiheit hat, schreibt T. H. Marshall, »nur wenig wirkliche Substanz« für diejenigen, die »aufgrund fehlender Erziehung nichts zu sagen haben, was der Rede wert ist, und [...] nicht die Mittel haben, sich Gehör zu verschaffen«. Daraus entstehen einseitige Abhängigkeitsverhältnisse, deren erweiterte Reproduktion freilich nicht – wie die meisten Marxisten glauben – »auf unzureichende Freiheitsrechte zurückzuführen (ist), sondern auf das Fehlen sozialer Rechte«.[481] Folgt man Marshalls dreistufigem Schema fundamentaler Rechte, das Parsons zu einer Theorie der drei Revolutionen der Moderne evolutionstheoretisch ausgebaut hat, dann zeigt sich, daß die These von der ordnungskonservierenden Funktion der Grundrechte nicht nur für die erste Stufe der industriellen Revolution, auf der die klassischen Freiheitsrechte institutionalisiert werden, paßt, sondern auch noch auf die zweite Stufe der demokratischen Revolution, in der das allgemeine Wahlrecht und die übrigen Partizipationsrechte durchgesetzt werden, zutrifft – wenn auch nur unter bestimmten Bedingungen und nicht immer und notwendigerweise.

Ein eklatanter Fall ist die repressive Kongruenz zwischen allgemeinem Frauenwahlrecht und einem privaten Ehevertragsrecht, das einseitige Abhängigkeitsverhältnisse nach dem exakten Muster des Arbeitsvertrags zwischen *haves* und *havenots* festschreibt. Charakteristisch ist hier ein Argument Mills, mit dem er die Forderung nach Einführung des Frauenwahlrechts, für das er früh ins Feld zog, begründet. Mit dem Ehevertrag, zu dem es im 19. Jahrhundert kaum echte Alternativen gab, verpflichten sich die Frauen ja selbst – so Mill – zum Dienst im Haus, so daß verheiratete Frauen, auch wenn sie die gleichen politischen Partizipationsrechte haben wie die Männer, im öffentlichen Leben keinem Mann den Platz ernsthaft streitig machen können: »Like a man when he chooses a profession, so, when a woman marries, it may in general be understood that she makes choice of the management of a household, and the bringing up of the family, as the first call upon her exertions [...]; and that she renounces, not all other objects and occupations, but all which are not consistent with the requirements of this.«[482]

Aber der Punkt ist natürlich in diesem, nicht anders als im Fall der Redefreiheit, daß die effektive und uneingeschränkte Durchsetzung von individuellen und partizipativen Rechten der einzige aussichtsreiche Einstieg zum Ausstieg aus dem possessiven Individualismus der bürgerlichen Klassengesellschaft ist. Um es zu wiederholen: »The same equality of the Declaration of Independence which Lincoln invoked to condemn slavery can be invoked to condemn the inequality and oppression of woman.« (Rawls)

Spätestens an dieser Stelle zeigt sich, daß eine ordnungsfunktionale Analyse der Menschen- und Bürgerrechte einseitig und systematisch unzureichend ist. Diese Einseitigkeit ist auch für die Kritik von Marx an den klassischen französischen Menschenrechtserklärungen charakteristisch. Weil er ganz voreilig die Menschenrechtserklärungen der Französischen Revolution mit den fortgeschrittenen amerikanischen Verhältnisse verrechnet, entgeht ihm mit der dynamischen, sozialrevolutionären Rolle der individuellen Rechte im Frankreich der neunziger Jahre des 18. Jahrhunderts auch die entscheidende Differenz zwischen der französischen und der amerikanischen Revolution. Mit der Französischen Revolution steht nämlich bereits am Beginn der bürgerlichen Gesellschaft neben der ordnungskonservierenden Funktion eine dieser Funktion widerstreitende, dynamische Rolle der Rechte.[483] Sie wird zur Trumpfkarte in der Hand selbstbewußter bürgerlicher Revolutionäre, denen es gelingt, mit ihrer Hilfe im Frankreich von 1789 eine moderne Privatrechtsordnung durchzusetzen. Dazu mußten aber die Rechte erstmals im *Binnenverhältnis* einer Gesellschaft ernstgenommen werden. Zwar besteht auch hier eine faktische Kongruenz von Privatrechtsordnung, bürgerlichen Besitzinteressen und Grundrechten. Aber um diese Interessen und jene Ordnung geschichtlich durchzusetzen, mußten die verfassungsmäßigen Rechte erstmals von der geschichtlichen Substanz einer naturwüchsigen Gesellschaftsordnung abgelöst und dieser Ordnung bewußt entgegengesetzt werden. Durch diese bewußte Distanzierung der formalen Verfassung von jeder historischen Verfassungssubstanz konnten die Grundrechte eine aktive Rolle spielen und zum Medium weltverändernder Praxis werden. Von diesem Augenblick an ist auch die Privatrechtsordnung und der Besitzindividualismus nur noch *ein* Modell, das unter sehr spezifischen Bedingungen mit unseren Rechten kompatibel ist. Die modellbildende Kraft der Ideen von 1789 ist bis heute überall dort, wo Rechte ernstgenommen werden, wirksam. Der von Hegel geerbte, teleologische Substantialismus hat Marx – und nicht nur ihn – gehindert, dies zu erkennen.

Hat man dies erkannt, so kann der fortdauernde Streit nicht länger um die geschichtliche Substanz, sondern nurmehr um unsere Rechte selbst ausgefochten werden. Ganz anders, als es bei Ihering im Buche steht, geht der Kampf dann zwar ums Recht, aber nicht länger um einen substantiellen Zweck im Recht.[484] Mit einem Wort, es geht um Freiheit, nicht um Glück, ums Richtige und nicht ums Gute, von dem wir nur hoffen können, daß es sich, wenn die Gesellschaft nach Gerechtigkeitsprinzipien geordnet wird, »von selbst einstellt« (Kant). Diese Prinzipien dürfen aber nicht in die Natur verlegt, sie können nur durch die Gesellschaft selbst erzeugt werden.

3. Natürliche oder demokratische Legitimation?

In seiner Kritik an John Rawls' *Theory of Justice* hat Ronald Dworkin argumentiert, dieser würde auf halber Strecke, unterwegs zu einer naturrechtlichen Verankerung gleicher Freiheit, bei einer fälschlich als »original« identifizierten Position stehenbleiben. Stillschweigend ruhe die *Theory of Justice* auf naturrechtlichen Fundamenten, nämlich »auf der Annahme eines Naturrechts auf gleiche Rücksicht und Achtung [...], das alle Männer und Frauen besitzen, und zwar nicht kraft ihrer Herkunft oder bestimmter Merkmale oder Verdienste oder Vortrefflichkeit besitzen, sondern einfach deswegen, weil sie menschliche Wesen sind, die die Fähigkeit haben, Pläne zu machen und Gerechtigkeit zu üben«.[485]

Was Dworkin in seiner Kritik an Rawls übersieht, ist die enge Verbindung der kontraktualistischen Gerechtigkeitstheorie mit dem Demokratieprinzip.[486] Daran ist Rawls freilich zu einem entscheidenden Teil selbst schuld, denn die Theorie der »original position« erzeugt den Eindruck, einer allein könne durch richtiges Denken alle Prinzipien einer gerechten, wohlgeordneten Gesellschaft entwickeln. Man muß sich nur hypothetisch in die »original position« versetzen und kann dann mit Hilfe des nötigen soziologischen, philosophischen und juristischen Expertenwissens alles weitere rein theoretisch konstruieren. Praktische Vernunft kommt auf der Seite des repräsentativen Mitglieds einer idealen verfassunggebenden Versammlung ebenso wenig ins Spiel wie der öffentliche Vernunftgebrauch, ohne den es in der Wirklichkeit niemals eine demokratische Selbstgesetzgebung geben könnte. Der öffentliche Vernunftgebrauch bleibt auf der entscheidenden Stufe der Verfassungsgebung bzw. der Ableitung der Gerechtigkeitsgrundsätze ausgeschlossen. Im idealen Modell kommt die praktische Vernunft lediglich stumm (als »constraint«) in Gestalt der entscheidenden Verfahrensregel, die Binde der Justitia anzulegen und alle konkreten Vorgeschichten zu vergessen, als »Schleier des Nichtwissens« also, ins Spiel. Das konnte dem frühen Dworkin dann als »Naturrecht« erscheinen, das auf halber Strecke liegengeblieben und nicht ganz zurück zur Natur gelangt ist.

Aber das ändert nichts an der Tatsache, daß Rawls' Wiederaufnahme des kontraktualistischen Arguments eine demokratietheoretische Pointe hat, die darin zum Ausdruck kommt, daß von vornherein die Theorie der Gerechtigkeit mit dem Prinzip der Volkssouveränität intern verbunden ist. Rawls' hypothetischer Urzustand ist kein Naturzustand, auch kein halber und halbherziger, sondern nichts anderes als ein Modell der gesellschaftlichen Selbsterzeugung aller fundamentalen Rechte und Pflichten unter

Voraussetzung des zum Rechtszustand vereinigten Willens aller. Was Rawls »Urzustand« nennt, ist ja nichts anderes als ein Verfahren, das die Verallgemeinerbarkeit der Willkür sichern soll. Das Verfahren soll – in Kants Worten – die Freiheit des einen mit der des andern »nach einem allgemeinen Gesetz der Freiheit« verträglich machen. Die »original position« ist der fiktive Ort der Gründung der gleichen Freiheit aller durch Parteien, die die verschiedenen Positionen und Interessen einer Gesellschaft repräsentieren und, unter der vernünftigen einschränkenden Bedingung der Unkenntnis dieser Positionen und Interessen, durch rationales Überlegen eine gerechte »basic structure« der Gesellschaft konstruieren. Der Urzustand ist der hypothetische Ort eines rationalen Verfassungsentwurfs für freie und gleiche Bürger, in den jeder Mensch jederzeit eintreten kann. Vorausgesetzt ist nur die simple kognitive Fähigkeit zu hypothetischem Denken, die in jedem Rollenspiel zur Darstellung kommt. »We can [...] enter this position at any time simply by reasoning for principles of justice in accordance with the enumerated restrictions on information.«[487] Zutritt zur »original position« kann sich im Prinzip also jedes Mitglied der Menschengattung jederzeit verschaffen. Darin ähnelt die »original position« sowohl Kants Gemeinschaft aller Vernunftwesen wie der Peirce-Apelschen universellen Kommunikationsgemeinschaft. Um in die »original position« einzutreten, muß man jedoch mit niemandem reden und kann auch von allen Verständigungsbedingungen und praktischen Einigungsbemühungen abstrahieren. Die praktische Vernunft bleibt insofern der operativ-konstruktiven Intelligenz rationaler Kalkulation äußerlich. Diese Abstraktion trennt die Theorie der Gerechtigkeit von der Praxis politischer Selbstorganisation. Ihr einziger Sinn ist die Sicherung der allgemeinen Geltung der Gerechtigkeitsprinzipien gegenüber wechselnden Kontexten.[488] In der politischen Praxis jedoch korrespondiert der bloß methodisch fingierten »original position« zuallererst der öffentliche Vernunftgebrauch einer verfassungsgebenden Versammlung aller Bürger eines Landes bzw. ihrer Repräsentanten. Nicht die Kraft der Natur oder die natürliche Fähigkeit menschlicher Wesen, Pläne zu machen und gerecht zu sein, sondern der »pouvoir constituant« ist die einzige Wirklichkeit, die der kontraktualistischen Theorie der Gerechtigkeit entspricht. Gleiche Rücksicht und Achtung setzt der »pouvoir constituant« in seinem Vollzug selbst voraus, aber das kann sich nur in einer Praxis demokratischer Selbstgesetzgebung zeigen, die die Bedingungen, die sie ermöglicht, als individuelles Recht eines jeden auf gleiche intellektuelle Unabhängigkeit selbst erst noch erzeugen muß. In der »original position« sind nur die Bedingungen der Möglichkeit eines »valid agreement« festgelegt. Im wesentlichen besagt der Kontraktualismus: »the fair terms of social cooperation are conceived as agreed by those engaged in it, that is, by free and equal citizens who are born into the society in which they lead their lives. But their agreement, like any other valid agreement, must be entered into under appropriate conditions.«[489] Und diese Bedingungen müssen eben Freiheit und Gleichheit garantieren, einseitige Abhängigkeit ausschließen, und das impliziert wiederum die Abwesenheit von jeder manifesten oder latenten Gewalt. Das kontraktualistische Modell ist von vornherein eines der kooperativen Selbsterzeugung aller »fair terms of cooperation«. Als solches schließt es jede autoritative Fremdbestimmung ebenso wie jedes vorab feststehende Recht und Gesetz aus: das betrifft jedes göttliche offenbarte Gesetz ebenso wie jedes rational einsehbare Naturrecht. Von den für »fair« geltenden »terms of cooperation« unterstellt der Kontraktualismus vielmehr, sie seien »established by an undertaking among those (cooperating) persons themselves in the light of what they regard als their reciprocal advantage«.[490] Damit unterläuft Rawls, als Nachfolger von Rousseau und Kant, die seit der frühen Neuzeit, seit Hobbes, Grotius, Suarez und Machiavelli festgeschriebene Alternative: entweder Natur oder Nutzen.[491] Rawls' Punkt ist, daß er das *tertium non datur* dieser falschen Alternative zurückweist und deshalb den inneren Zusammenhang von Demokratie und praktischer Vernunft als dritten Weg ins Auge fassen muß.

Auf diesen Weg kommt man aber nur, wenn man das klassische Naturrecht vom Kopf auf die Füße stellt. Was radikal aufgegeben werden muß, ist die Vorstellung, ein überpositives, materiales Recht würde irgendwo »da draußen« (in der äußeren Natur) oder »tief drinnen« (in der inneren Natur des Subjekts) existieren. Damit ist dann immer die Vorstellung einer Idee oder eines objektiven Maßstabs, einer idealen Form verbunden, mit der wir das vergleichen könnten, was wir in unserer Praxis selbst hervorgebracht haben, was dann in der Wirklichkeit immer nur auf der Oberfläche erscheint, um der Idee oder dem Wesen mehr oder weniger zu entsprechen.

Es war Kant, der als erster, und in der Rechtsphilosophie unmittelbar an Rousseau anschließend, mit diesem idealistischen Modell eines Rechts, das wir oder doch einige von uns durch genaues Hinschauen, durch eine Art inneres Sehen, erkennen könnten, gebrochen hat. Er hat deshalb aber das Recht nicht der Beliebigkeit und puren Faktizität zufällig zustande gekommener Gesetze (»Rechtspositivismus«) ausgeliefert. Er hat vielmehr die Geltungsbasis positiven Rechts aus der Transzendenz jenseits unserer Lebenswelt (»da draußen« oder »tief drinnen«) herausgelöst und in das Verfahren richtiger Gesetzgebung zurückgenommen. Statt von oben zu kommen und von außen hereinzubrechen, muß die Transzendenz oder, was dasselbe ist, die unbedingte und universelle Geltung des Rechts fortan aus dem Innern unserer Lebenspraxis selbst hervorgebracht werden, so daß man mit Adorno und Habermas hier von einer »Transzendenz von Innen« sprechen könnte. Im Anschluß an Ingeborg Maus möchte ich die Erschließung eines dritten Wegs jenseits von »Nutzen« und »Natur« und jenseits von Rechtspositivismus und Naturrechtsidealismus die *prozedurale Transformation des Naturrechts* nennen.

Statt wie bisher den Gesetzgeber oder Souverän *durch* höhere, göttlich geoffenbarte oder in der zeitlosen Natur der Sache liegende Gesetze zu verpflichten, wird der Souverän von Kant – und das ist die eigentliche Pointe von Rousseaus *Contrat Social* – *zu* Gesetzen verpflichtet. Im Unterschied zum material-substantiellen ist das neue prozedural-formale Naturrecht Kants (das Kant noch »Naturrecht« nennt) kein zeitloses Maß der von den zeitlichen Menschen selbst gemachten Gesetze, sondern die Bedingung vernünftiger Willensbildung oder, wie Kant selbst sagt: »die Befugnis (des Gesetzgebers), durch seine bloße Willkür andere zu verbinden«.[492] Der Punkt ist, daß fortan die »Kriterien der Vernünftigkeit des Rechts nicht mehr jenseits des Gesetzgebungsprozeßes gesucht werden (müssen), sondern nur noch in dessen Struktur selbst«.[493] Ingeborg Maus spricht hier treffend von einer kopernikanischen Wende des Naturrechtsdenkens.[494]

Nicht der richtige Inhalt eines höheren Rechts, das kluge Experten erkennen und als Maßstab verwenden können, ist dem wirklichen Recht dieser Welt vorgegeben, sondern der Gesetzgeber ist nurmehr an ein formales Verfahren gebunden, das die gleiche und freie Beteiligung eines jeden Gesetzesunterworfenen an der Gesetzgebung sichert, so daß als Resultat ein richtiges Recht, d. h. ein richtiger Inhalt des Rechts, erwartet werden darf. Eine Erwartung, die allein wegen des richtigen (d. h. eines freiheitssichernden, gleiche Willkür ermöglichenden) Verfahrens die begründete Vermutung der sachlichen Richtigkeit auf ihrer Seite hat. Eine Vermutung natürlich, die wie jede Vermutung widerlegt werden kann. Es ist dieser Weg jenseits von Natur und Nutzen, der nach der Wende vom Kopfstand (mit starrem Blick aufs Ewige) zum Fußstand dann auf den Füßen eingeschlagen werden kann: die Wende vom vorgegebenen richtigen Inhalt zum richtigen Inhalt als Resultat eines demokratischen Gesetzgebungsverfahrens. Nur was allgemein, »von allen über alle«, und das heißt, was in einem freiheitssichernden, Willkür wechselseitig garantierenden Verfahren beschlossen wird, kann ein richtiges Gesetz sein. An die Stelle der theoretischen Korrespondenz von positivem und überpositivem Recht tritt die praktisch-konstruktive Konsensbildung Freier und Gleicher. Der Wechsel von materiellem Naturrecht zu prozeduraler Selbstgesetzgebung verbindet sich dergestalt »mit dem Übergang von der alten Korrespondenztheorie der

Wahrheit, die auf schlichten Subjekt-Objekt-Relationen basierte, zu einer Konsenstheorie der Wahrheit, die ihre normativen Kriterien in der Struktur intersubjektiver Verständigung hat«.[495]

Die in einem »fortdauernd existenten« (Böckenförde) demokratischen Prozeß »permanenter Konstitution« (Kant) gesellschaftlich erzeugten Rechte fungieren dabei in der Tat, ganz so wie Dworkin es will, als *Trümpfe* in der Hand des Individuums. Aber Dworkins Fehler ist meines Erachtens, daß er Rechte von Zielen, Prinzipien von Strategien, die gleiche Freiheit eines jeden vom größten Nutzen aller so trennt, daß Rechte, Prinzipien und Gleichheit zur Sache der Natur, Ziele, Strategien und Nutzen zur Sache der Demokratie werden. Er unterwirft damit die demokratische Selbstorganisation der Gesellschaft instrumenteller Mehrheitsbeschaffungspolitik und bürdet dem Recht und der Rechtsprechung die *ganze* Last einer »Reform nach Prinzipien«, d.h. einer Gestaltung gesellschaftlicher Verhältnisse nach Maßgabe autonomieverbürgender Rechte auf. Kein Wunder, daß sein idealer Richter, um die »hard cases« zu knacken, der gesellschaftsverändernden Kraft eines Herkules bedarf. Ein hermeneutischer Philosophenkönig. »Arguments of principle«, die die Welt verändern, in diese Welt mit bindender Kraft einzuschleusen, wird zur vorrangigen Aufgabe richterlicher Rechtschöpfung. Dem demokratischen Souverän aber bleibt der Zwang zur praktisch vernünftigen Reform der Gesellschaft nach Maßgabe von Prinzipienargumenten versagt. Seine Rolle beschränkt sich auf »arguments of policy«, und das heißt auf die *strategische Rationalität* der Selbsterhaltung und Interessendurchsetzung. Dworkins naturrechtliche Abkopplung der Rechte vom demokratischen Selbstgesetzgebungsprozeß hat – in den terms Rousseaus – eine Verkehrung von »volonté générale« und »volonté de tous« zur unmittelbaren Konsequenz: der Souverän wird zur partikularen Größe, seine Souveränität tritt er an Richter Herkules ab. Die »Reform nach Prinzipien«, die Kant zur vornehmsten Aufgabe eines sich selbst demokratisierenden, republikanischen Gesetzgebungsprozesses, der nach und nach in die Hände des Volkes übergehen sollte, erklärt hatte, bleibt fest im Griff hermeneutisch reflektierter Gerechtigkeitsexperten.

Im liberalen Naturrechtsmodell – wie es seit Hobbes und Locke entwickelt worden ist – bleibt die Demokratie strategische Interaktion und der Rechtsstaat rein instrumenteller Rechtssicherungsstaat: Ein bloßer Garant vorab feststehender, willensunabhängiger Rechte und ein bloßes Instrument der Interessen, die diejenigen, die gemeinsam in einen Rechtszustand eintreten, bereits von Natur aus haben. Rechte werden so zu einer höheren Wahrheit jenseits von Willen und Bewußtsein einer Bürgerschaft verdinglicht. Der Staat garantiert sie nicht nur als Abwehrrechte gegen Behördenwillkür, sondern – im Zweifelsfall – auch gegen den verallgemeinerbaren Willen derer, die solche Rechte haben. Das gute Leben ist im liberalen Modell als Staatsziel zwar verschwunden. Das unterscheidet den instrumentellen Staat der Moderne von der antiken Republik.[496] Aber wie in dieser gibt es ein in der Natur objektiv vorgegebenes Telos des Staats: die Sicherung des natürlichen Lebens, der natürlichen Freiheit und des im Naturzustand erworbenen Besitzes. Statt in den Dienst von Glück und Interesse stellt Dworkin das Recht in den der freien Entfaltung der Persönlichkeit und Verwirklichung eines menschlichen Zwecks, der in gleicher Achtung und gleichem Respekt besteht. Das ist sicher ein wünschenswertes Ziel. Aber es ist nicht der Zweck des Rechts, irgendwelche Zwecke, mögen sie so akzeptabel und hoch geschätzt sein wie sie wollen, zu verwirklichen. Das Recht verwirklicht keine Zwecke, es ermöglicht uns die gleichermaßen freie Verfolgung beliebiger Zwecke. Insofern verfehlt der Begriff des Zwecks den des Rechts. Recht dient spätestens dann keinem Zweck mehr, wenn es nurmehr die Verfolgung beliebiger Zwecke nach selbst gegebenen Gesetzen möglich macht.

»Das naturrechtliche Anliegen«, schreibt Ernst Bloch in seinem Buch *Naturrecht und menschliche Würde*, »war und ist das Aufrechte als Recht, so daß es an den Personen geehrt, in ihrem Kollektiv gesichert werde«.[497] Das entspricht der liberalen Lehre und teilt mit ihr denselben Fehler. Für Bloch ist »das Aufrechte« bzw. der »aufrechte Gang« eine Naturbestimmung des Menschen, sein offenes anthropologisches Telos. Dieses Telos begründet ein Recht von Natur aus: dasjenige, aufrecht zu gehen, die elementare Menschenwürde. Dieses Recht ist individuell und streng egalitär, es konstituiert eine natürliche, überpositive Rechtsperson, so daß es »an den Personen geehrt« werden kann. Dem politischen Zusammenleben der Menschen und der staatlich institutionalisierten Gesetzgebung bleibt dann nur noch die Aufgabe, das Naturrecht in positives Recht umzuwandeln und mit staatlich monopolisierter Zwangsgewalt auszustatten. Das ist die Rolle des »Kollektivs«. Es konstituiert sich als Staat bzw. Staatsvolk, indem es ein dem eigenen Willen immer schon vorgeordnetes, ewiges und objektives, eben natürliches Recht »sichert«. Die Rolle eines demokratischen Gesetzgebers würde sich in diesem Falle auf Rechtssicherheit im weitesten Sinn beschränken, wozu dann insbesondere eine operational verbindliche Auslegung des Naturrechts gehören müßte. Prinzipiell bedürfte es für diese Funktion aber keines demokratischen Gesetzgebers. Die Demokratie gerät in Beweisnot, für sie gibt es nun kein prinzipielles Argument mehr. Ein guter Herrscher, wie in der klassischen Utopie des Politischen, eine wirklich gute Partei, wie in Blochs Utopismus, oder ein tüchtiges Gericht professioneller Verfassungsrichter, wie in der modernen Utopie des Justizstaats, könnte diese Aufgabe, das Naturrecht richtig auszulegen, ebensogut erfüllen. Das Problem der Demokratie würde sich in demjenigen einer rein technisch effektiven Kontrolle der jeweils machthabenden Eliten erschöpfen. In diesem Punkt treffen sich so unterschiedliche und gleichermaßen unorthodoxe Naturrechtslehrer wie Bloch und Dworkin mit den sich selbst so nennenden »realistischen« Theorien der Demokratie à la Schumpeter. Eine Konsequenz, die beiden, Bloch wie Dworkin, kaum recht sein kann. Sie stellt sich zwangsläufig ein, wenn wir nur die Rechte und nicht auch die Demokratie ernstnehmen.[498]

Denn es ist immer noch eine Konsequenz jenes Rationalitätsdefizits, das allein daraus entsteht, daß mit dem öffentlichen Gebrauch der Vernunft nicht wirklich *ernst* gemacht wird. Was darunter zu verstehen ist, hat Kant schon in der »Kritik der reinen Vernunft« unmißverständlich gesagt. Und das ist – nebenbei gesagt – auch der Punkt, an dem Kant die *Zweideutigkeit* von Rousseaus Lehre, die die kommunitaristische und kommunistische Fehllektüre Rousseaus bis heute anregt, überwindet.[499] *Es gibt* keine Vernunft ohne ihren öffentlichen Gebrauch. Sogar die Existenz der Vernunft beruhe, so Kant, auf der uneingeschränkten Freiheit der Kritik. Sie erst nehme der Vernunft jedes »diktatorische Ansehen«. Denn der »Ausspruch« der Vernunft *ist* »jederzeit nichts anderes als die Einstimmung freier Bürger«, und da jeder jederzeit zwanglos muß einstimmen können, räumt Kant ihnen ausdrücklich ein *veto*-Recht ein.[500] Kant bezieht sich dabei sowohl auf die theoretische wie auf die praktische Vernunft. Die Bindung der Existenz oder der *Wirklichkeit* der Vernunft an den *Konsens freier Bürger* darf man jedoch nicht mit irgendeiner Version kommunikativer, intersubjektiver oder gar kommunaler Vernunft verwechseln, sofern der eigentliche Witz kommunikativer Vernunftbegriffe in der Bindung nicht der Existenz, sondern der *Geltung* (»Bedingung der Möglichkeit«) der Vernunft an gelingende sprachliche Verständigung besteht.[501]

Worum es Kant jedoch zu tun ist, ist der Nachweis, daß die Wirklichkeit der Vernunft mit ihrem freien öffentlichen Gebrauch steht und fällt. Ohne öffentliche Freiheit *gibt es* keine Vernunft. Es gibt keine Vernunft irgendwo »da draußen« oder »tief drinnen« oder in irgendeinem »Substrat« der Geschichte oder der Gesellschaft oder der Gemeinschaft oder in irgendeiner »Substanz« des sittlichen Lebens. Existieren wird die Vernunft immer nur in dem öffentlichen Gebrauch, den freie Bürger von ihr machen. Isaiah Berlins Argument gegen Mills These, der einzige Weg zur Wahrheit sei die absolute Freiheit der Kritik, geht ganz an der Sache vorbei.[502] Berlin glaubt, hier handle es sich einfach um eine empirische Vermutung, die in ihrer strengen Universalität durch den Hinweis auf große Philosophen am Hofe von Tyrannen, die (angeblich) blühende Wissenschaft der Sowjetunion unter Stalin oder eine Unzahl ähnlicher Daten sofort widerlegt werden kann.[503] Aber so etwas haben weder Mill noch Kant behauptet. Beide behaupten bloß, *jeder* – auch der katholische Kardinal oder der Papst auf der Höhe kirchlicher Machtvollkommenheit – müsse, wenn er mit Anspruch auf Geltung rede oder, wie Kant sagt, mit jedem ernsthaften »Ausspruch« zwangsläufig die Existenz der Vernunft wenigstens als gegeben unterstellen. Und *diese* Unterstellung impliziert, und das ist exakt Mills These, daß das, was da ausgesprochen wurde, einer freien, enttabuisierten und entgrenzten öffentlichen Kritik auch standhalten könne.[504] Wo die »Einstimmung« auch nur *eines* freien Bürgers nicht möglich ist oder mit Gewalt »diktatorisch« – wie Kant sagt – erzwungen wird, dort existiert keine Vernunft.

Und aus diesem Grund ist jeder private Gebrauch der Vernunft – was immer ihre Geltungsbasis sei – im strengen Sinne unwirklich, ohne jede Existenz. Das ist der Kern der Kritik an allen naturrechtlichen Versuchen, individuelle Freiheitsrechte zu begründen. Wir können sie nur im öffentlichen Gebrauch unserer Vernunft selbst erzeugen, sie stehen nicht vor solchem Gebrauch schon fest auf dem Boden der Natur, so daß wir nur hinschauen müßten, um sie zu erkennen. Und deshalb sind unsere Rechte auch vorzügliche Gegenstände jener »Kritik«, der sich »alles unterwerfen muß«.[505] Und solche Kritik, daran läßt Kant keinen Zweifel, ist eben nicht Sache von Gerechtigkeitsexperten, sondern die alleinige Sache »freier Bürger«. »Religion«, so fährt er in der Vorrede zur ersten Auflage der *Kritik der reinen Vernunft* fort, »durch ihre Heiligkeit und Gesetzgebung durch ihre Majestät wollen sich gemeiniglich derselben entziehen. Aber alsdann erregen sie gerechten Verdacht wider sich und können auf unverstellte Achtung nicht Anspruch machen, die die Vernunft nur demjenigen bewilligt, was ihre freie und öffentliche Prüfung hat aushalten können.«[506]

Das heißt: Wirklich wird die Vernunft, weil sie nur in ihrem öffentlichen Gebrauch existiert, allein im Prozeß einer rückhaltlosen Versprachlichung des Sakralen und einer radikalen Demokratisierung der souveränen, gesetzgebenden Gewalt, und letzteres schließt natürlich einfache und Verfassungsgesetze, Gesetze und Rechte ein. Wirklich ist die Vernunft dort und nur dort, wo ihr die Rationalisierung von Autorität und Macht bis hin zur alleinigen Herrschaft des selbstgegebenen Gesetzes gelingt.

Für Kant sind, anders als für Locke und den modernen Naturrechts-Liberalismus, Rechte immer nur Rechte in einer Öffentlichkeit, vorstaatlich haben sie als privatim, einseitig gegen Sachen erhobene Ansprüche einen bloß provisorischen Status. Über die Berechtigung der jeweiligen Ansprüche kann nur in einem bürgerlichen Zustand des öffentlichen Rechts entschieden werden. Und »peremtorisches«, »öffentliches Recht« nennt Kant ein Recht, das jederzeit der uneingeschränkten öffentlichen Kritik unterworfen und allein dem »vereinigten Willen des Volkes« entsprungen ist.[507] Recht und Rechte sind für Kant in gleicher Weise an das Prinzip der Volkssouveränität, die »volonté générale« und an den öffentlichen Gebrauch der Vernunft gebunden. Volkssouveränität ist für Kant die Gesetzgebungskompetenz eines Staatsbürgervolks, das öffentlich räsoniert.

Man kann – mit Tugendhat – diese Theorie demokratisch legitimierten Rechts im Unterschied zum »natural rights approach« »state-oriented« nennen.[508] Rechte sind dann »claims that are created within the state«.[509] Adressat dieser Rechte ist »in the first instance (and not only secondarily, as guarantor) the goverment. As soon as this is recognized, the whole idea of human rights becomes part of the theory of legitimate state. This of course it was also for the natural rights approach, but only derivatively.«[510] Worauf es hier ankommt, ist der feine Unterschied zwischen »maintain« und »contain«: »For the natural rights approach a state was not legitimate which did not maintain the rights that people had in the presumed state of nature. According to the state-oriented approach a state would not be legitimate that does not *contain* (establish) the human rights.«[511]

Die Menschenrechte gehen aus dem »status civilis« hervor, sie sind allein das Produkt staatlich organisierter Gesellschaften, sie kommen aus der Tiefe des öffentlichen Raums. Gerechtigkeit gibt es nur dort, wo es schon staatlich erzwingbare Gesetze gibt. Die »Gerechtigkeit«, schreibt Rousseau einmal, »folgt erst auf das Gesetz«: »Wir fangen daher erst eigentlich an, Menschen zu sein, nachdem wir Staatsbürger geworden sind.«[512] Aber dann haben wir als Menschen Rechte gegen den Staat. Es ist also anders als bei Aristoteles. Der Mensch jenseits des öffentlichen Raums ist zwar eine schlechte Abstraktion, auf ihr beruht der Fehler des »natural rights approach«. Aber das staatsbürgerlich konstituierte Menschenrecht ist ein Recht im Staat gegen den Staat. Es trennt – und das unterscheidet den »state-oriented approach« Rousseaus, wie wir im folgenden sehen werden, vom aristotelischen ebenso wie vom römischen Republikanismus – die Sphären des Allgemeinen und Besonderen, des Privaten und des Öffentlichen als Sphären öffentlich konstituierten Rechts voneinander. Da die Grenze, die die Sphären trennt, keinem ehernen Naturgesetz folgt, bleibt sie jedoch nach Maßgabe des gesetzgebenden Willens eines jeden verschiebbar, disponibel, diskutierbar.

Von einem Naturrecht der freien Meinung zu reden, ist schließlich – anders als im Falle der Lockeschen Trias von »Life«, »Liberty« und »Estate« – von vornherein ungereimt. Was sollte man im Naturzustand damit anfangen? – Setzt es doch die Existenz einer ausdifferenzierten politischen Öffentlichkeit logisch voraus. Frei ist die Meinung nur als öffentliche Meinung, und nur die öffentliche Meinung ist es, die unterdrückt werden kann und des besonderen rechtlichen Schutzes bedarf. Einen solchen Bedarf kann es im Naturzustand noch nicht einmal geben. Es ist deshalb kein Zufall, sondern notwendig, daß am Anfang der modernen Demokratie die Parole der Pressefreiheit steht.[513] Denn die Freiheit der Meinung tritt im Zuge der »zweiten demokratischen Transformation« (R. Dahl) an die Stelle der alten, klassisch naturrechtlichen Herrschaftslegitimation. Freiheit konnte es dieser Lehre zufolge – wie wir gesehen haben – immer nur für die Wahrheit, niemals aber für die Meinung geben. Der Gedanke an ein Recht der freien Meinung setzt deshalb eine vollständige Emanzipation der bürgerlichen Gesellschaft vom Naturrecht, und das heißt: von der Idee einer über den Streit der Meinungen erhabenen, objektiv existierenden Wahrheit, voraus.

Das Recht der freien Meinung macht die vollständig depersonalisierte Herrschaft des Gesetzes, die in der »Befugnis zu zwingen« (Kant) besteht, von einer Wahrheit abhängig, die allein aus dem freien Streit der Meinungen hervorgeht und durch den öffentlichen Gebrauch der Vernunft erzeugt wird. Sie ist der Kern demokratischer Legitimation und das ihr entsprechende Freiheitsrecht der eigentlich dynamische Faktor jener Revolution, in deren Verlauf die naturrechtliche Legitimationsbasis ganz in den Horizont der Bürgergesellschaft zurückverlegt wird.

Im öffentlichen Gebrauch emanzipiert sich die Vernunft vom alten Naturrecht, das sie ans Herrschaftsinteresse fesselte, ebenso wie vom neuen Naturrecht, in dessen Namen Hobbes und Locke sie dem Modell der Eigentumsmarktgesellschaft assimiliert hatten. Jetzt erst wird die Meinung der »Vielen« autonom und zum alleinigen Sitz praktischer Wahrheit.

Wenn wir mit Kant vom »öffentlichen Gebrauch der Vernunft« und damit von ihrer »Wirklichkeit« ausgehen, so ist das m. E. fürs erste ausreichend, um einen Begriff der Volkssouveränität und der demokratischen Legitimation zu entwickeln, der seinerseits – wie wir im nächsten Abschnitt sehen werden – mit (vorerst) sparsamen Begriffen »praktischer Freiheit« und »verallgemeinerter Willkür« auskommt. Das hat ganz einfach den Vorteil, einen inneren Zusammenhang von öffentlicher Meinung und Wahrheitsgeltung, von Freiheit und Vernunft, der das Demokratieprinzip und die Rousseau-Kant-These vom Vorrang der Volkssouveränität trägt, behaupten und verteidigen zu können, ohne sich an dieser Stelle schon auf eine bestimmte, bis heute durchaus strittige, *comprehensive theory* der Wahrheit oder der Vernunft festlegen zu müssen. Das möchte ich vermeiden, ohne jedoch damit zu insinuieren, die öffentliche Diskussion von »comprehensive theories« und allen übrigen »reasonable comprehensive views« des Handelns und des Lebens sei durch »gag rules« oder ähnliche pragmatische Diskussionsverbote ihrerseits zu vermeiden und ins Reich privatisierter Sinnsuche abzuschieben. Rawls' Methode der Vermeidung (»method of avoidance«) möchte ich im Sinne der Vermeidung jeder dogmatischen Selbstabschließung von Diskursen, nicht jedoch als »Schluß der Debatte« und Privatisierung aller starken Theorien und starken Wertungen verstehen. Was methodisch vermieden werden soll, ist eine *Entscheidung*, für die es einen Konsens gibt, nicht die *Diskussion*. Wir können ja heute noch gar nicht wissen, ob wir nicht eines Tages gute Gründe haben, den gegenwärtig in der Tat unabweisbar erscheinenden »reasonable pluralism« zugunsten einer allgemein zustimmungsfähigen, formalen Version von Letztbegründung aufzugeben oder zumindest massiv zu relativieren. Es könnte natürlich ebensogut der Fall sein, daß eines Tages »overlapping consensus« ist, was heute noch der »comprehensive view« von Richard Rorty ist: daß wir in praktischen Fragen einfach immer wieder versuchen, es besser zu machen, und Philosophie, Kunst und Theorie dann nur noch der Status eines privaten und heuristischen Experimentierfelds, das uns anregt, die Dinge immer wieder anders und neu zu sehen, bleibt. Weil wir das heute aber nicht wissen können, gehört die Diskussion solcher Fragen ins Zentrum der öffentlichen, politischen und wissenschaftlichen Debatte. Man wird dann ja sehen, welches Argument allgemein bestehen kann und welches mit guten Gründen kontrovers bleibt. Es scheint mir jedoch ein großer Vorteil für eine radikale Theorie der Demokratie zu sein, wenn sie bis zur Klärung des Streits (der vielleicht nie zu einem Ende kommt und definitiv ohnehin unabschließbar ist) als »overlapping consensus« ganz verschiedener »comprehensive theories« der Wahrheit und Bedeutung (semantische, pragmatische oder konsensustheoretische) und kontroverser Begriffe der Vernunft (subjektphilosophische, konstruktivistische oder kommunikative) entwickelt werden kann.[514]

III Volkssouveränität als praktisch verallgemeinerte Willkür

»Unbestreitbar«, schreibt Rousseau 1755 in seinem Enzyklopädieartikel über die Politische Ökonomie, ist das Recht auf Eigentum »das heiligste aller Bürgerrechte und in gewisser Hinsicht noch wichtiger als die Freiheit selbst«.[515] »Grundlage des Gesellschaftsvertrags [ist] das Eigentum, und seine erste Bedingung, daß jeder im Genuß dessen gesichert ist, was ihm gehört.«[516] Und im *Emile* heißt es: »Die Menschen sind nicht dazu geschaffen, wie in einem Ameisenhaufen zu leben, sondern als Einzelwesen auf dem Boden, den sie zu bearbeiten haben.«[517] Freilich bindet Rousseau den Begriff des *Eigentums* an die Emanzipation vom Naturzustand. Der im Zustand natürlicher Freiheit durchs Unrecht des Stärkeren oder das Gewohnheitsrecht des zuerst Gekommenen erworbene *Besitz* wird erst durch allgemein akzeptierte Gesetze zu rechtlich gesichertem Eigentum.

1. Man muß die Gesetze, nicht die Menschen ändern

Doch die Ungleichheit und »Einseitigkeit« (Kant) der ursprünglichen Okkupation werden auch durch den aus der Not des Kriegs aller gegen alle geborenen *ersten* Rechtszustand unter staatlichem Gewaltmonopol nicht beseitigt, im Gegenteil, sogar noch verstärkt, wie Rousseau glaubt und wie die Erfahrung mit staatlich organisierten Gesellschaften von den altägyptischen Anfängen bis hin zur schließlichen Durchsetzung des Gewaltmonopols im absolutistischen Staat lehrt. Die Reichen werden reicher und die Armen immer ärmer.[518] Zwar verpflichtet die *allgemeine Form* des Gesetzes, die fallbezogene Maßnahmen ausschließt und den Gegenstand des Gesetzes entindividualisiert, *alle* Gesetzesunterworfenen zum Gesetzesgehorsam. Aber die Einseitigkeit und Gewaltsamkeit des soziablen, durch Besitz, Sprache, Vernunft, Technik und den Kampf um Prestige bereits weit fortgeschrittenen Naturzustands übertragen sich auf die erste, Hobbessche Stufe der staatlich organisierten Gesellschaft. Die Zustimmung zum Gesetz ist immer noch einseitig und sehr ungleich verteilt, durch die unmittelbare Einwirkung von Macht, Gewalt und Not massiv verzerrt. Die allgemeine

Zustimmung ist der besitzlosen Masse der Bürger bloß abgepreßt. Sie haben im Grunde keine Wahl. Das führt zu einer von vornherein *unvollständigen Allgemeinheit* des Gesetzes. Zwar bindet es *alle* gleichermaßen, an seiner Entstehung aber waren keineswegs *alle* gleichermaßen beteiligt, de facto haben die, die im Naturzustand Besitz und Herrschaft bloß okkupiert hatten, die Gesetze diktiert. Das Gesetz *wirkt* reziprok und gleich, seine *Geltungsbasis* jedoch sind Verhältnisse einseitiger Abhängigkeit. Diesen von Hobbes und Locke als *Unterwerfungsvertrag* beschriebenen Rechtszustand, gegen den sich die ganze polemische Wucht von Rousseaus Zivilisations- und Kulturkritik richtet, hat Kant ebenso wie den Privatrechtszustand entwickelter, vorstaatlicher Naturverhältnisse als bloß *provisorischen* Rechtszustand gekennzeichnet. Provisorisch nennt Kant ihn, weil er seinen *Anspruch*, ein gesetzlicher *status*, d. h. ein *Staat des Rechts*, zu sein, *erst noch einlösen* muß, und zwar nach Maßgabe der freien und gleichen Vereinigung von jedermanns Willkür. Wegen dieses *Versprechens*, das nur eine Reform nach republikanischen Prinzipien rechtlich einlösen oder ein gesellschaftliches Naturereignis wie eine Revolution rechtlos herbeiführen könnte, und weil er immerhin das Recht *sichert*, *verdient* schon der gewaltmonopolisierende *Rechtssicherungsstaat* des Thomas Hobbes unseren Gesetzesgehorsam, d. h. die äußere Anerkennung und Achtung, zu der prinzipiell auch ein rational kalkulierendes Volk von Teufeln imstande wäre. Man könnte mit Kant sagen, es ist diesem Staat *erlaubt*, dem Gesetz mit Zwangsmitteln »Nachachtung« (Habermas) zu verschaffen.

Freilich ist solche »Erlaubnis« Kant zufolge an die implizite Verpflichtung einer »Reform nach Prinzipien« gebunden.[519] Erst die Selbstbindung des bloß stellvertretenden, das Volk repräsentierenden Fürsten an einen radikalen Reformismus, dessen Ziel ein wirklicher, dauerhafter Rechtszustand ist, in dem »das vereinigte Volk nicht bloß den Souverän« *»repräsentiert«*, sondern »dieser selbst« *»ist«*, *legitimiert* den Rechtssicherungsstaat.[520] *Radikal* ist ein solcher Reformismus, weil er nur um den Preis einer *Selbstaufhebung* des monarchischen Souveränitätsprinzips zu haben ist. Denn der *Rechtssicherungsstaat*, Hegels »Not- und Verstandesstaat«, ist noch lange kein *demokratischer Rechtsstaat*. Erst dieser Staat ist Kant und Rousseau zufolge wahrhaft allgemein, weil seine Allgemeinheit, weil die allgemeine Verbindlichkeit seiner Gesetze nicht länger *einseitig* in der allgemeinen Gesetzesunterworfenheit bestünde, sondern aus der *freien Willkür* der Gesetzesunterworfenen selbst als der einzigen Quelle des Gesetzes hervorgegangen wäre. Erst im demokratischen Rechtsstaat kann der Staat Hegels Kriterium eines »sittlichen Staats« erfüllen und zum übergreifend »allgemeinen Leben« werden. Indes, der demokratische Gesetzgebungsstaat ist nicht länger

– wie Hegel es im Begriff des »allgemeinen Lebens« gemeint hat – eine organische Totalität, die alle Glieder zu einem lebendigen Körper eint. Die Einheit ist dauerhaft nur in den Gesetzen, und die bleiben notwendig *allgemein, formal* und *abstrakt*. Weil sie *Gesetze* sind, reichen sie niemals an die je *besondere Natur* des sozialen und politischen Lebens der Bürger heran. Sie bleiben diesen gegenüber prinzipiell neutral. Deshalb beginnt Rousseaus »Contrat Social« mit dem Satz, um den Staat vernünftig einzurichten, müsse man die Gesetze ändern und die Menschen so nehmen, wie sie nun einmal geworden sind. Und deshalb bedarf es der formellen Gründung eines dauerhaften, wie Kant sagt, »peremtorischen« Rechtszustands in einem *Einigungsvertrag*; bedarf es einer von allen in einem Verfahren, das die gleiche und freie Beteiligung eines jeden methodisch sichert, beschlossenen *Verfassung*, einer Verfassung, die *alle* gleichermaßen bindet und *niemanden* ausschließt. Der Gesellschaftsvertrag ist Ergebnis eines Prozesses, in dem die Beteiligten den strittigen Anspruch allen bisherigen, »bloß okkupierten« (Kant) Rechts auf seine *Berechtigung* prüfen.

Insbesondere betrifft das den Anspruch *einseitig* okkupierten Besitzes, nicht nur *zuerst*, sondern auch nach Maßgabe einer postaristotelisch *formalen*, »distributiven Gerechtigkeit« (Kant) *zu Recht* angeeignet worden zu sein.[521] Distributive Gerechtigkeit wiederum läßt sich nicht aus Prinzipien (wie es beispielsweise noch beim Rawlsschen Differenzprinzip der Fall ist) durch einsame kognitive Operationen ableiten, sondern kann nur der zur Gesetzgebung »tatsächlich« »vereinigten Willkür« (Kant) Freier und Gleicher entspringen. Deshalb setzt das *individuelle Recht auf Eigentum* jene »Gleichheit und Unabhängigkeit« voraus, die Rousseau »bürgerliche Freiheit« nennt und die allein im Gehorsam gegen *selbstgegebene*, Willkür koordinierende Gesetze bestehen kann: »Was der Mensch durch den Gesellschaftsvertrag verliert, ist seine natürliche Freiheit und ein unbegrenztes Recht auf alles, wonach ihn gelüstet und was er erreichen kann; was er erhält, ist die bürgerliche Freiheit und das Eigentum an allem, was er besitzt.«[522]

2. Gegen das kommunitaristische Mißverständnis Rousseaus

Die zitierte Passage ist eine der vielen in Rousseaus Texten, die massiven Mißverständnissen ausgesetzt sind. Es ist deshalb bereits hier eine knappe Anmerkung nötig. Kant übernimmt den Gedanken fast wörtlich in seine Rechtslehre (§ 47). Er ist in der Tat zentral, und er impliziert nicht nur, daß das »Moment der Unabhängigkeit von einem Einzelwillen«[523] im Begriff der bürgerlichen Freiheit gewahrt bleibt, was also Kant die »Unabhängigkeit von eines andern nötigender Willkür« nennt. Bewahrt bleibt auch, wie bei Kant so bei Rousseau, das Moment der intellektuellen *Unabhängigkeit* jeder gesetzesunterworfenen Einzelperson *von der nötigenden Willkür eines Souveräns*. Der »allgemeine Wille« (»volonté générale«) ist nämlich weit davon entfernt, »uneingeschränkte Affirmation« zu verlangen, und er ist auch *nicht* die im Hegelschen Sinn »Wirklichkeit gewordene gemeinsame Freiheit«, wie Forschner und viele andere Rousseauleser unterstellen.[524] Was vielmehr beim Eintritt in den bürgerlichen Rechtszustand *vollständig* – wie Kant übereinstimmend mit Rousseau sagt – verlorengeht, ist die natürliche Freiheit, in Besitz zu nehmen und zu rauben, was einem gefällt und was man (nach Maßgabe seiner Natur-Kraft, ohne Rücksicht auf das Recht anderer) an sich reißen kann. Vollständig gibt man *diese* »wilde, *gesetzlose* Freiheit« (Kant) auf; und zwar zugunsten der gleichen Freiheit eines jeden, zu tun, was die von allen über einen jeden beschlossenen Gesetze nicht verbieten. Aus geraubtem Besitz wird dabei rechtlich gesichertes Eigentum. Und der allgemeine Wille *berührt* die private Verfügung des einzelnen über Eigentum ebenso wie dessen sonstige Willkürfreiheit überhaupt *nur als gesetzgebender* Wille. Nur dort verlangt er »Affirmation«, wo die Willkür des einen die Grenze zur Willkür des andern, die das gemeinsam beschlossene Gesetz zieht, zu überschreiten droht. »Uneingeschränkt« ist auch diese Affirmation nur für den Fall eines *wirklich* allgemeinen, und das heißt *richtigen* Gesetzes. Der allgemeine Wille aber verbietet gerade durch seine *unbedingte Souveränität* dem jeweils bestallten *Souverän* jeglichen Zugriff auf die intellektuelle Unabhängigkeit des Einzelnen, außer, er verstößt gegen ein Gesetz. Aber das Gesetz bleibt der Gesinnung des Einzelnen vollkommen äußerlich.

3. Der Zwang zur Freiheit

Wenn Rousseau im 7. Abschnitt des I. Buches des *Contrat Social* von einem »Zwang zur Freiheit« spricht, dann ist damit nichts anderes gemeint als der *Rechtszwang*. Wenn er schreibt, man müsse die Menschen zwingen, frei zu sein, dann darf man das nicht verwechseln mit einem platonischen oder leninistischen *Zwang zum Glück*, wie ihn (bis heute unübertroffen) der frühere sowjetische Außenminister Andrej Gromyko einmal auf den Begriff gebracht hat: »Our purpose is the well-being of the people, ›whether they like it or not‹.« Rousseau so zu verstehen wäre ein glattes Mißverständnis. Es ist das, was ich das kommunitaristische Mißverständnis Rousseaus nenne. Carl Schmitts frühe und später dann Talmons einflußreiche Promotion Rousseaus zum Begründer der »identitären Demokratie« geht am Konstruktionsprinzip des Rousseauschen Kontraktualismus vorbei.[525] An *keiner* Stelle unterstellt Rousseau eine vorgebliche *Identität* von Sonderinteresse und Gesamtinteresse, von Einzelwillen und Gemeinwillen, von Besonderem und Allgemeinem.

Im Gegenteil. Die Trennung und Entzweiung des Allgemeinen und Besonderen ist *das* alles tragende Konstruktionsprinzip des *Contrat Social*. Gäbe es keine Differenz zwischen dem Allgemeinen und Besonderen, dann bedürfte es keines Vertrags, der die Gesellschaft *als Rechtsgenossenschaft* gründet. Es bedürfte überhaupt keiner *Rechts*genossenschaft, sondern bloß eines »Vereins freier Menschen« (Marx). Jene Differenz verschwindet mit Vertragsabschluß keineswegs, weil es ohne sie keines einzigen Gesetzes bedürfte und der Vertrag sich erübrigte; ja, es *könnte* noch nicht einmal ein Gesetz geben, weil das Gesetz in seinem Begriff bereits die Differenz voraussetzt. Im Falle der Identität von Allgemeinem und Besonderem könnte an die Stelle der von Rousseau enthusiastisch gefeierten *Herrschaft des Gesetzes* nun wirklich die *Herrschaft der Unschuld* – sei es die soziale Unschuld vollkommener Sitten und tugendfester Gesinnung, sei es die vorrationale und vormoralische Unschuld im solitären Stande tierhafter, naturbelassener Unabhängigkeit – treten.

»Herrschaft des Gesetzes« *heißt*, daß es eine tiefe und durch Gesetze und Gesellschaftsverträge jedenfalls unaufhebbare Entzweiung von Allgemeinem und Besonderem, von partikularem und allgemeinem Willen in unserer Welt, so wie sie geworden ist, gibt. Ein Zurück zur Natur gibt es nicht. Wenn überhaupt, so fungiert die Natur in ihrem *ursprünglichen* Zustand allein als eine Art *normatives Ideal*, eine regulative Idee der Unabhängigkeit, der möglicherweise etwas empirisch *Uranfängliches* korrespondiert, das aber für uns, die »hommes des l'hommes« gänzlich unerreichbar und irreversibel verloren ist. Trennt uns doch – im Guten wie im Bösen – ein Sprung in der biologischen Evolution, eine *anthropologische Differenz* vom solitären, sogar vorsprachlichen Naturzustand des »homme naturel«.[526]

»Die Verpflichtungen, die uns an den Gesellschaftskörper binden, sind nur deshalb zwingend, weil sie gegenseitig sind.«[527] Durch solche Wechselseitigkeit wird die gleiche Freiheit eines jeden von »eines andern nötigender Willkür« (Kant) ermöglicht. Die durch die *allgemeine* Gegenseitigkeit der Verpflichtung gezogene Grenze ist das Gesetz. Innerhalb dieser Grenze herrscht allein der *besondere* Wille der »Privatperson« (Rousseau). Und die Grenze selbst, das Gesetz, ist – sofern es wirklich gegenseitige Anerkennung finden kann – das, was *ein jeder will*. Die Grenze, die das von allen über alle beschlossene und auf alle gleichermaßen ohn' Ansehn der Person bezogene Gesetz zieht, ist eben deshalb das, was alle wollen und wollen können. Sie wollen es, »weil es keinen gibt, der sich dieses Wort *Jeder* nicht zu eigen macht und der nicht an sich denkt, wenn er für alle stimmt.«[528] Der allgemeine Wille ist der aufs Allgemeine gerichtete Wille jedes Einzelnen. Er enthält nicht mehr als das, was ein jeder will, und ist insofern keine mysteriöse Wesenheit oder eine platonische Idee. Die »vereinigte Willkür« (Kant) ist *jedermanns Willkür*, und der Souverän besteht nur aus einzelnen Individuen.[529]

Das die Willkür eines jeden gleichmäßig *begrenzende* Gesetz ist gerecht, weil es nichts anderes ist als der freie Gemeinwille der »öffentlichen Person« (Rousseau) des Souveräns, der gesetzgebenden Körperschaft, des Staatsbürgervolks. Vernünftig ist der allgemeine Wille allein aufgrund seines Zustandekommens: als *Resultat* eines methodischen und fairen Verfahrens der Diskussion und Abstimmung vieler Orientierungen und Interessen. Das ist, wie Robert Spaemann mit Recht sagt, der »bürgerlich-liberale« Kern von Rousseaus Staatstheorie: Der Inhalt der »volonté générale« ist nichts anderes als seine eigene Ermöglichung, das heißt die Kompatibilität der Willkürfreiheit und der partikularen Interessen aller.[530] In dem vielgescholtenen Schlußabschnitt des *Contrat Social* über die Zivilreligion zitiert Rousseau zustimmend den Marquis d'Argenson: »*In einer Republik* ist jeder vollkommen frei in dem, was den anderen nicht schadet.« Und er fügt hinzu: »Dies ist die unveränderliche Grenze; man kann sie nicht schärfer ziehen.« Es ist, wie Rousseau im Text sagt, »die Grenze«, an der das »Recht, das der Gesellschaftsvertrag dem Souverän über die Untertanen gibt«, endet.[531] Die gemeinsame Abhängigkeit vom Gesetz ist für Rousseau, wie auch Cassirer hervorhebt, »der einzige Rechtsgrund für jede soziale Abhängigkeit überhaupt«. Denn die Idee des Gesetzes »nimmt das Individuum immer nur als Glied der Gemeinschaft, als mitwirkendes Organ des Gesamtwillens, nicht aber in seinem partikulären Dasein und Sosein in Anspruch«.[532]

Man würde den *Contrat Social* von vornherein kommunitaristisch und geschichtsphilosophisch mißverstehen, würde man übersehen, daß er durchgängig die Trennung von Recht und Moral voraussetzt, ebenso wie die von Rechten und Nutzen, Gesetzen und Sitten. Das steht schon im ersten Satz des Ersten Buches. Und im nachgelassenen »Fragments politique« heißt es unmißverständlich: »Das *Gesetz* wirkt nur von außen und regelt nur die Handlungen; die *Sitten* allein dringen in das innere ein und leiten den Willen.«[533] Rousseau hat zwar gesagt, der *Emile* und der *Contrat Social* bildeten eine Einheit, aber er hat sie in zwei sehr verschiedenen Büchern als

Einheit einer fundamentalen Differenz zum Ausdruck gebracht. Über die Erziehung Emiles zu einer autonomen Person, die nur der Stimme des eigenen Gewissens folgt, haben die Gesetze keine Macht. Der Souverän, der allgemeine Wille verfügt *nur* Gesetze. Er hat keine Macht über die Sitten.

Man könnte, mit einem Ausdruck Jean Piagets sagen, daß Rousseau das Gute durchgängig als Dezentrierung des Egozentrismus begreift. Wenn Rousseau von einer »aliénation totale« spricht, durch die der Naturmensch zum Bürger des *Contrat Social* wird, dann steht dahinter keine heimliche Geschichtstheologie oder Theodizee der geschichtlich gefallenen und entfremdeten Welt oder gar das – im übrigen keineswegs verächtliche – gnostische Denkmotiv einer mißratenen Schöpfung, die durch Vollendung der Entfremdung wieder zu sich bzw. zur göttlichen Ureinheit zurückfindet. Es handelt sich vielmehr – wie das Genie des jungen Marx in seiner Kritik an Rousseaus These von der »aliénation totale« und an dem Kapitel über den »législateur« im *Contrat Social* sofort erkannt hat – um die Affirmation einer bestimmten Form der Entfremdung des Teilmenschen vom ganzen Menschen.[534] Die Aufgabe, die sich einem fiktiven »législateur« (wie Moses oder Lykurg – man muß das bei Rousseau als Gedankenexperiment, nicht konkretistisch als Narrativ lesen!) stellt, ist es, *»eine partielle, moralische Existenz an die Stelle der unabhängigen physischen* zu setzen, die wir alle von der Natur empfangen haben«.[535] Die Entwicklung des moralischen Bewußtseins *ist* Partialisierung, ja – wie Rousseau im Entwurf zum Contrat Social sogar schreibt – »Verstümmelung« des natürlichen Menschen, von dem Hegel sagt, er sei, wie er nicht sein soll. Indem das Sollen vom Sein getrennt wird, rückt der Standort des einzelnen Individuums an die Peripherie einer mit andern geteilten Welt. Es hört auf, »ein vollkommenes und einsames Ganzes« zu sein.[536] Das »vollkommene und einsame Ganze« des natürlichen Individuums aber ist nichts anderes als der ursprüngliche Egozentrismus, der durch die moralische und soziale Entwicklung, die vom »status naturalis« schließlich zum »status civilis« führt, radikal dezentriert und damit als Ganzes partikularisiert wird. Dabei kommt es natürlich immer wieder zu »Regressionen«, auf jeder »Stufe« der Entwicklung ist – bei Rousseau nicht anders als bei Piaget – ein Rückfall in den Egozentrismus (z. B. als »amour propre«) möglich.[537]

Genau das hat Marx – und aus seiner eigenen subjekt- und geschichtsphilosophischen Perspektive ganz zu Recht – als bürgerlichen Liberalismus bzw. als »Abstraktion des politischen Menschen« kritisiert. Die Partikularisierung und Dezentrierung der egozentrischen Subjekt-Perspektive des isolierten Naturmenschen ist aber die unabdingbare Voraussetzung des moralischen ebenso wie des rechtlichen Guten bzw. Richtigen. So wie die richtige

Gesetzgebung die äußere, bürgerliche Autonomie des Individuums sichert, so erzeugt die richtige Erziehung moralische Autonomie, aber *keinen neuen Menschen.*[538] Nur durch solche Dezentrierung und Abspaltung der moralischen Person vom ganzen Menschen und des allgemeinen Rechts von der organischen Totalität wird die Perspektive des Individuums *verallgemeinerbar.* Und solche Verallgemeinerungsfähigkeit ist der gemeinsame, gesinnungsinvariante und sittlich neutralisierte Grund von Recht und Moral, von Politik und Erziehung.

»Der natürliche Mensch«, so beschreibt Rousseau im 1. Buch des *Emile* den uranfänglichen Egozentrismus, »ist sich selbst alles. Er ist die ungebrochene Einheit, das absolute Ganze, das nur zu sich selbst oder seinesgleichen eine Beziehung hat. Der bürgerliche Mensch ist« – und das muß man deontologisch als Dezentrierung des Egozentrismus und nicht ontologisch als Gemeinschaftsideologie lesen – »nur eine Bruchzahl, die von ihrem Nenner abhängig ist und deren Wert in ihrer Beziehung zum Ganzen besteht, das heißt dem gesellschaftlichen Ganzen. Die guten sozialen Institutionen sind diejenigen, die den Menschen am besten zu *denaturieren* wissen, die ihm seine absolute, für sich seiende Existenz nehmen, um ihm eine relative zu geben und die das Ich in die gemeinsame Einheit verlegen, so daß sich jeder Einzelne nicht mehr für eine Einheit hält, sondern für einen Teil der (größeren) Einheit und dann nur noch im Ganzen fühlt.«[539] Wiederum darf man das nicht so verstehen, als löse sich der Teil im *neuen* Ganzen eines Kollektivsubjekts auf. Im Gegenteil. Die ganze begriffliche und konstruktive Anstrengung von Rousseaus Theorie des äußeren Gesetzes (*Contrat Social*) und des inneren Gewissens (*Emile*) zielt darauf, die individuelle Freiheit des je einzelnen Bürgers in diesem Transformationsprozeß unangetastet zu lassen. Die moralische Autonomie des Einzelnen konstituiert sich über die Einheit des individuellen Gewissens, das sich der Trennung von der selbstinteressierten »Sorge um sich« ebenso verdankt wie der Trennung vom partikularen guten Leben der Polisgemeinde.[540] Ausdrücklich beruft sich Rousseau in diesem Zusammenhang auf Psalm 115, der die beiden Distanzierungsleistungen, die das Gewissen konstituieren, voraussetzt: »Nicht um unseretwillen, o Herr, nicht um unseretwillen, / sondern um deines Namens und um deiner Ehre willen, / Laß uns, o Gott, auferstehen!«[541] Nicht anders setzt das allgemeine Rechtsgesetz die Trennung des Gesetzes von der Sorge des Bürgers um sich und die Trennung der Staatsgesetze von den kommunalen »Gesetzen des Herzens« voraus.[542]

In der »Anmerkung XIX« des *Discours sur l'inégalité* verwirft Rousseau ausdrücklich den *inhaltlich* auf Tugend und Verdienst meritokratisch zugeschnittenen Begriff distributiver (oder »proportionaler«) Gerechtigkeit, so wie Aristoteles ihn entwickelt hat. Die distributive Gerechtigkeit der Tugend ist dem politischen Gesetzgeber unverfügbar, und darin folgt Rousseau Hobbes.[543] Rousseau hält es, in scharfer Frontstellung gegen Aristoteles und den gesamten klassischen Republikanismus für ausgeschlossen, durch kluge Politiker »jene ungerechte Gleichheit, die zwischen den Bösen und den Guten keinen Unterschied macht« aus der Stadt bzw. dem Staat zu verbannen, um jeden nach seinem Verdienst zu belohnen und zu bestrafen. Dem widerspricht Rousseau in zwei Punkten: »Aber erstens hat niemals eine Gesellschaft existiert, welchen Grad von Korruption die Gesellschaften auch erreicht haben mochten, in der man zwischen den Bösen und den Guten keinen Unterschied gemacht hätte«; aber, und das ist der zweite Punkt, dieser Unterschied ist *nicht* Sache des Gesetzes und des Gesetzgebers, des allgemeinen Willens, sondern allein Sache der stets partikularen Sitten: »und *im Bereich der Sitten – wo das Gesetz kein Maß festlegen kann*, das exakt genug wäre, um dem Magistrat (= Exekutive – H. B.) als Regel zu dienen – ist es sehr weise, daß, um das Schicksal oder den Rang der Bürger nicht seinem Belieben zu überlassen, das Gesetz dem Magistrat das Urteil über die Personen untersagt, um ihm nur das über die Handlungen zu lassen. Nur so reine Sitten wie jene der alten Römer können Zensoren ertragen, und bei uns hätten derartige Tribunale bald alles umgestürzt. Es ist Sache der öffentlichen Wertschätzung, zwischen den Bösen und den Guten zu unterscheiden; der Magistrat ist nur Richter des strengen Rechts; das Volk aber ist der wahrhafte Richter der Sitten.«[544] Das nimmt die Kritik am Jakobinischen Tugend-Terror vorweg.

Die Sitten sind hoffnungslos partikular, die *Kraft* des Besonderen, und die Gesetze notwendig abstrakt, allgemein, das *Recht* des Besonderen. Im Zweiten Diskurs heißt es an anderer Stelle: Die Gesetze sind »im allgemeinen weniger stark als die Leidenschaft«, sie halten »die Menschen im Zaum, ohne sie zu ändern«.[545] Der einzige Zwang zur Freiheit ist der des Gesetzes; die Menschen ändern, das müssen sie – wenn sie wollen – schon selbst, aus freien Stücken und freier Sitte, freier öffentlicher Meinung und freier Erziehung tun. Es ist kein Zufall, daß Rousseaus *Emile* am Beginn der pädagogischen Autonomie steht und die »pädagogische Bewegung« der Moderne eröffnet, eine Bewegung, die bis hin zu John Deweys Idee einer demokratischen Erziehung und bis hin zur Reform- und antiautoritären Pädagogik der sechziger Jahre reicht. Die Programmformel, die auch Kant sich in seinen Rousseau verpflichteten Vorlesungen zur Pädagogik zu eigen macht, lautet: Autonomie *durch* Autonomie! Die Erziehung erreicht die Herzen der Bürger und entfacht oder dämpft ihre Leidenschaften. Aber das kann sie nur, wenn sie frei vom Zwang des Gesetzes ist.[546] Die eigentümlichen »Gesetzte«, die »in die Herzen der Bürger geschrieben« sind und in denen Rousseau zufolge »die eigentliche Verfaßtheit des Staates liegt«, sind *keine* Staatsgesetze und keine Strafgesetze, sie erteilen niemandem und schon gar nicht dem Staat oder dem Souverän eine Befugnis zu zwingen. Das *Recht* des Besonderen ist erzwingbar, weil es nichts anderes ist als der Zwang zur Freiheit. Aber die Gesetze des Herzens werden von der *Natur* des Besonderen diktiert, und deshalb nur können sie »unmerklich die Macht der Gewohnheit an die Stelle der Staatsgewalt«, die über sie ohnehin nichts vermag (außer sie zu zerstören), treten lassen.[547] Im Gesetz, sofern es durch die volonté générale des aufs Allgemeine strikt begrenzten Souveräns verbindlich gemacht wurde, ist das Recht der Besonderheit vorausgesetzt, das deren Natur »gegen eines andern nötigender Willkür«, gegen die Nötigung durch jeden, auch jeden staatlichen Partikularwillen schützt.

Der Staat darf nur zwingen, wo er durch Gesetze dazu ausdrücklich befugt ist. Denn allgemein (»générale«) ist für Rousseau in praktischen Belangen einzig und allein der legislative, gesetzgebende Wille. Denn nur dieser Wille vermag etwas streng Allgemeines, das keine Ausnahmen duldet, hervorzubringen: Gesetze.

Im abstrakten, formalen und allgemeinen Gesetz und nur dort ist die »Gesamtheit des Willens« (volonté générale) »mit der des Gegenstandes« vereint.[548] Der Gegenstand des Gesetzes ist immer allgemein, und darunter versteht Rousseau, »daß das Gesetz die Untertanen als Gesamtheit und die Handlungen als abstrakte betrachtet, nie jedoch einen Menschen oder ein Individuum als eine Einzelhandlung«[549]. Die »volonté générale« *konstituiert* die allgemeine Gültigkeit des Gesetzes, indem sie es in einem Verfahren, an dem alle Gesetzesunterworfenen gleichermaßen müssen partizipieren können, als positiv geltendes beschließt. Das ist die einzige Aufgabe des unveräußerlichen, unteilbaren, unbedingten, aber auf diese Aufgabe strikt begrenzten Souveräns.[550]

Unveräußerlichkeit

Der Wille, zu tun, was einem beliebt, ist nicht wie instrumentelle Macht beliebig austauschbar, verrechenbar und teilbar. Der Wille ist kein Mittel, sondern – sofern etwas freiwillig geschieht – die Ursache zweckrationalen Handelns. Deshalb schreibt Rousseau: »die Macht kann wohl übertragen werden, nicht aber der Wille.«[551] Daß er *unveräußerlich* ist heißt, daß jeweils ich in letzter Instanz wissen muß, was ich will. Dahinter gibt es keine höhere Instanz, kein objektives, in der Natur des Menschen liegendes Wollen.[552] Natürlich impliziert das nicht, daß die jeweils Betroffenen sich nicht in ihren konkreten Entscheidungen vertreten lassen könnten. Aber darüber müssen sie selbst entscheiden können. Insofern haben sie, die Einzelnen, aus denen der Volkssouverän sich zusammensetzt, in ihrem gemeinsamen Willen »die volle Verfügungsmacht über die Gestaltung der politisch-sozialen Ordnung«.[553] ›Unveräußerlichkeit‹ der »volonté générale« heißt heute, in modernen Verfassungsstaaten, daß »die verfassungsgebende Gewalt des Volkes [...] auch und gerade den Bezug zum wirklichen Volk als politischer Größe aufweisen [muß]. Sie ist daher zu bestimmen als die dem Volk (im Sinne einer verfassungsmäßigen Kompetenz) zukommende Kraft und Autorität, die Verfassung in ihrem normativen Geltungsanspruch hervorzubringen, zu tragen und aufzuheben. Als solche ist sie nicht nur einmalig, sondern fortdauernd existent. Von ihr geht das in der Zeit fortwährende und sich erneuernde seinsmäßige Getragensein der Grundentscheidungen der Verfassung (oder deren Erosion) aus; die normative Kraft der Verfassung hängt davon ab.«[554] Die Unveräußerlichkeit des Willens aller bringt das zum Ausdruck, was die Staatsrechtslehrer heute das Prinzip der »ununterbrochenen, demokratischen Legitimationkette« nennen.[555]

Man muß Rousseaus Polemik gegen Vertretungskörperschaften richtig verstehen, und das heißt immer auch: historisch kontextuieren. Rousseau konnte sich *moderne* parlamentarische Vertretungen noch nicht einmal vorstellen. Es gab sie in der Mitte des 18. Jahrhunderts nirgends auf der Welt. Sie waren buchstäblich utopisch. Was Rousseau jedoch unmittelbar – auch in England – vor den sterblichen Augen hatte, waren paternalistische Formen privilegierter Vertretung, die unter dem damals durchsichtigen ideologischen Vorwand, das gottgegebene oder naturbestimmte objektive Wollen der jeweils körperschaftlich Vertretenen zu repräsentieren, ihr eigenes Partikularinteresse verfolgten. Rousseaus ganze polemische Wucht geht gegen diese Form der Darstellung *objektiver Interessen*. Natürlich war – in heutiger, gesellschaftsgeschichtlich distanzierter Beobachterperspektive – die aus der Gregorianischen Revolution des 11. Jahrhunderts hervorgegangene Korporationsverfassung der entpolitisierten mittelalterlichen Stadt eine ungeheure Errungenschaft und als Teil der Rechtsordnung jener Zeit durchaus modellbildend für die Moderne des Westens.[556] Aber die ständische Vertretungs- und Privilegienordnung war zugleich die entscheidende rechtliche Schranke des modernen Individualismus. Ohne eine aus der mittelalterlichen Repräsentationsordnung herausgelöste, korporatistisch ortlose und staatsunmittelbare Stellung jedes einzelnen Bürgers ist ein moderner Rechtsstaat als Staat individueller Rechte ebenso unvorstellbar wie ein moderner Pluralismus *frei assoziierter* Gemeinschaften, Treuhandschaften und Vertretungskörperschaften.

Unteilbarkeit

Unteilbar ist zweitens der Wille des Volkes, sofern er *allgemeine* Gesetze zustande bringt. Das steht auch so im deutschen Grundgesetz und entspricht dem im Westen üblichen Verfassungsverständnis. »*Alle* Staatsgewalt geht vom Volke aus.« (GG Art. 20, 2, 1. Satz) »Alle« bedeutet hier, daß die gesetzgebende Gewalt die *erste* Gewalt ist, die alle andern im Hegelschen Sinne »übergreift«, und das heißt: an die Gesetze bindet.[557] Was der Exekutive, dem »Magistrat« oder der »Regierung« i. e. S., bleibt, ist jedoch der ganze Spielraum, den die Gesetze nicht ausgrenzen. Auch für die Exekutive gilt: Was das Gesetz nicht verbietet, ist, soweit es die Durchsetzung der Gesetze betrifft, der »Regierung« bzw. der Verwaltung erlaubt. Die Regierung ist bei Rousseau also keineswegs ein bloßer »Kommissar« des Volkes, wie Carl Schmitt insinuiert. Im übrigen sind – wie Rousseau, der ein modernes, allgemeines Wahlrecht nicht gekannt hat, in einer Fußnote hervorhebt – gesetzgebende Versammlungen nicht an Einstimmigkeit gebunden. Die Unteilbarkeit des allgemeinen Willens ist also auf Verfahren angewiesen, die in begrenzten Räumen und mit stets knapper Zeit zu möglichst richtigen Ergebnissen kommen müssen. Die Souveränität ist »unteilbar«, denn »der Wille ist entweder allgemein, oder er ist es nicht«. Damit aber »ein Wille allgemein ist, ist es nicht immer nötig, daß er einstimmig sei, aber es ist nötig, daß alle Stimmen gezählt werden; jeder förmliche Ausschluß zerstört die Allgemeinheit«[558]. Mit der Unteilbarkeit der Souveränität sind zunächst einmal zwei unaufgebbare, notwendige Bedingungen der Volkssouveränität festgelegt: die Gesetzesbindung der Verwaltung und das Prinzip allgemeiner, geheimer und freier Wahlen. Letzteres soll insbesondere die Unabhängigkeit des Einzelnen von der nötigenden Willkür anderer sichern.

Dabei handelt es sich natürlich um Minimalbedingungen. Elemente direkter Demokratie, insbesondere Plebiszite in nicht technischen (Straßenverkehrsordnung vs. Wiedervereinigung) Sachfragen, die alle jeweils Gesetzesunterworfenen (in zentralen und dezentralen Bereichen) an der Diskussion und Dezision der Gesetze unmittelbar beteiligen, sind natürlich ganz im Sinne der unteilbaren Volkssouveränität. Aber das Demokratieprinzip, das die Beteiligung eines/einer jeden Gesetzesunterworfenen verlangt, muß – darauf hat Rousseau immer wieder bestanden – machbar und durchführbar bleiben und mit der stets zu hohen Komplexität der Verhältnisse rechnen. Es hängt eben von den Umständen ab, ob »direkte Demokratie« die Gewalt, die vom Volke ausgeht, stärkt oder – was durchaus der Fall sein kann und bei Personalplebisziten auch regelmäßig der Fall ist – die

Macht der Verwaltung oder der politischen Führer *über* das Volk. Entscheidend ist hier nicht der notwendig kontextabhängige Modus des Verfahrens allgemeiner Willensbildung. Entscheidend ist, daß jede Stimme zählt. Und das ist nun im doppelten Sinn der Stimme, die sich erhebt, und der Stimme, die abgegeben wird, zu verstehen. Weil wir – wie Fetscher betont – »der volonté générale nur *in* den Individuen [...] habhaft werden können«, weil nur in einzelnen, gleichermaßen freien Individuen die politische Gemeinschaft des zur Gesetzgebung vereinigten Willens »ihren faßbaren Bestand hat«, gibt es für Rousseau »keinen anderen Weg zur Auffindung der volonté générale als die Befragung *jedes* das Gemeinwesen konstituierenden Citoyens«.[559]

Unbedingtheit

Was drittens die *Unbedingtheit* oder *Infallibilität* des allgemeinen Willens betrifft, so ist auch hier die wichtigste Verfahrensbedingung die Sicherung der gleichen Willkür aller: »daß jeder Bürger nur seine eigene Meinung vertritt«.[560] Ansonsten kann »Unbedingtheit« nur heißen, daß jeder ernsthafte praktische Beschluß einen Anspruch auf absolute Richtigkeit behaupten muß, um überhaupt einen solchen Beschluß darstellen zu können. Das gilt auch für »Fairneß« (Rawls) und »faire Kompromisse« (Habermas), die sich allein durch solchen Anspruch, kein Irrtum zu sein, von faulen Kompromissen unterscheiden. Immer hat Rousseau dabei den Unterschied des *allgemeinen Willens* zur bloßen *Macht* im Auge: Bloße Machtgleichgewichte unterscheiden sich durch ihre schiere Kontingenz von praktischen Beschlüssen, die nicht mit der Macht und der größeren Zahl der Waffen, sondern mit dem Anspruch, nicht kontingent *zu sein*, sondern unbedingt *zu gelten*, stehen und fallen.[561] Das schließt Pluralismus nicht aus, sondern ein: »Wenn es keine unterschiedlichen Interessen gäbe, spürte man den Gemeinwillen, der nie auf ein Hindernis träfe, kaum: alles andere ginge von selbst, und die Politik hörte auf, eine Kunst zu sein.«[562] Auch das ist hier nicht aristotelisch im Sinne von Phronesis zu lesen, sondern modern im Sinne des Gegensatzes von Natur und Kunst: *Staatsgesetze* (status civilis) sind reine Kunstprodukte aus Meinung und Wille, wo alles wie von selbst geht, herrscht das *Naturgesetz* (status naturalis).

Volkssouveränität ist schließlich keine – weder offene noch verdeckte – Variante des projektiven Spiels der Selbstvergottung. Die souveräne Gewalt Rousseaus ist kein »sterblicher Gott« (Hobbes), kein heiliger Geist und kein Messias, sondern eine strikt *begrenzte* Gewalt, in keiner Weise allmächtig.[563]

4. Das Volk als lernender Souverän

Demokratische Verfassungen setzen nichts anderes als den verfassunggebenden Willen des Volkes, das sich »zur Souveränität konstituiert« (Kant), voraus. Nicht der Vertrag, auch kein Gesellschaftsvertrag – und in diesem Punkt geht Kant über den Kontraktualismus Rousseaus hinaus –, *macht* ein Staatsbürgervolk, sondern dessen »Gesamtwille« ist selbst »der Urgrund aller öffentlichen Verträge«.[564] Der »Gesamtwille« ist aber nicht – weder für Rousseau noch für Kant, wie wir gesehen haben – der Wille eines übermächtig aufgeblähten Kollektivsubjekts, einer Quasi-Gottheit, sei es die ethnisch homogene Nation, sei es der weltgeschichtliche Geist einer sozialen Klasse.

Das Volk der »Volkssouveränität« ist nicht Ethnie, sondern Demos, ein prinzipiell heterogenes Volk sehr verschiedener Staatsbürger.[565] Deshalb kommt, wie Kant betont, das »Recht der obersten Gesetzgebung im gemeinen Wesen« als *individuelles Recht* einem jeden Gesetzesunterworfenen zu. Kant kennzeichnet es ausdrücklich als »das allerpersönlichste Recht« eines jeden Bürgers.[566] Ein Volk von »citizens« ist eine Rechtsgemeinschaft und keine Volksgemeinschaft. »Volkssouveränität« ist der einfache Gedanke, daß »ausschließlich demokratisch gesetztes Recht legitim sei«.[567]

Trotzdem ist der Begriff der *Souveränität* gefährlich. Es gibt gute Gründe, hier skeptisch zu sein. Die heidnischen Republiken der Antike kannten ihn noch nicht. Er ist Erbe des Christentums, Produkt seiner Säkularisierung. Der biblische Monotheismus kennt den Begriff des zugleich gesetzgebenden und allmächtigen Gottes. Im frühen Christentum bis zur Wende des 11. Jahrhunderts blieb ein Denken in Begriffen souveräner Gesetzgebung dem »Gottesstaat« (Augustinus) vorbehalten, die Welt galt ohnehin für verloren und der Erbsünde verfallen. Gerechtigkeit war allein vom Jüngsten Gericht zu erwarten, und das Ende aller Tage war zugleich die Naherwartung der Gemeinde. Der revolutionäre Umbruch des 11. Jahrhunderts hat – wie zuletzt Harold Berman in einer eindrucksvollen Studie zeigen konnte – die Naherwartung in weite Ferne gerückt, *das Sakrale verrechtlicht* (die eigentliche Leistung des europäischen Westens), Legitimität an Legalität gebunden, eine Theologie des Gerichts entwickelt und den auf himmlische Erlösung gebannten Blick zur Erde zurückgeführt, um ihre langfristige Veränderung und Verbesserung ins Auge zu fassen.[568] Recht wurde als das Wesen des Glaubens angesehen: »Gott selbst ist das Recht. Darum ist ihm das Recht so teuer«, heißt es im Prolog zum *Sachsenspiegel*. »Niemand« – so kommentiert Berman diese Stelle – »Niemand im Westen hätte das vor 1075 (dem Jahr der »dictatus papae«, die den Umbruch auslösten – H. B.) gesagt; nach 1122 (als der *Sachsenspiegel* erschien – H. B.) war es in der einen oder anderen Form Gemeingut. Das Recht sollte die Aufgabe der westlichen Christenheit erfüllen helfen, die Anfänge des Gottesreiches auf Erden zu bauen.«[569]

Alle zentralen kirchlichen Lehrstücke wurden infolge der Gregorianischen Revolution *drastisch uminterpretiert*. Die Erbsündenlehre wurde stark relativiert, und die Sünde durch juristische Praxis schrittweise tilgbar. Die Zwei-Reiche-Lehre blieb bestehen, wurde aber zunehmend reflexiv und reiterativ vervielfacht, und so konnte das ursprünglich ganz weltfremde und weltferne »zweite Reich« Zug um Zug dieser Welt inkorporiert und internalisiert werden. Trotz Sündenfall und Chaos der Welt konnten nicht nur das postmortale göttliche und das höhere kirchliche, sondern auch das ganz diesseitige, profane Recht »erneuert werden; es war erlösbar; es hatte positive Bedeutung. Die Kirche konnte dazu beitragen, es dem natürlichen und letztlich göttlichen Recht näherzubringen. Das kanonische Recht konnte als Vorbild für die weltliche Rechtsordnung dienen.«[570] Und deshalb war fortan alles Recht seinem Prinzip nach (d. h. weder in den Einzelbestimmungen noch gar in der Praxis, aber als wirkungsmächtige juristische Fiktion) ein Recht der Gleichheit, der Reziprozität und der Partizipation.[571] Endgültige Erlösung rückte in weiteste Ferne, und *zwischen* Fall und Erlösung schob sich eine revolutionär motivierte politische und juristische Praxis. Das Jüngste Gericht verflüchtigt sich zum bloßen Endpunkt einer endlosen Reihe von Prozessen. Am Ende aller »modernen« Revolutionen, das gilt für die Gregorianische ebenso wie für die protestantische und die Französische Revolution, steht jeweils die rechtliche Institutionalisierung des revolutionären Konflikts, das ist im Fall des Konflikts von Kirche und Staat im 11. und 12. Jahrhundert nicht anders als im Fall des Klassenkampfes im 19. und 20. Jahrhundert. Staatliche Macht wird von Revolution zu Revolution konstitutionalisiert und die soziale Evolution selbst verrechtlicht. Erfolgreich sind die Revolutionen, denen es gelingt, die mobilisierenden messianischen und geschichtstheologischen Hoffnungen ihrer ersten Stunden in den radikalen Reformismus einer rechtlich-institutionellen Alltagspraxis zu transformieren.

Davon bleibt auch die Vorstellung göttlicher Allmacht und Souveränität nicht unberührt. Aus Spiritualismus wird Legalismus, die *von außen* hereinbrechende Transzendenz wird durch eine *von innen* praktisch konstruierbare Transzendenz ergänzt und relativiert, aus der früh- und ostchristlichen Vergöttlichung des Menschen wird die westchristliche *Verdiesseitigung Gottes*. Darin sieht Berman die entscheidende Rationalisierungsleistung der westlichen Theologie: »Gott auf Erden zu holen, statt den Menschen in den Himmel erheben. Für die Scholastiker des späten 11. und 12. Jahrhunderts war der Weg der Gotteserkenntnis der Weg der Fleischwerdung, nicht der Vergöttlichung.«[572]

Man kann darin – aus dem Blickwinkel einer spekulativ zugespitzten Gesellschaftsgeschichte – den theologisch motivierten Einstieg zum sehr viel später vollzogenen, profanen Ausstieg aus der »politischen Theologie« sehen. Der Einstieg zum Ausstieg besteht in der – von der Scholastik mit großer Konsequenz betriebenen – *philosophischen Rationalisierung der Theologie* und in der *praktisch-politischen Verrechtlichung des Sakralen*. Das hat übrigens Heinrich Heine scharfsichtig erkannt: »Von dem Augenblick an, wo eine Religion bei der Philosophie Hülfe begehrt, ist ihr Untergang unabwendlich. Sie sucht sich zu verteidigen und schwatzt sich immer tiefer ins Verderben hinein. *Die Religion, wie jeder Absolutismus, darf sich nicht juridifizieren*. Prometheus wird an den Felsen gefesselt von der schweigenden Gewalt. Ja, Äschylos läßt die personifizierte Gewalt kein einziges Wort reden. Sie muß stumm sein. Sobald die Religion einen räsonierenden Katechismus drucken läßt, sobald der politische Absolutismus eine offizielle Staatszeitung herausgeben läßt, haben beide ein Ende. Aber das ist eben unser Triumph, wir haben unsere Gegner zum Sprechen gebracht, und sie müssen uns Rede stehn.«[573]

Für den politischen Souveränitätsbegriff von Bodin bis Kant ist eine doppelte Transformation entscheidend. Sie ist das verfassungspolitische Ergebnis der Rechtsrevolution des 11. Jahrhunderts: *erstens* die Bindung auch schon der göttlichen Souveränität an die Vernunft. Gott handelt der Lehre Anselms zufolge nicht willkürlich, und auch er muß sich ans Recht halten. Der Gedanke konstitutioneller und rationaler Selbstbindung wird bis in die göttliche Allmacht zurückverlegt. *Zweitens* wird der Begriff einer *konstitutionell gebundenen Souveränität* verweltlicht und in der gestuften Teilung kaiserlicher und päpstlicher Souveränität vervielfältigt.

Thomas Hobbes hat diesen Begriff der Souveränität aufgenommen und ihm einen radikal profanen Sinn gegeben. Er hat den Staat des Leviathan den »sterblichen Gott« genannt. Im Prädikat der Sterblichkeit konnte er die Selbstvergottung vermeiden und doch alle souveräne Macht auf Erden in einem Punkt politischer Gewalt konzentrieren. Dadurch konnte er die bürgerliche Existenz individualisieren und aus dem Korsett einer korporatistischen Privilegienverfassung herauslösen. Der Gewinn bestand in der strikteren Allgemeinheit des Gesetzes und der Befreiung des Subjekts vom inneren Glaubens- und Tugendzwang. Der Preis war jedoch hoch, wie wir gesehen haben: eine Irrationalisierung der öffentlichen Vernunft des Souveräns und eine dezisionistische Regression unter das scholastisch bereits befestigte Niveau konstitutionalisierter Souveränität. Und hier liegt die Gefahr in der Verwendung des Souveränitätsbegriffs offen zutage, war es doch diese von Hobbes und Bodin entwickelte Idee uneingeschränkter, in ihren Entscheidungen absolut freier, staatlicher Souveränität, die Carl Schmitt zu einer gegenrevolutionären *Politischen Theologie* motiviert hatte.

Die Anwendbarkeit des Begriffs einer politischen Theologie ist schon im Falle des ganz empiristisch gesonnenen, politischen Konstruktivisten und Methodikers Hobbes ziemlich zweifelhaft.[574] Rousseau und noch entschiedener Kant lösen den politischen Begriff der »Souveränität« definitiv aus seiner Verklammerung mit der Theologie. »Volkssouveränität« ist ein freistehender Begriff, der das rationalisierte politische Erbe des Monotheismus antritt, aber der Theologie, der Religion und Metaphysik zu seiner Begründung und Explikation nicht länger bedarf.[575] Die Demokratietheorie der Aufklärung des 18. Jahrhunderts verwandelt *alle* Transzendenz in Transzendenz von innen. Mit diesem Schritt emanzipiert sie sich von jeder höheren Wahrheit und Autorität. Das souveräne Volk ist, trotz einiger naheliegender und kaum vermeidlicher Mißverständnisse im Verlauf der Französischen Revolution, trotz der Resakralisierung der Nation im Verlauf des 19. Jahrhunderts, kein Gott, auch nicht der sterbliche. Der souveräne Fürst des Thomas Hobbes ist eine Instanz, die nicht irren kann und gegen die es keine Appellation gibt. Er ist überdies – wie der biblische Gott – konkret, eine »ungeheure Person«. Der Unterschied dieses Fürsten zu Kants und Rousseaus »Volkssouverän« ist einer ums Ganze.

Dem Volk, über dem es keinen Gesetzgeber gibt, billigen Kant und Rousseau ausdrücklich ein Recht auf Irrtum zu. Volkssouveränität ist immer eine experimentelle Praxis von Versuch und Irrtum, ein riskanter Lernprozeß: »Die ersten Versuche werden freilich roh, gemeiniglich auch mit einem beschwerlichen und gefährlichen Zustande verbunden sein, als da man noch unter Befehlen, aber auch der Vorsorge anderer stand; allein man reift für die Vernunft nie anders als durch *eigene* Versuche (welche machen zu dürfen man frei sein muß).«[576] Das Volk kann sich täuschen und ist deshalb auf Lernprozesse, die wenigstens einige seiner vielen Fehler korrigieren, angewiesen. Volkssouveränität ist *lernende Souveränität.* Und souverän ist das Volk nur als gesetzgebende Instanz. Die Einheit des gesetzgebenden Willens – das ist die unaufgebbare individualistische Prämisse – kann sich nur in der »Pluralität der Gesellschaft« bilden.[577] Demokratie verwirklicht sich nur im Spiel der Differenz. Das Volk bindet sich selbst, es *ist* die letzte Instanz, und es ist in seinem Willen unteilbar, aber es darf seinen Willen nur in allgemeinen Gesetzen ausdrücken. Wie Ingeborg Maus schon in ihrem Buch über Carl Schmitt gezeigt hat, sind unbedingte Volkssouveränität und strenger Legalismus ebenso zwei Seiten derselben Medaille wie Rechtsstaatlichkeit und uneingeschränkte Publizität.[578] Es ist kein Zufall, daß die Befehle der Wannseekonferenz selbst das dürftige Licht jener Öffentlichkeit scheuen mußten, das auf die Seiten des Gesetzblattes fällt. Carl Schmitt wußte schon, warum er statt dessen auf Arkanpolitik und Geheimdiplomatie gesetzt hat.

Der demokratische Gesetzgeber muß in der einfachen Gesetzgebung die Verfassung achten, aber auch deren positiviertes Recht steht ihm prinzipiell zur Disposition. Drastische Uminterpretation ist der Weg, der von der zunächst sehr exklusiven Formel »All men are created equal« aus dem Jahr 1776 zur Einbeziehung der Schwarzen, der Arbeiter, der Frauen in die Gleichheit und Allheit der Verfassungsgesetze und der Rechte führt. Das einzige, was der demokratische Souverän nicht umstoßen kann, ist die Selbstbindung an die *Form* demokratisch gesetzten Rechts, und dazu gehören eben Allgemeinheit, Gleichheit, Unabhängigkeit, Öffentlichkeit, Kohärenz. Das war der entscheidende Zug, mit dem Rousseau und Kant die Regression des »Leviathan« unter das okzidentale Rationalisierungsniveau korrigiert hatten: die Rückbindung der freien Willkür an die Vernunft, die Konstitutionalisierung der Souveränität durch die Frage nach den Bedingungen, unter denen sie möglich ist.
Der einige Wille des Volkes ist nicht der allmächtige Uranfang, sondern immer nur der Geltungsursprung *und* das vorläufige Produkt eines Verfahrens, in dem viele einzelne mit je eigenem Willen sich einigen müssen. Nur – einigen müssen sie sich schon. Nicht in allen Fragen, die ihr Leben betreffen, aber in den vergleichsweise wenigen, in denen es um die Koordination der Willkür des einen mit der des anderen »nach einem allgemeinen Gesetz der Freiheit« (Kant) geht.

Der Souverän ist der politische Spezialist fürs Allgemeine, aber gerade deshalb muß er dem Besonderen freien Lauf lassen. »Der Souverän handelt, da er keine andere Macht hat als die legislative, nur mittels Gesetzen.«[579] Der allgemeine Wille kann gar nicht anders, als das Recht der Besonderheit achten. In der Sekunde nämlich, in der er es verletzt, zerstört er sich selbst als »volonté générale« und schlägt in die blinde Partikularität despotischer Überwältigung zurück. Insofern könnte man sagen, daß Rousseau von der vorranglosen Differenz und Reziprozität von Menschenrechten und Volkssouveränität ausgeht: beide sind gleichursprünglich, und das eine ist ohne das andere nicht zu haben. Die »öffentliche Person«, die die Gesetze beschließt, ist mit den »Privatpersonen«, die die öffentliche Person bilden und »deren Leben und Freiheit von Natur aus von ihr unabhängig sind«, gerade nicht identisch, und sie darf es um den Preis von Souveränität *und* Recht nicht sein: »Es geht also darum, die Rechte des Bürgers und des Souveräns genau zu unterscheiden, die Pflichten, die die ersteren in ihrer Eigenschaft als Untertanen zu erfüllen haben, und das natürliche Recht, dessen sie sich in ihrer Eigenschaft als Menschen erfreuen können.«[580] Jene Pflichten bestehen in nichts anderem als in Gesetzesgehorsam und Verfassungsloyalität, und das natürliche Recht in nichts anderem als in den Menschen- und Bürgerrechten jedes Einzelnen. Um die öffentliche Person des Souveräns zu konstituieren, dürfen die Privatpersonen von ihrer Macht, ihren Gütern und ihrer Freiheit nicht mehr veräußern, als »nur jeweils den Teil«, »dessen Gebrauch für die Gemeinschaft von Bedeutung ist«.[581] Die unübersteigbare Schranke dieser Bedeutung ist das Recht der Besonderheit und die strikte Bindung des allgemeinen Willens (= Souveräns) an die Funktion der *Gesetzgebung*.

Die Gleichheit des Gesetzes, ein Abwehrrecht gegen den Staat, ist die Schranke, die den Souverän konstituiert: Niemals *kann* die souveräne Gewalt (um den Preis des Rückfalls in den Naturzustand) »die Grenze der allgemeinen Übereinkünfte [...] überschreiten« und deshalb kann »jeder voll und ganz über das verfügen [...], was ihm durch diese Übereinkünfte von seinen Gütern und seiner Freiheit gelassen wurde; dergestalt, daß der Souverän niemals das Recht hat, einen Untertan stärker zu belasten als einen anderen, weil er *nicht mehr zuständig* ist, sobald eine Angelegenheit eine besondere wird.«[582] Damit trennt Rousseau hier bereits kategorial, auf der Ebene der Rechte die Sphären von Staat und Gesellschaft. Es sind freilich Rechtssphären, die als solche unter die Gesetzgebungskompetenz des Volkes fallen. Es sind keine äußerlich vorgegebenen, substantiellen Sphären (etwa konkrete Rechtsordnungen im Sinne Carl Schmitts). Deshalb wird die modernitätstypische Differenzierung von Staat und Gesellschaft überhaupt erst möglich im Zusammenspiel von individuellen Rechten und Volkssouveränität.

5. Recht, Moral und die Grenzen von Privatsphäre und Öffentlichkeit

Nur Gesetze, so argumentieren Kant und Rousseau übereinstimmend, die der äußeren Willkür eines jeden entspringen, haben den Test ihrer Verallgemeinerbarkeit bestanden. Sie dürfen deshalb ihre Befolgung aus verallgemeinerungsfähigen moralischen Motiven nicht ausschließen. Rechtspflichten dürfen moralischen Pflichten nicht widersprechen. Das Gesetz darf mir nicht verbieten, Menschen, die in Not sind, aus nichts als gutem Willen zu helfen. Aber die Gesetze können solcherart motivierte Hilfe nicht nur nicht erzwingen, sie stehen überhaupt nicht im Dienst der Sittlichkeit. Sie sind durch beliebiges Tun erfüllbar und deshalb stets mit den niederträchtigsten Motiven verträglich. Deshalb ist es gefährlich, wenn Volksvertreter die Erfüllung von Sekundärtugenden anmahnen. Ihre Aufgabe ist nicht, über die Sitten zu wachen, sondern Gesetze zu machen.

Und was für einfache Gesetze gilt, gilt auch – wie wir im Anschluß an Dworkin gesehen haben – für die zu Rechten verdinglichten und veräußerlichten moralischen Pflichten. Rechte *haben* wir ebenso unabhängig von dem, was wir sind, wie von den Motiven, dem reinen oder unreinen Gewissen, das uns bei ihrer Reklamation begleiten mag. Dieser fundamentale Grundsatz individueller Rechte wird vom Art. 2, Abs. 1 des deutschen Grundgesetzes massiv verletzt. Dort heißt es: »Jeder hat das Recht auf die Entfaltung seiner Persönlichkeit, soweit er nicht die Rechte anderer verletzt und nicht gegen die verfassungsmäßige Ordnung oder das Sittengesetz verstößt.« Hier wird die äußere Handlungsfreiheit eines jeden, die Rousseau und Kant nur dort nach Maßgabe eines »allgemeinen Gesetzes der Freiheit« (Kant) einschränken wollten, wo sie mit der äußeren Handlungsfreiheit anderer unverträglich wird, gleich durch *drei Instanzen* höherer Moral und Sitte eingeschnürt: durch das volkspädagogische Bildungsziel der naturhaft zu entfaltenden Blüte der Persönlichkeit, durch eine (bis zur Debatte um die »Berufsverbote« in den 70er Jahren) substantiell verstandene Verfassungsordnung (FdGO) und zur Krönung durch das »Sittengesetz«, für das als Paradebeispiel schon in der Debatte des Parlamentarischen Rates der § 175 des Reichsstrafgesetzbuches herausragte. Entsprechend trostlos bewegten sich in der Folgezeit höchstrichterliche Entscheidungen und Grundgesetzkommentare zwischen der Tradition des Naturrechts (z. B. unnatürliches Sexualverhalten), den guten Sitten der Gemeinschaft, der Anthropologie des europäischen, gelegentlich auch des deutschen Menschen oder schlicht dem Weltbild der beiden christlichen Konfessionen.[583] Freiheitsrechte hat man, sofern sie mit der gelebten Moral zusammenklingen. Da war die Hessische Landesverfassung – als einzige der deutschen Länderverfassungen – schon besser, beschränkte sich in ihrem Art. 21 die höhere, substantielle Einschränkung des schlichten Satzes »Der Mensch ist frei« sparsam auf die »verfassungsmäßige Ordnung des Gemeinwesens«.[584] Während die Französische Revolution von 1791 noch ganz im Geiste Rousseaus erklärt hatte: »Die Menschen werden frei und gleich an Rechten geboren und bleiben es.«[585] Rechte setzen uns gegen das Recht ins Recht, egal ob wir gute oder böse, staatstragende oder revolutionäre Pläne haben.[586]

Ein Kant und Rousseau folgendes Verständnis von Rechten würde diese, anders als Dworkin, – wie wir gesehen haben –, nicht irgendwo »da draußen« oder »tief drinnen« in der Natur – sei's der Sache, sei's des Subjekts, sei's der Gemeinschaft – verankern, sondern unmittelbar mit dem Begriff der Volkssouveränität und der »volonté générale« verknüpfen. Ganz so, wie es der Abgeordnete Crenier am 17. August 1789 der Pariser Nationalversammlung erklärt hatte. Es dürfen nur allgemeine Gesetze herrschen. Und allgemein sind sie nur, wenn sie nicht »einseitig«, sondern, wie Kant sagt, »allseitig« und das heißt, im doppelten Sinn allgemein sind: Ihnen schulden ausnahmslos alle Gehorsam und sie müssen unter freiwilliger Mitwirkung aller zustande gekommen sein.[587] Das setzt ein Verfahren voraus, dessen Bedingungen so beschaffen sind, daß sie die freie und gleiche Partizipation eines jeden gewährleisten. Dabei handelt es sich natürlich um idealisierende Unterstellungen, aber nicht im Sinne »regulativer Ideen« oder irgendeines dann doch wieder als Ziel oder Telos fungierenden Maßstabs, mit dem das Resultat des Verfahrens unabhängig von der Verständigungspraxis der Verfahrensbeteiligten verglichen werden könnte, so als ginge es hier um das erkennbare und beobachtbare Verhältnis zweier Welten, einer idealen und einer realen.[588]

Idealisierende Unterstellungen sind jedoch nichts anderes als methodische Verfahrensnormen, die wir immer schon im Rücken haben, wenn wir ein richtiges Ergebnis allein aus eigener Kraft und eigener Willkür hervorbringen wollen. Es handelt sich hier um ein Ergebnis, das kein Ziel oder Maß des Verfahrens, das zu ihm führt, sein kann, weil wir ja vorher nicht wissen können, wohin die Reise geht, wollen wir es doch selbst herausfinden und entscheiden. Die nur in solchem Verfahren wirkliche, praktische Vernunft ermöglicht uns den Entwurf einer Zukunft, die uns nicht vorgegeben ist und doch die widerlegliche Vermutung, in ihr werde es besser, auf ihrer Seite hat. Was es hier radikal zu verabschieden gilt, ist jedes Fahrplandenken. Die Freiheit und Gleichheit jeweils sichernden Verfahrensbedingungen sind eher einer Versuchsanordnung vergleichbar, einem riskanten Experiment, das jederzeit scheitern kann, zu dem wir aber, um den Preis der Despotie, keine Alternative haben. Die einzige Bedingung des Experiments ist jedermanns freie Willkür, und das heißt zunächst und zuerst: eine jede Rechtsperson muß jederzeit nach eigenem Belieben »ja« oder »nein« sagen können, und vor allem der Ausstieg aus dem Experiment politischer Beteiligung darf an keine Bedingungen geknüpft sein. Ohne dieses »Recht der Besonderheit« (Hegel) zu irrationalen, undurchsichtigen und grundlosen Entscheidungen *kann* überhaupt kein allgemeiner Wille zustande kommen.[589]

Wer einen Gesetzesvorschlag ablehnt, ist ebenso wie diejenige Person, die eine Behauptung bestreitet, zur Begründung ihrer Einwände verpflichtet. Dieser Begründungszwang ist jedoch rein normativ und der rechtlichen Einwirkung auf äußere Handlungen gänzlich entzogen. Er kann nur unter (kontrafaktischen) Bedingungen vollkommener Zwanglosigkeit *als* Begründung eines Vorschlags oder eines Einwands wirksam werden. Im Zusammenspiel von Kritik und Instanzenzug, von Meinungsbildung und Beschlußfassung, von Argumentation und Geschäftsordnung, von Diskurs und Abstimmung wird der zwanglose Zwang besserer Argumente mit dem nötigenden Zwang knapper Zeit, werden – in den Worten Habermas' – »Faktizität« und »Geltung« vermittelt. Dabei sichert die Revidierbarkeit eines jeden Beschlusses den Vorrang von Geltung und Argumentation. Das Volk hat, wie Rousseau sagt, jederzeit das Recht, die Gesetze nach einem geordneten Verfahren und auch die Regeln dieses Verfahrens zu ändern. Die Majestät des Gesetzes ist, wie Kant sagt, jederzeit der Kritik, die stets vollkommen frei sein muß, unterworfen. Nur so kann das Wirkliche vernünftig werden. Wer hingegen einem allgemein verbindlichen Gesetz unterworfen ist, ist in der Regel zum (rein äußerlichen) Gehorsam verpflichtet. Die Gehorsamspflicht hat verpflichtende Kraft, weil in der Allgemeinheit des Gesetzes die Vernunft auch schon wirklich ist. Der Gesetzeszwang wirkt, wie Kant sagt, mit »unwiderstehlicher Gewalt« und nicht mit der zwanglos zwingenden Kraft besserer Argumente. Der Rechtszwang ist kein Begründungszwang. Zum Begriff richtigen Rechts gehören alle drei Komponenten: die gleiche, schrankenlose Freiheit der öffentlichen Kritik, die gleiche und unabhängige Partizipation aller Gesetzesunterworfenen an der Gesetzgebung und das Verbot des Widerstands gegen gesetzmäßigen Zwang. Gegen den demokratischen Souverän kann es kein Widerstandsrecht geben. Aber Kritik schließt symbolische Handlungen ein. Partizipation hingegen muß sich mit effektiven Verfahren der Beschlußfassung vermitteln, was Beschleunigungsstufen, Instanzenzüge, Repräsentation und systemische Verdichtung einschließt. Und zum Begriff des Gesetzes gehört natürlich, daß ein Gesetz nur ist, was weder die Gleichheit der Freiheit noch die Unabhängigkeit des Einzelnen von der nötigenden Willkür *und* von der Meinung Anderer einschränkt. Deshalb haben Rechte, hat das Recht der Besonderheit immer den Vorrang, wenn es mit Gesetzen kollidiert.

In Rousseaus Modell einer modernen Republik trennt das demokratisch legitimierte Recht der Besonderheit und nicht das demokratieblinde private Vertragsrecht die verschiedenen Sphären des Privaten und des Öffentlichen, des Individuellen und des Gesellschaftlichen, des Gesellschaftlichen und des Staatlichen. *Rechte* haben hier immer den Sinn, die gleiche

Freiheit im Prozeß der Meinungs- und Willensbildung vor dem partikularistischen Übergriff bürokratischer und privater, staatlicher und gesellschaftlicher *Organisations-* und *Informationsmacht* zu schützen.[590] Das schließt die jederzeitige Möglichkeit einer Expansion von Publizitäts- und Partizipationsrechten in gesellschaftliche Bereiche privater Verfügungsmacht (Verbände, Wirtschaftsunternehmen etc.) ein.[591]

Eine demokratische Legitimation der Sphärengrenzen setzt voraus, daß diese – auf verschiedenen Ebenen reflexiver Institutionalisierung[592] – permanent Gegenstand von *Verhandlungen* sind.[593] Was darunter dann im einzelnen zu verstehen ist, hängt vom jeweiligen Niveau institutioneller Reflexivität und vom »point of view« der jeweiligen Beschreibung ab.

Faktisch, aus der funktionalistischen Beobachterperspektive von Systemtheoretikern wie Willke und Luhmann, stellt sich das Problem der Grenzziehung als Kommunikationsproblem einander reflexiv beobachtender Systeme, die gegeneinander partikulare Selbstbehauptungsinteressen geltend machen, dar. Die Systemtheorie spricht durchaus treffend von Problemen und Risiken der Interpenetration, und zu ihrer Lösung hat Willke die Institutionalisierung von Verhandlungssystemen vorgeschlagen.[594] Dabei geht es jedoch immer nur um Fragen des Machtausgleichs und des wechselseitig als vorteilhaft eingeschätzten Nutzens. Die Stabilität im Verhältnis zwischen Systemen und zwischen Systemen und Verhandlungssystemen und Verhandlungssystemen und Verhandlungs-Verhandlungssystemen reicht niemals weiter als bis zum Selbstbehauptungsimperativ, dem *alle* Systeme folgen. In terms der modernen Vertragstheorien spielt sich hier alles Verhandeln über Grenzverläufe im Naturzustand ab. Der Wechsel, den die Systemtheorie vom Paradigma des Handelnden zu dem des Systems vollzogen hat, hat den zweifelhaften Vorteil einer Entlastung der Systeme noch von der minimalsten Bindung ernsthaft verhandelnder Akteure: »Pacta sund servanda« ist eine Regel, die für Selbstbehauptungssysteme keinerlei Verbindlichkeit haben kann.

Erst aus der normativen Beobachterperspektive einer Theorie der Gerechtigkeit, wie Rawls sie entwickelt hat, stellt sich das Problem der Institutionalisierung von Verhandlungssystemen als Problem fairer Verhandlungen und fairer Kompromisse. Aber es bedarf eines weiteren Schritts zur praktischen Teilnehmerperspektive demokratischer Legitimationstheorien (Kant, Rousseau), um dasselbe Problem noch einmal als eines der ursprünglichen, »öffentlich rechtlichen« Institutionalisierung von Verhandlungssystemen im faktischen Prozeß allgemeiner Willensbildung zu thematisieren. Erst auf dieser dritten Ebene wird der jeweilige Grenzverlauf zwischen Staat und Gesellschaft und zwischen den verschiedenen Bereichen des Öffentlichen und des Privaten zum Problem dessen, was »ein jeder über alle und alle über einen jeden« (Kant) beschließen.[595]

6. Taking Democracy Seriously: Gehorsam gegen das selbstgegebene Gesetz

»Freiheit« ist für Rousseau: »der Gehorsam gegen das selbstgegebene Gesetz«.[596] Er nennt sie in Abgrenzung zur »natürlichen« »bürgerliche« und »sittliche Freiheit« und unterscheidet damit rechtliche, legale Freiheit (»bürgerlich«) und moralische Gewissensautonomie (»sittlich«). Diese Idee der Autonomie durch verallgemeinerte Willkür ist deontologisch und individualistisch.

Die ontologische Entwurzelung des zugrundeliegenden Autonomiebegriffs säubert das Recht von allen teleologischen Vorstellungen der Substanz und des Zwecks im Recht. Rousseau hat das Naturrecht konsequent formalisiert und dadurch praktisch aufgehoben, daß er den Begriff des natürlichen Rechts »von jeder Verknüpfung mit möglichen menschlichen Zwecken befreit« hat.[597] Die Substanz des Rechts verflüchtigt sich zu einer bloßen Form variabler Willensinhalte. Das holt das Recht vom Himmel auf die Erde zurück und macht es ganz zur Sache öffentlicher Versammlungen. Alle Asymmetrien der alten Legeshierarchie stürzen in sich zusammen, und vom höheren Orts verordneten Gesetz bleibt nurmehr die *allgemeine Form*, die der gleichen Freiheit aller von Fall zu Fall eine vernünftige Einigung abverlangt. Rousseau bindet den Begriff des natürlichen Rechts des Menschen nicht länger an einen bestimmten Gebrauch der freien Willkür, »sondern an diese selbst«.[598]

Zwar bleibt der Eigentumsbegriff Rousseaus noch der Vorstellung vom begrenzten Besitz arbeitender Kleineigentümer (und insofern einem sozialontologischen Telos) verhaftet. Insbesondere bindet Rousseau das natürliche Recht des ersten Besitzers an Subsistenzwirtschaft und den Lockeschen Grundsatz der Aneignung des Naturstoffs durch Arbeit.[599] Aber diese naturrechtliche Zweckbindung des Besitzes sprengt Rousseau selbst durch die Trennung von Besitz und Eigentum, durch die das letztere von allen Naturzwecken abgelöst und dem gesetzgebenden Willen des Volkes überantwortet wird. Einschränkungen im freien Gebrauch des Eigentums sind dann wie bei Kant allein an den Gesetzgebungsspielraum des demokratischen Souveräns gebunden und durch kein Telos des Menschen und der Natur vorweg fixiert.[600] Kant war freilich schon auf der Ebene des dem Naturzustand korrespondierenden »Privatrechts« radikaler und hat das Recht auf erste Besitznahme nicht nur von allen schöpfungstheologischen Vorstellungen eines zu hütenden Lehens, sondern die »prima occupatio« auch von allen sozialethischen und anthropologischen Zweckbindungen und Aneignungsschranken befreit, insbesondere vom Telos der Arbeit.[601]

Die Pointe einer Rousseau und Kant verknüpfenden Vertragstheorie gegenüber der von Hobbes und Locke ist die, daß sie den Übergang vom provisorischen Privatrecht des Naturzustands zum peremtorischen öffentlichen Recht des bürgerlichen Rechtszustands als einen Prozeß doppelter, zweistufiger Legitimation begreift. Auf einer ersten Begründungsstufe, die sich mit dem geschichtlichen Zustand des gewaltmonopolisierenden Staates, wie Bodin und Hobbes ihn entworfen haben, deckt, wird das Provisorium naturbelassener Besitz- und Herrschaftsverhältnisse in einen Status der Sicherheit, d. h. einen Rechtssicherungsstaat, überführt. Die Begründung ist hier rein instrumentell und einseitig auf den anthropologisch wohlbestimmten materialen Zweck der Selbsterhaltung bezogen. Dieser Zustand erweist sich freilich auf der zweiten Begründungsstufe, der geschichtlich der demokratische Rechtsstaat (»Republik« i. S. Rousseaus und Kants) entspricht, selbst noch als instabil, latent anarchisch und naturwüchsig, gewaltsam, in letzter und höchster Instanz, nämlich in seiner Souveränitätsbasis selbst, als »facto usurpiert«, als bloße gesellschaftliche Verlängerung der Willkürherrschaft des Naturzustands. Auf der zweiten Begründungsstufe kommt nämlich das Prinzip der Selbstgesetzgebung als einzige Legitimationsbasis eines peremtorischen Rechtszustands zur Geltung.

Die Sicherungsfunktion des Rechts kann nun nur noch durch solche Gesetze erfüllt werden, die je meine Willkür vor der nötigenden Willkür anderer so schützen, daß es zu keinerlei Freiheitsverlust kommt, weil die einzige Quelle der Gesetze jedermanns Willkür ist. Deshalb besteht Kant im § 47 der Rechtslehre darauf, daß derjenige, der seine »wilde gesetzlose Freiheit« durch den Eintritt in den »status civilis« »gänzlich« verläßt, »seine Freiheit überhaupt in einer gesetzlichen Abhängigkeit [...] unvermindert« wiederfindet; eben deshalb, »weil die Abhängigkeit seinem eigenen gesetzgebenden Willen entspringt«.[602]

In diesem einen Punkt und nur in Hinblick auf die Gesetzgebung wird die *politische Selbstentfremdung* des Menschen, die das sicherheitsstaatliche »Ideal des Hobbes« ist, durch Kant und Rousseau aufgehoben. Es ist das eigene und nicht das fremde Gesetz, das die staatsbürgerliche Regierungsform von allen Formen des Despotismus-Paternalismus trennt. Die Staatsbürger des peremtorischen Rechtszustands bleiben zwar als Untertanen des

Gesetzes von einer »unwiderstehlichen Gewalt« abhängig, die ihnen in der Sekunde, in der sie das Gesetz, dem sie selbst aus freien Stücken beigestimmt haben, verletzen, als eine fremde Macht gegenübertritt. Aber sie »können« sich darin »schlechterdings« kein »Unrecht tun«, ist es doch immer noch ihre eigene Inkonsequenz, die sie trifft.[603] Die Freiheit kann Irrationalität, Inkonsequenz, Undurchsichtigkeit um ihrer selbst willen niemals ausschließen. Dieses Moment der politisch-rechtlichen Selbstentfremdung bleibt unaufhebbar. Es gibt eben keine soziale Welt ohne Verlust. Aber, und mit diesem Zug, der den Gedanken der Volkssouveränität enthält, hebt Kant die von Augustinus über Luther bis Hobbes variierte These der notwendigen Fremdheit des Gesetzes mitsamt ihrer Begründung – sei es in der Theodizee der »Erbsünde«, sei es in der empiristischen Anthropologie der »Wolfsnatur« – auf: als gesetzgebender Staatsbürger »besitzt« »jeder sich selbst« und ist »nicht vom absoluten Willen eines anderen neben und über ihm« abhängig.[221] Wenn man in diesem Punkt der kommunitaristischen Kulturkritik nachgibt, ist alles verloren.

Nun ist es wichtig, hier das zweistufige Begründungsmodell, das die Vertragstheorien Kants und Rousseaus integriert, im Auge zu behalten. Denn der Gesellschaftsvertrag, der »contractus originarius« ist – in Kants Terminologie – der Ursprung wohlgeordneter Freiheit.[605] Es ist der Ursprung eines peremtorischen Rechtszustands, aber es ist nicht der Uranfang der europäischen Rechts- und Staatsgeschichte.[606]

Während nun Rousseau nicht nur ein normativ-polemisches Interesse am Naturzustand hat, sondern – systematisch *vorrangig* – an der empirischen Ethnologie und Entwicklungsgeschichte, die vom »homme naturel« zum »homme de l'homme« führt, interessiert ist, ist für Kant der Naturzustand nur eine hypothetische Konstruktion, die allein dem normativen Ursprung des Rechts in einem »Postulat der praktischen Vernunft« gilt.

Die faktische Naturgeschichte des Menschen ist für Kant und Rousseau, in scharfer Frontstellung gegen die gesamte griechisch-christliche Tradition des politischen Denkens (Hegel und Marx eingeschlossen), nichts anderes als das »Produkt von Zeit und Zufall« (Rorty). Rousseau unterteilt die Naturgeschichte in zwei Hauptabschnitte, die durch die »anthropologische Differenz« getrennt sind: den Zustand tierhaft solitärer Unabhängigkeit (Naturzustand_1) und den Zustand des soziablen Wesens (Naturzustand_2), den Rousseau und seine Zeitgenossen bei den »Wilden« Australiens, Afrikas und Amerikas beobachten konnten. Legt man nun die Unterscheidung Kants zwischen »Gesetzen der Freiheit« (moralische im weitesten Sinne, also beides übergreifend: juridische und ethische Gesetze) und »Naturgesetzen« zugrunde, dann gelten im faktischen Naturzustand

Rousseaus *nur* Naturgesetze.[607] Deren Regulationskapazität ist unter Bedingungen des präreflexiven, solitären Zustands (Naturzustand$_1$), in dem sich der »homme naturel« befindet, auch vollkommen ausreichend, was Rousseau im zweiten Discours am Beispiel der Tiere, denen der »homme naturel« weit nähersteht als dem »homme de l'homme«, plausibel macht. Aber die Gesetze der Natur sind nur unter sehr günstigen, seltenen Bedingungen hinreichend, *nachdem* es den Menschen in den soziablen Naturzustand (Naturzustand$_2$) verschlagen hat, der ihn mit seinem Netz aus Symbol, Sprache und Reflexion in ein »nachsinnendes«, »depraviertes Tier« verwandelt.[608] Ungünstige Bedingungen zwingen den soziablen Naturmenschen zu ungewöhnlichen Maßnahmen, insbesondere dazu, »ein Stück Land einzuzäunen« und »zu sagen: *dies ist mein*«.[609] Das ist es, was die Organisationskapazität der Naturgesetze hoffnungslos überfordert. Aus der nun chronischen *Krise* des Naturzustands gibt es nur *einen* Ausweg: das »Ideal des Hobbes«. Die Gesetze der Natur, denen sich der reflektierende, »nachsinnende« Naturmensch entwunden hat, bedürfen ihrer Ergänzung durch *Gesetze der Freiheit*, durch *Moral* und *Recht*. Das ist – in der idealtypischen Rekonstruktion eines möglichen empirischen Geschichtsverlaufs – der erste Rechtszustand auf Begründungsstufe I: der Rechtssicherungsstaat.[610]

Kant interessiert sich nicht für die empirische Naturgeschichte des Menschen, die Rousseau dem gleichförmigen Diktat natürlicher Selektion, der Gleichheit nach dem Naturgesetz, unterstellt. Kant beginnt mit dem allein in normativpraktischer Absicht konstruierten Naturzustand im Augenblick der ersten Besitznahme, der »prima occupatio«. Und er betrachtet die daraus entstehenden Probleme: »Verbrechen, Kriege, Morde, [...] viel Not und Elend [...] und viele Schrecken«[611], von vornherein so, als ob es Rechtsprobleme wären. Und deshalb unterstellt er kontrafaktisch, mit der »prima occupatio« sei ein allgemeiner Rechtsanspruch des Besitzergreifenden gegen *alle* Nichtbesitzer, die vom Boden des Besitzers ausgeschlossen sind, verbunden. Diese kontrafaktische Unterstellung, die im *negativen Universalismus* der ersten Besitznahme ihren Grund hat, verleiht dem Erstbesitzer einen provisorischen Rechtstitel. Er ist provisorisch, weil er in der »einseitigen« Appropriation des Bodens besteht und deshalb nur negativ allgemein ist: er schließt alle anderen vom jeweiligen Besitz aus.[612] Recht ist aber nichts anderes als der »Inbegriff der Bedingungen, unter denen die Willkür des einen mit der Willkür des andern nach einem allgemeinen Gesetz der Freiheit zusammen vereinigt werden kann«.[613] Das heißt, Recht hat nicht einer allein wie ein Eigentum (das ist Lockes Rechtsidee), sondern Recht regelt nur interpersonale Beziehungen, es ist deshalb – seinem Begriff nach – nicht einseitig, sondern »allseitig« (Kant). Nur dann ist es vernünftig. Es setzt keinen *einseitigen Aneignungswillen*, sondern einen *allseitigen Einigungswillen* voraus: einen »notwendig vereinigten und darum allein gesetzgebenden Willen«.[614]

Wenn man nun einmal kontrafaktisch unterstellt, mit der ersten Besitznahme sei ein Rechtsanspruch verbunden, dann – und das ist Kants Argument – kann dies nur ein Anspruch auf Übereinstimmung mit einem allseitigen Einigungswillen sein. Dieser Anspruch ist aber im Naturzustand provisorisch, weil es in ihm keinen solchen Einigungswillen, der allein Gesetze verbindlich und aus beherrschtem Besitz privates Eigentum machen könnte, gibt.

Kant benötigt diese Konstruktion eines provisorischen Privatrechts allein, um den faktischen Zwang, aus dem der erste Rechtszustand (Begründungsstufe I) hervorgeht, zu legitimieren. Wenn einer kommt und dem ersten Besitzer eines Stücks Land den Boden streitig macht, dann hat der Erstbesitzer, sofern er einen Rechtsanspruch geltend macht, das Recht, den Eindringling zu zwingen, mit ihm gemeinsam in einen Rechtszustand einzutreten. Dieser Zwang ist das ganze »Ideal des Hobbes«, aber dessen »Ideal« bleibt bei diesem Zwang, der das »Recht des Stärkeren« (im Freudschen Doppelsinn) *rechtlich rationalisiert*, stehen, um den Zwang *zum* Recht in einem autoritären Not- und Verstandesstaat zu verewigen. Der Zwang zum Recht ist aber noch lange kein Zwang *des* Rechts. Nur der letztere zwingt zur Freiheit. Kants Pointe ist nun – und hier trifft er sich mit Rousseau –, daß der uranfängliche Eintritt in einen faktischen Rechtszustand dann und erst dann eine peremtorische Rechtsgeltung beanspruchen darf, wenn er aus einem ursprünglichen Vertrag hervorgegangen ist, d. h.: wenn mit der Allseitigkeit des Einigungswillens in einem republikanischen Rechtszustand wirklich ernst gemacht wird. Und dies heißt, nicht nur die Rechte, sondern auch die Demokratie ernst nehmen.

Der Zwang *zum* Recht dauert die ganze, qualvolle Vorgeschichte des modernen Rechtsstaats, der ihn zum ersten Mal in der Geschichte in einen Zwang *des* Rechts, das seinem Begriff wirklich entspricht, verwandeln könnte. Das ist die historische Leistung moderner, demokratischer Verfassungen. Die westlichen Demokratien sind so verfaßt, daß aus dem Rechtssicherungsstaat ein wahrhaft »öffentliches Recht« hervorgehen kann. Bis dahin, und das ist um das Jahr 1789 die Perspektive, aus der heraus Kant sein (auf Preußen gemünztes) Programm einer »Reform nach Prinzipien«[615] entwickelt, – bis dahin bleibt aller Rechtszwang »facto usurpiert« (Kant) und mit dem Makel des rechtlosen Naturzustands versehen.[616] Fortschritt in der Geschichte ist für Kant, um eine Formel von Marx auszuleihen, das Zurückweichen dieser Naturschranke.

Diese Überlegungen legen es nahe, Rousseaus entwicklungsgeschichtliche Thesen in Kants Begriffen darzustellen. Aber dazu bedarf es einer geringfügigen Korrektur bzw. Ergänzung des grundbegrifflichen Gerüsts, das die Rechtslehre trägt. Mit der Unterscheidung von provisorischem Privatrecht (status naturalis) und peremtorischem öffentlichen Recht (status civilis) ist nämlich der erste Rechtszustand, an dem sich der radikale Reformismus Kants, wie Claudia Langer und Ingeborg Maus von sehr verschiedenen Ausgangspunkten her gezeigt haben, entzündet, begrifflich nicht zu fassen. Das geht erst, wenn man die dichotome, rein normativ an der Bruchstelle des »contractus orginarius« ansetzende Unterscheidung Kants in ihre Elemente (provisorisch/peremtorisch und privat/öffentlich) auflöst und neu zu einer Kreuztabelle zusammenfügt, um damit in der Architektonik der Rechtslehre Raum zu schaffen für die beiden empirischen Entwicklungstatsachen, die jeweils dem möglichen Anfang des privaten und des öffentlichen Rechts, der »prima occupatio« und dem »status civilis« uranfänglich vorhergehen. Man muß Kants Begrifflichkeit so entzerren, daß die geschichtliche Vermittlung der Rechtslehre durch den ersten Rechtszustand auch begrifflich repräsentierbar wird. Dann kann man Rousseau und Kant in einer Tabelle zusammenbringen:

	provisorisch	peremtorisch
privat	soziabler Naturzustand	solitärer Naturzustand
öffentlich	Rechtssicherungsstaat	demokratischer Rechtsstaat

Ohne mich mit den – evolutionstheoretisch möglicherweise sogar höchst plausiblen – Thesen Rousseaus über die solitäre Existenz des Urmenschen zu belasten, bestimme ich den *solitären Naturzustand$_1$* einfach negativ als den Zustand, der der Entwicklung archaischen Rechts und archaischer Sitten, wo beides, Recht und Sitte, noch ungeschieden sind, vorherging. Dieser empirisch-hypothetisch angenommene Zustand quasi-tierhafter Existenz (schon Rousseau führt in seinem »Brief an Herrn Philopolis« den Orang-Utan als mögliches Beispiel an) ist im negativen Sinne privat, also nicht öffentlich, sondern vorpolitisch. Und er ist (wofür der Orang-Utan gewiß ein gutes Beispiel wäre) außerordentlich dauerhaft, weil er allein unter der Herrschaft des Naturgesetzes steht.[617]

Der *soziale Naturzustand$_2$* der soziablen Menschennatur entspricht in Kants juridischem Konstruktivismus dem provisorischen Privatrecht.

Neu hingegen ist die explizite Verbindung von öffentlich und provisorisch zu einem provisorischen öffentlichen Recht. Das entspricht aber exakt dem vorrepublikanischen Zustand des *Rechtssicherungsstaats*, denn dessen Recht ist öffentlich gesetzt (»public reason« bei Hobbes), aber immer noch *provisorisch*, weil die Quelle des Rechts nicht die öffentliche Meinung und der allgemeine Wille ist, sondern der partikulare Wille eines »sterblichen Gottes«, wie ich im vorhergehenden Abschnitt dieses Kapitels gezeigt habe.

7. Was Selbstgesetzgebung nicht ist

Der individualistische und deontologische Begriff von Autonomie, der dem Rousseau-Kantschen Kontraktualismus und der Lehre von der Volkssouveränität zugrunde liegt, kann leicht mit anderen Begriffen der Selbstbindung verwechselt werden. Das ist z. B. dort der Fall, wo er – wie von Horkheimer und Adorno, aber auch von Foucault und Derrida – mit dem »Herrn in uns« (Hegel) oder irgendeiner Form der Autorepression identifiziert und dann oft (nicht aber von Adorno) im Zuge einer »totalisierenden Vernunftkritik« (Apel) zum Abschuß freigegeben wird.[618] Solch voreilige Beerdigungsunternehmen lassen sich nur durch Kritik, das heißt: durch Unterscheidungen vermeiden. Selbstgesetzgebung darf nicht verwechselt werden

1. mit *Selbsterhaltung*. Das geht gegen Hobbes;
2. mit *Selbstherrschaft*. Das geht gegen Aristoteles;
3. mit *Selbständigkeit*. Das geht gegen Kant;
4. mit *Selbstpreisgabe*. Das geht gegen den Verfassungs- bzw. Menschenrechtsfundamentalismus.

ad 1. Selbsterhaltung

Hier kann ich mich kurz fassen, da ich das meiste schon gesagt habe. Der Punkt ist der, daß ich mir die Gesetze, denen ich aus freien Stücken folge, nicht von andern vorsetzen lassen *kann*. Eben deshalb ist der Wille des Souveräns bei Rousseau unveräußerlich. Die Quelle eines allgemeinen Gesetzes der Freiheit kann immer nur die Willkür von jedermann sein. Eben das ist aber bei der Selbsterhaltung nicht der Fall. Für *meine* Selbsterhaltung können sehr wohl andere sorgen, und deren Wille, Absichten, Pläne, Motive, Zwecke können mir vollkommen fremd bleiben, etwa so wie die Pläne des KGB den von ihm für- und vorsorglich bespitzelten und bewachten Sowjetbürgern. Man könnte den despotischen Paternalismus der

Selbsterhaltungsvernunft nicht besser ausdrücken als in der schon zitierten Erklärung Gromykos: »Our purpose is the well-being of the people, ›whether they like it or not‹.« Dem Satz kann man eine platonische (das habe ich oben getan), aber auch eine hobbesianische Lesart verpassen. Im ersten Fall wäre »well-being« dann Eudämonia, objektives Glück und das Gute, im andern Fall – und das liegt bei einem so vulgären Materialisten wie Gromyko natürlich näher – wäre es das private Glück und das nackte Leben der jeweiligen Untertanen. Daß dabei am Ende immer nur dasjenige der »Obertanen« (wenn überhaupt!) herauskommt, liegt in der Natur der Sache.

ad 2. Selbstherrschaft

Der andere Unterschied von »Selbstgesetzgebung« (Rousseau/Kant) und »Selbstherrschaft« (Platon/Aristoteles) ist zunächst der, daß ersterer ein Rechts-, letzterer ein Tugendbegriff ist. Da Rechte die bürgerliche Freiheit konstituieren, *kann* Selbstgesetzgebung nicht bedeuten, daß durch sie die natürliche Freiheit unterdrückt, domestiziert, gezähmt wird. Hier muß man sich nur an den Wortlaut des schon erwähnten § 47 der Rechtslehre halten: Durch den Gesellschaftsvertrag geben »alle (omnes *et* singuli) im Volk ihre äußere Freiheit« auf, »um sie als Glieder eines gemeinen Wesens, d. i. des Volks als Staat betrachtet (universi) *sofort wieder aufzunehmen*, und man kann *nicht* sagen: Der [...] Mensch im Staate habe einen *Teil* seiner angebornen äußeren Freiheit einem Zwecke aufgeopfert, sondern er hat die wilde, gesetzlose Freiheit gänzlich verlassen, um seine *Freiheit überhaupt* in einer gesetzlichen Abhängigkeit, d. i. in einem rechtlichen Zustande *unvermindert* wieder zu finden; weil diese Abhängigkeit aus seinem *eigenen gesetzgebenden Willen* entspringt.«[619] Selbstherrschaft hingegen ist Kontrolle der eigenen, abweichenden und opaken, bedrohlichen und diffusen Natur. Sorge um sich, Ästhetik der Existenz, das Leben als klassisches Kunstwerk (Modell »Wilhelm Meister«), Askese im Gebrauch der Lüste. Von Homers Odysseus bis hin zu Horkheimer, Adorno und Foucault. Selbstherrschaft ist Herrschaft der Seele über den Körper, des Aktiven über das Passive im kleinen Menschen ebenso wie in der Polis, dem großen Menschen (Platon). Sie folgt durchgängig dem Modell personaler Herrschaft. Mit diesem Modell bricht die Idee der Selbstgesetzgebung radikal. Sie löst alle Herrschaft von Personen in die Herrschaft des Gesetzes auf. »Ein freies Volk«, schreibt Rousseau im Achten Brief vom Berge, »gehorcht, allein, es dient nicht; es hat Oberhäupter, aber keine Herren; es gehorcht Gesetzen, aber es gehorcht nur den Gesetzen, und durch die Gewalt der Gesetze gehorcht es nicht den Menschen. [...] Mit einem Wort, die Freiheit hat immer das gleiche Schicksal mit den Gesetzen, sie regiert oder sie fällt mit ihnen; ich wüßte nichts Gewisseres zu sagen. [...] Jede Bedingung, die allen von allen auferlegt wird, kann niemandem lästig sein, und das schlimmste Gesetz ist immer noch besser als der beste Herr, denn jeder Herr hat Vorlieben, das Gesetz aber nicht.«[620] In der Selbstgesetzgebung ist das Gesetz, das schon die alte Bibel vom Narzißmus des guten und glücklichen Lebens abgelöst hatte, geachtet. Aber, anders als das alte biblische Gesetz, ganz anders auch als das des Leviathan, anerkennt das *selbst* gegebene Gesetz, um es mit Brecht zu sagen, ›keinen Herrn über sich‹. In dem Zustand, den Kant im *neuen* Sinn »republikanisch« nennt, »scheidet der Herrscher als Vermittler von Vernunft und Geschichte aus«.[621] Das von der klassischen Lehre emanzipierte »Ideal des Staatsrechts« (Kant) »tritt aus dem Schatten der Herrschaft heraus«.[622] Aus personengebundener Machtausübung wird eine dem Autonomieprinzip nachgeordnete, rein gesetzesfunktionale Zwangsgewalt: Mit der »Republik« endet für Kant »die Geschichte der Herrschaft und ihrer rechtsstaatlichen Milderung, endet gleichsam die republikanische Embryologie; mit der Republik beginnt die Geschichte der Vernunft.«[623]

ad 3. Selbständigkeit

Wer sich das Gesetz seines Handelns selbst diktiert, ist nicht im Sinne des, am Oikosdespoten und dessen Selbstbeherrschungstechniken abgelesenen, antiken Modells »Herr über sich«. Kant nimmt zwar den Begriff der »Selbständigkeit« neben den der »Freiheit« und »Gleichheit« in die Trinität bürgerlicher Emanzipationsbegriffe auf, und er meint damit die im privaten Eigentum inkorporierte und am Markt besitzindividualistisch behauptete Fähigkeit, »sein eigener Herr zu sein« (und zwar durchaus im Anschluß an den römischen Rechtsbegriff des »pater familias«: des Oikosdespoten). Aber der Begriff der »Selbständigkeit« ist, anders als »Freiheit« und »Gleichheit«, kein reiner Vernunftbegriff, sondern material, empirisch gehaltvoll, deskriptiv und normativ zugleich.[624] Durch die Ergänzung der rein formalen Begriffe der Gleichheit und Freiheit um den materialen der Selbständigkeit werden Gleichheit und Freiheit nach Maßgabe einer historischen Zweckvorgabe massiv eingeschränkt: auf den Kreis der erwachsenen, männlichen Besitzbürger. »Selbständigkeit« fällt aus dem Freiheitsmodell der Selbstgesetzgebung durch die Partikularität des Begriffs heraus. Er bleibt hinter diesem Modell zurück. Sein Status ist deshalb eher der eines Schemas, das die Idee der Selbstgesetzgebung, die immer die gleiche Freiheit eines jeden voraussetzt, mit der historischen, zu Kants Zeiten von dieser Idee noch sehr weit entfernten, durch aristokratisch-partikularistische Selbstbeherrschungsideale geprägten Lebenswelt vermittelt. »Selbständigkeit« entspricht weitgehend dem von Macpherson am Beispiel von Hobbes und Locke analysierten Modell des possessiven Individualismus. Während jedoch »Gleichheit« und »Freiheit« praktische Vernunftideen, Institutionen gründende, weltverändernde Praxis ermöglichende Idealisierungen sind, ist »Selbständigkeit« ein bloß provisorischer Rechtsbegriff, dessen vorläufige Geltung unter dem Vorbehalt steht, der zukünftig, in einer radikalreformistischen Praxis zu realisierenden »Idee der vereinigten Willkür« gemäß zu sein. Die Beschränkung aktiver Staatsbürgerschaft auf den Kreis der ökonomisch selbständigen, männlichen Haushaltsvorstände ist dem faktischen Gesetzgeber (d. h. zu Kants Zeiten dem monarchischen Repräsentanten des Volkssouveräns) *unter dem Vorbehalt* einer Reform nach Prinzipien erlaubt.[625] Diese Prinzipien sind die Freiheit und die Gleichheit aller, aus der die Beteiligung eines jeden Gesetzesunterworfenen an der Gesetzgebung zwingend folgt. Gesetzliche Geltung hat die Grenze, die selbständige von unselbständigen Bürgern trennt, allein unter der Voraussetzung ihrer projektierten, vollständigen Aufhebung. Aus der Perspektive eines wirklichen bürgerlichen Rechtszustandes wäre sie ein *absolutes* Unrecht. Autonomie im Sinne von Selbstgesetzgebung ist durch den Universalismus des Gesetzes von der gleichen Freiheit aller *abhängig*. Sie widerspricht dem Begriff des »äußeren« ebenso wie dem des »Herrn in uns«. Das ist letztlich der Grund, warum Rousseau und Kant im Begriff der Selbstgesetzgebung den letzten, irrationalen Kern der protestantischen Ethik zertrümmern. »Jeder, der Herr ist«, schreibt Rousseau vom Berge an die Herrn in Genf, »kann nicht frei sein [...] Ich kenne keinen wahrhaft freien Willen als den, welchem niemand das Recht hat, zu widerstehen. In der allgemeinen Freiheit hat keiner das Recht, das zu tun, was die Freiheit eines anderen ihm verbietet, und die wahre Freiheit zerstört niemals sich selbst. Die Freiheit ohne Gerechtigkeit ist also ein wahrer Widerspruch.«[626]

ad 4. Selbstpreisgabe

Schließlich darf Selbstgesetzgebung nicht mit Selbstpreisgabe verwechselt werden. Das tut Martin Kriele, wenn er die These vertritt, der Volkssouverän trete einmal auf und verschwinde dann hinter den Kulissen der verfassungsmäßigen Ordnung.[627] Es gab Selbstgesetzgebung, aber es gibt sie nicht mehr. Sie verglüht als politische Aktivität in der Sekunde ihrer Geburt, dem Akt der Staatengründung, in dem sie ihre ganze verfassungsgebende Gewalt (»pouvoir constituante«) verausgabt. Fortan herrscht die Verfassung selbst und alle Gewalt verwandelt sich in konstitutionelle Gewalt (»pouvoir constitué«). Dagegen hatte Kant darauf bestanden, daß die Volkssouveränität durch den Akt der konstitutionellen Selbstbindung keineswegs verschwindet. »Das Volk«, schreibt er, »ist permanent constituierend.« Auch Böckenförde legt – wie wir gesehen haben – das Demokratieprinzip des Grundgesetzes im Sinne »fortdauernder Existenz« der Souveränität des Volkes aus. Sie erschöpft sich nicht im einmaligen Akt der Verfassungsgebung.[628] Die Selbstgesetzgebung des Volkes ist zwar, wenn es sich erst einmal eine Verfassung gegeben hat, an die Verfassung gebunden, die demokratische Legislative muß aber jedes einzelne Gesetz, auch jedes Verfassungsgesetz in einem *reflexiven* Verfahren revidieren können, wenn das Demokratieprinzip kein leeres Wort für Festtagsreden sein soll.[629] Das Prinzip demokratischer Selbstgesetzgebung muß deshalb – wie der süddeutsche Demokrat Julius Fröbel 1847 in seinem *System der sozialen Politik* dargelegt hat – als eine permanente, legale Revolution gedacht werden.[630] Das hat Ingeborg Maus auf den Begriff eines rechtlich institutionalisierten rechtsfreien Raums bzw. einer dezentrierten Vielzahl solcher Räume gebracht.[631] Das Dilemma des Verfassungsfundamentalismus besteht letztlich darin, daß er immer nur naturrechtlich und nicht demokratisch legitimiert werden kann. Das wird bei Kriele sehr deutlich. Wenn die Kraft des »pouvoir constituante« mit der Verfassungsgebung erlischt, dann ist damit zwar, wie Kriele am Beispiel der amerikanischen Verfassungsgeschichte eindrucksvoll zeigt, ein parlamentarischer Verfassungsstaat etabliert, aber noch lange kein moderner, demokratischer Verfassungsstaat, der in der »ursprünglichen Identität von Freiheit und Gleichheit« seine unabdingbare Voraussetzung hat.[632] Der parlamentarische Verfassungsstaat kann nämlich ebensogut als besitzindividualistischer Klassenstaat im Sinne Lockes etabliert werden, und er ist sogar, wie das amerikanische Beispiel lehrt, mit der Sklaverei, also mit Freiheit ohne Gleichheit verträglich.[633] Es bedarf also in jedem Falle – wie Kriele selbst zeigt – einer ergänzenden und die Verfassungsgebung überdauernden und fortdauernden »Demokratisierung des Verfassungsstaates«.[634] Wenn sich die konstituierende Gewalt des Volkssouveräns aber in der Verfassungsgebung bereits verbraucht hat, steht »das Volk« als Träger und Quelle dieser, um der gleichen Freiheit aller Gesetzesunterworfenen willen notwendigen Demokratisierung nicht mehr zur Verfügung. Es gibt dann nur einen Ausweg aus dem Dilemma: die Juridifizierung der Demokratie. Die Richter und insbesondere die Verfassungsrichter müssen die Demokratie treuhänderisch verwalten. Damit wären wir wieder beim Richter

Herkules angelangt.[635] Und der kann sich – ohne demokratische Legitimation – immer nur ans Naturrecht, und sei es ein kommunitaristisch verzeitlichtes, halten. Für Kant wäre das ein glatter Fall von Paternalismus. In der Folge schlägt die Demokratisierung in eine *Technokratisierung* (bzw. Expertokratisierung) *des Verfassungsstaats* zurück.

8. Tugenddiskurs oder Verfahrensrationalität

Es bleibt ein wichtiger Punkt in der Lehre von der »volonté générale« klärungsbedürftig. Das kommunitaristische Mißverständnis ist schließlich nicht einfach aus der Luft gegriffen. Auch wenn man, wie Cassirer und anders als Fetscher in seinem bedeutenden Rousseaubuch, den kulturellen Konservatismus Rousseaus deutlich von der unzweideutig modernen und progressiven Eigenlogik des grundbegrifflichen Rahmens, wenn man den romantisch-nostalgischen Blick zurück, die Tugendsehnsucht Rousseaus von dem universalistischen Gesetzesbegriff und dem Autorenmodell der Gesetzgebung trennt, bleibt ein Unbehagen. Das kommunitaristische Mißverständnis, das – was zunächst nicht viel beweist – Berge von Zitaten für sich reklamieren kann, relativiert sich überdies, wenn man mit Gadamer, Derrida, deMan und Harold Bloom davon ausgeht, daß es keine einzig wahre Interpretation gibt und alles Interpretieren »systematic misreading« ist.[636] Das schließt allerdings nicht aus, daß es passendere und unpassendere Lesarten von Texten gibt und nicht nur immer wieder neue; und es schließt insbesondere nicht aus, daß rationale Rekonstruktionen von Texten möglich sind, wenn diese selbst Theorieentwürfe und rationale Konstruktionen enthalten.[637]

Die Frage, die sich hier stellt, ist einfach: Müssen die Autoren der Gesetzgebung tugendhafte Bürger, Freiheitsvirtuosen sein? – Ich glaube, die Antwort auf eine so gestellte Frage ist eindeutig negativ. Zwar ist der gute Wille, der von den eigenen Interessen abstrahiert, der Gesetzgebung nicht hinderlich, kommt ein in die »Gesetze des Herzens« (Rousseau) eingeschriebener Gemeinsinn dem allgemeinen Willen entgegen. Außerdem – und diese intersubjektivistische Einsicht Rousseaus ist gerade für eine rationale und sinnkritische Rekonstruktion der Rechtslehre Kants wesentlich – kann es keinen peremtorischen, stabilen und dauerhaften Rechtszustand in »einem Volk von Teufeln« (Kant) geben. Nicht nur in der Begründung des Rechtszustands kommt der moralische Standpunkt der Unparteilichkeit, der verlangt, die Willkür wechselseitig »nach einem allgemeinen Gesetz der Freiheit« (Kant) und nicht bloß nach Maßgabe eines strategischen Kalküls (wie bei Hobbes) einzuschränken, zur Geltung; auch in seiner wirklichen Reproduktion setzt der Rechtsstaat empirisch voraus, daß die Menschen die Gesetze nicht nur »pflichtgemäß«, sondern auch »aus Pflicht« oder wenigstens moralischer Gesinnung befolgen.[638] Nur darf das in keinem einzelnen Fall von ihnen verlangt werden. Bis hierher ist die kommunitaristische Lesart Rousseaus nicht nur nicht mißverständlich (i. S. von gänzlich unangemessen), sondern für eine rationale Rekonstruktion der politischen Theorie Rousseaus sogar unabdingbar.

Aber aus all dem folgt keineswegs eine substantielle Qualifikation des Gemeinwillens als »echter und gerechter Wille« (Eduard Spranger), der eine patriotische Identifikation des *citoyen* mit der sittlichen Totalität des Gemeinwesens bzw. der Nation voraussetzen würde. Die eigentliche Pointe von Rousseaus Theorie der Volkssouveränität liegt nämlich allein in der Ablösung des »materialen Automatismus eines durch Naturgesetze der Gesellschaft erfüllten Naturrechts« durch »die formale Automatik des allgemeinen Willens, der seiner eigenen Natur nach gegen das Interesse der Gesellschaft im ganzen so wenig verstoßen könnte wie gegen die Freiheit auch nur eines Individuums«.[639]

Iring Fetscher hat die individualistischen Voraussetzungen der »Volkssouveränität« zwar scharf beleuchtet und deren prozeduralen und politischen Charakter herausgestellt: Das Volk im Sinne Rousseaus »entsteht erst durch die Vereinigung« der Staatsbürger. Es ist »kein ethischer, sondern ein politischer Begriff. Seine ›Unfehlbarkeit‹ bedeutet nicht die Glorifizierung des irrationalen Unbewußten, sondern stellt eine Konsequenz der normativen Begriffsbildung dar.«[640] Aber er verfehlt dann doch den prozeduralen Formalismus der »volonté générale«, wenn er schreibt:

»Der Gemeinwille kann nur dann resultieren, wenn [...] wenigstens in den meisten Staatsbürgern genügend ›vertu‹ vorhanden ist, um dem allgemeinen Interesse des Ganzen [...] gegenüber dem besonderen Einzelinteresse [...] den unbedingten Vorzug zu geben. Daß die vorherrschende Tugend und patriotische Gesinnung der Staatsbürger die ermöglichende Bedingung für die republikanische Verfassung und ihre Funktionsfähigkeit ist, wird« im 3. Kapitel des Zweiten Buches des Contrat Social »von Rousseau durch einen Hinweis auf den Abstimmungsmechanismus verdeckt«.[641]

Ich denke, es ist keineswegs so, daß der Hinweis auf die *formale Automatik* des allgemeinen Willens dessen eigentlichen Tugendkern bloß verdeckt. Es verhält sich eher umgekehrt: der Tugenddiskurs, den Rousseau beständig im Munde führt, verdeckt gelegentlich den rein prozeduralen Formalismus, der die ganze Konstruktion trägt. Jedenfalls sind die Verfahrensvorschläge Rousseaus, die er – nicht immer konsistent – über den ganzen Text des *Contrat Social* verstreut hat, der Schlüssel zu einer rationalen Rekonstruktion der Theorie. Sie betreffen die funktionale Teilung der Gewalten, die Mehrheitsregel, die einfache Gleichheit der Stimmen, die »jeden förmlichen Ausschluß« verbietet, und die uneingeschränkte Freiheit der *Publizität* und der *Partizipation:* »das einfache Recht, bei allen Akten der Souveränität abzustimmen« und »das Recht, seine Meinung zu äußern, Vorschläge zu machen, einzuteilen und zu diskutieren«.[642] Ein jeder muß zu Wort kommen können und gefragt werden.[643] Diese und andere Verfahrensbedingungen haben den einzigen Sinn, die *gleiche Unabhängigkeit* eines jeden

a) von »eines andern nötigender Willkür« (Kant) und
b) von der bevormundenden Meinung anderer (»selbst denken« nennt Kant das)

zu gewährleisten. Sie sollen die überwältigende *Organisationsmacht* und die demagogische *Informationsmacht* partikularer Assoziationen (»Teilgesellschaften«) *neutralisieren*: »Um wirklich die Aussage des Gemeinwillens zu bekommen, ist es deshalb wichtig, daß es im Staat keine Teilgesellschaften gibt und daß jeder Bürger nur seine eigene Meinung vertritt. [. . .] Wenn es aber Teilgesellschaften gibt, ist es wichtig, ihre Zahl zu vervielfachen und ihrer Ungleichheit vorzubeugen.«[644] Der Neutralisierung partikularer Organisationsmacht durch ein möglichst breites und differenziertes Parteienspektrum entspricht die Neutralisierung von agitatorischer Informationsmacht durch das Prinzip geheimer Wahlen. Rousseau verteidigt es ausdrücklich gegen Ciceros altrepublikanische Polemik. Das Argument offenbart den eigentlichen Sinn einer Prozeduralisierung der Volkssouveränität. Solange das römische Volk tugendhaft wie kein anderes war, war das Verfahren der offenen Stimmabgabe gut. Nach dem Verfall der alten guten Sitten, dem Verschwinden der Freiheitsvirtuosen und der zivilisatorischen Zersetzung der edlen Gesetze des Herzens ist die geheime Abstimmung unausweichlich, *um auch noch unter Bedingungen der Dekadenz und des Tugendverlustes die Bildung eines allgemeinen Willens zu ermöglichen.*[645] Der sozialintegrative Sinn der Umstellung vom Tugenddiskurs auf Verfahrensrationalität ist die Entlastung der Gesellschaft von einem illusorisch gewordenen Bedarf gemeinschaftlicher Tugend.[646] Das kommt der Steigerung gesellschaftlicher Komplexität, der individuellen Freiheit und sogar der Tugend zugute, wird letztere doch von der gesellschaftlichen Notwendigkeit, vom sozial nötigenden Zwang zur Tugend befreit.

Verfahren, die die gleiche Unabhängigkeit und die Partizipation aller jeweils Betroffenen ermöglichen, sind auch deshalb eine weit solidere Legitimationsgrundlage der Gesellschaft als die vielgerühmte republikanische Bürgertugend, weil sie Entscheidungen nicht nur – wie Luhmann (zu Recht) glaubt – faktisch akzeptabel und stumm erträglich machen, sondern rational motivieren. Denn gleichheitssichernde Verfahren haben aus folgendem Grund normativ legitimierende Kraft: »Sie erhöhen die Chance, daß alle relevanten Gesichtspunkte zur Geltung kommen, und daß die zeitliche und sachliche Prioritätenordnung so gut es geht, ausdiskutiert werden, und sie erhöhen deshalb die Chance, daß die Entscheidung rational gerechtfertigt ist.«[647]

Nicht die Anzahl der Stimmen, sondern allein das »verallgemeinerungsfähige Interesse« (Habermas), nicht die »volonté des tout«, nur die »volonté générale« kann Legitimitätserwartungen rational motivieren. Das, die innere Verbindung von Vernunft und Demokratie, ist der einzige Sinn, den die Verwendung des Souveränitätsbegriffs in diesem Zusammenhang hat. Der Begriff hält das für die Dauerhaftigkeit und *innere* Stabilität des demokratischen Rechtszustands unverzichtbare Moment des Unbedingten fest. Hier wird noch einmal deutlich, wie Kontinuität und Bruch sich zwischen Hobbes auf der einen und Rousseau/Kant auf der andern Seite des politischen Stroms der Moderne zueinander verhalten: »Rousseau und Kant haben von Hobbes die Kombination von Souveränität und Unfehlbarkeit übernommen; jedoch ist da ein Unterschied zu beachten. Hobbes hat die Unfehlbarkeit aus dem Begriff des souveränen Gesetzgebers abgeleitet: Unfehlbarkeit ist ein analytisches Prädikat genereller regelerzeugender Tätigkeit. Rousseau und Kant hingegen gewinnen aus der normativen Bestimmung der Unfehlbarkeit den Souveränitätsbegriff: Souverän kann nur der sein, der die Unfehlbarkeitsbedingungen erfüllt, der notwendig richtige Gesetze gibt, eben der vereinigte Volkswille.«[648] Die Unfehlbarkeitsbedingungen aber sind nichts anderes als die – in einer prinzipiell experimentellen Praxis variierbaren, durch Versuch und Irrtum erzeugbaren – Bedingungen eines gerechten oder zumindest fairen Verfahrens, das niemanden ausschließt: »Rousseau wie Kant vertreten damit einen prozeduralen Gerechtigkeitsbegriff. Nicht die Übereinstimmung mit materialen Gerechtigkeitsnormen qualifiziert die Gesetze eines Gemeinwesens als gerechte, sondern« – so Wolfgang Kersting im Anschluß an Ingeborg Maus – »die Art und Weise ihrer Entstehung: Die Gerechtigkeit eines Gesetzes wird durch das Verfahren seiner Erzeugung garantiert.«[649] Kern *dieses* Begriffs der Gerechtigkeit ist das Demokratieprinzip.

Der Prozeduralismus Rousseaus und Kants ist eine Folge ihres politischen, egalitären Individualismus. »Da der Souverän nur aus den einzelnen besteht, aus denen er sich zusammensetzt, hat er kein und kann auch kein dem ihren widersprechendes Interesse haben.«[650] Diese individualistische Prämisse, die jeden Gedanken eines Kollektivsubjekts verbietet, ist es, die – nur scheinbar paradox – einen Paradigmenwechsel von der Subjektivität zur Intersubjektivität erzwingt. Denn gleichermaßen freie, unabhängige Individuen können auf keine andere Weise einen gemeinsamen Willen i. S. der »volonté générale« bilden als dadurch, daß sie sich in einem geordneten, fairen Verfahren untereinander verständigen, um zu einem vernünftigen Einverständnis zu kommen. Diese Konsequenz eines notwendig öffentlichen Vernunftgebrauchs hat allerdings – wie wir oben gesehen haben – erst Kant ohne kommunitaristische Zweideutigkeit aus Rousseau gezogen.[651] Man kommt jedoch m. E. nur zu einem angemessenen und zugleich höchst aktuellen Verständnis von Rousseaus politischer Theorie, wenn man sich dies ganz klar macht: Die individualistisch verfaßte »volonté générale« ist mit dem Subjektivitätsparadigma einer solitär-instrumentellen Rationalität unvereinbar. Die »volonté des tout« hingegen bleibt im Rahmen dieses Paradigmas. Auch zu ihrer Bildung ist Verfahrensrationalität vorausgesetzt, aber die Rationalität des Verfahrens reduziert sich im Falle der »volonté des tout« auf strategisch-technische Rationalität; und zwar allein deshalb, weil die Akteure des Verfahrens sich in diesem Fall nicht in der Sache *einigen* und über etwas verständigen müssen.[652] Sie können ganz privat bleiben und ohne Rücksicht auf Gründe Entscheidungen fällen. Aber eine vernünftige »Legitimation durch Verfahren« (Luhmann), die die begründete Vermutung auf ihrer Seite hat, daß »alle relevanten Gesichtspunkte zur Geltung« gekommen sind und das, was beschlossen, so gut es geht, »ausdiskutiert« (Kriele) wurde, *kann* auf diese Weise sowenig zustande kommen wie durch Würfeln.

Nur die »volonté générale« kann Gesetze legitimieren. Nur sie kann dem Gedanken der Selbstgesetzgebung eine angemessene, nachmetaphysische politische Form geben. Der verallgemeinerte Wille ist – und darauf kommt alles an – kein Herrschaftswille, auch nicht der Wille zur »Selbstbeherrschung«. Es ist deshalb falsch, zu sagen, im Gesetz wäre der vergangene Wille des jeweiligen Gesetzgebers »repräsentiert«.[653] Das ist immer noch zu platonisch gedacht, so, als gäbe es eine Wesenheit in Gestalt des ursprünglichen Willens eines kollektiven Subjekts, die fortan im Gesetz gespiegelt, abgebildet, vergegenwärtigt oder dargestellt, mit einem Wort, repräsentiert würde. Dann könnte man sagen, daß sich im Gesetz der herrschaftliche Wille, der »Befehl« (Carl Schmitt) einer – sei's konstituierenden, sei's konstituierten – Ursprungsmacht ausdrückt oder darstellt. Die Pointe in der Idee der Gesetzgebung durch einen verallgemeinerten oder verallgemeinerungsfähigen Willen ist jedoch eine andere: das Gesetz stellt keinen gesetzestranszendenten Willen (Gottes, des Souveräns, des Volkes, der Natur) dar, es *ist* nichts anders als der *verallgemeinerbare Wille aller*. Es repräsentiert nichts und niemanden. Es gibt hier keine metaphysische oder ontologische Differenz zwischen einem ominösen Ursprungswillen und dem Gesetz, das (richtige) Gesetz ist vielmehr das, was »jeder will« (Rousseau). Das Gesetz hat deshalb auch keine unmittelbare Befehlsgewalt, sondern *verpflichtende* Kraft. Recht ist, wie Kant sagt, kein herrschaftlicher Zwang, sondern bloß die *Befugnis* zu zwingen. Und diese Befugnis gründet allein im Anspruch des Gesetzes auf Verallgemeinerungsfähigkeit, nicht im bloß faktischen Akt der Gesetzgebung. Denn dieser Akt steht immer erst am Ende eines Verfahrens, das keinen anderen Sinn hat, als die allgemeine Geltung des Gesetzes zu garantieren.

9. Freiheit und Eigentum

Die *durchgängige* Orientierung *allen* Rechts am allgemeinen Willen, der immer nur im *öffentlichen* Recht »wirklich« werden und »Realität« haben *kann*, stellt alles vordemokratische »Recht« und die distributive Willkür des Naturzustandes unter den »Vorbehalt einer Korrektur gemäß der Idee eines über alle Freiheitsbeschränkungen befindenden allgemeinen Willen«.[654] Diese Idee, die auch der Grundgesetzartikel 14 (Abs. 1) im *Gesetzesvorbehalt* gegenüber dem Recht auf Eigentum zum Ausdruck bringt, macht im übrigen – wie schon Rousseau klar erkannt hat – an Ländergrenzen nicht halt.[655] Das macht ihre *globale* Aktualität in einer Welt, die mehr und mehr von *sozialen* (und z. T. in der Folge religiösen und kaum noch von politischen und ideologischen) Nord-Süd- und Ost-West-Gegensätzen zerrissen wird, aus. »Jedes bestehende Eigentums- und Herrschaftsrecht«, so faßt Reinhard Brandt seine bedeutende Untersuchung zu Kants Erlaubnisgesetz der Vernunft mit Blick auf das globale »Schema« einer erwartbaren und durch Gesetze gestaltbaren Zukunft auf einer kugelförmig begrenzten Erde zusammen: Jedes bestehende Eigentums- und Herrschaftsrecht ist »aufgrund der ungesetzlichen Gewalt, der es seine Entstehung verdankt, an sich nichtig; nur die Beziehung auf die Zukunft rettet den Gegenwartsanspruch.«[656] Denn: »Bezogen auf die Kugelfläche der Erde und die Geschichtszeit ist die prima occupatio in ihrer zeitlichen und räumlichen Bestimmung jeweils ohne zureichenden Grund [...]. Das hic et nunc geschieht ohne eine Legitimation im allgemeinen Rechtsprinzip. Die zur Pflicht gemachte Fortentwicklung jedoch ist bezogen auf das Ziel einer globalen peremtorischen Rechtsordnung. Die Kugelgestalt der Erde ist also das ›Schema‹ einer zu ihrem Zweck und Ende gekommenen Rechtsgeschichte.«[657] Dieses Telos aber ist kein objektiver Naturzweck oder sonst ein menschlicher Zweck, der nicht allein unserer Willkür entspringen würde. Es handelt sich vielmehr ausschließlich um eine Selbstverpflichtung derer, die schon heute für ihren Besitz und ihr positives Recht universelle Rechtmäßigkeit und Richtigkeit beanspruchen. Mit diesem Anspruch verpflichten sie sich zu nichts anderem, als zu seiner Einlösung gegenüber *jedem*, der den Anspruch mit Gründen bestreiten könnte.

Weder Kants noch Rousseaus Begriff des »Eigentums« wohnt eine teleologische Sozialverpflichtung inne. In der Natur dieser Sache, im Rechtsbegriff des Eigentums, haust nichts Gutes und kein Gut. Insofern ist das Recht auf Eigentum ein absolutes Recht zu dessen freiem »Genuß«. Weil es kein inneres Telos gibt, gibt es auch keine absolute materielle Schranke der »Quantität oder Qualität« (Kant) des Besitzes, weder im status naturalis noch im status civilis, weder nach oben noch nach unten. Es gibt nur ein absolutes, formales Recht nach Maßgabe der gleichen Unabhängigkeit eines jeden.

Das Recht auf Eigentum ist – und darauf kommt es hier allein an – ein *persönliches* Freiheitsrecht und als solches – nicht anders als die Redefreiheit – »praktisch absolut« (Rawls). Das Recht auf Eigentum zeichnet aber *keine* substanzielle Wirtschaftsordnung (wie die »freie Marktwirtschaft«) als etwas aus, das grundrechtlichen Schutz genießen könnte. Aus dieser Perspektive ist es also falsch, das Eigentumsrecht den politischen Freiheitsrechten *nachzuordnen* und es zu einem bloß relativen Recht zu erklären, wie Tugendhat es tut.[658] Es ist aber ebenso falsch, die Grundrechte im ganzen dem Organisationsteil der Verfassung gegenüber zu *verabsolutieren* und damit das im Organisationsteil institutionell operationalisierte Demokratieprinzip zu relativieren, wie Carl Schmitt es exemplarisch an der Weimarer Reichsverfassung demonstriert hat.[659] Das hat dann nämlich die Konsequenz einer Substantialisierung verfassungsmäßig garantierter Rechte zur Totalität einer geschichtlich entstandenen Rechtsordnung. Statt an das Demokratieprinzip und den Organisationsteil der Verfassung werden die Grundrechte auf diese Weise an die geschichtliche Grundentscheidung für eine bestimmte Wirtschaftsordnung gebunden. Für Carl Schmitt ist der Grundrechtsteil der Weimarer Reichsverfassung dann durch den historischen Sieg des Kapitalismus in der Revolution von 1918 *legitimiert*, und die substantielle Geschichtlichkeit der revolutionären Entscheidung löst als ein überpositives Legitimationsprinzip die im Organisationsteil der Verfassung positivierte demokratische Legitimation der Menschen- und Bürgerrechte ab.

Bei einem hinlänglich *formalen*, der geschichtlichen Substanz entgegengesetzten Verfassungsverständnis hingegen ist – entgegen der Analyse von Marx, aber auch anders als bei Tugendhat oder Schmitt – die »Freiheit des Kapitals« keineswegs aus dem absoluten Recht auf Eigentum ableitbar. Denn die wirtschaftliche Freiheit als Freiheit einer privatautonomen Marktwirtschaft ist kein persönliches Freiheitsrecht: »*Persönliche Freiheiten sind grundrechtlich garantiert, wirtschaftliche nicht*, wenn auch einige persönliche Freiheiten wirtschaftliche Relevanz haben.«[660] Das auf die Ausübung der Staatsgewalt bezogene, die Freiheit des einzelnen *von* der Politik voraussetzende Demokratieprinzip schließt eine *Demokratisierung der Gesellschaft* und insbesondere der Wirtschaft zu keinem Zeitpunkt aus: »Eine solche Demokratisierung der Gesellschaft [...] ist durch die Errichtung der Demokratie als Staats- und Regierungsform rechtlich weder geboten noch verboten; sie mag allerdings insoweit naheliegen, als die Funktionsfähigkeit der Demokratie nicht unabhängig von bestimmten gesellschaftlichen Voraussetzungen ist.«[661] Diese stehen jedenfalls der »vereinigten Willkür« (Kant) des Volkes im Augenblick des Übergangs vom provisorischen zum peremtorischen Rechtszustand zur Disposition. Denn die Gerechtigkeit einer Gesellschaft bemißt sich allein am öffentlichen Fortgang demokratischer Einigungsprozesse.

Der ausdrückliche gesetzliche Akt, durch den der jeweils zuerst gekommene, vorsorglich bewaffnete Besitzer eines Stücks Land oder sonst einer Sache zum stolzen und fortan waffenlosen, friedfertigen, aber klagebefugten und öffentlich geschützten Eigentümer wird, »schließt ihn«, so Rousseau, »von allem übrigen aus. Wenn sein Anteil feststeht, muß er sich darauf beschränken und hat keinen weiteren Anspruch an die Gemeinschaft.«[662] Damit sind, so scheint es, die, die als Habenichtse aus der Natur heraus- und in die bürgerliche Gesellschaft einfallen, erst einmal und – ganz so wie bei Locke – ziemlich definitiv draußen. Denn die Habenichtse haben nichts als ihre Arbeitskraft, die sie, in der trügerischen Hoffnung auf Gewinn, zum Tausch anbieten könnten. Sie sind de facto durch ihre Klassenlage ans Existenzminimum gefesselt. Denn sie haben, wie Marx sagt, als vereinzelte und atomisierte Arbeitskraftbesitzer kaum eine Chance, je mehr herauszuschlagen als die nackten Reproduktionskosten der Ware Arbeitskraft. Versteht man den eben zitierten Satz Rousseaus *materiell*, dann handelt es sich eindeutig um einen Fall von Besitzindividualismus. An dieser Stelle wird jedoch die Theorie demokratischer Volkssouveränität zum Korrektiv eines besitzindividualistischen Liberalismus Lockescher Provenienz. Dem Recht auf Eigentum ist keine theologische oder natürliche Schranke seines Gebrauchs eingeschrieben. Aber durch das *Gesetz*, an dessen Zustandekommen alle, *auch* die Habenichtse, in *gleicher Unabhängigkeit* beteiligt sein müssen, kann dem freien Gebrauch des Eigentums eine Grenze gezogen und die distributive Willkür der Natur korrigiert werden.

Wer nicht das Glück hat, ein stolzer »Sohn der bürgerlichen Gesellschaft« (Hegel) zu sein, hat doch das Recht des demokratischen Souveräns, den Gesetzgebungsspielraum im verallgemeinerungsfähigen Interesse formaler distributiver Gerechtigkeit auszuschöpfen. Er oder sie könnten *beispielsweise* auf einer radikalen Anwendung des Rawlsschen Differenzprinzips, und das heißt: auf einer Korrektur aller natürlichen Willkür, sei es nun die der »ersten«, sei es die der »zweiten Natur«, bestehen. Dabei ist aber das »Differenzprinzip«, das den *gleichen Wert* der Freiheit für alle sichern soll, dem hier *als* Demokratieprinzip verstandenen ersten Rawlsschen Gerechtigkeitsgrundsatz der *gleichen* Freiheit aller nicht nur nachgeordnet, sondern einfach *eine* Möglichkeit der jeweiligen historischen Konkretisierung des Demokratieprinzips. Die Akteure, die untereinander Verträge abschließen, in Verhandlungen eintreten oder Gesetze beschließen, müssen *nur* frei und gleich sein. Das schließt – wie wir gesehen haben – jede Form einseitiger Abhängigkeit aus, weil sie sonst nicht *freiwillig*, sondern unter Druck Verträge abschließen, verhandeln, Gesetze beschließen. Aber es besagt nichts über den *Wert* der Freiheit oder die Verteilung dieses Werts zwischen den einzelnen Individuen. Welchen Wert sie für Einzelne oder Gruppen hat, kann man einfach diesen selbst überlassen, wenn sichergestellt ist, daß alles, was sie gemeinsam betrifft, aus der Position der gleichen Chance, ja oder nein zu sagen und die jeweilige Stellungnahme zu begründen, geklärt werden kann.

Das ist für ein angemessenes Verständnis des modernen Sozialstaats entscheidend. Die Theorie demokratischer Legitimation kann auf jede Begründung in materialen Grundsätzen (oder gar »Grundwerten«) der Verteilungsgerechtigkeit verzichten und kommt mit einem rein formalen Begriff der Gerechtigkeit aus. Denn soziale Grundrechte entspringen allein der Gesetzgebungskompetenz des demokratischen Souveräns, und der Sozialstaat ist nichts anderes als ein demokratischer Gesetzgebungsstaat, und legitim ist er nur in dem Maße, in dem er tatsächlich ein solcher Staat ist, der seinem Begriff entspricht. Die einzige Gefährdung des Sozialstaats ist deshalb – neben den stets »gefährlichen Zuckungen« (Hegel) an der ökomomischen Basis – ein Mangel an partizipativer Demokratie. Im Sozialstaat jedenfalls haben die – zumindest partiell ihrem Begriff entsprechenden – westlichen Demokratien nach dem Zweiten Weltkrieg den bis heute vergleichsweise erfolgreichen Versuch unternommen, einseitige Abhängigkeitsverhältnisse zu korrigieren, die die Bedingungen der Möglichkeit demokratischer Gesetzgebung außer Kraft setzen. So gilt für die Bundesrepublik, daß ein personenbezogener Kern des Eigentums – de facto nach heutiger bundesdeutscher Rechtslage: gewöhnliche Konsumgüter – absolutes individuelles Recht ist. Alles übrige Eigentum – insbesondere Grund und Boden, industrielle und landwirtschaftliche Produktionsmittel, besonders gesellschaftlich verfaßte Aktiengesellschaften – ist geschützt »nur in dem vom Gesetzgeber geschützten Ausmaß« und ist deshalb »für gesetzgeberische Fortentwicklungen« des Eigentumsrechts im allgemeinen Interesse »offenzuhalten«.[663] »Grundsätzlich«, so schon Wolfgang Abendroth, stellt das Bekenntnis des Grundgesetzes zum demokratischen und sozialen Rechtsstaat (Art. 20, Abs. 1, Art. 28, Abs. 1) die »Gesellschafts- und Wirtschaftsordnung selbst zur Disposition der demokratischen Willensbildung des Volkes«.[664] Sowenig es eine *natürliche* »quantitative oder qualitative« (Kant) Schranke der Besitzakkumulation gibt, sowenig kann es auch, oberhalb des kulturell variablen, persönlichen Eigentums eine quantitative oder qualitative Grenze sozialstaatlicher Intervention, Steuerung, Regulierung und Umverteilung geben. »Alles, auch die ökonomische Ordnung« muß »zum *Thema* der Politik« im Sinne der Gesetzgebung werden können.[665] Ein »absoluter, feststehender, sozusagen von der ›Logik des Rechtsstaates‹ geforderter Inhalt des Eigentums existiert eben nicht.«[666] *Thema* des öffentlichen Rechts (i. S. Kants) ist alles, was zum Thema der öffentlichen *Meinung* werden kann: und eine *freie* öffentliche Meinung schließt *sozial* niemanden und *sachlich* kein Thema aus, und sie ist *zeitlich* offen und unbegrenzt, kann alles immer wieder und immer wieder Neues zum Thema machen. Eben das spiegelt sich in dem breiten Gestaltungsspielraum des demokratischen Gesetzgebers und in der wirtschafts- und ordnungspolitischen *Offenheit* etwa des deutschen Grundgesetzes. Offen ist dieser Spielraum natürlich immer in beide Richtungen, er enthält die Möglichkeit der Regulierung ebenso wie die der Deregulierung. Aber jede Deregulierung muß die Schwelle des demokratiekonstitutiven Gleichheitsgrundsatzes und die ihm folgenden sozialen Grundrechte achten.

Schon Kant setzt – wie wir gesehen haben – im Begriff des (provisorischen) privaten das (peremtorische) öffentliche Recht und im Recht auf individuelles, äußeres Mein und Dein die Idee der Volkssouveränität voraus.[667] Erst durch die *wirkliche* Vereinigung des Willens aller Betroffenen wird aus usurpiertem Besitz rechtmäßiges Eigentum. Insofern setzt der Rechtsbegriff des Eigentums eine auf *allgemeine Zustimmung* gerichtete Eigentums*behauptung* durchaus im pragmatisch-propositionalen Doppelsinn von »Behauptung« voraus. Die Eigentumsbehauptung macht einen universellen Anspruch auf normative Richtigkeit. »Dieser äußere Gegenstand ist mein«, ist Kants Beispiel einer solchen Behauptung. Und Kant bindet ihre *Gültigkeit* daran, daß der darin ausgedrückte, besitzergreifende Wille »dem Gesetz der äußeren Freiheit nicht widerstreitet«. Und das heißt für Kant: »der Grund der Gültigkeit« eines rechtlich anerkennungswürdigen Besitzes liegt allein in »einer allgemeingeltenden Gesetzgebung«.[668] Mit der *Behauptung* eines äußeren Besitzes ist der Ausschluß aller anderen gemeint. Der andere, und zwar *ein* jeder, der ein Menschenrecht auf freie Stellungnahme[669] für sich reklamieren darf, d. h. jedes Mitglied der universellen Kommunikationsgemeinschaft, kann hier aber eine andere Rechtsmeinung geltend machen. Denn die Eigentumsbehauptung schließt nicht etwa alle Staatsbürger, die Mitglieder einer bestimmten Rechtsgenossenschaft von je meinem Eigentum aus, sondern *alle* Menschen. Nur ein an das Publizitätsprinzip gebundenes und insofern diskursives Verfahren kann den Streit der Meinungen gewaltlos beilegen und die prinzipiell unbegrenzte »Vielzahl konkurrierender Rechtsmeinungen durch eine öffentliche positive Gesetzgebung« binden, die »die Ausübungsbedingungen der natürlichen Gesetze des Mein und Dein allgemeinverbindlich festlegt« und die »Grenzen eines peremtorisch-möglichen Besitzes eindeutig« bestimmt.[670] So gesehen ist auch das Recht auf Eigentum nichts anderes als ein kommunikatives Grundrecht, dessen Geltung mit der normativen Richtigkeit der Eigentumsbehauptung »dies ist mein« steht und fällt. Genau das war Kants Perspektive: die Transformation der *faktischen Selbstbehauptung*, deren rechtliches Paradima die naturwüchsige, einseitige Beziehung des Erstbesitzers zum Boden ist, in eine, die Natur transzendierende, rechtliche Behauptung. Diese muß sich, im öffentlichen Medium peremtorischen Rechts, gegen alle anderen, vom jeweils besetzten Boden ausgeschlossenen havenots, mit anerkennungswürdigen, verallgemeinerbaren Gründen verteidigen lassen. Die Besitzenden haben den Besitzlosen, die reichen den armen Ländern gegenüber die Beweislast. Im negativen Universalismus der ersten Eigentumsbehauptung ist die Perspektive einer globalen distributiven Gerechtigkeit bereits enthalten. Erst in einer demokratischen Rechtsordnung jenseits der Grenzen des Nationalstaats wird aus der einseitigen, bloß imaginierten, parasitären Sprache des »Es ist gleich *als ob* der Boden spräche: wenn ihr mich nicht beschützen könnt, so könnt ihr mir auch nicht gebieten« (Rechtslehre, § 15) die universelle, wirkliche und *allseitige* Sprache der begründungsbedürftigen Rechtsbehauptung des »Dies ist mein«.

Wohlgemerkt: in dem Modell des demokratischen, egalitären Individualismus ist es kein natur- oder gottgegebener (oder »sozial-ontologisch« oder »substanz-logisch« vorgegebener) menschliche Zweck, der dem freien Gebrauch des Eigentums Grenzen zieht, sondern allein die – zur Einigung in ein frei zugängliches, gewaltfreies und faires Verfahren der Gesetzgebung genötigte – freie Willkür eines jeden. Das ist der ganze Witz an Rousseaus und Kants Begriff der Selbstgesetzgebung: Die Überwindung des possessiven Individualismus ohne Rückfall in einen alteuropäisch-republikanischen oder gar christlich-eurozentrischen Gemeinschaftssubstantialismus, der – auch bei besten Absichten – gar nicht anders kann, als den Menschen – in wie weiten und »toleranten« Grenzen auch immer – vorzuschreiben, »welche Art von Persönlichkeit« sie als Mitglieder einer zwangsläufig partikularen Gesellschaft »haben sollen«.[671]

Was ich zeigen wollte war, daß nur im Prozeß demokratischer Selbstgesetzgebung dieses Freiheitsrecht gegen die Gemeinschaft, die heute in ihrer finstersten Gestalt, der Gestalt der nationalen Selbstbehauptung, wiederkehrt, verteidigt werden kann. Um die Rechte ernst zu nehmen, muß man aber mit der Demokratie ernst machen.

dere Kap, Frankfurt a. M. 1992, S. 12.

2 R. Bubner, *Zwischenrufe. Aus den bewegten Jahren*, Frankfurt a. M. 1993, S. 113.

3 J.-J. Rousseau, *Emile oder Über die Erziehung*, Stuttgart 1990, S. 155f.

4 Zur konstitutiven, nur um den Preis von Verdinglichung (zugunsten von Sphärenautonomie) oder Heteronomie (zugunsten totalisierender und totalitärer Souveränität) auflösbaren Spannung (oder »Dialektik«) von Autonomie und Souveränität in einer ganz anderen »Wertsphäre«, nämlich in der Kunst, vgl.: Ch. Menke, *Die Souveränität der Kunst*, Frankfurt a. M. 1991.

5 Vgl. z. B. G. Sartori, *Demokratietheorie*, Darmstadt 1992.

6 R. Bubner, a. a. O., S. 46; vgl. A. Wellmer, »Konsens als Telos der sprachlichen Kommunikation«, in: H.-J. Giegel, *Kommunikation und Konsens in modernen Gesellschaften*, Frankfurt a. M. 1992, S. 18ff.

7 Zu den Problemen der von ihm so genannten »third democratic transformation« vgl. R. Dahl, *Democracy and its Critics*, Yale 1989, S. 311ff.; P. Kennedy, *In Vorbereitung auf das 21. Jahrhundert*, Frankfurt a. M. 1993.

8 Das hat schon Tocqueville beobachtet: *Über die Demokratie in Amerika*, Stuttgart 1990, S. 288ff., 318.

9 H. Arendt, *Über die Revolution*, München 1974, S. 143.

10 Ebd., S. 143.

11 Ebd., S. 143f. Man fragt sich natürlich, woher Hannah Arendt so genau weiß, daß die Armen im Paris der achtziger und neunziger Jahre des 18. Jahrhunderts nur essen und glücklich, aber nicht eigentlich frei sein wollten. Schließlich ist bereits die Demonstration auf den Straßen von Paris und der Zug nach Versailles mit dem Ruf nach Brot, ist erst recht die Eroberung von militärisch gesicherten und dem öffentlichen Raum entzogenen Gebäuden (Paläste, Gefängnisse) Ausdruck des Willens, sich frei zu bewegen. Und in der Bewegungsfreiheit sah Hannah Arendt schließlich mit Aristoteles den Kern unserer Freiheit. Und wie steht es um die Eroberung und Besetzung der Paläste und Gefängnisse des absolutistischen Staats? Bedeuten sie nicht Herstellen von Öffentlichkeit durch Aufhebung des feudalen Privateigentums am Staatskörper? Also doch wohl eminente Akte politischer Freiheit.

12 H. Arendt, *Vita activa oder Vom tätigen Leben*, München 1981, S. 183.

13 Vgl. H. Arendt, ebd., sowie H. Arendt, *Elemente und Ursprünge totalitärer Herrschaft*, München 1991.

14 Vgl. H. Arendt: »Freiheit und Politik«, in: *Neue Rundschau* 69/1958, S. 670ff.

15 H. Arendt, *Über die Revolution*, a. a. O., S. 175.

16 H. Arendt, *Elemente und Ursprünge*, a. a. O., S. 243.

17 Ebd., S. 244, 246: »Ausdrücklich«, so heißt es an dieser Stelle, »verwirft Hobbes als einen Haufen von Absurditäten die Begriffe von Freiheit, Recht und

summum bonum, die in den Etappen der abendländischen Staatsform, in der griechischen Polis, der römischen Republik und dem christlichen Königtum sichtbar und artikuliert worden waren. Ausdrücklich wird der neuen Gesellschaft von ihrem größten Theoretiker vorgeschlagen, den Bruch mit allen abendländischen Traditionen zugleich zu vollziehen. Er hat damit das Verhalten der Bourgeoisie wie des von ihr erzeugten Mobs in grandioser Weise vorgezeichnet, wie schließlich das, was man gemeinhin unter dem Untergang des Abendlandes versteht.«

18 Das ist auch die These von Alasdair MacIntyre in seinem Buch *Der Verlust der Tugend*, Frankfurt a. M. 1987.

19 Zum prosaischen Weltzustand vgl. a. G. W. F. Hegel, *Ästhetik I/II* (hrsg. von R. Bubner), Stuttgart 1971, S. 281 ff., 440, 658 f.; ders., *Vorlesungen über Ästhetik III*, Werke 15, Frankfurt a. M. 1970, S. 525 f.

20 So der Untertitel von MacIntyre, *Der Verlust der Tugend*, a. a. O.

21 Zum Begriff der Repräsentation vgl.: C. Schmitt, *Verfassungslehre*, Berlin 1989, 204 ff., 208 ff.; ferner ders., *Die geistesgeschichtliche Lage des heutigen Parlamentarismus*, Berlin 1985, S. 44 ff.; sehr materialreich, aber wenig erhellend ist: H. Hofmann, *Repräsentation*, Berlin 1974.

22 Dazu vgl. z. B. A. Wellmer: »Gemeinsinn und Gerechtigkeit«, in: M. Brumlik/H. Brunkhorst (Hg.): *Gemeinschaft und Gerechtigkeit*, Frankfurt a. M. 1993.

23 Zum Begriff der »kommunalen Macht« vgl. H. Brunkhorst, »Kommunale Macht und öffentliche Freiheit. Zur Theorie des Politischen im Anschluß an Hannah Arendt«, in: *Kurswechsel* 4 (1991), S. 70–80.

24 Ein Beispiel für solchen Rückfall in Metaphysik ist Georg Lukács, *Die Zerstörung der Vernunft*, 3 Bde., Neuwied 1981.

25 J. Habermas, *Strukturwandel der Öffentlichkeit*, Neuwied 1969, S. 253. Dieses Zitat ist ein Schlüssel zum Werk von Habermas.

26 Aristoteles, *Politik*, übers. v. F. F. Schwarz, Stuttgart 1989, 1261 a.

27 Ebd., 1261 b.

28 Ebd.

29 Ebd., 1264 a

30 Vgl. Ch. Taylor: »Cross-Purposes«, in: N. Rosenblum (Hg.), *Liberalism and the Moral Life*, Cambridge/Mass. 1989, S. 167 f.

31 Vgl. I. Maus, *Zur Aufklärung der Demokratietheorie*, Frankfurt a. M. 1993.

32 Peter Graf Kielmannsegg in seinem Buch *Volkssouveränität* (Stuttgart 1977) hat diesen Punkt des Bruchs der modernen Lehre von der Volkssouveränität mit allen antiken, mittelalterlichen und scholastischen Theorien von der »potestas in populo« und von der notwendigen Zustimmung der Gesetzesunterworfenen scharf beleuchtet. Der entscheidende Punkt ist das Prinzip *individueller Autonomie*.

33 Aristoteles, *Nikomachische Ethik*, übers. von F. Dirlmeier, 1096 a.

34 Ebd.

35 Ebd., 1096 b.

36 Ebd., 1097 a.

37 Ebd., 1110 b u. v. a. m.

38 Aristoteles, *Politik*, 1264 a; vgl. a. G. Bien, »Zur Theorie der Institutionen in der praktisch-politischen Philosophie bei Platon und Aristoteles«, in: G. Göhler u. a. (Hg.), *Politische Institutionen im gesellschaftlichen Umbruch*, Opladen 1990, S. 54 ff.

39 Dazu vgl. Tocqueville, *Über die Demokratie in Amerika*, a. a. O., und vor allem: T. Parsons/G. M. Platt, *Die amerikanische Universität*, Frankfurt a. M. 1990.
40 Aristoteles, a. a. O., 1282 a, 1286 a.
41 Ebd., 1302 a.
42 Martin Heidegger, »Phänomenologische Interpretation zu Aristoteles. Anzeige der hermeneutischen Situation«, in: *Dilthey-Jahrbuch*, Göttingen, Bd. 6 (1989), S. 237–269.
43 In diesem Punkt folgt Martin Heidegger seinem großen Vorbild Aristoteles freilich nicht. Für ihn kommt 1934 das Rettende allein von den Halbgöttern, vom »Staatengründer«, vom »Dichter« und vom »Denker«, die den »wahren und je einzigen Führer« führen: So in den Hölderlinvorlesungen, die er nach Hitlers Machtergreifung gehalten hat (Bd. 39 der Gesamtausgabe, Frankfurt a. M. 1980, S. 144, und zum Führer als Halbgott S. 210; vgl. meine Anmerkung zu diesem Komplex in H. Brunkhorst, *Theodor W. Adorno. Dialektik der Moderne*, München 1990, S. 340 f.).
44 Aristoteles, *Politik*, 1332 b; das ist noch der anti-hobbesianische Grundgedanke der Theorie der Gerechtigkeit von John Rawls; vgl. Rawls, *Politischer Liberalismus*, Frankfurt a. M. 1992. Eine rein instrumentelle Herrschaftsordnung, etwa ein Leviathan, ist in Wirklichkeit ohnmächtig, ohne »Stabilität«, wie Rawls sagt.
45 Zu beiden Gesichtspunkten: Aristoteles, a. a. O., 1290–1291 b.
46 A. a. O., 1302 b–1303 a.
47 H. Arendt, *Vita activa*, a. a. O., S. 14.
48 A. a. O., S. 14 f.
49 M. Heidegger, *Sein und Zeit*, Tübingen 1977, S. 56, 135, 145, 175 ff. (§ 38–41), 221 f., 249 f., 276 (wo noch einmal die Faktizität des Daseins von der Tatsächlichkeit eines Vorhandenen scharf abgehoben wird), 284 f., 328 und zur Natalität S. 374: »Existenzial verstanden ist die Geburt nicht und nie ein Vergangenes im Sinne des Nichtmehrvorhandenen [...]. Das faktische Dasein existiert gebürtig, und gebürtig stirbt es auch schon im Sinne des Seins zum Tode. [...] In der Einheit von Geworfenheit und flüchtigem, bzw. vorlaufendem Sein zum Tode ›hängen‹ Geburt und Tod daseinsmäßig ›zusammen‹. Als Sorge ist das Dasein das ›Zwischen‹.« Und das heißt: zwischen den »Enden« Geburt und Tod.
50 Dazu vgl. L. Wingert, »Der Grund der Differenz: Subjektivität als ein Moment von Intersubjektivität«, in: Brumlik/Brunkhorst (Hg.), *Gemeinschaft und Gerechtigkeit*, a. a. O., sowie: M. Frank, »Wider den apriorischen Intersubjektivismus«, im selben Band, a. a. O.
51 Arendt, *Vita activa*, a. a. O., S. 15.
52 Arendt, a. a. O.; K. Marx, *Grundrisse zur Kritik der Politischen Ökonomie*, Berlin 1953, S. 6. Im Unterschied zu Aristoteles übersetzt Marx das »zoon politikon« wie vor ihm schon Thomas von Aquin mit »animal sociale« bzw. deutsch »geselliges Tier«, und er spricht ausdrücklich von der Gesellschaft im Sinne der unpolitischen »bürgerlichen Gesellschaft«. Auch die Perspektive des »vereinzelten Einzelnen« ist natürlich modern und unaristotelisch.
53 Vgl. Wingert, a. a. O., zur Unterscheidung von Einzigartigkeit und Unvertretbarkeit. Die mit der Natalität schon vorausgesetzte Entzweiung ist eine Entzweiung von der Welt in der Welt.
54 Zur Bedeutung von »Existenz« mit Bezug auf das »Dasein« bzw. das »mensch-

liche Leben« vgl. E. Tugendhat, *Selbstbewußtsein und Selbstbestimmung*, Frankfurt a. M. 1979, S. 176.

55 Arendt, *Vita activa*, a. a. O., S. 15.

56 Vgl. zu diesem Aspekt der voluminösen Flaubert-Studie meinen Aufsatz: »Wie man sich zu dem macht, der man ist«, in T. König (Hg.), *Sartres Flaubert lesen*, Reinbek 1980, S. 27ff.

57 Hierzu vgl.: E. Tugendhat, »Antike und moderne Ethik«, in: ders., *Probleme der Ethik*, Stuttgart 1984, S. 54f.; ferner ders., *Selbstbewußtsein und Selbstbestimmung*, Frankfurt a. M. 1979, S. 193ff.

58 Vgl. Aristoteles, *Politik*, 1298b.

59 C. Castoriadis, *Gesellschaft als imaginäre Institution*, Frankfurt a. M. 1984; zu Castoriadis vgl. meine Besprechung: »Die Zukunft des revolutionären Projekts«, in: *Sozialwissenschaftliche Literatur Rundschau* 12 (1986), S. 40ff.

60 Arendt, *Vita activa*, a. a. O., S. 15f.

61 Dazu Wingert, »Der Grund der Differenz«, a. a. O.

62 Arendt, a. a. O., S. 16.

63 Vgl. a. H. Schnädelbach, »Was ist Neoaristotelismus? in: W. Kuhlmann (Hg.), *Moralität und Sittlichkeit*, Frankfurt a. M. 1986, S. 48.

64 H. Arendt, *Vom Leben des Geistes*, Bd. 2: *Das Wollen*, München 1979, S. 190.

65 Arendt, a. a. O., S. 190f.

66 I. Kant, *Kritik der reinen Vernunft*, B 478, Anmerkung zur dritten Antinomie.

67 Arendt, a. a. O., 107.

68 1252a, meine Hervorhebung.

69 Vgl. Aristoteles, *Nikomachische Ethik*, 1140b; 1143b; s. a. Leo Strauß, *Naturrecht und Geschichte*, a. a. O.

70 Vgl. E. Tugendhat, *Selbstbewußtsein und Selbstbestimmung*, Frankfurt a. M. 1979, S. 179f.

71 Tugendhat, ebd., S. 189.

72 M. Sandel, *Liberalism and the Limits of Justice*, Cambridge 1982, S. 19ff., 56ff., 121, 127, 153, 179ff.

73 Vgl. a. K.-O. Apel, »Reflexion und materielle Praxis«, in: ders., *Transformation der Philosophie* II, Frankfurt a. M., S. 9ff.

74 Aristoteles, *Nikomachische Ethik*, 1128a.

75 H. Arendt, *Über die Revolution*, a. a. O., S. 40f.

76 Vgl. zur scholastischen Vorgeschichte des modernen Freiheitsverständnisses H. Krings, »Woher kommt die Moderne?«, in: *Zeitschrift für philosophische Forschung* Bd. 41 (1987), S. 3ff.

77 Vgl. a. W. Kersting, *Thomas Hobbes zur Einführung*, Hamburg 1992, S. 65; ferner: Leo Strauß, *Naturrecht und Geschichte*, a. a. O., S. 172ff.

78 H. Arendt, a. a. O., S. 39.

79 Ebd., S. 38.

80 E. J. Sieyès, *Was ist der dritte Stand?*, Essen 1988, S. 35.

81 Ebd., S. 34.

82 Ebd., S. 36.

83 Ebd., S. 34. Man muß hier deutlich zwischen der Allgemeinheit der Rechtsidee, die niemanden ausschließt, und dem exklusiven Machtanspruch eines Standes und einer Nation, die jeweils alle anderen ausschließen, unterscheiden. Das vernachlässigt eine Interpretation der Französischen Revolution und des Werks von

Rousseau und Sieyès, die sich die Nichtunterscheidung von Carl Schmitt vorgeben läßt. Vgl. St. Breuer, »Nationalstaat und pouvoir constituant bei Sieyès und Carl Schmitt«, in: *Archiv für Rechts- und Sozialphilosophie*, Bd. LXX (1984), S. 495ff.

84 H. Hofmann, »Zur Lehre vom Naturzustand in der Rechtsphilosophie der Aufklärung«, in: R. Brandt (Hg.), *Rechtsphilosophie der Aufklärung*, Berlin 1982, S. 33.

85 Vgl. a. Ch. Taylor, »Der Begriff der ›bürgerlichen Gesellschaft‹ im politischen Dasein des Westens«, in: Brumlik/Brunkhorst (Hg.), a. a. O., S. 138.

86 D. Davidson, »Dialektik und Dialog«, Manuskript der Stuttgarter Hegel-Preis-Rede 1992.

87 F. Kambartel, *Was ist und soll Philosophie?*, Konstanz 1968, S. 9.

88 Vgl. jetzt auch K.-O. Apel, »Das Anliegen des anglo-amerikanischen Kommunitarismus aus der Sicht der Diskursethik«, in: Brumlik/Brunkhorst (Hg.), a. a. O., zu Apel und zum folgenden vgl. jetzt auch meinen Beitrag: »Zur Dialektik von realer und idealer Kommunikationsgemeinschaft«, in: A. Dorschel/M. Kettner/W. Kuhlmann/M. Niquet (Hg.), *Transzendentalpragmatik*, Frankfurt a. M. 1993, S. 342ff.

89 K.-O. Apel, *Transformation der Philosophie*, Bd. II, Frankfurt a. M. 1973, S. 429.

90 Das ist die These von Jürgen Habermas in *Faktizität und Geltung*, Frankfurt a. M. 1992; vgl. a. Ingeborg Maus zum Problem der Institutionalisierung: *Zur Aufklärung der Demokratietheorie*, Frankfurt a. M. 1992, S. 249ff. (»Zur Theorie der Institutionalisierung bei Kant«).

91 Aristoteles, *Politik*, 1255b.

92 Ebd., 1259b.

93 Ebd., 1275a.

94 Ebd., 1276b–1277a.

95 Ebd., 1237a.

96 Ebd., 1277a.

97 Ebd., 1277b.

98 Zur Formel vom »Tun des Rechten« vgl. *Nikomachische Ethik*, 1167b.

99 Vgl. *Politik*, 1262b (Freundschaft ist das »höchste Gut« der Staaten, denn sie verhindert »Bürgerkämpfe«), 1280b (»Freundschaft bedeutet freie Entscheidung für das Zusammenleben«, und sie ist für das gute Leben des Staates paradigmatisch: sie ist sich selbst genug, deshalb ist sie »um des Zieles« »des Staates« willen da.), 1295b (Polis ist Gemeinschaft und »Gemeinschaft bedeutet etwas Freundschaftliches«. Nach der Mesotislehre ist die Freundschaft die Mitte zwischen der *Privatisierung* des Politischen in der Liebe und seiner *Polemisierung* im Kampf.) Vgl. a. *Nikomachische Ethik* 1126b, Buch VIII, IX; zum Begriff des guten oder tugendhaften Charakters (= der »festen Grundhaltung«) s. 1128b.

100 *Nikomachische Ethik*, 1155a.

101 Ebd., 1161a–b.

102 Ebd., 1171a–b.

103 Ebd., 1166b.

104 Ebd., 1168b. – Dieser Gedanke kommt übrigens bestimmten Grundmotiven der Freudschen Psychoanalyse sehr nahe: dem libidinösen Vorrang der Selbstliebe ebenso wie der Sublimierung der narzißtischen Selbstliebe zur authentischen

Selbstachtung im reifen Ich, das zwischen Es-Impulsen und Über-Ich-Druck eine angemessene Balance (Mesotis) herzustellen vermag.

105 *Nikomachische Ethik*, 1169b.

106 Ebd., 1160a.

107 Ebd., 1167b.

108 Ebd., 1160a.

109 Michael Walzer, *Zivile Gesellschaft und amerikanische Demokratie*, Berlin 1992, S. 201f.

110 Eine unrühmliche Ausnahme ist der Art. 116 GG der Bundesrepublik Deutschland.

111 *Nikomachische Ethik*, 1172a.

112 Ebd., 1159b.

113 Ebd., 1159b–1160a.

114 Ebd., 1160a.

115 Ebd., 1162a.

116 *Nikomachische Ethik*, 1129b, 1132a, 1134a; *Politik*, 1287a: »Der nur dem Gesetz den Befehl gibt zu herrschen, der scheint zu befehlen, daß die Gottheit und die Vernunft allein herrschen soll, wer aber einem Menschen dazu den Befehl gibt, der fügt auch noch das wilde Tier dazu.« Ein gleiches Recht für alle jedoch lehnt Aristoteles glatt ab: vgl. 1284a.

117 *Nikomachische Ethik*, 1160a, s. a. 1129b.

118 Ebd., 1130b.

119 Eine ganz ähnliche Weise, den Einbruch der geschichtlichen Zeit ins Spiel als Wesen der Tragödie im Unterschied zum »bürgerlichen Trauerspiel« zu analysieren, hat Carl Schmitt am *Hamlet* vorgeführt. (Vgl. C. Schmitt, *Hamlet oder Hekuba*, Stuttgart 1985.)

120 Chr. Meier, *Die Entstehung des Politischen bei den Griechen*, Frankfurt a. M. 1983, S. 149.

121 G. W. F. Hegel, *Die Phänomenologie des Geistes*, Hamburg 1955, S. 340: Das Gemeinwesen muß die »Familienglückseligkeit [...] stören« und »auflösen«, um sich Allgemeinheit und Bestand zu geben. So erzeugt es aber zwangsläufig »an dem, was es unterdrückt und was ihm zugleich wesentlich ist, an der Weiblichkeit überhaupt seinen inneren Feind.« Hegel nennt das »die ewige Ironie des Gemeinwesens«.

122 Chr. Meier, a. a. O., S. 176ff.

123 Vgl. a. H. J. Berman, *Recht und Revolution*, Frankfurt a. M. 1991, S. 88ff.

124 Berman, a. a. O., S. 92f.

125 Ebd., S. 102.

126 T. Parsons, *Gesellschaften*, Frankfurt a. M. 1975, S. 165.

127 Ebd.

128 Zum »Könnens-Bewußtsein« in Abgrenzung zum modernitätstypischen »Fortschritts-Bewußtsein« vgl. Chr. Meier, a. a. O.

129 Ebd., S. 262; Aristoteles, *Politik*, 1284a.

130 Meier, a. a. O., S. 268.

131 Zur Unterscheidung vgl. J. Habermas, *Zur Rekonstruktion des Historischen Materialismus*, Frankfurt a. M. 1976, S. 200ff.

132 Meier, a. a. O., S. 250.

133 Ebd.

134 Vgl. Ch. Taylor, *Negative Freiheit?*, Frankfurt a. M. 1988, S. 118ff.
135 Vgl. a. A. MacIntyre, *Der Verlust der Tugend*, Frankfurt a. M. 1987, S. 209ff.
136 Meier, a.a.O., S. 255.
137 Ebd., S. 269.
138 Vgl. a. P. Spahn, »Aristoteles«, in: I. Fetscher/H. Münkler, (Hg.), *Frühe Hochkulturen und europäische Antike*, Bd 1 von *Pipers Handbuch der politischen Ideen*, München 1988, S. 397ff.
139 Meier, a.a.O., S. 230. Damit erfüllt die »Verfassung« der Stadt Athen *die* entscheidende Voraussetzung der Autonomie des Politischen im Sinne Carl Schmitts: eine alles Heterogene abweisende und vernichtende politische Homogenität.
140 M. Weber, *Wirtschaft und Gesellschaft*, Köln 1956, S. 1015.
141 Weber, a.a.O., S. 1016.
142 Ebd., S. 1019.
143 Ebd., S. 1013.
144 Ebd., S. 1015. Das gilt für Rom ebenso wie für Athen. Auch Parsons verweist auf den Umstand, daß die gentilizistische Sozialverfassung die eigentliche ökonomische Schranke in den antiken Republiken und Stadtstaaten war und jede ständische Korporation unmöglich machte. Zusammen mit der rechtlichen Schranke dauerhafter Gewaltunterworfenheit von Sklaven, Frauen und Kindern in der häuslichen Despotie bildet sie den institutionellen Kern einer im ganzen zutiefst konservativen, fortschrittsresistenten Gesellschaftsformation. Die grundsätzlich ewige Dauer der Gewaltunterworfenheit erwies sich als ebenso folgenreich wie »das Fehlen jedweden beruflichen Sonderstatus« (H. J. Wolff, »Das Verhältnis der Rechtsordnung zur gesellschaftlichen, wirtschaftlichen und politischen Ordnung antiker Staaten«, Konstanzer Ringvorlesung, S. 177). Wolff schreibt: Von der dauerhaften Gewaltunterworfenheit »kamen die Römer, die, wie alle antiken Völker, niemals bis zu der klaren Vorstellung eines allgemeinen Persönlichkeitsrechts vordrangen und in älterer Zeit überhaupt nichts von ihm wußten, mit der ihnen eigenen unerbittlichen Konsequenz des juristischen Denkens dazu, den Sklaven als bloße *res* zu definieren; spätestens mit der ›lex Aquila‹ vom Jahre 287 v. Chr., die Sklaven und Vieh auf ein und dieselbe Stufe stellte, kam diese Entwicklung zum Abschluß.« (S. 172) Diese Institution war tief im heidnisch-republikanischen Bewußtsein der antiken Staatenwelt eingegraben. Nichts zeigt deutlicher, daß es sich dabei um eine Schranke des übergreifenden Weltbildes handelte, als der Umstand, daß die Sklaven – obwohl sich ihre oft erbärmliche Lage zuweilen in blutigen Aufständen entlud – nirgends und nie »die Abschaffung oder auch nur Modifizierung der Sklaverei als Rechtsinstitut durchgesetzt, ja anscheinend nicht einmal angestrebt haben«. (Wolff, a.a.O., S. 180; zahlreiche Anmerkungen und Belege in dieselbe Richtung finden sich auch bei Hannah Arendt, *Vita activa*, a.a.O.)
145 Vgl. Weber, a.a.O., S. 1017.
146 Ebd., S. 1020ff.
147 M. Kriele, *Einführung in die Staatslehre*, Reinbek 1975, S. 333.
148 Vgl. M. Finley, *Antike und moderne Demokratie*, Stuttgart 1980, S. 34.
149 Aristoteles, *Der Staat der Athener*, Stuttgart 1970, S. 36.
150 Finley, a.a.O., S. 58.
151 Meier, a.a.O., S. 255, vgl. a. 268.

152 G. W. F. Hegel, *Werke* Bd 12, Frankfurt a. M. 1971, S. 311.

153 Vgl. z. B. M. Nussbaum, *The Fragility of Goodness*, Cambridge 1986; aber auch: W. Welsch, *Unsere postmoderne Moderne*, Darmstadt 1987, S. 277 ff.

154 Vgl. M. Walzer, *Kritik und Gemeinsinn*, Berlin 1990; ders., »Zwei Arten des Universalismus« in: *Babylon* 7 (1990), S. 7–25; zur Kritik: H. Brunkhorst, »Gesellschaftskritik von innen?«, in: Apel/Kettner, (Hg.), *Zur Anwendung der Diskursethik*, Frankfurt a. M. 1992, S. 149 ff.

155 Zur orthodoxen Theorie vgl. H.-G. Gadamer, *Wahrheit und Methode*, Tübingen 1975, 295 ff.; eine unorthodoxe Spielart von Aristotelismus ist M. Nussbaum, »Menschliches Tun und soziale Gerechtigkeit«, in: Brumlik/Brunkhorst (Hg.), *Gemeinschaft und Gerechtigkeit*, Frankfurt a. M. 1993, S. 323–363.

156 Vgl. Platon, *Der Staat*, IV. Buch, 427 d ff., bes. 432 d–435 c. Gerechtigkeit heißt: Jedem das Seine (vgl. Buch I, 331 c–d und IV, 433 c–434 a). Mit Bezug auf die vielen Tugenden bzw. ihre drei Hauptklassen (Selbstbeherrschung, Tapferkeit, Weisheit) heißt Gerechtigkeit dann, nach Maßgabe des in einer jeden Klasse Geforderten das Rechte tun bzw. seine Aufgabe erfüllen. Im Staat ist die Gerechtigkeit entsprechend eine gerechte Gemeinschaft vieler, in drei bis vier soziale Schichten gegliederten Tugendordnungen. Grenzüberschreitungen, die Überwältigung der Tapferkeitsgemeinschaft (Krieger) durch die Selbstbeherrschungsgemeinschaften (Händler und Handwerker) oder der Weisen durch die Tapferen usw., sind das »größte Verbrechen«: Wenn die verschiedenen »Stellungen« und Steuerungsmedien (Platon sagt: »Werkzeuge«) »miteinander vertauscht« werden »oder ein einziger versucht, alles zugleich zu machen«, wird das »zum Untergang des Staates führen«. (IV, 434 a–d) Gerechtigkeit ist also für Platon durchaus »komplex« im Sinne Walzers (oder »organisch« im Sinne Hegels) und dient der Abgrenzung und Differenzierung verschiedener gesellschaftlicher Sphären. Der Unterschied zu Walzer (und zur modernen Systemtheorie) ist natürlich, daß es sich bei Platon nicht um eine (nur individualrechtlich realisierbare) funktionale Gliederung, sondern um eine hierarchische Schichtung (Stratifikation) des Staates handelt. Ganz unaristotelisch ist auch Platons Versuch, einen einzigen Staatsaufbau nach dem Modell des zeitlos Wahren zu konstruieren. (S. u. den Abschnitt über M. Walzer)

157 I. Kant, *Kritik der reinen Vernunft*, 2. Auflage, Königsberg 1787, 372–374 (zit. n. d. Nachdruck Berlin 1968, 247 f.). Zur Kritik des Restplatonismus im Begriff der »regulativen Ideen« s. o.; s. a. unten Teil 2.

158 S. o.

159 E. Cassirer, *Der Mythus des Staates*, Frankfurt a. M. 1985, S. 97 f.

160 Ebd., S. 99.

161 Ebd., S. 91.

162 Hierzu und zum folgenden vgl. die instruktive Studie von R. Brandt, »Menschenrechte und Güterlehre«, in: R. Brandt (Hg.), *Rechtsphilosophie der Aufklärung*, a. a. O., S. 79 ff.

163 Aristoteles, *Politik*, 1223 a.

164 Ebd., 1319 b: Zur »tyrannenherrschaftlichen Herrschaft« merkt Aristoteles kritisch an, daß sie »Sklaven, Frauen und Kinder« »ungebunden« leben lasse und »darüber hinwegsehe, daß jeder lebt, wie er will«. Vgl. a. P. Veyne, »Kannten die Griechen die Demokratie?«, in: Ch. Meyer/P. Veyne, *Kannten die Griechen die Demokratie?*, Berlin 1988, S. 36.

165 P. Veyne, a. a. O., S. 31 ff.
166 R. Brandt, a. a. O., S. 83.
167 Ebd., S. 86.
168 Ebd., S. 87.
169 Vgl. a. R. Brandt, a. a. O.
170 E. Cassirer, a. a. O., S. 89.
171 Ebd., S. 95.
172 Platon, *Der Staat*, 334 e–335 c.
173 E. Cassirer, a. a. O.
174 Zur Unterscheidung der beiden Stufen demokratischer Transformation (sowie zur These, wir stünden an der Schwelle einer dritten) vgl. Robert Dahl, *Democracy and its Critics*, New Haven 1989.
175 H. Arendt, *Über die Revolution*, München 1974, S. 144.
176 M. Weber, »Agrarverhältnisse im Altertum«, in: ders., *Gesammelte Aufsätze zur Sozial- und Wirtschaftsgeschichte*, Tübingen 1988, S. 147.
177 Vgl. J.-P Vernant, »Arbeit und Natur in der griechischen Antike«, in: K. Eder (Hg.), *Seminar: Die Entstehung von Klassengesellschaften*, Frankfurt a. M. 1973, S. 256.
178 Ebd., S. 258.
179 Das ist Platons Auffassung. Dazu vgl. a. O. Höffe, *Politische Gerechtigkeit*, Frankfurt a. M. 1989, S. 222 ff.
180 J.-P. Vernant, a. a. O., S. 250, 260 f.
181 Vgl. a. R. Spahn, »Oikos und Polis«, in: *Historische Zeitschrift* 231 (1980), S. 554.
182 Aristoteles, *Politik*, 1254 b, 1255 b.
183 Ebd., 1254 b.
184 Ebenso unbekannt war der heidnischen Antike der »Sinn für Ungerechtigkeit«: vgl. J. Shklar, *Über Ungerechtigkeit*, Berlin 1922, S. 142 ff.
185 Vgl. C. B. MacPherson, *Die politische Theorie des Besitzindividualismus*, Frankfurt a. M. 1973; s. a. Leo Strauß, *Naturrecht und Geschichte*, Frankfurt a. M. 1977, S. 244 ff.
186 Vgl. J. Rawls, *Eine Theorie der Gerechtigkeit*, Frankfurt a. M. 1971.
187 Vgl. Th. H. Marshall, *Bürgerrechte und soziale Klassen*, Frankfurt a. M. 1992.
188 Vgl. hierzu: M. Nussbaum, *The Fragility of Goodness*, Cambridge 1986, S. 327 ff. (Erscheint im Frühjahr 1995 im S. Fischer Verlag auf deutsch.)
189 P. Veyne, »Kannten die Griechen die Demokratie?«, in: Ch. Meyer, P. Veyne (Hg.), *Kannten die Griechen die Demokratie?*, Berlin 1988, S. 24, meine Hervorhebung.
190 Ebd., S. 25.
191 Ebd.
192 Ebd., S. 27.
193 E. Meyer schreibt: »Oligarchie und Demokratie waren nicht wesensmäßig, sondern nur zahlenmäßig voneinander verschieden.« (»Vom griechischen und römischen Staatsgedanken«, in: R. Klein, *Das Staatsdenken der Römer*, a. a. O., S. 69)
194 »Man könnte«, schreibt Ernst Meyer, »versucht sein, zu sagen, die Polis sei ein Verein, und das wäre nicht einmal so abwegig, sondern hilft, sich manches deutlicher vorzustellen. Besonders wichtig und von unseren heutigen Auffas-

sungen abweichend ist in der Hinsicht, daß es keine automatische Erwerbung des Bürgerrechts gibt. Auch der Sohn des Bürgers erwirbt das Bürgerrecht nicht einfach durch die Geburt, sondern wird erst im Zeitpunkt der Volljährigkeit durch einen Beschluß der Bürger nach Prüfung seiner Berechtigung in ihre Gemeinschaft aufgenommen.« (Ebd., S. 71) Nach Maßgabe des tugendhaften Engagements für die gemeinsame Sache einer konkreten Bürgerschaft können dann auch Fremde in die Bürgerschaft aufgenommen werden. Aber – und das ist die Pointe des republikanischen Bürgerrechts – aufgenommen zu werden ist allein Sache des Verdienstes, eine Ehre und ein ausdrückliches Privileg. So etwas wie beispielsweise das alte Asyl*recht* des deutschen Grundgesetzes oder gar so etwas wie das von Bruce Ackerman vorgeschlagene *Recht auf Einwanderung* wäre mit dem klassischen Republikanismus nicht nur unvereinbar, es würde sogar den Horizont dessen sprengen, worüber sich überhaupt noch sinnvoll streiten läßt. Im Gegenteil kennt die griechische Polis (und das legt wiederum den Vergleich mit einem *Verein* nahe) »die Ausstoßung aus der Bürgergemeinschaft durch Verbannung oder Ehrloserklärung als ganz gewöhnliches Mittel, etwas, was dem modernen Staatsrecht bis vor kurzem ganz fremd war. Es ist nur logisch, daß die ›völkische Staatsidee‹ sofort darauf zurückgegriffen hat.« (Ebd., S. 72) Die griechischen Polis kannten sogar »die gelegentliche Gesamtrevision der Bürgerliste mit Abstimmung über jeden einzelnen Bürger« (ebd.).

195 Joachim Güntner hat mich darauf aufmerksam gemacht, daß der schöne, süße Tod fürs Vaterland bei Horaz, der immer zitiert wird, bereits ironisch auf die Leichtfertigkeit und Unerfahrenheit der Jugend bezogen ist. Das hat J. Güntner in zwei kurzen Glossen der *FAZ*-Beilage »Geisteswissenschaften« 1989 näher erläutert. Dort findet sich auch der Hinweis auf einschlägige Arbeiten von W. Müller (in: *Gymnasium* 4/1989) und D. Lohmann (»Dulce et decorum est pro patria mori«, in: *Schola Anatolica*, Tübingen 1989). Das ändert natürlich nichts daran, daß der schöne und süße Tod fürs Vaterland in den Militärgemeinschaften Roms und Athens ganz ohne Ironie geltende Norm war (wie beispielsweise die Gefallenenrede des Perikles zeigt).

196 Zit. n. P. Veyne, a. a. O., S. 27.

197 J. Rawls, *Eine Theorie der Gerechtigkeit*, Frankfurt a. M. 1971, S. 122.

198 Ebd.

199 Ebd., S. 122f.

200 Ebd., S. 123.

201 R. Dahl, *Democracy and its Critics*, New Haven 1989.

202 Vgl. M. Finley, *Antike und moderne Demokratie*, Stuttgart 1980, sowie Chr. Meier, *Die Entstehung des Politischen bei den Griechen*, Frankfurt a.M. 1983, S. 250ff.

203 M. Finley, a. a. O., S. 26.

204 G.W.F. Hegel, *Werke*, Frankfurt a. M. 1971ff., Bd. 12, S. 312; vgl. a. Bd. 2, S. IIIff.

205 Chr. Meier, a. a. O., S. 268. Man muß hier freilich vorsichtig sein. Der Scherz mit dem Doppelsinn der Stimmabgabe hat in Deutschland durchaus reaktionäre Wurzeln und war für das anti-westliche Sonderbewußtsein der jungkonservativen Intelligenz charakteristisch. Die Quelle sind Thomas Manns *Betrachtungen eines Unpolitischen*.

206 Ein prominentes Beispiel aus der jüngsten Zeit ist J. Habermas, *Theorie des kommunikativen Handelns*, Frankfurt a. M. 1981. Vgl. auch: B. Peters, *Die Integration moderner Gesellschaften*, Frankfurt a. M. 1993.

207 Charakteristisch ist die Debatte der achtziger Jahre zum Thema »Verrechtlichung« und natürlich das Wort Max Webers.
208 Vgl. zuletzt die Hinweise bei A. Honneth, »Soziologie – Eine Kolumne«, in: *Merkur* Juni 1993.
209 Vgl. die glänzende Studie von G. Frankenberg / U. Rödel, *Von der Volkssouveränität zum Minderheitenschutz*, Frankfurt a. M. 1981.
210 M. Finley, a. a. O., S. 82.
211 R. Dahl, a. a. O., S. 1.
212 Ebd., S. 22.
213 Ebd., S. 16.
214 Ebd., S. 15.
215 T. Parsons, *Gesellschaften*, Frankfurt a. M. 1975, S. 137, 139. Parsons betont: »Die weite Expansion Roms [...] läßt sich nicht ausschließlich durch seine überlegene militärische Organisation erklären. Diese mochte bei der ersten Vereinnahmung neuer Bevölkerungen und Territorien noch so wichtig sein – die Stabilisierung der römischen Herrschaft beruhte dennoch weitgehend auf dem Rechtssystem, welches ihren institutionellen Rahmen bildete.« (Ebd., S. 138) Und weiter heißt es: »Die bezeichnende Errungenschaft Roms war [...] sein Rechtssystem.« (Ebd., S. 140)
216 Livius, *Ab urbe condita*, I,8,1, zit. n. H. Hattenhauer, *Europäische Rechtsgeschichte*, Heidelberg1992, S. 52. Natürlich folgt die Gesetzgebung der Einrichtung des Gottesdienstes, die rechtliche Sphäre bleibt eng mit der sakralen verbunden, und die Rechtsgemeinschaft ist immer schon Kultgemeinschaft, doch ermöglicht das neue, bürgerliche Recht schließlich eine Differenzierung von politischer und religiöser Identität, wie sie Athen noch nicht gekannt hatte.
217 H. Hattenhauer, a. a. O., S. 53.
218 *Livius*, a. a. O. II,1,1, zit. n. Hattenhauer, ebd., S. 55.
219 Vgl. a. C. Schmitt, *Verfassungslehre*, Berlin 1989, S. 75 f., 88, 90,. 140, 204, 290.
220 Vgl. Hattenhauer, a. a. O., S. 76.
221 Ebd., S. 57 f.
222 Vgl. Paul Veyne, »Kannten die Griechen die Demokratie?«, a. a. O. und Chr. Meier, *Die Entstehung des Politischen bei den Griechen*, a. a. O.; s. a. das sehr instruktive Kapitel Max Webers über antike und mittelalterliche Demokratie in *Wirtschaft und Gesellschaft*, a. a. O.
223 So sieht es Ingeborg Maus mit Blick auf aktuelle Kontroversen: *Zur Aufklärung der Demokratietheorie*, Frankfurt a. M. 1992, S. 194. Die griffigen Formeln zur Polis-Gemeinschaft stammen natürlich von Hegel: *Werke*, Frankfurt a. M. 1971 ff., Bd. 12, S. 295 ff., 306 ff.
224 T. Parsons, *Das System moderner Gesellschaften*, Weinheim 1985, S. 45.
225 Ebd., S. 140: »Rom wurde unter seinem Regierungs- und Rechtssystem zur kosmopolitischsten und individualistischsten Gesellschaft seiner Zeit. Im ganzen Imperium gab es eine relativ freie Mobilität von Personen und Gütern. Ein hochentwickelter institutioneller Komplex von Geld, Kredit und Märkten förderte die Entfaltung relativ unpolitischer ökonomischer Unternehmungen. Im eher kulturellen Bereich gab es angesichts der ethnischen und kulturellen Heterogenität der Bevölkerung einen ungeheuren religiösen und kulturellen Freiheits- und Bewegungsspielraum. Möglicherweise hätte eine Bewegung wie das Chri-

stentum sich in den meisten anderen fortgeschrittenen intermediären – ganz zu schweigen von archaischen – Gesellschaften nicht in diesem Maß durch die Bekehrung ausbreiten können.« (Zur strukturellen Schranke und zum tiefsitzenden Konservativismus dieser Ordnung s. o. Fußnote 144).

226 G. W. F. Hegel, *Werke*, Bd. 12, a. a. O., S. 339, s. a. S. 350.

227 Aber in der Sache nicht ganz falsch, war doch der römische Inhalt jener bürgerrechtlich (nicht menschen- und auch nicht persönlichkeitsrechtlich!) universellen Form die unumschränkte Autorität des pater familias, die Definition des Sklaven als res und nichts als res, und das als Gesetz der Ewigkeit einer ewigen Stadt! Trotzdem ist Hegels Bild sehr einseitig und gräzistisch eingefärbt. Nimmt man Hegels emotionale (nicht kognitive!) Ablehnung und Parsons Fortschrittsemphase zusammen, so ergibt sich ein vermutlich realistischeres, ambivalentes Bild.

228 Hegel, a. a. O., S. 351.

229 T. Parsons, *Gesellschaften*, a. a. O., S. 138.

230 H. Berman, *Recht und Revolution*, Frankfurt a. M. 1991, S. 227.

231 Ebd., S. 222.

232 H. Hattenhauer, a. a. O., S. 148.

233 Ebd., S. 157.

234 H. Berman, a. a. O., S. 230.

235 Ebd.

236 Ebd., S. 233.

237 Ebd., S. 297.

238 Ebd., S. 197, s. a. 149, 185 f.

239 Ebd., S. 536, s. a. 290.

240 Ebd., S. 184 f.

241 Ebd., S. 238 ff.

242 Ebd., S. 466 ff.

243 Ebd., S. 370.

244 Ebd., S. 468 f.

245 Ebd., S. 470 f.

246 Vgl. I. Maus, *Zur Aufklärung der Demokratietheorie*, Frankfurt a. M. 1992, sowie meine Rezension dieses Buchs: H. Brunkhorst, »Das Volk als lernender Souverän«, in: *Die Zeit* Nr. 50/4. Dez. 1992, S. 22; ferner: H. Brunkhorst, »Vom Bundesgedanken zur Rechtsidee«, in: W. Köhler (Hg.), *Kann das nachmetaphysische Denken ohne Religion auskommen?*, Bad Homburg 1994.

247 T. Parsons, *Gesellschaften*, a. a. O., S. 143.

248 Vgl. C. Schmitt, *Verfassungslehre*, Berlin 1989, S. 75 f.

249 G. W. F. Hegel, *Grundlinien der Philosophie des Rechts*, Randbemerkung zu § 147.

250 R. Dahl, *Democracy and its Critics*, a. a. O., S. 16.

251 Ebd., S. 18 f.

252 G. W. F. Hegel, *Philosophie des Rechts*. Vorlesungsmitschrift von 1819/20, hg. v. D. Henrich, Frankfurt 1983. Schon das Wort »Staat« ist recht neu, und das ist kein Zufall: »Das Wort«, schreibt G. Sartori, »wurde wohl deshalb nur langsam in der Politik gebräuchlich, weil es dafür keinen Bedarf gab, bis ›Herrschaft‹ eine Art unpersönlicher und distanzierter Festigkeit annahm.« (G. Sartori, *Demokratietheorie*, Darmstadt 1992, S. 275).

253 Hegel, a. a. O., S. 225.
254 Ebd.
255 G. W. F. Hegel, *Werke*, a. a. O., Bd. 12, S. 534; vgl. a. das Sartori-Zitat in Anm. 252.
256 G. W. F. Hegel, *Werke*, a. a. O., Bd. 18, S. 507.
257 G. W. F. Hegel, *Philosophie des Rechts*, a. a. O., S. 127.
258 G. W. F. Hegel, *Werke*, a. a. O., Bd. 18, S. 507.
259 M. Riedel, »Herrschaft und Gesellschaft«, in: Z. Batscha (Hg.), *Materialien zu Kants Rechtsphilosophie*, Frankfurt a. M. 1976, S. 130.
260 M. Riedel, a. a. O.
261 M. Weber, *Wirtschaft und Gesellschaft*, Köln 1956, S. 1019.
262 Ebd., S. 1027 f.
263 Max Horkheimer, »Zur Kritik der instrumentellen Vernunft«, in: ders., *Kritische Theorie der Gesellschaft* III, 1968; vgl. a. H. Brunkhorst, »Die Welt als Beute. Rationalisierung und Vernunft in der Geschichte«, in: W. v. Reijen/ G. Schmid Noerr (Hg.), *Vierzig Jahre Flaschenpost: ›Dialektik der Aufklärung‹ 1947 bis 1987*, Frankfurt a. M. 1987, S. 154 ff.
264 Leo Strauß, *Naturrecht und Geschichte*, Frankfurt a. M. 1977, S. 336.
265 Alasdair MacIntyre, *Der Verlust der Tugend*, Frankfurt a. M. 1986.
266 Michael Sandel, *Liberalism and the Limits of Justice*, Cambridge 1982; ders., »The Procedural Republic and the Unencumbered Self«, in: *Political Theory* 12 (1984), S. 81 ff.
267 Charles Taylor, *Sources of the Self*, Cambridge 1989; ein ganz anderes Beispiel ist auch: Manfred Frank, *Selbstbewußtsein und Selbsterkenntnis*, Stuttgart 1991.
268 I. Kant, *Metaphysik der Sitten*, Werke VIII, hg. v. W. Weischedel, Frankfurt a. M. 1977.
269 H. Arendt, *Über die Revolution*, a. a. O., S. 322.
270 Ebd., S. 323.
271 Ebd.
272 Ebd., S. 323 f.
273 Ebd.
274 H. Arendt, *Vita activa*, München 1981, bes. S. 193 ff., 215 ff., 252 ff.; vgl. a. H. Brunkhorst, »Kommunale Macht und öffentliche Freiheit«, in: *Kurswechsel* 4 (1991), S. 70–81.
275 Vgl. A. Meiklejohn, *Political Freedom*, Westport 1979. Meiklejohn entwickelt in scharfer Frontstellung gegen den McCarthyismus einen radikal demokratischen, inklusiven Begriff der Öffentlichkeit, der die kommunikativen Grundfreiheiten als Menschenrecht und nicht bloß als Bürgerrecht begreift.
276 Vgl. C. Schmitt, *Die geistesgeschichtliche Lage des heutigen Parlamentarismus*, a. a. O.
277 H. Arendt, a. a. O., S. 354.
278 In ihnen wird aus dem »Abgrund der Freiheit« heraus »etwas völlig Neues geschaffen – ein ›neues Rom‹ gegründet«, vgl. H. Arendt, *Vom Leben des Geistes*, Bd. 2: Das Wollen, München 1979, S. 197.
279 Vgl. M. Heidegger, *Hölderlins Hymnen ›Germanien‹ und ›Der Rhein‹*, Gesamtausgabe Bd. 39, Frankfurt a. M. 1980.
280 I. Kant, *Kritik der reinen Vernunft*, B 472, 475, 561 f.
281 Ebd., 478.

282 Ebd., S. 478.
283 Ebd., S. 355.
284 Ebd., S. 359f.
285 I. Kant, *Kritik der reinen Vernunft*, B 562; vgl. a. V. Gerhardt, »Transzendentale Theorie der Gesellschaft«, in: *Zeitschrift für Soziologie* 2 (1979), S. 129ff.
286 H. Arendt, *Vita activa*, München 1981, S. 45.
287 Ebd., S. 183.
288 H. Arendt, *Über die Revolution*, München 1974, S. 75.
289 Ebd., S. 115ff.
290 Ebd., S. 116.
291 Vgl. E. Bloch, *Naturrecht und menschliche Würde*, Frankfurt a. M. 1961, S. 213.
292 J.-J. Rousseau, *Emile*, Paderborn 1971, S. 308.
293 I. Kant, *Grundlegung zur Metaphysik der Sitten*, Werke VII, hg. v. W. Weischedel, Frankfurt a. M. 1974, S. 18.
294 H. Arendt, *Vita activa*, a. a. O., S. 73.
295 Ebd., S. 74.
296 Ebd., S. 52.
297 Ebd., S. 53.
298 Hannah Arendt schreibt: »Nirgends zeigt sich schlagender, welch Geistes Kind das Christentum, zumindest das Urchristentum ist, als in der Selbstverständlichkeit, mit der postuliert wird, daß das Leben der Güter höchstes ist. Denn es ist genau an diesem Punkt, daß sich die Wege des hebräischen und des heidnischen Altertums unüberbrückbar trennen. Nichts liegt dem Alten Testament ferner als die Verachtung des klassischen Altertums für die Mühe und Pflege des schieren Lebens, für die Arbeit und das Gebären, nichts ferner als die neidische Bewunderung des ›leichten Lebens‹ der Götter, die Unbedenklichkeit der Kinderaussetzung, die feste Überzeugung, daß ein Leben ohne volle Gesundheit nicht wert ist gelebt zu werden (so daß man z. B. daran festhielt, daß der Arzt, der ein Leben, daß er nicht heilen kann, verlängert, seinen Beruf mißverstehe), schließlich das Lob des Selbstmordes, wenn er dazu verhilft, einem Schimpf oder auch nur einer entwürdigenden Unerträglichkeit zu entgehen.« (Ebd., S. 307)
299 Vgl. T. Parsons, *Das System der modernen Gesellschaften*, München 1972, S. 44ff.
300 Vgl. H. Berman, *Recht und Revolution*, Frankfurt a. M. 1991.
301 T. Parsons, a. a. O., S. 45.
302 Vgl. den interessanten Essay von Steven Holmes, »Poesie der Indifferenz«, in: D. Baecker u. a. (Hg.), *Theorie als Passion*, Frankfurt a. M. 1987, S. 15ff.
303 H. Berman, *Recht und Revolution*, a. a. O., S. 280.
304 T. Parsons, a. a. O., S. 46.
305 T. Parsons, *Gesellschaften*, Frankfurt a. M. 1985, S. 47.
306 Ebd.
307 J.-J. Rousseau, *Émile oder Über die Erziehung*, Paderborn 1971, S. 303.
308 M. Walzer, »Zwei Arten des Universalismus«, in: *Babylon* 7 (1990), S. 7–25.
309 Michael Walzer, *Sphären der Gerechtigkeit*, Frankfurt a. M. 1992. Zur Kritik an der Einheitsvernunft von Rawls und Habermas vgl. a. Walzer, »Philosophy and Democracy«, in: *Political Theory*, Bd. 9, Nr. 3, S. 379ff. In einer ziemlich überzogenen Rhetorik begründet Walzer in diesem Aufsatz den Vorwurf an die Adresse von Rawls, seine »Theorie« diene einer »judical tyranny«. In Wahrheit seien die Philosophen der »original position« oder der »ideal speech situation« nichts ande-

res als gut getarnte Antidemokraten. Das ist ein ziemlich populistischer Vorwurf. Außerdem ist er falsch.

310 Für diesen und eine Reihe weiterer Hinweise zu einer früheren Fassung dieses Kapitels danke ich Beate Rössler.

311 Dieser Gedanke findet sich nicht zufällig schon bei Hegel. Hegel hat den berühmten »Kampf um Anerkennung« aus seiner konkretistischen Fixierung an kämpfende Akteure gelöst und nachgewiesen, daß es sich im Kampf selbstbewußter Akteure immer auch um den Ausdruck des »Kampfes« bzw. tragischen Widerstreits gesellschaftlicher *Sphären* handelt. (Das hat gezeigt: Chr. Menke, »›Anerkennung im Kampfe‹. Zu Hegels Theorie der Ausdifferenzierung moderner Gesellschaften«, in: *Archiv für Rechts- und Sozialphilosophie*, 4/1991, S. 493ff.

312 J. Habermas, *Theorie des kommunikativen Handelns*, Frankfurt a. M. 1981, Bd. 2, S. 489ff.

313 Wie Talcott Parsons übernimmt auch Habermas das berühmte Schema der Evolution des modernen Rechts von Th. H. Marshall, *Bürgerrechte und soziale Klassen*, Frankfurt a. M./New York 1992, S. 33ff.

314 Vgl. hier und im folgenden B. Rössler, Rezension zu Walzers »Sphären der Gerechtigkeit« in der *taz* v. 12. 12. 1992.

315 Rawls, *Die Idee des politischen Liberalismus*, Frankfurt a. M. 1992, S. 284.

316 Walzer, *Zivile Gesellschaft und amerikanische Demokratie*, a. a. O., S. 181 f., meine Hervorhebung.

317 W. Kersting, »Sphärenharmonie«, in: *FAZ*-Sachbuchbeilage v. 17. 11. 1992.

318 Das Problem eines umfassenden Modells des Guten ist, daß es immer, wie liberal und »universalistisch« es auch gedacht sein mag, diejenigen ausschließt, die es nicht teilen, weil sie ein anderes umfassendes Modell bevorzugen. Die Grenzen umfassender Visionen des guten Lebens sind immer dogmatisch, ganz so wie Kant diesen Ausdruck in der »Kritik der reinen Vernunft« gebraucht. Dogmatische Grenzen aber sind – anders als diejenigen, die sich dem Gerichtshof einer kritischen Vernunft gestellt und als universalisierungsfähig erwiesen haben – nicht jedem einzelnen gleichermaßen zumutbar. Einen solchen Dogmatismus des Guten nenne ich »metaphysisch«. Harmlos und für unser Leben in der Tat unentbehrlich sind »comprehensive ideals of justice« dann und nur dann, wenn sie der individuellen Freiheit eines jeden nachgeordnet bleiben. Und deren Grenzen sind zumutbar, sofern sie im Sinne einfacher Gleichheit für alle gleich sind und allein dem Gesichtspunkt der Kompatibilisierung der Willkür des einen mit derjenigen des andern nach allgemeinen Gesetzen folgen. »Comprehensive Doctrines« sind für Rawls einfach solche, die den demokratischen und pragmatischen Verallgemeinerungstest eines »reasonable overlapping consensus« nicht bestehen. Der christliche Offenbarungsglaube ist sicher vielen plausibel, aber nicht allen gleichermaßen zumutbar. Er könnte deshalb als ganzer niemals zum vernünftigen Konsens einer Rechtsgenossenschaft gehören.

319 J. Rawls, *Die Idee des politischen Liberalismus*, Frankfurt a. M. 1992, S. 365.

320 M. Löw-Beer, »Der normative Kitt zwischen Lebensformen«, in: M. Brumlik/ H. Brunkhorst (Hg.), *Gemeinschaft und Gerechtigkeit*, Frankfurt a. M. 1993.

321 J. Rawls, *Eine Theorie der Gerechtigkeit*, a. a. O., S. 241. Vereinigungen können sich natürlich nur in solchen Gesellschaften frei bilden, in denen es alternative Vereinigungen und viele Individuen gibt, die keiner Vereinigung angehören. Wo

alle Mitglieder der katholischen Kirche sind, stünde das innere Asylrecht bloß auf dem Papier und wäre vollkommen wertlos. Freiwillige Mitgliedschaft setzt insofern einen *realen* Pluralismus voraus.

322 M. Löw-Beer, »Der normative Kitt zwischen Lebensformen«, in: Brumlik/Brunkhorst, *Gemeinschaft und Gerechtigkeit*, Frankfurt a. M. 1993, S. 199ff.

323 Vgl. M. Walzer, »A better Vision«, in: *The idea of a Civil Society*, Spring 1983.

324 M. Walzer, *Zivile Gesellschaft und amerikanische Demokratie*, a. a. O., S. 64ff., 79, 88.

325 Ebd., S. 195.

326 Ebd., S. 96.

327 Ebd., S. 95f.

328 M. Walzer, »Das neue Stammeswesen«, in: *Lettre international* 16 (1992), S. 8.

329 M. Löw-Beer, »Der normative Kitt zwischen Lebensformen«, a. a. O.

330 Ebd.

331 M. Walzer, *Sphären der Gerechtigkeit*, Frankfurt a. M./New York 1992, S. 90.

332 Ebd. Zur Kritik des verfehlten *moral point of view* bei Walzer vgl. a. B. Barry, »Social Criticism and Political Philosophy«, in: *Philosophy and Public Affairs*, Bd. 19 (1990).

333 M. Löw-Beer, a. a. O.

334 O. Höffe, *Politische Gerechtigkeit*, Frankfurt a. M. 1989, S. 57.

335 M. Löw-Beer, a. a. O.

336 J. Rawls, *Eine Theorie der Gerechtigkeit*, a. a. O., S. 248.

337 Ebd.

338 Ebd., S. 248f.

339 Vgl. dazu die Studie von R. Brandt, »Das Erlaubnisgesetz, oder: Vernunft und Geschichte in Kants Rechtslehre«, in: R. Brandt (Hg.), *Rechtsphilosophie der Aufklärung*, Berlin 1982, S. 233ff.

340 Vgl. hierzu auch: J. Cohen, Review zu *Spheres of Justice*, in: *The Journal of Philosophy*, Bd. 83, Nr. 8 (1986), S. 457ff. Der Vorrang partikularistischer Motive wird immer an Grenzfällen von Walzers Argumentation deutlich. So begründet er die Einführung eines allgemeinen Arbeitsdienstes für Dreckarbeit, die keiner machen will, damit, daß das die Gemeinschaftsbindungen stärkt. Eine liberale Lösung ohne überflüssigen und deshalb auch bei gleicher Verteilung ungerechten Arbeitszwang könnte etwa darauf hinauslaufen, Dreckarbeit mit hohen Löhnen u. ä. zu kompensieren. In diesem Punkt bin ich der Diskussion eines Referats von S. Brandes, »Verteilungsgerechtigkeit zwischen Differenzprinzip und komplexer Gleichheit« (Hannover 1993) verpflichtet.

341 Zur Kritik solcher Thesen vgl. M. Nussbaum, »Menschliches Tun und soziale Gerechtigkeit«, in: M. Brumlik/H. Brunkhorst (Hg.), a. a. O.

342 Zur Kritik an den genannten Punkten vgl. H. Brunkhorst, »Gesellschaftskritik von innen?«, in: Apel/Kettner (Hg.), *Zur Anwendung der Diskursethik in Politik, Recht und Wissenschaft*, Frankfurt a. M. 1992, S. 149ff.; ferner den Beitrag von Wolfgang Kersting im selben Band.

343 M. Walzer, *Zivile Gesellschaft und amerikanische Demokratie*, a. a. O., S. 89.

344 Ebd., S. 193.

345 Ebd., S. 235.

346 Ebd., S. 192.

347 Ebd., S. 233.

348 Ebd., S. 236.
349 Ebd., S. 194.
350 I. Berlin, *Two Concepts of Liberty*, Oxford 1958, S. 25, 53.
351 I. Kant, *Kritik der reinen Vernunft*, B 630; vgl. a. J.-J. Rousseau, *Émile oder Über die Erziehung*, Stuttgart 1963, S. 141; und natürlich: ders., »Abhandlung über die von der Akademie zu Dijon gestellte Frage, ob die Wiederherstellung der Wissenschaften und Künste zur Läuterung der Sitten beigetragen habe«, in: *Sozialphilosophische und politische Schriften*, München 1981, S. 5ff.
352 R. Rorty, *Kontingenz, Ironie und Solidarität*, Frankfurt a. M. 1989, S. 151.
353 J.-J. Rousseau, *Diskurs über die Ungleichheit*, hg. v. C. Meier, Paderborn 1984, S. 173.
354 Zit. n. R. Rorty, a. a. O., S. 51.
355 Vgl. Ch. Menke, »Der ›Wendepunkt‹ des Erkennens«, in: Ch. Dommerling/F. Kambartel (Hg.): Vernunftkritik nach Hegel, Frankfurt a. M. 1992, 9ff.
356 R. Rorty, a. a. O., S. 50f.
357 I. Kant, *Kritik der reinen Vernunft*, A 5 (Anmerkung).
358 Ebd., B 766f.
359 Das übersieht Martha Nussbaum, *The Fragility of Goodness*, Cambridge 1986; zu ihrem Versuch, das nicht festgestellte Wesen auf ein Wesen festzustellen vgl. a. M. Nussbaum , »Menschliches Tun und soziale Gerechtigkeit«, in: M. Brumlik/H. Brunkhorst (Hg.), *Gemeinschaft und Gerechtigkeit*, Frankfurt a. M. 1993, S. 323ff.
360 Vgl. Leo Strauß, *Naturrecht und Geschichte*, Frankfurt a. M. 1989; R. Spaemann, »Die Utopie der Herrschaftsfreiheit«, in: M. Riedel (Hg.), *Rehabilitierung der praktischen Philosophie*, Bd. II, Freiburg 1974, S. 211ff.; s. a. oben.
361 Vgl. R. Koselleck, *Kritik und Krise*, Frankfurt a. M. 1973. Der junge Koselleck sieht darin freilich den Untergang des Abendlandes angekündigt.
362 J.-J. Rousseau, »Achter Brief vom Berge«, in: *Schriften* 2, München 1978, S. 189f.
363 I. Kant, »Die Religion innerhalb der Grenzen der bloßen Vernunft«, in: *Werke VIII* (Weischedel), Frankfurt a. M. 1982, S. 754.
364 Zum »Auge« vgl. Aristoteles, *Nikomachische Ethik*, 1140b, 1143b.
365 Vgl. I. Maus, *Zur Aufklärung der Demokratietheorie*, Frankfurt a. M. 1992.
366 R. Rorty, *Kontingenz, Ironie und Solidarität*, a. a. O., S. 286.
367 Die Wurzel dieses Gedankens bei Rousseau arbeitet scharf heraus: E. Cassirer, »Das Problem Jean-Jacques Rousseau«, in: E. Cassirer u. a., *Drei Vorschläge, Rousseau zu lesen*, Frankfurt a. M. 1989, S. 35ff.
368 Z. B. gleich im ersten Satz des 1. Buches des *Émile*, Stuttgart 1990, S. 107.
369 J.-J. Rousseau, *Contrat Social*, I, erster Satz.
370 G. Geismann, *Ethik und Herrschaftsordnung*, Tübingen 1974, S. 62f.
371 Vgl. G. Geismann, »Kant als Vollender von Hobbes und Rousseau«, in: *Der Staat*, 2/1982, S. 172.
372 I. Kant, »Die Religion innerhalb der Grenzen der bloßen Vernunft«, in: *Werke VIII*, hg. v. W. Weischedel, Frankfurt a. M. 1982, S. 756.
373 I. Kant, *Metaphysische Anfangsgründe der Rechtslehre*, § 44.
374 Ebd.
375 J. Locke, *Bürgerliche Gesellschaft und Staatsgewalt*, Leipzig 1980, S. 97ff. Vgl. a. D. Grimm, *Recht und Staat der bürgerlichen Gesellschaft*, Frankfurt a. M. 1987, S. 29f.; zur Kritik an Locke vgl. a. M. Kriele, *Einführung in die Staatslehre*,

Hamburg 1975, S. 201 ff. (§ 52: »Der Besitzindividualismus«). »Der Besitzindividualismus«, so pointiert Kriele die Kritik an Lockes *faktischer* Preisgabe *aller* Grundrechte an die bürgerliche Wirtschaftsordnung – »Der Besitzindividualismus führt in letzter Konsequenz zu dem Konzept: *Verfassung im Rahmen der Wirtschaft*, während der eigentliche Gedanke des Verfassungsliberalismus war: *Wirtschaft im Rahmen der Verfassung*.« (S. 203)

376 H. Arendt, *Über die Revolution*, a. a. O.

377 Vgl. G. Geismann, *Ethik und Herrschaftsordnung*, a. a. O., S. 45.

378 Thukydides, *Geschichte des Peloponnesischen Krieges*, München 1991, S. 139 (II, 36). Der Rückgriff auf die Vorfahren ist sehr formell, sachlich steht hier wie auch sonst in den Texten jener Zeit die überlegene Distanz zu Konventionen, Moralauffassungen und Leistungen der Alten im Vordergrund. Die Totenrede des Perikles ist symptomatisch für das, was Chr. Meier das »Könnens-Bewußtsein« der Griechen genannt hat. Wir haben zwar manches geerbt, setzt Perikles fort, das meiste jedoch haben »wir selbst jetzt hier, die jetzt noch Lebenden, in unseren reifen Jahren ausgebaut und die Stadt in allem so ausgestattet, daß sie zu Krieg und Frieden sich völlig selber genügen kann.« (Ebd., S. 140) Charakteristisch ist auch die heftige Distanzierung von Kunst und Ethos des homerischen Zeitalters: Wir »brauchen keinen Homeros mehr...« (Ebd., S 143; II, 41)

379 Ebd., S. 140 (II, 36).

380 Ebd., II, 37. Wenn ich oben die attische Demokratie einmal eine halbwegs egalitäre Meritokratie genannt habe, so paßt das exakt auf das Idealbild, das Perikles entwirft: »Nach dem Gesetz haben in den Streitigkeiten der Bürger alle ihr gleiches Teil, der Geltung nach aber hat im öffentlichen Wesen den Vorzug, wer sich irgendwie Ansehen erworben hat, nicht nach irgendeiner Zugehörigkeit, sondern nach seinem Verdienst; und ebenso wird keiner aus Armut, wenn er für die Stadt etwas leisten könnte, durch die Unscheinbarkeit seines Namens verhindert.« (Ebd.) Das entspricht zwar nicht ganz den Tatsachen, aber schmeichelt den unteren Volksschichten. Perikles mag sich hier durchaus an Platons Diktum gehalten haben, im Wissen um das Gute sei es ganz in Ordnung, die Unwissenden um des Guten willen hinters Licht zu führen und ihnen etwas vorzumachen. Schließlich war Krieg, und einer der schlimmsten und erbittertsten, den die damalige Zeit gekannt hat. Da kam es auf jeden Mann und die Tugend des Volkes an.

381 Ebd., S. 141 (II, 38).

382 Ebd., S. 140 (II, 37). In der Bewunderung für die erstaunliche Leistungsfähigkeit des demokratischen Athen stimmen so unterschiedlich gesonnene Geister wie Max Weber und Moses Finley überein.

383 Ebd., S. 140 (II, 36), 142 (II, 40).

384 Ebd., S. 568 (VII, 69).

385 *Gorgias*, 461 e.

386 Vgl. M. Finley, *Antike und moderne Demokratie*, Stuttgart 1980, S. 76 ff.

387 H. Arendt, »Freiheit und Politik«, in: *Neue Rundschau* 69/1958, S. 693 f.; s. a. oben in diesem Text S. 106 ff.

388 Vgl. Thukydides, a. a. O., S. 140 (II, 36). Natürlich haben die Griechen Reden und Handeln unterschieden, kannten sie Leute, die nur reden und nichts tun und hielten den Grundsatz, erst reden, dann handeln, hoch (s. o. Anm. 383 zu

S. 144). Aber die Konsequenzen des Redens wurden dem Redner in derselben Weise zugerechnet wie die unmittelbaren Folgen seines Tuns.

389 Ebd., S. 145 (II, 43–44).

390 Zur Unterscheidung von »Rechte haben« und »recht tun« vgl. R. Dworkin, *Bürgerrechte ernstgenommen*, Frankfurt 1984, S. 310ff., 333ff.

391 C. Schmitt, *Verfassungslehre*, Berlin 1989, S. 228f.

392 Ebd., S. 249.

393 Ebd.

394 Vgl. a. I. M. Young, »The Ideal of Community and the Politics of Difference«, in: *Social Theory and Practice*, 12/1, 1986, S. 1ff.

395 A. Lincoln, »Address Delivered at the Dedication of the Cemetry at Gettysburg, November 19, 1863«, in: A. Lincoln, *His Speeches and Writings*, New York 1969, S. 734.

396 Vgl. G. Wills, *Lincoln at Gettysburg*, New York 1992.

397 M. Kriele, *Einführung in die Staatslehre*, Reinbek 1975, S. 160.

398 Ebd.

399 Ebd., S. 161,

400 A. Lincoln, a. a. O.

401 J. Rawls, *Political Liberalism*, New York 1993, Introduction S. XXIX.

402 C. B. Macpherson, *Die politische Theorie des Besitzindividualismus*, Frankfurt a. M. 1973, S. 219ff., bes. 250ff., 268ff., 282ff.

403 Vgl. dazu die glänzende empirische Studie von G. Frankenberg und U. Rödel mit dem etwas mißverständlichen Titel: *Von der Volkssouveränität zum Minderheitenschutz*, Frankfurt a. M. 1981. Der Titel hieße besser, und das ist die These des Buches: Volkssouveränität *durch* Minderheitenschutz. Vgl. auch schon die Kritik Otto Kirchheimers aus dem Jahr 1933 an Carl Schmitts Essay »Legalität und Legitimität«, in: O. Kirchheimer, *Von der Weimarer Republik zum Faschismus*, Frankfurt a. M. 1976, S. 113ff. Zur durchaus nicht eindeutigen, in verschiedene Extreme ausschlagenden Fortsetzung der amerikanischen Verfassungsdebatte vgl. jetzt auch: O. Gerstenberg, »Zur Verfassungsdebatte in den USA: Konstitutionalismus im Liberalismus/Republikanismus«, in: Gepherdt/Schmalz-Bruns (Hg.), *Verfassung - Recht – Demokratie*, Baden-Baden 1993.

404 Ich sehe hier nur einen *overlapping consensus* Carl Schmitts mit der klassischen Lehre von der Politik. Charakteristisch für jenen modernitätsfeindlichen »overlapping consensus« ist ein sprachlich etwas unbeholfener Rückgriff von Nixons Vizepräsident Spiro Agnew auf die klassische Metapher vom »Staatsschiff«: Die Sorge der »liberals« um individuelle Rechte sei ein Gegenwind, der dem Staatsschiff ins Gesicht blase. (Zit. n. Dworkin, a. a. O., S. 335).

405 Vgl. C. Schmitt, *Verfassungslehre*, Berlin 1989, S. 23ff., 30ff., 35ff., 99, 104, 112, 121, 136, 185 (Anmerkung), 225, 244, 258. Der Unterschied zu Hegel ist »nur« der, daß für Hegel die Substanz im ganzen vernünftig ist, für Schmitt hingegen »gefallene Welt«, pure »Faktizität« und »Geschichtlichkeit«. Schmitt integriert hier einfach Motive des Existentialismus zwischen Kierkegaard und Heidegger (Faktizitätsapriori, Entscheidungsrhetorik: aut – aut) mit solchen der paulinisch-augustinischen Erbsündenlehre, die für Schmitts ganze politische Theologie konstitutiv ist.

406 R. Dworkin, a. a. O., S. 317.

407 Zum substantiellen Ordnungsdenken vgl. a. C. Schmitt, *Drei Arten des rechtswissenschaftlichen Denkens*, a. a. O.

408 R. Dworkin, a. a. O., S. 303.

409 J. Habermas, *Faktizität und Geltung*, a. a. O., S. 271 f. »Recht« hier immer verstanden als »konkrete Rechtsordnung« oder »Rechtstotalität«.

410 Das ist auch der harte Kern in Carl Schmitts »Zäsuren« und Wandlungen. Vgl. I. Maus, *Bürgerliche Rechtstheorie und Faschismus*, München 1980; dies., *Rechtstheorie und politische Theorie im Industriekapitalismus*, München 1986, S. 93 ff. und 111 ff.; ferner: K. Hansen, »Feindberührung mit versöhnlichem Ausgang – Carl Schmitt und der Liberalismus« und H. Lietzmann, »Vater der Verfassungsväter? – Carl Schmitt und die Verfassungsgründung in der Bundesrepublik Deutschland«, in: K. Hansen/H. Lietzmann (Hg.), *Carl Schmitt und die Liberalismuskritik*, Opladen 1988.

411 Zur nötigen Differenzierung siehe jetzt auch: I. Maus, *Zur Aufklärung der Demokratietheorie*, a. a. O., S. 308 ff.

412 Wenn einer das Recht hat, ein Gesetz zu verletzen, weil es seine Rechte verletzt, tut's ein böser Wille auch; nur wenn jemand ein Gesetz verletzt, ohne ein Recht dazu zu haben, kann der aufrechte gute Wille zum mildernden Umstand werden. Vgl. R. Dworkin, a. a. O., S. 312: »Ein Mensch hat in diesem Sinne des Begriffs ›Recht‹ (= ein individuelles Recht haben – H. B.) nicht das Recht, alles zu tun, was sein Gewissen verlangt, er könnte jedoch in diesem Sinne das Recht haben, etwas zu tun, obwohl sein Gewissen nicht verlangt, daß er es tun solle.« (S. 312 f.) Es ist nichts als ein individualistisches und bewußtseinsphilosophisches Vorurteil, wenn »ziviler Ungehorsam« immer wieder auf das sanfte Ruhekissen des guten Gewissens gebettet wird. Diesen Aspekt der Debatte hat Hannah Arendt übrigens ganz zu Recht kritisiert: vgl. H. Arendt, »Ziviler Ungehorsam«, in: dies., *Zur Zeit*, München 1989, S. 119 ff. Moralische Argumente und damit auch Fragen der Reinheit von Gesinnung und Gewissen kommen weder auf der Ebene des äußeren Gesetzesgehorsams noch auf der des Anspruchs auf Rechte ins Spiel, sondern einzig und allein auf der Ebene der *Beurteilung* und *Verurteilung* einer Tat in der Rechtsprechung, und auch dort immer nur innerhalb des durch das (Straf-)Gesetz festgelegten Spielraums. Zu diesem Punkt vgl. K. Kühl, *Eigentumsordnung als Freiheitsordnung*, Freiburg 1984, S. 88.

413 R. Dworkin, a. a. O., S. 314.

414 Ebd., S. 315.

415 Ebd., S. 317.

416 Ebd.

417 Ebd., S. 324 ff.; vgl. a. G. Frankenberg/U. Rödel, *Von der Volkssouveränität zum Minderheitenschutz*, a. a. O., S. 176, 178 f. (zur Debatte des *Supreme Court* um das »balancing« zwischen dem Wert oder Gut der Selbsterhaltung und dem Recht auf »free discourse«; hier beharrt der Dissident Black auf den Buchstaben des *First Amendment* (»Congress shall make no law abridging the freedom of speech«), der ein relativierendes Abwägen kategorisch verbiete: »My first reason is that I believe the words do mean what they say.« – »No law means no law.«); zur Begründung s. a. K. Günther, *Der Sinn für Angemessenheit*, Frankfurt a. M. 1968, S. 268 ff. sowie J. Habermas, *Faktizität und Geltung*, a. a. O., S. 255: Rechte sind logisch Prinzipien, Normen oder Gebote, »deren Sollgeltung den Charakter einer Verpflichtung zum Ausdruck bringt« – sie sind aber keine Ziel-

setzungen, nicht etwas »Gutes« oder ein »Gut«, nach dem man (i. S. des 1. Buchs der *Nikomachischen Ethik*) »strebt«. »Prinzipien haben ebensowenig wie Regeln eine teleologische Struktur. Sie dürfen nicht – wie es die ›Güterabwägung‹ [...] nahelegt – als Optimierungsgebote verstanden werden, weil damit ihr deontologischer Geltungssinn verloren ginge.« Am Beispiel der Abtreibungsdebatte hätte das allgemeine *Recht* der Mutter, selbst zu entscheiden, was sie will, im Konfliktfall einen absoluten Vorrang vor dem wohlbegründeten (und gesetzlich geschützten) allgemeinen *Zweck*, das Leben eines Noch-nicht-Rechtssubjekts, des Foetus, zu erhalten. (Vgl. hierzu die glänzende Analyse von M. Frommel, »Die Entscheidungsbefugnis neu regeln«, in: *Frankfurter Rundschau* vom 9. 2. 1993.)

418 J. Rawls, *Die Idee des politischen Liberalismus*, Frankfurt am Main 1992, S. 231; vgl. a. meine Rezension: H. Brunkhorst, »Der Vorrang der Freiheit«, in: *Die Zeit* 27/1992, S. 21.

419 R. Dworkin, a. a. O., S. 336. Wenn die Administration oder der einfache Gesetzgeber Rechte einschränkt, weil sie möglicherweise zu einer Katastrophe führen oder mit anderen Rechten kollidieren, so kann man dagegen nur argumentieren, daß das eben der Preis der modernen Freiheit ist. Die Rechtsidee verlangt die Achtung unserer individuellen Rechte, insbesondere derjenigen, die das kantische Publizitätsprinzip, unseren »freien öffentlichen Vernunftgebrauch« (Rawls) betreffen, ohne Rücksicht auf die Tugend, das Glück und den Nutzen oder Grenznutzen der Gemeinschaft. Sie schließt freilich Tugend, Glück und Nutzen keineswegs aus. Empirisch kann es sogar sein – und es ist wahrscheinlich oft und vielleicht »in the long run« so –, daß die »größte Glückseligkeit« der Rechtsidee (»der größten menschlichen Freiheit nach Gesetzen«) dann »schon von selbst folgen wird«, wie Kant *hofft* (!). Aber von selbst folgen muß sie schon. Der Preis unserer Rechte ist der Verlust aller dogmatischen Glücksgarantien, aber dieser Preis sollte um so leichter zu entrichten sein, als es sich bei jenen Glücksdogmen des alteuropäischen Denkens ohnehin nur um die vergangene Zukunft einer Illusion gehandelt hat.

420 Ebd., S. 446.

421 Zu Hegel s. a. unten die Anmerkung 475, S. 255f.

422 Vgl. M. Theunissen, »Die verdrängte Intersubjektivität in Hegels Philosophie des Rechts«, in: D. Henrich/R.-P. Horstmann (Hg.), *Hegels Philosophie des Rechts*, Stuttgart 1982, S. 317ff.; s. a. G. W. F. Hegel, *Grundlinien der Philosophie des Rechts*, Vorrede, § 189ff., S. 258.

423 G. W. F. Hegel, a. a. O., § 319; s. a. § 255, S. 279.

424 Ebd., § 317.

425 Ebd., S., § 15, Zusatz.

426 J. Dewey, *The Public and its Problems*, The Later Works, Vol. 2, Carbodale 1984, S. 371.

427 Zur Kritik an diesem Punkt bei Heidegger vgl. H. Brunkhorst, »Adorno, Heidegger und die Postmoderne«, in: Forum für Philosophie Bad Homburg, *Martin Heidegger: Innen- und Außenansichten*, Frankfurt a. M. 1989, S. 315f., 330ff.; ders., »Martin Heidegger als Kritiker des neuzeitlichen Egozentrismus«, in: *Information Philosophie* 2/1991, S. 5ff.

428 J. Dewey, *The Public and its Problems*, a. a. O., S. 371, meine Übers.

429 Ebd.

430 J. St. Mill, *Über die Freiheit*, Stuttgart 1974, S. 25f.

431 Ebd., S. 26; zum »Diskursrationalisten« Mill vgl. a. den interessanten Beitrag von J. Hellesnes, »Toleranz und Dissens. Diskurstheoretische Bemerkungen über Mill und Rorty«, in: K.-O. Apel/M. Kettner (Hg.), *Zur Anwendung der Diskursethik*, Frankfurt a. M. 1992. S. 187ff.
432 J. St. Mill, *Utilitarianism*, London 1972, S. 460.
433 Vgl. z. B. S. Benhabib/J. Butler/D. Cornell/N. Fraser, *Der Streit um Differenz. Feminismus und Postmoderne in der Gegenwart*, Frankfurt a. M. 1993.
434 E. Tugendhat, *Philosophische Aufsätze*, Frankfurt a. M. 1992. S. 368, 370.
435 R. Dworkin, *Bürgerrechte ernstgenommen*, a. a. O., S. 427.
436 J. St. Mill, *Über die Freiheit*, Stuttgart 1974, S. 131.
437 J. St. Mill, a. a. O.
438 Ebd., S. 82f.
439 Ebd., S. 93, 89f.
440 Ebd., S. 97.
441 J. St. Mill, »On Liberty«, in: ders., *Utilitarianism*, London 1972, S. 132.
442 Hier schließt Mill an Humboldt an: W. v. Humboldt, *Ideen zu einem Versuch, die Grenzen der Wirksamkeit des Staates zu bestimmen*, Stuttgart 1987, S. 191; zu Humboldt und Mill s. a. K. A. Papageorgion, »Sicherheit und Autonomie«, in: *Archiv für Rechts- und Sozialphilosophie* 76/1990, S. 324ff.
443 Zur Diskussion dieser und anderer Freiheitsdoktrinen vgl. jetzt auch: Ch. Menke, »Liberalismus im Konflikt zwischen Gerechtigkeit und Freiheit«, in: M. Brumlik/H. Brunkhorst (Hg.), *Gemeinschaft und Gerechtigkeit*, Frankfurt a. M. 1993, S. 218ff.
444 J. St. Mill, a. a. O., in der englischen Ausgabe heißt es auf S. 131: »To give any fair play to the nature of each, it is essential that different persons should be allowed to lead different lives.«
445 Die elitären Implikationen werden auch deutlich in: J. St. Mill, *Betrachtungen über die repräsentative Demokratie*, Paderborn 1981; vgl. a. P. Smart, »›Some Will Be More Equal Than Others‹. J. S. Mill on Democracy, Freedom and Meritocracy«, in: *Archiv für Rechts- und Sozialphilosophie* 76/1990, S. 308ff.
446 Vgl. C. B. Macpherson, *Nachruf auf die liberale Demokratie*, Frankfurt a. M. 1983; C. Pateman, *Participation and Democratic Theory*, Cambridge 1970; R. Dworkin, »Freiheit und Liberalismus«, in: ders., *Bürgerrechte ernstgenommen*, Frankfurt a. M. 1984, S. 419ff.
447 J. St. Mill, *Über die Freiheit*, a. a. O., S. 88 (englisch: S. 132).
448 R. Dworkin, a. a. O.
449 R. Dworkin, a. a. O., S. 426.
450 Zu diesem (methodischen) Verständnis von »Negation der Negation« und »Dialektik« vgl. a. H. Brunkhorst, *Adorno. Dialektik der Moderne*, München 1990, S. 219ff., S. 224ff.; ferner: Th. Kesselring, *Entwicklung und Widerspruch*, Frankfurt a. M. 1981; ders., *Die Produktivität der Antinomie*, Frankfurt a. M. 1984.
451 Zur Unterscheidung von libertärem und egalitärem Liberalismus vgl. E. Tugendhat, »Liberalism, Liberty and the Issue of Economic Human Rights«, in: ders., *Philosophische Aufsätze*, Frankfurt a. M. 1992, S. 352ff.
452 I. Berlin, *Two Concepts of Liberty*, Oxford 1958, S. 8 (Anmerkung 2), 33 (Anmerkung 1). Eine scharfsinnige Kritik an Berlin findet sich bei C. B. Macpherson, *Demokratietheorie*, München 1977, S. 149ff.
453 R. Rorty, *Kontingenz, Ironie und Solidarität*, Frankfurt a. M. 1989, S. 203.

454 R. Rorty, »Der Vorrang der Demokratie vor der Philosophie«, in: ders., *Solidarität oder Objektivität?*, Stuttgart 1988, S. 82 ff.
455 I. Kant, *Kritik der reinen Vernunft*, B 830, s. a. 828, 831, 562; vgl. a. die Reflexion 4338: »Die Freiheit von aller äußeren Nötigung unserer Willkür ist durch Erfahrung klar, im gleichen die bewegende Kraft der intellektuellen Gründe vom Guten; wir können desfalls auf keine anderen Wesen die Schuld schieben.« (Zit. n. W. Kersting, »Neuere Interpretationen der kantischen Rechtsphilosophie«, in: *Zeitschrift für philosophische Forschung* Bd. 37, Heft 2/1983, S. 286).
456 So J.-J. Rousseau, *Émile oder Über die Grenzen der Erziehung*, Paderborn 1971, S. 283.
457 J.-J. Rousseau, a. a. O., S. 284.
458 Th. Hobbes, *Leviathan*, 37. Kap. (englische Ausgabe).
459 A. a. O. 28. Kap. (lateinische Ausgabe).
460 Vgl. C. Schmitt, *Der Leviathan*, Köln 1982; R. Koselleck, *Kritik und Krise*, Frankfurt a. M. 1973.
461 H. Brunkhorst, »Der Leviathan und die Intellektuellen. Carl Schmitts theologisches Mißverständnis des Politischen«, in: M. Gangl/H. Roussel (Hg.), *Les Intellectuels et L'Etat sous la République de Weimar*, Paris 1993, S. 73 ff.
462 »Libertärer Liberalismus« immer in Abgrenzung zu dem, was J. Rawls »political« oder die »egalitarian form of liberalism« nennt: *Political Liberalism*, New York 1993, S. 6. S. a. oben Anmerkung 451, S. 254.
463 I. Berlin, *Two Concepts of Liberty*, a. a. O., S. 13; vgl. dagegen die Verteidigung Mills als »Diskursrationalist« bei Jon Hellesnes, »Toleranz und Dissens. Diskurstheoretische Bemerkungen über Mill und Rorty«, in: K.-O. Apel/M. Kettner (Hg.), *Zur Anwendung der Diskursethik in Politik, Recht und Wissenschaft*, Frankfurt a. M. 1992, S. 187 ff.
464 C. Schmitt, *Der Leviathan*, a. a. O., S. 84.
465 Das ist auch der staatsrechtliche Kern der Utilitarismuskritik von Martin Kriele, *Einführung in die Staatslehre*, Hamburg 1975, S. 29 ff., bes. S. 31.
466 Vgl. G. Geismann, *Ethik und Herrschaftsordnung*, Tübingen 1974, S. 43 ff.
467 Dazu vgl. I. Maus, *Zur Aufklärung der Demokratietheorie*, Frankfurt a. M. 1992.
468 Vgl. D. Grimm, *Recht und Staat der bürgerlichen Gesellschaft*, Frankfurt a. M. 1987. Zur Entwicklungsgeschichte der bürgerlichen Gesellschaft insbesondere in Preußen und im südwestdeutschen Raum und den Rheinbundstaaten s. a. H.-U. Wehler, *Deutsche Gesellschaftsgeschichte*, Erster Band, München 1987, S. 363 ff.; Zweiter Band, a. a. O.; vgl. a. K. Eder, *Geschichte als Lernprozeß*, Frankfurt a. M. 1985.
469 M. Kriele, *Einführung in die Staatslehre*, a. a. O., S. 32.
470 E. Tugendhat, »Liberalism, Liberty and the Issue of Economic Human Rights«, a. a. O., S. 358.
471 K. Marx, *Das Kapital*, Bd. I, Berlin 1969, S. 191.
472 E. Tugendhat, a. a. O., S. 359.
473 G. W. F. Hegel, *Grundlinien der Philosophie des Rechts*, § 245, vgl. a. § 236, 238, 241–244.
474 G. W. F. Hegel, ebd., § 246.
475 Zum Fehlen der Rechte bei Hegel vgl.: G. Lübbe-Wolff, »Über das Fehlen von Grundrechten in Hegels Rechtsphilosophie«, in: Ch. Lucas/O. Pöggeler (Hg.), *Hegels Rechtsphilosophie*, Stuttgart 1986, S. 421 ff.; L. Siep, »Verfassung,

Grundrechte und soziales Wohl in Hegels Philosophie des Rechts«, in: *Archiv für Rechts- und Sozialphilosophie*, Beiheft 44, Stuttgart 1991, S. 361ff. Hegel unterscheidet die eigentliche »politische Verfassung« (*Grundlinien der Philosophie des Rechts*, § 267) des wahrhaft »allgemeinen Lebens« (= Vernunftstaat) von der gesellschaftlichen »Verfassung im Besonderen« (ebd., § 265), die er dem »Not- und Verstandesstaat« der bürgerlichen Gesellschaft und der sich in ihr und nur dort realisierenden »besonderen Freiheit« der Individuen zuordnet. Dabei geht Hegel grundsätzlich von einem aristotelischen, substantiellen Verständnis von Verfassung aus, die immer als eine konkrete geschichtliche Rechtsordnung Vorrang vor den einzelnen gesetzlichen Bestimmungen und allen bürgerlichen Freiheitsrechten genießt. Allerdings muß diese Ordnung »wirklich« oder »wahrhaft« sein und darf nicht »bloß« (als Selbstbehauptungssystem) »existieren«. Wahre Wirklichkeit als »politischer Staat« (= Vernunftstaat i. S. Hegels) aber hat eine Rechtsordnung nur, wenn sie im ganzen »Recht« (= abstrakte Freiheitsrechte), »freie Sitte« (= Pluralismus in Grenzen) und »organische Entwicklung« (= eine gewisse harmonierende Gewaltenteilung) garantiert, wie Hegel in dem langen § 270 über das Verhältnis von Staat und Religion darlegt. (Vgl. zu diesem Paragraphen auch: E.-W. Böckenförde, »Bemerkungen über das Verhältnis von Staat und Religion bei Hegel«, in: ders., *Recht, Staat, Freiheit*, Frankfurt a. M. 1991, S. 115ff., wo freilich auch die antiliberale Schranke von Hegels Pluralismus in der Konstruktion der Parallelität vom Christentum und Vernunftstaat deutlich hervortritt.) Kein Zweifel: Hegels »Staat« realisiert im ganzen das abstrakte Recht der Person, des Eigentums und des Vertrags. Aber er realisiert es, indem er es in eine konkrete Ordnung verwandelt.

Das heißt praktisch erstens, daß die abstrakten Rechte des Individuums auf den unpolitischen Not- und Verstandesstaat, d. h. auf die Sphäre der bürgerlichen Gesellschaft, beschränkt bleiben. Nur in dieser Sphäre wird das »Ich als allgemeine Person aufgefaßt [...], worin *Alle* identisch sind. Der Mensch gilt so, weil er Mensch ist, nicht weil er Jude, Katholik, Protestant, Deutscher, Italiener usf. ist.« (§ 209) Das darf freilich nicht, wie Hegel sofort hinzufügt, als »Kosmopolitismus sich dazu fixieren, dem konkreten Staatsleben gegenüberzustehen«. Abstrakte Rechte sind keine Abwehrrechte gegen den Staat, und insofern verfehlt Hegel von Anfang an den liberalen Sinn im Begriff der Rechte (»rights«). Menschen- und Bürgerrechte gehören der »äußerlich notwendigen [...] für die Bedürfnisse« »nützlichen« Sphäre des Rechts (§ 209, Zusatz), nicht aber dem »inneren Staatsrecht« (§ 260ff.) an.

In der »politischen Verfassung« des eigentlichen Staates, und das ist der zweite Punkt, hat der Bürger kein Recht gegen den Staat. Wie bei Hobbes kommt in der »Verbindung von staatlicher Vereinigung und Souveränität mit den Rechten und allgemeinen Interessen der Bürger« (= der Staat als Totalität, der Staat und bürgerliche Gesellschaft »übergreift«, wie Hegel sagt) der staatlichen Souveränität ein absoluter Primat zu: »Die Rechte des Bürgers können um seinetwillen vorübergehend eingeschränkt werden.« (L. Siep, a. a. O., S. 374) Entscheidend ist, daß solchen Einschränkungen und ihrer möglichen Willkür von Hegel keine sachlichen und zeitlichen Grenzen gezogen werden, und das aus begrifflichen Gründen, weil er den Staat als organische Totalität auffaßt. Nur die Totalität im ganzen muß vernünftig sein, und das heißt für Hegel immer: die Idee der Freiheit einschließlich des »unendlichen Rechts der Persönlichkeit« verkörpern.

Aber für *kein einzelnes Glied dieses Körpers* folgt daraus ein unbedingter Rechtsanspruch. Weil eine organische Totalität alle Spannungen und Konflikte zwischen dem Recht der Person und der Herrschaft des Staates in sich harmonisiert und versöhnt, ist die Frage des konkreten Schutzes individueller Freiheiten gegen das staatliche Gewaltmonopol für Hegel nicht wesentlich, sondern akzidentell und sekundär. Hier zeigt sich, wie reaktionär die metaphysischen Begriffe des »Wesens« und des »organischen Ganzen der Vernunft« am Ende doch sind. Rechte haben heißt für Hegel: »Schutz des einzelnen vor Privatpersonen und Gruppen, aber nicht vor der Übermacht des Staates.« (C. Siep, a.a.O., S. 375)

Hegel verfehlt damit den liberalen Minimalkonsens in der Idee des Rechts, den Locke, Rousseau, Kant und Constant teilen. Aus dem natürlichen Recht des Menschen, das ihm erlaubt, sein Recht gegen Verletzungen gewaltsam wiederherzustellen, wird im Rechtsstaat ein gegen jeden und jede Institution einklagbarer Rechtsanspruch. Genau dieser Punkt bleibt bei Hegel aber deshalb unklar, weil für ihn Recht substantiell als Staatsziel realisiert werden muß, aber nicht unbedingt als für den einzelnen einklagbares striktes Recht.

476 K. Marx, »Zur Judenfrage«, in: Marx/Engels, *Studienausgabe* I, Frankfurt a. M. 1966, S. 35f. Die Schrift stammt aus dem Jahr 1843.

477 Ebd., S. 48.

478 Vgl. G. Frankenberg/U. Rödel, *Von der Volkssouveränität zum Minderheitenschutz*, Frankfurt a. M. 1982; vgl. a. M. Krieles knappe, aber erhellende Analyse der »Korrumpierung des Verfassungsstaats durch den Besitzindividualismus« am Beispiel der amerikanischen Verfassungsgeschichte, in: *Einführung in die Staatslehre*, Reinbek 1975, S. 210ff.

479 Vgl. J. Rawls, *Politischer Liberalismus*, a.a.O., S. 251, 238; vgl. a. G. Frankenberg/U. Rödel, *Von der Volkssouveränität zum Minderheitenschutz*, a.a.O., S. 241ff., 309ff., vgl. a. R. Dworkin, *Bürgerrechte ernstgenommen*, a.a.O., S. 427.

480 Dort interpretiert er die politische Polemik der bürgerlichen Ordnungspartei, die sich schließlich auch gegen Pressefreiheit und Parlamentarismus wendete, als implizite, gleichsam negative Einsicht in die Tatsache, »daß alle sogenannten bürgerlichen Freiheiten und Fortschrittsorgane« – insbesondere das »parlamentarische Regime« – nicht bloß Überbau (in Hegelschen Begriffen: ein »abstrakt Allgemeines«), sondern ein *konkretes Allgemeines* darstellen, das sich gegen die »gesellschaftliche Grundlage« und die »politische Spitze« der bürgerlichen »Klassenherrschaft« richtete. (K. Marx/F. Engels, *Werke* 8, Berlin 1988, S. 153) »Das parlamentarische Regime überläßt alles der Entscheidung der Majoritäten, wie sollen die großen Majoritäten jenseits des Parlaments nicht entscheiden wollen? Wenn ihr auf dem Gipfel des Staates die Geige streicht, was anderes erwarten, als daß die drunten tanzen.« (Ebd., S. 154) Für den Hinweis und viele Diskussionen über Marx danke ich Andreas Böhm.

481 T. H. Marshall, *Bürgerrechte und soziale Klassen*, Frankfurt a. M. 1992. S. 57f.

482 J. St. Mill, »The Subjection of Women«, in: *Collected Works*, Bd. 21, London 1984, S. 298, zit. n. Beate Rössler, »Der ungleiche Wert der Freiheit«, in: *Analyse und Kritik* 14/1992, S. 108.

483 Vgl. D. Grimm, *Recht und bürgerliche Gesellschaft*, Frankfurt a. M. 1987, S. 199f.; vgl. auch die interessante Analyse der Menschenrechtserklärung von

1789 in J.-F. Lyotards Buch *Der Widerstreit*, München 1987, S. 241 ff. Lyotard schenkt aber dem hier ins Zentrum gerückten *Widerstreit* von (partikularistischer) Ordnungsfunktion und (universalistischer) Menschenrechtsdynamik zu wenig Beachtung, weshalb er im ganzen die französische Menschenrechtserklärung dann doch wieder auf Imperialismus, Weltbürgerkrieg etc. verrechnet, ganz so wie das in Deutschland spätestens seit Carl Schmitt staatsrechtliche Mode geworden ist.

484 R. v. Ihering, *Der Kampf ums Recht*, Frankfurt a. M. 1967; ders., *Der Zweck im Recht*, Leipzig 1916 (2 Bde.); ders., »Der Begriff des Rechts«, in: W. Maihofer (Hg.), *Begriff und Wesen des Rechts*, Darmstadt 1973.

485 R. Dworkin, *Bürgerrechte ernstgenommen*, a. a. O., S. 428.

486 Ich gehe hier und im folgenden davon aus, daß eine angemessene und vollständige Theorie des Gesellschaftsvertrags erst bei Rousseau und Kant vorliegt. Kontraktualismus im Sinne von Rousseau, Kant und Rawls schließt jede Form der einseitigen Selbstunterwerfung unter einen fremden, vom Gesellschaftsvertrag ausgenommenen Willen aus. Kontraktualismus setzt vollständige Reziprozität in Permanenz voraus. Das ist ersichtlich bei Hobbes und auch bei Locke nicht der Fall, sieht letzterer sich doch genötigt, das vormoderne Institut des Revolutions- bzw. Widerstandsrechts, das nur zu Vasallenverträgen paßt, zu rehabilitieren, um den Schein von Reziprozität zu wahren. Vgl. zu diesem Punkt auch W. Kersting, »Vertrag, Gesellschaftsvertrag, Herrschaftsvertrag«, in: *Geschichtliche Grundbegriffe*, Bd. 6, Stuttgart 1990, S. 918 ff.; die Unterschiede arbeitet Kersting freilich in dem Kapitel über den »ursprünglichen Vertrag« in seinem Buch *Wohlgeordnete Freiheit*, Berlin 1984, S. 215 ff. schärfer heraus. Vgl. a. I. Maus, *Zur Aufklärung der Demokratietheorie*, Frankfurt a. M. 1992, die, gegen Kersting und die rein kontrafaktische Interpretation von Kants Kontraktualismus, m. E. zu Recht auf dem voluntativen Element in Kants Vertragstheorie besteht. Zur inneren Verbindung von Vertragstheorie und Demokratieprinzip, das weder zu einer dem »wirklichen Volk« vorgeordneten »ideell normativen Grundlage (etwa naturrechtlicher Art)« *verdinglicht* noch zu einem einmaligen Akt der souveränen Verfassungsgebung durch das Volk (so M. Kriele, *Einführung in die Staatslehre*, a. a. O., § 19, S. 28) *verflüchtigt* werden darf, sondern vielmehr »fortdauernd existent« bleiben muß, vgl. E.-W. Böckenförde, *Staat, Verfassung, Demokratie*, Frankfurt a. M. 1991, S. 294 f.

487 J. Rawls, *Political Liberalism*, New York 1993, S. 27. Die »enumerated restrictions« sind eben die Bedingungen der Gleichheit, Freiheit, Unkenntnis etc. Rawls fährt an der Stelle fort: »When, in this way, we simulate being in the original position, our reasoning no more commits us to a particular metaphysical doctrine about the nature of the self than our acting a part in a play, say of Macbeth or Lady Macbeth, commits us to thinking that we are really a king or a queen engaged in a desperate struggle for political power.«

488 J. Rawls, a. a. O., S. 23: »The difficulty is this: we must find some point of view, removed from and not distorted by the particular features and circumstances of the all-encompassing background framework, from which a fair agreement between persons regarded as free and equal can be reached.« Die *»original position«* transzendiert alle kontingenten Ergebnisse und Einflüsse der Geschichte: »These contingent advantages and accidental influences from the past should not affect an agreement on the principles that are to regulate the institutions of the

basic structure itself from the present into the future.« Nur so ist ein radikaler Reformismus im Lichte von Prinzipien vorstellbar.

489 Ebd., S. 23.

490 Ebd., S. 22.

491 Vgl. a. H. Hattenhauer, *Europäische Rechtsgeschichte*, Heidelberg 1992, S. 347ff.

492 I. Kant, *Metaphysik der Sitten*, hg. v. W. Weischedel, Frankfurt a. M. 1977, 331 (Einleitung).

493 I. Maus, *Zur Aufklärung der Demokratietheorie*, Frankfurt a. M. 1992, S. 155.

494 Ebd., S. 158.

495 Ebd., S. 159.

496 Diesen Unterschied möchte der späte Dworkin allerdings auch noch einebnen zugunsten einer kommunitaristischen Identifikation des Guten mit dem Gerechten. Aber Dworkins neueste Wende zu einem »ethischen Liberalismus« ist offensichtlich inkonsistent: Vgl. R. Forst, »Kommunitarismus und Liberalismus – Stationen einer Debatte«, in: A. Honneth (Hg.), *Kommunitarismus*, Frankfurt a. M. 1993, S. 194f.

497 E. Bloch, *Naturrecht und menschliche Würde*, Frankfurt a. M. 1975, S. 78.

498 Es ist natürlich kein Zufall, daß Charles Larmore, der die subjektiven Grundrechte, insbesondere jedoch den moralischen Grundsatz der Achtung vor Personen dem Demokratieprinzip uneinholbar vorordnet, zu genau derselben Konsequenz eines instrumentellen Verständnisses von Demokratie zugunsten eines praktisch vernünftigen Verständnisses von liberalen Rechten (»Liberalismus«) gelangt: »Liberalismus und Demokratie sind separate Werte, deren Beziehung, wie mir scheint, hauptsächlich darin besteht, daß die demokratische Selbstbestimmung das beste *Mittel* zum Schutz der Prinzipien einer libralen politischen Ordnung darstellt.« (»Politischer Liberalismus«, in: A. Honneth (Hg.), *Kommunitarismus*, Frankfurt a. M. 1993, S. 141, meine Hervorhebg.). Wenn man die Idee unbedingter Begründung *ohne Rest* preisgibt, ist es kein Wunder, wenn man dann bei der *Dogmatisierung* des Liberalismus bzw. der Rechte endet. (Vgl. a. Ch. Larmore, »Die Wurzeln radikaler Demokratie«, in: *Deutsche Zeitschrift für Philosophie* 41/1993, S. 321ff.)

499 Vgl. W. Hennis, »Der Begriff der öffentlichen Meinung bei Rousseau«, in: *Archiv für Rechts- und Sozialphilosophie* Bd. XLIII, 1957, S. 111ff.

500 I. Kant, *Kritik der reinen Vernunft*, B 766f.

501 Merkwürdigerweise verwechselt auch Reinhard Brandt die kommunikative Wirklichkeit mit den kommunikativen Bedingungen ihrer Möglichkeit, um Karl-Otto Apels Kritik an Kants »vorsprachlichem« und »präkommunikativem« Bewußtseinsapriori zu entkräften. Aber natürlich hat Apel hier recht. Brandt kann ein einziges Zitat aus einer bis heute nicht edierten Mitschrift der Anthropologievorlesung (Mitschrift ›Dingelstaed‹) vorweisen, das die These einer auch in Hinsicht ihrer Geltung kommunikativen Vernunft zu belegen scheint: »Das anthropologische Criterium der Wahrheit besteht in der Beistimmung anderer«, heißt es dort, und weiter: »Der Probierstein des Urtheils an anderer Verstand ist ein wirkliches Criterium der Wahrheit« (zit. n. R. Brandt, »Freiheit, Gleichheit, Selbständigkeit bei Kant«, in: Forum für Philosophie Bad Homburg (Hg.), *Die Ideen von 1789*, Frankfurt a. M. 1989, S. 95). Aber selbst hier ist das »Criterium der Wahrheit« mit der *Einschränkung* auf ihre Wirklichkeit, nämlich auf eine

»Anthropologie in pragmatischer Absicht«, ausdrücklich versehen. Brandt hat ganz recht, wenn er aus der zitierten Passage folgert: »Es gibt keine Privatvernunft.« (A. a. O. Aber *das* betrifft eben ihre Wirklichkeit, nicht ihre Geltung.)

502 Vgl. J. St. Mill, *Über die Freiheit*, a. a. O., S. 62.

503 I. Berlin, *Two Concepts of Liberty*, a. a. O., S. 13.

504 J. St. Mill, a. a. O., S. 53, wo Mill von der autoritativ verkündeten Wahrheit – etwa der päpstlichen Dogmatik – behauptet, sie müsse qua Wahrheitsanspruch ihrer Lehre die öffentliche Existenz der Vernunft stillschweigend voraussetzen: »Denn selbst diese Auffassung erkennt an, die Menschheit müsse eine verstandesmäßige und begründete Gewißheit haben, daß *alle* Einwände zufriedenstellend beantwortet worden sind; und wie soll man sie beantworten, wenn das, was nach Antwort verlangt, nicht *ausgesprochen* wird?« (Meine Hervorhebung).

505 I. Kant, *Kritik der reinen Vernunft*, A 5 (Anmerkung).

506 Ebd.

507 Zur Untrennbarkeit dieser beiden Momente von Öffentlichkeit und Gesetzgebung vgl. a. I. Maus, *Zur Aufklärung der Demokratietheorie*, a. a. O., S. 169f.

508 E. Tugendhat, »Liberalism, Liberty, and the Issue of Economic Human Rights«, a. a. O., S. 365.

509 Ebd.

510 Ebd., S. 364.

511 Ebd., S. 365.

512 J.-J. Rousseau, *Première version du Contrat Social*, S. 453, zit. n. I. Fetscher, *Rousseaus politische Philosophie*, Frankfurt a. M. 1975, S. 124, 140.

513 Vgl. D. Grimm, »Soziale Voraussetzungen und verfassungsrechtliche Gewährleistung von Meinungsfreiheit«, in: D. Grimm, *Recht und Staat der bürgerlichen Gesellschaft*, a. a. O., S. 232ff.

514 Was die Vorstellung von der Demokratie angeht, gibt es beispielsweise einen weitgehenden »overlapping consensus« zwischen Semantizisten (Tugendhat), Pragmatisten (Rawls), Universalpragmatikern (Habermas) und Transzendentalisten (Apel), um nur einige zu nennen. Die *comprehensive views* der Wahrheit und Vernunft jedoch differieren bei den genannten Autoren ganz erheblich. Einigkeit besteht jedoch darin, daß eine von (»philosophischen«) Begründungsfragen getrennte öffentliche Debatte kaum vorstellbar und keinesfalls demokratisch zu nennen wäre.

515 J.-J. Rousseau, *Politische Schriften* I, Paderborn 1977, S. 38.

516 Ebd., S. 47.

517 J.-J. Rousseau, *Émile oder Über die Erziehung*, Stuttgart 1963, S. 150.

518 J.-J. Rousseau, *Diskurs über die Ungleichheit/Discours sur l'inégalité* (Edition Meier), Paderborn 1984, S. 215ff. und die Anmerkung 264 des Herausgebers. Die Stelle zeigt, daß Rousseau hier implizit bereits die für Kants Rechtslehre tragende Unterscheidung von »provisorischem« Privatrecht und »peremtorischen» öffentlichen Recht vorwegnimmt. Rousseau erklärt sich den Übergang vom Naturzustand zu einem immer noch provisorischen Rechtszustand *erster Stufe* wie Hobbes durch die Notwendigkeit, den Kriegszustand zu beenden. Aber anders als bei Hobbes, sind die Menschen *nicht* durch die Mängel ihrer natürlichen Ausstattung und insofern durch *innere Notwendigkeit* (christlich gesprochen: durch »Erbsünde«) in den Krieg aller gegen alle geraten, sondern allein durch eine Serie *äußerer Zufälle*, die evolutionäre Wandlungen von hoher

Ambivalenz *verursacht* haben. Man muß bei der Lektüre Rousseaus – wie Heinrich Meier am Beispiel des zweiten Discours gezeigt hat – immer drei Unterscheidungsebenen im Auge behalten, um die gröbsten Mißverständnisse auszuschließen: *Erstens* gilt es den *polemischen* Gebrauch der Wörter (gute Natur vs. entartete Zivilisation) von ihrem *systematischen* (*vor*moralische Natur vs. *ambivalenter* und *unentrinnbarer* moralischer Fortschritt) zu unterscheiden, *zweitens*, und damit eng zusammenhängend, unterscheidet Rousseau selbst (ganz im Sinne der griechischen Philosophie) eine *exoterische* (breites Publikum) von einer *esoterischen* (Diskurs der Philosophen) Lesart seiner Texte. Im zweiten Discours fügt er die rein esoterische Lesart als erläuternde Interpretation dem Text sogar ausdrücklich in Gestalt getrennter Anmerkungen hinzu. *Drittens* erschließt sich vieles nur, wenn man – was jeder Zeitgenosse wußte – die *Rhetorik* an die Adresse des *Zensors* vom *Text zwischen den Zeilen* trennt.

519 Vgl. C. Langer, *Reform nach Prinzipien*, Stuttgart 1986.

520 I. Kant, *Metaphysik der Sitten*, Rechtslehre § 52.

521 Ebd., § 16: Im Naturzustand hat jeder das Recht auf einen einseitigen, *»besonderen Besitz«*. »Aber das austeilende Gesetz des Mein und Dein eines jeden am Boden kann [...] nicht anders als aus einem *ursprünglichen* und a priori vereinigten Willen (der zu dieser Vereinigung keinen rechtlichen Akt voraussetzt), mithin nur im bürgerlichen Zustande, hervorgehen (lex iustitiae distributiva), der allein, was *recht*, was *rechtlich* und was *Rechtens* ist, bestimmt.« Und dann § 44: Nur »der Form nach enthalten die Gesetze über das Mein und Dein im Naturzustande ebendasselbe, was die im bürgerlichen vorschreiben, so fern dieser bloß nach reinen Vernunftbegriffen gedacht wird: nur daß im letzteren die Bedingungen angegeben werden, unter denen jene zur Ausführung (der distributiven Gerechtigkeit gemäß) gelangen.« Zum Gesichtspunkt der distributiven Gerechtigkeit in Kants Rechtslehre vgl. a. K. Kühl, *Eigentumsordnung als Freiheitsordnung*, Freiburg 1984, S. 208, 220, 233.

522 J.-J. Rousseau, *Contrat Social* I/9 (S. 22 der Reclam-Ausgabe, Stuttgart 1977).

523 M. Forschner, *Rousseau*, Freiburg 1971, S. 81.

524 Ebd.

525 C. Schmitt, *Die Diktatur*, Berlin 1989, S. 116ff., ders., *Verfassungslehre*, Berlin 1989, S. 205, 213ff., 223, 234f., 243ff., 262. Bei Carl Schmitt fällt der Begriff der Demokratie mit dem der identitären Volksdemokratie zusammen. »Demokratie« und »öffentliche Vernunft« schließen nach Carl Schmitt einander aus. Ein öffentlicher Gebrauch der Vernunft ist für Carl Schmitt unvorstellbar und nur im kleinen Kreis der Gelehrten oder in einer in sich homogenen herrschenden Klasse, wie dem Besitz- und Bildungsbürgertum vergangener Tage, realisierbar. Demokratie ist für ihn die Herrschaft des Volkes *durch* eine nicht repräsentierbare öffentliche Meinung. Aber die öffentliche Meinung der Masse Mensch ist niemals deliberativ, sondern immer und notwendig überwältigte und verführte Akklamation, Unterwerfung einer Gefolgschaft unter die eine Stimme, durch die sie spricht. (Vgl. *Verfassungslehre*, a. a. O., S. 277ff., 281, 315). Zu Rousseau als Theoretiker der »identitären Demokratie« s. a. J. L. Talmon, *Die Ursprünge der totalitären Demokratie*, Berlin 1989, S. 24ff. Das jungkonservative – sei's stalinistische, sei's faschistische – Konzept einer ästhetisierten Politik, die eine durch Kopf und Herz unabhängiger einzelner deliberierende *aktive Öffentlichkeit* (in *diesem* Punkt ist Rousseau ein individualistischer

Republikaner) zu einer *passiven Masse* macht, »die selbst nur als nachgiebiges Material dem Triumph des Künstler-Politikers (Mussolinis und Schmitts Modell – H. B.) dient«, der »Sieg des Spektakels über die öffentliche Meinungsbildung« (M. Jay, »Hannah Arendt und die ›Ideologie des Ästhetischen‹ oder: Die Ästhetisierung des Politischen«, in: P. Kemper, Hg., *Die Zukunft des Politischen*, Frankfurt 1993, S. 123), ist Rousseau zutiefst fremd.

526 Vgl. a. E. Cassirer, »Das Problem Jean-Jacques Rousseau«, in: *Archiv für Geschichte der Philosophie*, Band XLI, Berlin 1932, S. 188f., 204ff. Rousseau macht zwar eher einen *polemischen* als einen streng *normativen* Gebrauch von der ursprünglichen Freiheit des Naturzustands und der ursprünglichen Güte der Menschennatur, die, systematisch gesehen, nur in dem Sinne »gut« ist, daß der Urmensch wie das Tier noch nicht zwischen gut und böse unterscheiden kann. Indem Rousseau jedoch die solitäre Unabhängigkeit des Naturzustands *auch* als normatives Ideal verwendet und gleichzeitig zwischen dem soziablen und dem solitären Zustand des Menschengeschlechts eine absolut unaufhebbare »anthropologische Differenz« (vgl. H. Meier, »Rousseaus Diskurs über die Ungleichheit«, in: J.-J. Rousseau, *Diskurs über die Ungleichheit*, a. a. O., LIXff.) aufreißt, unterscheidet er implizit den Geltungs*ursprung* vom genetischen *Uranfang* der Geschichte, ganz so wie später explizit Kant. Nur wenn man diese Unterscheidung beachtet, kommt Ordnung in die Geschichte der praktischen Philosophie, etwa nach folgendem Muster:

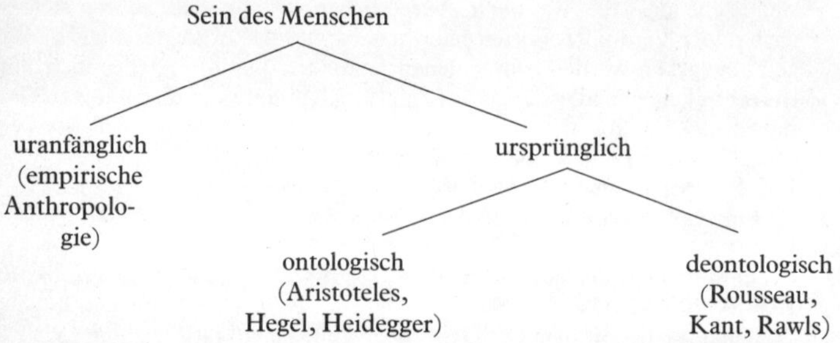

527 J.-J. Rousseau, *Contrat Social*, I, S. 4.

528 Ebd. Das entspricht ungefähr dem Singerschen Verallgemeinerungsprinzip: M. G. Singer, *Verallgemeinerung in der Ethik*, Frankfurt a. M. 1975.

529 Ebd., I,7 (S. 20: »Da nun der Souverän nur aus den Einzelnen besteht, aus denen er sich zusammensetzt, hat er kein und kann auch kein dem ihren widersprechendes Interesse haben« – ein analytischer Satz!) Vgl. zur individualistischen Prämisse des *Contrat Social* auch: I. Fetscher, *Rousseaus politische Philosophie*, Frankfurt a. M. 1975, S. 109, 127f.

530 R. Spaemann, »Die Utopie der Herrschaftsfreiheit«, in: M. Riedel (Hg.), *Rehabilitierung der praktischen Philosophie*, Bd. II, Freiburg 1974, S. 222f. Die die systematische Argumentation des *Contrat Social* ständig *begleitenden* (man muß sie vom systematischen Argument trennen! S. u. Anmerkung 533) Nützlichkeitserwägungen Rousseaus, es wäre im besonderen Interesse aller oder doch der

größten Zahl besser, in den »status civilis« einzutreten und den »status naturalis« zu verlassen, sind für die liberale Einstellung Rousseaus charakteristisch: »den Staat nicht auf die immer fragwürdig bleibende Hoffnung auf sittliches Verhalten seiner Bürger zu gründen, sondern möglichst so einzurichten, daß jeder auch seinen Vorteil dabei findet, wenn er sich dem Gesetz gemäß verhält.« (I. Fetscher, *Rousseaus politische Philosophie*, a. a. O., S. 228)

531 J.-J. Rousseau, a. a. O., IV,8 (S. 150); vgl. a. das »Vorbereitende Fragment 10« zum *Diskurs über die Ungleichheit*, a. a. O., S. 417f.

532 E. Cassirer, a. a. O., S. 195.

533 Zitiert nach der Edition Meier des *Diskurs über die Ungleichheit*, a. a. O., S. 252. Man muß beachten, daß Rousseau zwar durchgängig für den größten Nutzen, der der größeren Zahl durch Abschluß des Gesellschaftsvertrags entsteht, argumentiert; aber diese Linie der Argumentation bewegt sich im Reich des Wahrscheinlichen und bloß empirisch Gültigen. Davon scharf unterschieden ist die andere, grundlegende Reihe derjenigen systematischen Argumente, mit denen Rousseau die rechtliche Notwendigkeit, den Naturzustand zu verlassen, begründet. Das sind zwei Linien der Argumentation im »Contrat Social«, die übrigens Rousseau selbst fast immer deutlich auseinanderhält. Die Nutzenargumentation ist durchaus sekundär und liefert nur zusätzliche, systematisch überflüssige Argumente.

534 K. Marx, »Zur Judenfrage«, Marx/Engels I, Frankfurt a. M. 1966, S. 53.

535 J.-J. Rousseau, *Contrat Social* II,7 (S. 44, zit. n. der Übers. bei I. Fetscher, *Rousseaus politische Philosophie*, a. a. O., S. 110).

536 J.-J. Rousseau, a. a. O. II,7 (S. 43, zit. n. I. Fetscher, a. a. O.).

537 Vgl. zu Piaget: D. Elkind, »Egozentrismus in der Adoleszenz«, in: R. Döbert u. a. (Hg.), *Entwicklung des Ichs*, Meisenheim 1980, S. 170ff.

538 Vgl. a. M. Rang, »Einleitung«, in: J.-J. Rousseau, *Émile*, a. a. O., S. 69f.: »Rousseau hat niemals daran gedacht, daß in der natürlichen Erziehung ein neues, besseres Menschengeschlecht heranwachsen und die Wende in der Geschichte der Menschheit herbeiführen werde. So ist er freilich schon früh, zum Beispiel von Fichte, mißverstanden worden.« (Vgl. a. E. Cassirer, »Das Problem Jean-Jacques Rousseau«, a. a. O., 1932, S. 498ff.)

539 J.-J. Rousseau, *Émile oder Über die Erziehung*, Stuttgart 1963, S. 112 (den letzten Satz habe ich der Übersetzung von I. Fetscher entwendet: a. a. O., S. 111).

540 J.-J. Rousseau, *Émile oder Über die Erziehung*, Paderborn 1971, S. 297, 300, 302ff., 308 (wahrhaft gut ist nur die Tat *ohne* Zeugen; ganz so wie im Matthäus-Evangelium und bei Kant und Maimonides).

541 Ebd., S. 297.

542 J.-J. Rousseau, *Contrat Social*, II,6; II, S. 12.

543 Man muß bei »distributiver Gerechtigkeit« scharf einen meritokratisch substantiellen (Aristoteles) von einem formal-prozeduralen Begriff unterscheiden, wie John Rawls ihn im Anschluß an Kant entwickelt hat. Gerade der Ansatz bei den *Resultaten* des naturwüchsigen Verteilungsprozesses maßt sich kein Urteil über moralische Verdienste oder Verschuldigungen an und ist legalistisch und antitotalitär – ganz anders als der moralisierende Begriff distributiver Gerechtigkeit nach Maßgabe des Rangs, der Tugend und der Ehre, den Aristoteles verwendet und den Michael Sandel in seiner Kritik an Rawls zugrunde legt. Die Gleichheit des Demokratieprinzips der westlichen Verfassungsstaaten ist eben »einfach«

und nicht »komplex«, wie auch E.-W. Böckenförde hervorhebt: »Anknüpfungspunkt der demokratischen Gleichheit ist allein das Bürger-Sein, die Zugehörigkeit zur politischen Gemeinschaft des Volkes. Sie kennt keine weiteren Abstufungen oder Differenzierungen nach Würdigkeit, Verdienst, Erfahrung, Bildung oder Leistung. Insofern handelt es sich nicht um eine abwägende, proportionale Gleichheit, sondern um eine strikte, schematische Gleichheit, die formalen Charakter hat. Darin liegt der egalitäre Zug der Demokratie.« (*Staat, Verfassung, Demokratie*, a. a. O., S. 329)

544 J.-J. Rousseau, *Diskurs über die Ungleichheit*, a. a. O., S. 381 ff., s. a. die Fußnote 462 von H. Meier.

545 J.-J. Rousseau, a. a. O., S. 253.

546 Vgl. in einer freilich durch deutsches Sonderbewußtsein verzerrten Darstellung: H. Nohl, »Die pädagogische Bewegung in Deutschland«, in: Nohl/Pallat, *Handbuch der Pädagogik*, Erster Band, Berlin 1933, S. 302 ff.; J. Dewey, *Demokratie und Erziehung*, Braunschweig 1949; I. Kant, »Über Paedagogik«, in: *Werke* (Weischedel) Bd. XII, Frankfurt a. M. 1977, S. 695 ff.

547 J.-J. Rousseau, *Contrat Social* II/12 (S. 60).

548 Ebd., II/6.

549 Ebd. Da auf diese Weise »die Gesamtheit des Willens mit der des Gegenstandes« *im Gesetz* (und nicht etwa in einer ursprünglichen oder zukünftigen konkreten Gemeinschaft) »wieder vereint« ist, sieht man, so wird Rousseau nicht müde, zu wiederholen, »daß das, was ein Mensch, wer immer er auch sei, eigenmächtig verfügt, keinerlei Gesetz ist; selbst was der Souverän über einen einzelnen Gegenstand verfügt, ist kein Gesetz, sondern eine Verordnung, kein Akt der Souveränität, sondern der Verwaltung.« (Ebd., II/6, S. 41) Das ist dem von Carl Schmitt im Anschluß an Hobbes entwickelten Souveränitätsbegriff diametral entgegengesetzt. Ein schlechthin antitotalitärer Gedanke. Gibt der Souverän (= volonté générale = gesetzgebende Gewalt) irgendeinem einzelnen oder einer partikularen Gruppe, und sei es die des ganzen Volkes, einen konkreten Befehl, so ist dieser Befehl null und nichtig, weil der Souverän im Augenblick der Entscheidung seine Souveränität zerstört und zu einer bloß partikularen Gewalt degeneriert. Wer über den Ausnahmezustand entscheidet, so könnte man den bekannten Satz Carl Schmitts mit Rousseau auf seinen wahren Begriff bringen, vernichtet die Souveränität, die er beansprucht. Carl Schmitt verwechselt notorisch Verwaltung mit Souveränität und Verordnungen (singuläre Befehle) mit Gesetzen.

550 Zur Unveräußerlichkeit siehe *Contrat Social* II/1, zur Unteilbarkeit II/2, zur Unbedingtheit II/3 und zur Grenze der Souveränität II/4.

551 J.-J. Rousseau, *Contrat Social* II/1 (S. 27).

552 Das bestreitet Charles Taylor: »Der Irrtum negativer Freiheit«, in: ders., *Negative Freiheit?* Frankfurt a. M. 1988, S. 118 ff.: »Das Subjekt kann in der Frage, ob es selbst frei ist, nicht die letzte Autorität sein, denn es kann nicht die oberste Autorität sein in der Frage, ob seine Bedürfnisse authentisch sind oder nicht, ob sie seine Zwecke zunichte machen oder nicht.« (125) Aber wer sonst? – Außerdem ist die Freiheit, ein authentisches Leben zu führen, von der Freiheit, das Richtige oder das Falsche zu tun, sehr verschieden.

553 E.-W. Böckenförde, *Staat, Verfassung, Demokratie*, a. a. O., S. 275 – mit Bezug auf das Demokratieprinzip des Grundgesetzes (Art. 20, Abs. 2, Satz 1).

554 E.-W. Böckenförde, a. a. O.
555 Ebd. S. 29, s. a. S. 302.
556 Vgl. H. Berman, *Recht und Revolution*, Frankfurt a. M. 1991; M. Stolleis, *Die verfassungspolitischen Fundamente des europäischen Hauses*, hek. Man., Frankfurt a. M. 1993.
557 Vgl. a. E.-W. Böckenförde, a. a. O., S. 300ff., 306ff.
558 J.-J. Rousseau, a. a. O. II, 2 (S. 28).
559 I. Fetscher, *Rousseaus politische Philosophie*, a. a. O., S. 127f.
560 J.-J. Rousseau, a. a. O., II, 3 (S. 31).
561 Das ist das Grundmotiv der rechtsphilosophischen Überlegungen von Jürgen Habermas: *Faktizität und Geltung*, Frankfurt a. M. 1992.
562 Ebd.
563 Um aus Rousseaus (und ihm folgend: Sieyès) Begriff der »Volkssouveränität« das Muster einer totalitären Diktatur zu machen, muß man ihn so total verdrehen, wie Carl Schmitt es mit Sieyès und Rousseau getan hat und die ständig wiederholte These Rousseaus, Volkssouveränität *sei* nichts anderes als die ausschließliche Herrschaft des abstrakten, formalen und allgemeinen Gesetzes Wort für Wort in ihr Gegenteil verkehren: dann erst wird aus Rousseaus »Volkssouveränität« die Herrschaft der konkreten, substantiellen und partikularen Gesetzlosigkeit. Das ist dann aber nicht Volkssouveränität, sondern Volksgemeinschaft. Was Rousseau über die Herrschaft des partikularen Willens der Verwaltung mittels Einzelfallentscheidungen und durch »Gesetze«, die Maßnahmen und singuläre Kommissarbefehle sind, schreibt, liest sich wie eine frühzeitige Warnung vor der Herrschaft der kommunistischen Partei nach der Oktoberrevolution. Wo das »Gesetz« auf das Besondere und den Einzelfall zugeschnitten ist, ist »weder das Gesetz« noch ein »Richter« im Spiel, sondern der Agent einer Partei: »Es wäre lächerlich, sich da auf einen ausdrücklichen Bescheid des Gemeinwillens beziehen zu wollen, der nichts sein kann als der Beschluß einer der Parteien und der folglich für die andere nur ein von außen kommender, besonderer Wille ist, der in diesem Fall zur Ungerechtigkeit neigt und dem Irrtum unterworfen ist. Gleicherweise [...] ändert der Gemeinwille [...], wenn er einen besonderen Gegenstand hat, seine Natur und kann, als allgemeiner, weder über einen Menschen noch über eine Einzelheit ein Urteil sprechen.« (*Contrat Social* II/4; S. 34) *Gegen das einzelne Individuum hat der Souverän Rousseaus kein Recht.* Wer es sich anmaßt, türmt Unrecht auf Unrecht.
564 I. Kant, *Metaphysik der Sitten*, a. a. O., Rechtslehre § 52 (S. 465).
565 Vgl. a. R. Lepsius, »Ethnos und Demos«, in: ders., *Interessen, Ideen und Institutionen*, Opladen 1990, S. 247ff.
566 I. Kant, a. a. O., § 52.
567 I. Maus, *Zur Aufklärung der Demokratietheorie*, a. a. O.
568 H. Berman, *Recht und Revolution*, Frankfurt a. M. 1991.
569 Ebd., S. 791.
570 Ebd., S. 810.
571 Ebd., S. 811f.
572 Ebd., S. 290.
573 H. Heine, »Zur Geschichte der Religion und Philosophie in Deutschland«, in: *Sämtliche Werke* IX, München 1964, S. 225. Das ist – in wenigen Sätzen – das Gegenprogramm zur »politischen Theologie«.

574 Vgl. z. B. W. Kersting, *Hobbes – Zur Einführung*, Hamburg 1991.

575 Das bezweifelt Böckenförde. Zwar gilt vom Prinzip der Volkssouveränität: »Nicht mehr eine göttliche Welt- und Naturordnung bestimmt den Grund und vorgegebenen Zusammenhang der politisch-sozialen Ordnung, *statt dessen* wird dem Volk als einem menschlichen Subjekt die volle Verfügungsmacht über die Gestaltung der politisch-sozialen Ordnung zuerkannt. *Ihm* kommt es zu, den Grundcharakter der politischen Ordnung des Zusammenlebens festzulegen.« (*Staat, Verfassung, Demokratie,* a. a. O., S. 295, meine Hervorhebung) Dann kommt aber alles darauf an, was man hier unter *»statt dessen«* versteht. Für Böckenförde ist das »statt dessen«, wie er in einer Fußnote erläutert, ein »Fall ›politischer Theologie‹ im ursprünglichen (Carl-Schmittschen, H. B.) Sinn, d. h. der *Umsetzung* theologischer Begriffe in politisch-juristische Begriffe [...], indem Attribute Gottes (potestas constituens, ordo ordinans etc.) auf den Menschen bzw. das Volk übertragen werden« (a. a. O., meine Hervorhebung). Die These Böckenfördes, die er von Schmitt übernimmt, ist hier natürlich, daß durch solche »Umsetzung« der theologische Charakter der Begriffe *im* Politischen *als* theologischer erhalten bleibt. Im Sinne von Carl Schmitts *Politischer Theologie* (Berlin 1990) hat die Politik keine Chance, je von der Theologie loszukommen. Die Politik der Modernen bleibt – ob sie es wissen oder nicht – im Bann der Theologie. Und dann gibt es genau zwei Möglichkeiten. Die Menschen (bzw. ihre politischen Führer) sind sich des theologischen Charakters der »Umsetzung« bewußt: dann ist eine der kreatürlichen und sündigen (»gefallenen«) Natur des Menschen angemessene »Realpolitik« möglich; *oder* der theologische Charakter wird vergessen und verdrängt und die Menschen maßen sich selbst den Platz ihres himmlischen Herrschers an, dann ist die Wiederkehr des verleugneten Gottesgedächtnisses fürchterlich: Terror, Schreckensherrschaft, Stalinismus, Faschismus, Totalitarismus.

Was ich bestreite ist die Gültigkeit und Unausweichlichkeit dieser Alternative. Sie ist ganz und gar unhistorisch. Denn die »Umsetzung« theologischer Begriffe in die politisch-juristische Sprache ist (seit der Gregorianischen Revolution des späten 11. Jahrhunderts, spätestens aber seit Hobbes, Kant und der Epoche der demokratischen Revolution des 18. und 19. Jahrhunderts) *erstens* von einer so »drastischen Uminterpretation« (Rorty) der theologischen Begrifflichkeit begleitet, daß der theologische Gehalt in der neuen politischen Sprache verdampft und nur leere rhetorische Hülsen zurückbleiben. *Zweitens* bedeutet jene »Umsetzung« nicht nur (innovativ welterschließende) »Uminterpretation«, sondern auch eine fortschreitende *Rationalisierung und Verwissenschaftlichung* der politischen Semantik und sogar des »Vollzugs sozialer und politischer Gewalt« (Habermas), in deren Verlauf der ursprünglich theologische Gehalt *rational rekonstruiert*, vom Unerkennbaren und Unsagbaren abgeschieden und in eine *rückhaltlos profane* politische Theorie und Praxis transformiert wird.

Genau das ist, so behaupte ich, beim Begriff der Volkssouveränität der Fall, und dieser Fall ist in der politischen Theorie mit Rousseau und Kant eingetreten, wobei im Übergang von Rousseau zu Kant exemplarisch nachvollzogen werden kann, wie theologische Restmomente im Denken Rousseaus durch »Umsetzung« in einen erkenntniskritischen Rahmen eliminiert werden. Die These von *Volk als lernendem Souverän* soll diese doppelte Leistung einer drastischen Uminterpretation *und* rationalen Rekonstruktion des (ursprünglich theologischen)

Souveränitätsbegriffs zum Ausdruck bringen. Sie widerspricht der These der »politischen Theologie«, die politischen Begriffe der Volkssouveränität und der konstituierenden Gewalt seien nichts als *bloße* Umsetzungen eines ewig identischen theologischen Gehalts in eine andere Gestalt und an einen anderen Ort.

576 I. Kant, »Religion innerhalb der Grenzen der bloßen Vernunft«, *Werke VIII* (Weischedel), a. a. O., S. 862f.

577 I. Maus, *Zur Aufklärung der Demokratietheorie*, a. a. O., S. 203ff.

578 I. Maus, *Bürgerliche Rechtstheorie und Faschismus*, München 1976.

579 J.-J. Rousseau, *Contrat Social*, a. a. O. III/2 (S. 98); meine Hervorhebung.

580 J.-J. Rousseau, *Contrat Social*, a. a. O. II/4 (S. 32f.).

581 Ebd., II/4 (S. 33). Und zwei Seiten weiter heißt es: »Von welcher Seite aus man sich dem Ursprung nähert, man gelangt immer zu der gleichen Folgerung: daß nämlich der Gesellschaftsvertrag unter den Bürgern eine Gleichheit von der Art schafft, daß sie sich alle unter den gleichen Bedingungen verpflichten und sich der gleichen Rechte erfreuen dürfen.« Das ist die Seite der Menschen- und Bürgerrechte. Die andere Seite betrifft allein den Gesetzesgehorsam gegen den Souverän, d. h. gegen das selbstgegebene Gesetz: »Genau so verpflichtet oder begünstigt [...] jeder Akt der Souveränität, d. h. jeder *gültige* Akt des Gemeinwillens, alle Bürger gleichmäßig dergestalt, daß der Souverän (unter einem Schleier des Nichtwissens! – H. B.) nur den Nationalkörper als Ganzes kennt und keinen von denen, die ihn bilden, hervorhebt.« (Ebd. II/4; S. 35; meine Hervorhebung).

582 Alle haben *gleiche Rechte* und *vor dem Gesetz sind alle gleich*. J.-J. Rousseau, ebd. II,4 (S. 36f.), meine Hervorhebung.

583 Vgl. G. Geismann, *Ethik und Herrschaftsordnung*, Tübingen 1974, S. 7ff., 65ff.

584 Zit. n. G. Geismann, a. a. O., S. 7.

585 Hartung/Commiclan, *Die Entwicklung der Menschen- und Bürgerrechte*, Göttingen 1972, S. 57.

586 Vgl. z. B. J. Rawls, *Politischer Liberalismus*, Frankfurt a. M. 1992 (darin: die Tanner-Lectures); aber auch ganz liberal: E.-W. Böckenförde, »Verhaltensgewähr oder Gesinnungstreue? Sicherung der freiheitlichen Demokratie in den Formen des Rechtsstaats« (zur Debatte um die »Berufsverbote«), in: ders., *Staat, Verfassung, Demokratie*, Frankfurt a. M. 1991, S. 277ff. (s. a. o.).

587 Vgl. H. Brunkhorst, »Vom Vorrang der Volkssouveränität«, in: Ch. Menke/M. Seel, *Verteidigung der Vernunft gegen ihre Freunde und ihre Verächter*, Frankfurt a. M. 1993; s. a. I. Fetscher, *Rousseaus politische Philosophie*, a. a. O., S. 136, wo auch die Urfassung des *Contrat Social* zitiert ist: »Da die Sache, über welche etwas verordnet wird, sich notwendig auf das Gemeinwohl bezieht, so folgt daraus, daß der *Gegenstand* des Gesetzes *ebenso allgemein sein muß*, wie der *Wille*, welcher es beschließt. Diese doppelte Gesamtheit (universalité) macht den wahren Charakter des Gesetzes aus« (meine Hervorhebung).

588 Auf diesen Idealismus fallen am Ende fast alle neueren Interpreten der Rechtslehre Kants zurück. Vgl. nur: G. Geismann, a. a. O., S. 87f., 89ff.; C. Langer, *Reform nach Prinzipien*, Stuttgart 1986, S. 29; K. Kühl, *Eigentumsordnung als Freiheitsordnung*, a. a. O., S. 273ff., 287f., 313. Den Fehler vermeidet: I. Maus, *Zur Aufklärung der Demokratietheorie*, a. a. O.; zur Kritik des teleologischen Modells s. a. A. Wellmer, »Konsens als Telos der sprachlichen Kommunikation?«, in: H.-J. Giegel (Hg.), *Kommunikation und Konsens in modernen Gesellschaften*,

Frankfurt a. M. 1992, S. 18ff.; ferner meinen Aufsatz: »Zur Dialektik von realer und idealer Kommunikationsgemeinschaft«, in: A. Dorschel/M. Kettner/W. Kuhlmann/M. Niquet (Hg.), *Transzendentalpragmatik*, Frankfurt a. M. 1993, S. 342ff.

589 Vgl. A. Wellmer, »Models of Freedom in the Modern World«, in: *The Philosophical Forum* XXI, 1989/90, S. 227ff.

590 Vgl. a. E.-W. Böckenförde, *Staat, Verfassung, Demokratie*, a. a. O., S. 267f., 327 (zum Problem der »Informationsmacht«), S. 354ff. (zum Problem der »Organisationsmacht«).

591 Vgl. a. W. Kersting, »Ethischer Kapitalismus?«, hekt. Man. Bad Homburg 1991. Kersting plädiert insbesondere für eine Ausdehnung des ursprünglich politisch eingeschränkten *Publizitätsprinzips* (Kant) auf die gesellschaftliche Sphäre privatautonomer Organisationsmacht: Das Publizitätsprinzip »zielt auf die Rationalisierung der politischen Herrschaft von Menschen über Menschen durch strikte Offenlegung und Diskussion aller Ziele, Mittel, Interessen und Gründe. Grundsätzlich spricht jedoch nichts dagegen, daß die Öffentlichkeit diese herrschaftskritische Funktion einer Rationalisierung traditionsverwachsener, vorgegebener Abhängigkeitsverhältnisse im Zuge einer reflexiven Modernisierung auch zur Überwindung *der durch die wissenschaftlich-technischen und ökonomischen Modernisierungsprozesse selbst erzeugten neuen Abhängigkeitsverhältnisse* wahrnehmen und die Kluft zwischen Aufklärung und technologisch-kapitalistischer Zivilisation schließen kann.« (18) Und diese Kluft wird verursacht durch die *autonomieverletzende* Herrschaft der bürokratisch-ökonomischen »Expertokratie« und durch die *autonomieverleugnende* »Sachzwanglüge, die praktische Tabus als theoretisch ausgewiesene Unvermeidlichkeiten tarnt.« Auch Robert Dahl betont in seinem Buch *Democracy and its Critics* (New Heaven 1989), daß die platonische Wächterschaft einer elitären Expertendiktatur sich heute in die Vorstandsetagen der großen Wirtschaftsunternehmen zurückgezogen habe. Durch die Pseudodemokratie der Konsumenten und Aktionäre werde das demokratische Prinzip der Gleichheit massiv verletzt (S. 327). Zumindest in den Vereinigten Staaten existiert kein wirksames Recht auf Opposition innerhalb der Betriebe und das Recht der Freien Rede endet nicht nur in den USA am Fabriktor (S. 331f.). Das ist eigentlich ein Skandal, wenn man bedenkt, daß in den Industrieländern die Mehrheit der Bewohner einen erheblichen Teil ihrer Lebenszeit hinter diesem Tor verbringen. Den neoliberalen und uraltliberalen Einwand, eine Ausweitung der Demokratie bzw. ihrer grundlegenden Prinzipien im Bereich der Wirtschaft sei »utopisch«, entkräftet Dahl mit dem Hinweis: »I have no doubt that many people will immediately reject the idea of extending the democratic process to business firms as foolish and unrealistic. It may therefore be helpful to recall that no long ago most people took it as a matter of self-evident good sense that the idea of applying the democratic process to the government of the nation-state was foolish and unrealistic.« (S. 328)

592 Zu deren Theorie im Anschluß an Luhmann und Kant s. I. Maus, *Zur Aufklärung der Demokratietheorie*, a. a. O., S. 249ff.

593 Vgl. B. Rössler, »Der ungleiche Wert der Freiheit«, a. a. O.

594 H. Willke, *Ironie des Staates*, Frankfurt a. M. 1992.

595 Zur Unterscheidung dreier Ebenen im Grenzstreit privat/öffentlich vgl. B. Rössler, a. a. O., S. 108, wo (1) die häuslich-private der staatlich-gesellschaft-

lichen Sphäre, (2) der Staat (wie bei Hegel) der Gesellschaft und schließlich (3) Staat und Gesellschaft der privaten Existenz des einzelnen Individuums konfrontiert wird.

596 J.-J. Rousseau, a. a. O. I/8 (S. 22), meine Hervorhebung.

597 G. Geismann, »Kant als Vollender von Hobbes und Rousseau«, in: *Der Staat* 2/82, S. 172.

598 Ebd., S. 176f.

599 Vgl. J.-J. Rousseau, *Contrat Social*, a. a. O. I/9 (S. 24).

600 Vgl. zu Kant: I. Maus, *Zur Aufklärung der Demokratietheorie*, Frankfurt a. M. 1992, S. 24f.; zu Rousseau s. u.; zu Kants Eigentumstheorie vgl. a. K. Kühl, *Eigentumsordnung als Freiheitsordnung*, a. a. O.; Claudia Langer, *Reform nach Prinzipien*, Suttgart 1986, S. 138ff. C. Langer zeigt, daß Kants radikaler Reformismus beim Eigentum nicht haltmacht.

601 Vgl. zu Kant: W. Kersting, *Wohlgeordnete Freiheit*, Berlin 1983, S. 151, 154, 157, 203f. Das freilich bloß »provisorische« Recht der ersten Besitznahme bemißt sich exakt an der Reichweite der eigenen Waffen. Von der von allen gemeinsam besessenen Erde nimmt sich ein jeder so viel, wie er »verteidigen kann«. Es ist, so Kant, »gleich als ob der Boden spräche: wenn ihr mich nicht beschützen könnt, so könnt ihr mir auch nicht gebieten«. (*Metaphysik der Sitten*, Rechtslehre § 15, a. a. O., S. 375) Und zu Locke folgt auf die Frage: »Ist die Bearbeitung des Bodens zum rechtmäßigen Besitz notwendig?« ein kategorisches »Nein!« Denn die Bearbeitung ist »nichts weiter als ein äußeres Zeichen der Besitznehmung, welches man durch viele andere, die weniger Mühe kosten, ersetzen kann.« (Ebd., S. 376) »Quantität« und »Qualität« der Besitznahme bleiben – allerdings unter der Voraussetzung, daß genug Land für alle da ist – unbestimmt und unbestimmbar. (Ebd., S. 377) (Daraus folgt für Kant unmittelbar die Ablehnung jeder gewaltsamen Kolonisation, auch derjenigen durch betrügerische Verträge. Das geht gegen Locke, der argumentiert hatte, wenn die Indianer den ihnen von Gott geschenkten Boden nicht fleißig nutzen könnten, so seien eben die Engländer und Spanier am Zuge. Dem war auch noch Hegel gefolgt. Aber – wie Kant und Rousseau gezeigt haben – aus fortgeschrittener Industrie, Kunst und Wissenschaft folgt kein einziges Recht.) Darin zeigt sich, daß Kant *alles* Naturrecht von Anfang an aus der Perspektive eines *möglichen Rechtszustands rekonstruiert*. Die stillschweigende, mit Locke geteilte Voraussetzung, daß für alle genug Land da sei, gilt ausschließlich für den »ursprünglichen« Naturzustand!

602 I. Kant, *Metaphysik der Sitten*, a. a. O.

603 Kant, *Metaphysik der Sitten*, a. a. O., Rechtslehre § 46. Man sieht hieraus, daß es wichtig ist, Entfremdung und Ungerechtigkeit (anders als Michael Walzer, s. o.) zu unterscheiden. Das ist im übrigen, glaube ich, der Punkt meiner Übereinstimmung, aber auch meiner Differenz zur dekonstruktiven Theorie des Rechts: vgl. J. Derrida, *Gesetzeskraft*, Frankfurt a. M. 1991. Die nächsten drei Sätze im Text oben betreffen die Übereinstimmung, die dann folgenden die Differenz.

604 I. Kant, a. a. O., § 49.

605 W. Kersting, *Wohlgeordnete Freiheit*, a. a. O.

606 Dazu vgl. H. Hattenhauer, *Europäische Rechtsgeschichte*, a. a. O.

607 I. Kant, *Metaphysik der Sitten*, a. a. O., S. 318 (Einleitung); vgl. a. ders., *Grundlegung zur Metaphysik der Sitten*, Werke (Weischedel) VII, S. 11f.

608 J.-J. Rousseau, *Diskurs über die Ungleichheit*, a. a. O., S. 89.

609 Ebd., S. 173.
610 Ebd., S. 215ff.; s. o. S. 255f., 280.
611 Ebd., S. 173.
612 I. Kant, *Metaphysik der Sitten*, Rechtslehre § 14.
613 I. Kant, a. a. O., Einleitung in die Rechtslehre § 13.
614 Ebd., Rechtslehre § 14.
615 In *diesem* Punkt ist die brillante Untersuchung von Claudia Langer, *Reform nach Prinzipien*, a. a. O., bahnbrechend, gerade weil sie Kant auf eine wirklich plausible Weise mit der Geschichte vermittelt, was keinem Marxisten gelungen ist.
616 Diesen Punkt energisch herausgearbeitet zu haben, ist das große Verdienst des Kant-Buches von Ingeborg Maus.
617 Zum Orang-Utan: J.-J. Rousseau, *Diskurs über die Ungleichheit*, S. 473, vgl. a. Anm. X zum Diskurs, a. a. O., S. 333ff.
618 Zu Adornos komplexer Verteidigung des Autonomiebegriffs vgl. mein Buch: *Theodor W. Adorno. Dialektik der Moderne*, München 1990; zur Metakritik der totalisierenden Vernunftkritik vgl. mein Buch: *Der entzauberte Intellektuelle*, Hamburg 1990.
619 I. Kant, *Metaphysik der Sitten*, a. a. O., S. 434, meine Hervorhebungen.
620 J.-J. Rousseau, »Briefe vom Berge«, in: ders., *Schriften*, Bd. 2, München 1978, S. 189.
621 W. Kersting, *Wohlgeordnete Freiheit*, a. a. O., S. 294.
622 W. Kersting, a. a. O., S. 292.
623 Ebd., S. 293.
624 Vgl. W. Kersting, *Wohlgeordnete Freiheit*, a. a. O., S. 245ff.
625 C. Langer, a. a. O., S. 24, 82.
626 J.-J. Rousseau, »Briefe vom Berge«, a. a. O., S. 188f.
627 M. Kriele, *Einführung in die Staatslehre*, a. a. O., § 28, § 57.
628 E.-W. Böckenförde, *Staat, Verfassung, Demokratie*, a. a. O., S. 295; s. a. o. Seite 198.
629 I. Maus, *Zur Aufklärung der Demokratietheorie*, a. a. O., S. 249ff.
630 Zit. n. J. Habermas, Faktizität und Geltung, a. a. O., S. 615.
631 I. Maus, a. a. O., S. 274.
632 M. Kriele, a. a. O., S. 228, 333, s. a. zum amerkanischen Beispiel § 54 und 55.
633 A. a. O., § 40, § 54–55.
634 A. a. O., S. 229.
635 Vgl. oben in diesem Teil II (3).
636 Vgl. z. B. H. Bloom, *A Map of misreading*, New York 1975.
637 Vgl I. Lakatos, »The Methodology of Scientific Research Programs« in: *Philosophical Papers*, V. I, London 1974; I. Lakatos/A. Musgrave (Hg.), *Criticism and the Growth of knowledge*, Cambridge 1970. Das Programm einer rationalen Rekonstruktion vertreten auch K.-O. Apel und die konstruktivistische Schule Paul Lorenzens.
638 K.-O. Apel, »Kant, Hegel und das aktuelle Problem der normativen Grundlagen von Moral und Recht«, in: D. Henrich (Hg.), *Kant oder Hegel?* Stuttgart 1983, S. 602.
639 J. Habermas, »Naturrecht und Revolution«, in: *Theorie und Praxis*, Frankfurt a. M. 1971, S. 105.

640 I. Fetscher, *Rousseaus politische Philosophie*, a. a. O., S. 129.
641 I. Fetscher, a. a. O., S. 128. Rousseau meint, durch Addition der Stimmen könnten die widerstreitenden Partikularinteressen neutralisiert werden – *wenn* das Abstimmungsverfahren nur die gleiche Freiheit aller vorab sichert.
642 J.-J. Rousseau, *Contrat Social* II/3 (S. 31).
643 I. Fetscher, a. a. O., S. 128.
644 Ebd. (S. 31 f.).
645 Ebd., IV/4 (S. 131).
646 Vgl. I. Maus, *Zur Aufklärung der Demokratietheorie*, a. a. O.
647 M. Kriele, *Einführung in die Staatslehre*, a. a. O., S. 38.
648 W. Kersting, *Wohlgeordnete Freiheit*, a. a. O., S. 265.
649 W. Kersting, ebd.; I. Maus, *Rechtstheorie und politische Theorie im Industriekapitalismus*, München 1986, S. 13 f.
650 J.-J. Rousseau, *Contrat Social* I/7 (S. 20).
651 Zur Zweideutigkeit vgl. W. Hennis, »Der Begriff der öffentlichen Meinung bei Rousseau«, in: *AfRS* Bd. XLIII, 1957, S. 111 ff. Hier handelt es sich um einen nicht rekonstruierbaren Restplatonismus in Rousseaus Begriff der Vernunft.
652 Zum Paradigma der »Verständigung über etwas«, s. a. M. Kettner, »Karl-Otto Apel's Contribution to Critical Theory«, in: D. Rasmussen (Hg.), *Handbook of Critical Theory*, Oxford 1994 (forthcoming).
653 So aber ausdrücklich: M. Kriele, a. a. O., S. 244.
654 R. Brandt, »Das Erlaubnisgesetz, oder: Vernunft und Geschichte in Kants Rechtslehre«, in: R. Brandt (Hg.), *Rechtsphilosophie der Aufklärung*, a. a. O., S. 268.
655 Vgl. J.-J. Rousseau, »Politische Ökonomie«, a. a. O., S. 15 f., wo es heißt: »Wichtig ist die Bemerkung, daß diese Regel« des »Gemeinwillens« als Kriterium »des Gerechten und des Ungerechten« in bezug auf die Bürger richtig, in bezug auf die Fremden aber falsch sein kann. Der Grund dafür ist offensichtlich: der Staatswille ist dann, obwohl allgemein in bezug auf seine Mitglieder, *nicht mehr allgemein in bezug auf die anderen Staaten und ihre Mitglieder*, sondern wird *für sie Privat- und Einzelwille*, der seine Gerechtigkeit im Naturrecht hat«; und dieser Partikularismus, in den der allgemeine Wille an seiner nationalstaatlichen Grenze zurückstürzt, erzwingt schon bei Rousseau die *Transformation des Nationalstaats* und den Übergang vom allgemeinen zum *»allgemeinsten Willen«* (ebd., S. 17): »denn dann wird die große Stadt der Welt ein politischer Körper, dessen Naturrecht immer der Gemeinwille ist und dessen verschiedene Staaten und Völker nur individuelle Mitglieder sind.« (Ebd., S. 16) Zur Diskussion der vielen Stufen des »allgemeinen Willens«, die den *pluralistischen* Gedanken einer »Assoziation von Assoziationen« enthalten und einen zumindest prinzipiellen, gleichwohl kontrafaktischen Vorrang der Menschen- vor den Bürgerrechten einschließen, vgl. I. Fetscher, *Rousseaus politische Philosophie*, a. a. O., S. 121 ff.
656 R. Brandt, »Das Erlaubnisgesetz«, a. a. O., S. 269.
657 Ebd., S. 270 f.
658 Vgl. E. Tugendhat, »Liberalism, Liberty and the Issue of Economic Human Rights«, in: ders., *Philosophische Aufsätze*, Frankfurt a. M. 1992, S. 368 ff. »The right to property«, behauptet Tugendhat, »seems to occupy a singular position in the entire setting of the system of rights« (S. 368). Zu dem Schluß, es sei kein absolutes oder universalisierbares Menschenrecht, kommt Tugendhat allerdings nur,

weil er seinerseits etwas Substantielles zum Universalisierungskriterium macht: »human dignity« und »the possibility to live a life with self-respect« (S. 368f.).

659 Vgl. C. Schmitt, *Legitimität und Legalität*, Berlin 1968; ders., *Verfassungslehre*, Berlin 1989; zur Kritik: I. Maus, *Bürgerliche Rechtstheorie und Faschismus*, München 1980.

660 M. Kriele, *Einführung in die Staatslehre*, a. a. O., S. 215.

661 E.-W. Böckenförde, *Staat, Verfassung, Demokratie*, a. a. O., S. 216.

662 J.-J. Rousseau, *Contrat Social*, a. a. O. I/9 (S. 24).

663 E. Denninger, »Von der bürgerlichen Eigentumsgesellschaft zum demokratischen Rechtsstaat«, a. a. O., S. 817, 839.

664 W. Abendroth, »Zum Begriff des demokratischen und sozialen Rechtsstaats im Grundgesetz der Bundesrepublik Deutschland«, in: E. Forsthoff (Hg.), *Rechtsstaatlichkeit und Sozialstaatlichkeit*, a. a. O., S. 127. Abendroth, dessen Interpretation des Sozialstaatsprinzips mittlerweile weitgehend durch Gesetzgebung und Rechtsprechung des Bundesverfassungsgerichts bestätigt worden ist, bricht die falsche Front zwischen Rechts- und Sozialstaat dadurch auf, daß er sich wie Kant und Rousseau durchgängig am Demokratieprinzip orientiert. Das Problem der Abhängigkeit des Bürgers von staatlicher Macht ist dann »nicht lediglich eine Frage der *individuellen Freiheit*« und ihres Schutzes durch Abwehrrechte, sondern vor allem »eine Frage der *demokratischen Teilhabe*«; und hier kommt der Gleichheitssatz des Art. 3, Abs. 1 zum Zuge. Der Staat ist immer *auch* eine Bürgergenossenschaft, die vom Gedanken der *»gleichberechtigten Beteiligung aller«* getragen wird: »Nur von diesem Gesichtspunkt aus ist es möglich, die Sicherung individueller Rechte, geschützt durch unparteiische richterliche Entscheidung, und den materiell verstandenen Gedanken der Gleichheit vor dem Gesetz miteinander zu versöhnen. Wenn man aber diesen Erwägungen folgt, dann *hört die Demokratie hier auf, nur politische Verfassung zu sein und wird zur Verfassung der gesamten Gesellschaft*, die im Staate als ihrer umfassenden Wirklichkeitseinheit sich selbst bestimmt.« (Ebd., S. 138f.) Abendroth versteht dies als *fairen Kompromiß* notwendig heterogener gesellschaftlicher Interessenlagen und im Sinne eines gleichursprünglichen Spannungsverhältnisses von Demokratieprinzip und Rechtsstaatlichkeit, das den »*demokratischen* im Gegensatz zum autoritären und totalitären Staatsgedanken« auszeichnet. Und eben das führt dann zur These der ordnungspolitischen *Offenheit* des Grundgesetzes (ebd., S. 140).

665 E. Denninger, a. a. O., S. 815.

666 Ebd., S. 841.

667 Vgl. I. Maus, *Zur Aufklärung der Demokratietheorie*, a. a. O., S. 148ff. und W. Kersting, *Wohlgeordnete Freiheit*, a. a. O., S. 113ff., bes. S. 205ff.

668 I. Kant, *Metaphysik der Sitten*, a. a. O., S. 363 (Rechtslehre § 7).

669 Vgl. K. Günther, »Die Freiheit der Stellungnahme als politisches Grundrecht«, in: *ARSP*, Beiheft 54/1992, S. 58ff.

670 W. Kersting, a. a. O., S. 210.

671 R. Dworkin, *Bürgerrechte ernstgenommen*, a. a. O., S. 462 (s. o.).